陈树民 著

天云村

海峡出版发行集团 | 海峡书局
THE STRAITS PUBLISHING & DISTRIBUTING GROUP

图书在版编目（CIP）数据

天云村／陈树民著. —福州：海峡书局，2022.4（2024.7 重印）
ISBN 978-7-5567-0945-8

Ⅰ. ①天… Ⅱ. ①陈… Ⅲ. ①中篇小说–小说集–中国–当代②短篇小说–小说集–中国–当代 Ⅳ. ①I247.7

中国版本图书馆 CIP 数据核字（2022）第 037261 号

责任编辑 曾令疆
装帧设计 久　玲

天云村
TIANYUN CUN

著　者	陈树民
出版发行	海峡书局
地　址	福州市台江区白马中路 15 号
印　刷	三河市兴博印务有限公司
厂　址	河北省三河市杨庄镇大窝头村西
开　本	787 毫米×1092 毫米　1/16
印　张	18.25
字　数	279 千字
版　次	2022 年 4 月第 1 版
印　次	2024 年 7 月第 2 次印刷
书　号	ISBN 978-7-5567-0945-8
定　价	79.00 元

序　言

邱景华

陈树民写小说已经三十多年了。

继小说集《忐忑人生》之后，又奉献出这本中短篇小说集《天云村》。让我感到惊异和高兴的是：这是一本魔幻和荒诞小说集，不同于以前以写实为主的小说。一个老作家能不断焕发出艺术青春和创作激情，犹如老树开新花，而且是开出一树奇异的花朵。

一

鲁迅在《中国小说史略》中说：《聊斋志异》是"出于幻域，顿入人间"。换言之，就是借狐仙女鬼，来写人间悲欢。在严肃作家的笔下，不管是魔幻还是荒诞，都不是胡思乱想，而是深藏着作家对现实的深刻思考。以卡夫卡为例，他具有德语民族特有的思辨，或者说是西方现代派作家的理性，他擅长的是"以逻辑表现荒诞"（加缪语）。写过一批世界闻名的想象小说的美国著名作家爱伦·坡，深有体会地说：想象力就是分析力。魔幻和荒诞，就是奇诡的想象力。用古人的话来说，是"其奇崛诡秘非常人之思路所及"。其实，这奇诡想象力的内核就是理性分析力和推理能力，但又不是说理，而是借助于主人公的"变形"来寓意，并要虚构为一个个具有奇特魅力的故事：卡夫卡把人变成甲虫；蒲松龄把狐狸变成少女，想象出人鬼之恋；莫言让死去的人再投胎，变成猪……

在陈树民这本小说集中，也是通过"变形"来展示他的奇诡想象力：在《大鱼》中，把人变成鱼，鱼又再变回人；《天云村》中，大人可以变小，变成儿童，人还可以停止长大，保持儿童模样……

对作家而言，这种"诡变"的想象力，不是单一的，必须有"三十六变"。陈树民的想象力也是多种多样的。比如，《月光岛》，不是人变成什么动物，而是自然界的月光"变成"能诱发出人性恶的、具有奇异魔力的"月光"；《宋女》写的是宋祠圣母殿的彩塑侍女，变成现实生活中的"宋女"，即泥塑像变成真人；《栗色马》写的是一匹来历不明的栗色马，突然来到小城，引发了种种不可理喻的事件……

这种奇诡想象力的奇妙还在于：还要有把这现实中不可能发生的魔幻或荒诞的"假"的故事，用写实的细节叙述出来，让读者感到真实可信。陀斯妥也夫斯基曾将爱伦·坡与幻想型作家霍夫曼相比较，认为爱伦·坡的小说具有一种想象的细节真实。卢卡奇也将卡夫卡与霍夫曼相区别，他说："只要想一想卡夫卡就够了，在他笔下，那些看起来最不可能、最不真实的事情，由于细节所诱迫的真实力量而显得实有其事。"也就是说，幻想型作家的小说，缺少细节的真实，只能给读者一种艺术的假定性，而卡夫卡却能将"艺术的谎言"变成艺术的真实。

在陈树民的小说中，我们看到了他既有奇诡的想象力，又有能赋予魔幻和荒诞的想象以写实细节的才华。比如，《月光岛》，能诱发人性恶的神奇月光，是自然界和现实生活中不可能存在的奇迹；但人性恶在某种外在因素的诱发下，能从人体内释放出来，却又是事实。在小说中，为了把现实中的"不可能"变成艺术的"可能"，作者采用了一系列写实的手法。首先采用第一人称叙述，主人公"我"，回到故乡的月光岛，就是要给读者以真实感。"我"划着一只小船，回到月光岛，看到古堡城墙里的老街，回到老家，看到父母，遇到儿时的伙伴阿钟和他的黑狗，这些都是用写实的细节和场景来叙述。通过这些必要的写实铺垫，再把读者引入具有魔力的月光，诱发体内人性恶发作的惊悚的场景：

　　来了，来了，只见一轮比脸盆还大的金黄圆月，一下跳出灰蓝蓝海面，跃向空中，张开金盆大口，呼地喷吐出万道月光。那银白月光，唰唰唰似亿万箭矢射向海滩，射向海滩上一张张脸和身子。所有人顿时被强烈月光击中，不觉抖震了一下，发出一阵阵"啊啊啊"的畅快叫声。海滩瞬间成了一片银白世界。

　　这是我在海上和陆地上，从没感受过的异样的月光。它一波波烈烈袭来，浓浓地扑撒和覆盖在人们脸上皮肤上，层叠上去，神奇地渗进皮肉，穿进血管，直至大脑和五脏六腑，在里面扰动，跳荡……让人产生麻麻酥酥的愉悦和快感。我左右一看，所有人都沉浸在月光中。有人嫌月光晒射得不过瘾，干脆抬起头来，张大口鼻，大口大口把浓烈如酒的月光吸进去，而后便如醉酒一般，摇头晃脑轻轻地快意起来……

　　还是静着，只见月光唰唰唰从天上银白飞来，如雪花如落雨，漫天飞舞……突地，海滩上爆发出一阵阵狂烈的人笑和狗叫：便有了许多有声有色忘乎所以的表演——

　　先是那两只狗欢叫着，如人一般站立起来，抬着头，摇摆身子四处乱走。阿钟兴奋地在狗旁边不停地翻跟斗，踢到我，被我拍一下，还翻。我身边的父亲一改斯文宁静的样子，站到高处，对着大海慷慨激昂地朗诵："前不见古人，后不见来者。念天地之悠悠，独怆然而涕下。"接着，他手舞着，身子摇摇晃晃，似执着酒杯，醉酒般念着："花间一壶酒，独酌无相亲。举杯邀明月，对影成三人……"父亲正表演着，母亲尖尖的嗓音划破夜空响了起来："天上掉下个林妹妹，似一朵轻云刚出岫……"她边上的胖姨不甘落后，也拉开哑哑的破嗓子，颠三倒四地跟着乱吼，走调都走到月亮上去了……

　　我也浑身发热，手脚变得无比轻盈，冲过去抱住阿钟，前前后后，左左右右，跳起舞来。那两只狗更疯狂了，跳着叫着往人群里钻，被人一脚踢开，又钻到人群里跳着叫着……

　　海滩上一片狂欢。

　　狂欢刚开始，紧接着就是相互吵架、打斗，最后发展为对立两派的冲突和武斗。耐人深思的是：这诱发人性恶的，不是丑恶和可怕的东西，而是自然美好的月光，它先是让人愉悦，兴奋，最后令人发狂——疯狂，把人们引向可怕的灾难。

在这本小说集中，不管是魔幻还是荒诞的故事，在作者的笔下，不可能的事，经过写实的细节和场景的叙述，变成了艺术的可能和真实。在一些小说的开篇，常常是先出现写实的细节和场景，但又不同于纯粹现实主义小说，写实中会出现一些游离和令人可疑的细节和场景中，深藏着一些暗示，形成一种悬念，会逐渐让读者产生一些疑惑，并把读者慢慢地引向超现实的联想，然后出现非现实的魔幻或荒诞的人物或故事，整篇小说常常笼罩着魔幻和荒诞小说所特有的神秘感。

二

从小说艺术的层面讲，这本小说集，主要有两种方法：一种是魔幻的手法。汪曾祺说："中国许多带有魔幻色彩的故事，从六朝志怪到《聊斋》，都值得重新处理，从哲学的高度，从审美的角度。"魔幻的手法，中国古已有之。鲁迅称赞《聊斋》："使花妖狐魅，多具人情，和易可亲，忘为异类。"（《中国小说史略》）孙犁说："蒲松龄刻划了众多的聪明、善良、可爱的妇女形象，这是另一境界的大观园。"（《关于《聊斋志异》》）

陈树民笔下的魔幻手法，主要是继承了《聊斋志异》的传统，精心创造出一批女性的形象。具体而言，就是利用这种魔幻"变"的手法，创造出一系列光彩夺目的神奇女性。或者说是对女性美的歌颂。比如，《会飞的可儿》中的可儿，是由鸟儿变的人，会飞，而且是一个纯洁可爱的女孩。《天云村》的秀，《妻变》中的童瞳，《宋女》中的彩塑侍女雪儿；都具有传统美德和文化修养，或者说具有古典美的女性。这是作者心仪的女性，寄托着作者的理想。

当然，陈树民也没有把传统文化和美德影响简单化，《宋女》中同样是宋祠圣母殿的宫女们，虽然也和雪儿一样变成真人，来到现实中的泰城，但她们最后都被大款们包养了。耐人寻味的是，圣母殿的这些泥塑的宫女，原来是光彩夺目，历千年而色不退；但后来因为泥塑的精魂逃到泰城，化为肉身的真人，没了精魂，圣母殿原有的彩塑宫女们，就没有了神气，没了色彩，现出原胎的泥土本色。这个魔幻的手法，有着深刻的含义。

陈树民小说的魔幻写法，古今中外都有学习和借鉴，除了《聊斋》的传统，还有拉美的魔幻现实主义。即把魔幻的人物和情节，以及超现实的想象，融入现实生活中，形成一种新的超现实，用魔幻现实主义的术语来说，就是创造"神奇现实"。像《妻变》中老卫的妻子童瞳，在现实中本来是一个远离世俗的佳人，有一天突然变成儿童，神奇的事情发生了，种种新的人生问题产生了，于是就有了新的故事。又如，《会飞的可儿》中那个会飞的可儿，本来是鸟，后来变成人，她来到人间，教会许多人在空中飞翔，由此在现实生活中诱发出种种神奇的故事。再如，《宋女》圣母殿里的泥塑侍女，寂寞千年之后，被真情所感动，动了凡心，来到现实生活中，与喜欢她的主人公悠然，发生相恋的奇遇。

简言之，陈树民在这本小说集中，采用了二种主要艺术手法：用魔幻手法创造人性美，让我们向往和追求；用荒诞手法揭示人性恶，令我们警醒。他用荒诞的手法，创造出一个个现实中不可能存在的独特而令人心悸的故事。比如《月光岛》《大鱼》。

这些荒诞小说，表面上看接近于西方现代派的"荒诞文学"，但所借鉴的主要是荒诞手法，并没有荒诞的内涵。在卡夫卡的小说中，荒诞是世界和人生存处境的本质，人被一种不可知的异己力量所控制，无力改变自己的悲剧命运，在这个没有意义的世界里，充满恐惧地活着。而在陈树民的小说中，荒诞只是一种艺术手法，或者说荒诞是一种可以克服、也必须克服的暂时现象，人在世界活着，必须追求有意义有价值的生活；但必须认识和克服人与身俱来的人性恶，防止它被唤醒和喷发，警惕人为灾难的发生。

三

不论是魔幻还是荒诞，在这本小说集中常常有一个近似于作者精神面貌的人物作为叙述者，如《天云村》的来兮，《栗色马》的"我"，《可儿》

的子庄，《里村三变》中的亦男……这些人物，因为坚持理想主义，难以
融入社会转型期和商品经济大潮，虽然他们的理想在现实中受挫，但他们
与不断变化的现实社会，始终保持若即若离的态度和相当的距离……

　　小说集中这些叙述者，对现实所采用的视角和态度，其实就是作者的
视角和态度。作为一个新中国成立后出身的作家，成长在知识分子的家
庭，他所接受的是理想主义的教育和人类优秀文化遗产的哺育。这奠定了
他小说思想和艺术的底色。在这本小说集中，魔幻和荒诞只是艺术手法，
作者对现实的观照，还是坚持传统的理想主义。

　　于是，作者借助魔幻和荒诞的手法，在小说中传达他的思考和态度：
面对巨变，他显然无能为力，只能让大人变小，或停止长大，保持儿童的
天真和纯洁；或者远离城市，回到想象中的古朴山村，并且随着城里人的
到来，他们越搬越远，在天云的深山里，去建立"世外桃源"。城市在他
的笔下，也隐含着一种象征：是"污染"人的环境，正派人都想远离；城
里的大款，有了钱，常常干坏事……

　　这本小说集不是教人如何认识转型和巨变中的当代社会，给人增添洞
察现实的眼光。作者对社会转型和巨变所带来的历史进步和意义，显然思
考不够；所以对商品经济，对城市，带着一种简单化的否定。这本小说集
关注和要告诉读者的是：如何在社会的转型和巨变中，对人的复杂性要有
清醒的认识，警惕和避免人性恶的泛滥，要保持对理想的追求，对美的向
往，和对人类优秀文化遗产（包括中外世界名著、古典音乐和艺术）的继
承和发扬，对人的美好情感的珍惜和守成。要言之，不管社会怎样变化，
巨变中有不变——人类优秀文化遗产总会继承和发扬下去，不管有多少的
曲折和反复，这个总的趋势是不会改变、不可改变的。

　　这就是陈树民这本小说集独特的审美价值和意义，它的文脉所接通的
正是人类优秀文化不可阻挡的前进河流，他双手虔诚捧出的是融入其中的
一朵浪花……

目　录

一

　　来兮抬头看了看天，太阳快落山了。山里太阳一落，天就黑了。来兮想，找个地方借宿一夜，明天再走。

　　来兮四面望望，前面一座高山，山顶飘着云，半山腰立着几十座房子，在夕阳照射下，金光闪闪，有点仙境味道。来兮背着背包，加快步子向半山腰的村子走去。

　　来兮沿陡陡山路爬到村口，见到一块石碑，灰头土脸的。上面刻的大字，怎么也看不清。他弯下去，用手指抠了抠碑面泥土，再抹了抹，便看出极古朴的"天云村"三个字。他笑了笑，抬头望望山顶还飘着的云，心想这村名取得好，便记在心里。

　　来兮越过石碑，向村里走去。他听见肚子咕咕地响，饿了。他走在碎石铺就的幽静村道上，山风爽爽扑面而来，有点恍惚。

　　来兮遇上了几个村民。他们朝他笑吟吟地点头："回来了？"他似乎没听明白，也笑笑点头。

　　来兮继续往村里走去。一群孩子带着一只黄狗，笑闹着迎面跑来，见了他跳着叫着："回来了，阿贵叔回来了！阿贵叔回来了！"转身向前跑去。来兮也没明白孩子们的喊叫，只是不自觉地跟着他们和那只黄狗，向前走去。

　　来兮跟着一路跳跳叫叫的孩子们，穿过村子，走到村边一座房子前的空地上。空地边上挺立着棵大樟树，巨大的树冠在风中哗啦啦地摇动碧绿的叶子。树上聚满归巢的鸟雀，叽叽喳喳闹个不停。

一个女孩抢先跑到树下，高声叫着："秀姨，阿贵回来了，阿贵回来了！"

来兮这才发现，樟树下站着位年轻美丽的女人，穿着花衣裳，垂着根粗大辫子，正给脚下一群鸡喂食。

一群孩子都冲到树下，一齐对叫秀的女人欢叫："阿贵回来了！阿贵回来了！"

女人放下手中的东西，问："在哪里？在哪里？"

孩子们朝走来的来兮指指。

来兮走到空地上停住。叫秀的女人笑吟吟向他走来。那女人眼睛黑闪闪的，胸前大辫子黑亮亮的，微露的牙齿雪一般白莹莹的。她脸上的笑，让来兮感到亲切和温暖。

秀走到来兮身边，轻轻唤一声："阿贵，回来啦？"拉住来兮的手。

"阿贵？哦……哦……"来兮一下应不出来，只是笑着，把手抽回来。

孩子们还在闹着："阿贵回来啦！阿贵回来啦！"秀对他们说了话，他们才欢叫着散去。

空地上静了些，只有树上的鸟在叫。

秀又牵起来兮的手："阿贵，快去看看奶奶。"

奶奶？来兮一下子没明白。

秀说："阿贵，奶奶怎么也忘了？你下山三年，奶奶想了你这个孙子三年，都想病了。快去看看。"

秀拉着来兮向屋里走去，高叫："奶奶，阿贵回来了！阿贵回来了！"

来兮跟着秀走进奶奶屋子。病着的奶奶竟然从床上下来了，抖颤颤向他走来。秀忙上去扶住："奶奶，您怎么起来了？"奶奶呵呵笑着："阿贵回来，我病就好了。让我看看我的孙子。"

秀扶着奶奶走到来兮跟前，说："阿贵，你怎么啦？叫奶奶呀！"来兮不知怎的轻轻叫了声："奶奶。"奶奶哎了一声，抱住来兮，又看又摸："是我的孙子，瘦了，瘦了。"

　　秀对奶奶说："奶奶，阿贵回来了，这下您可以放心了。快躺回床上去。"秀扶奶奶回到床边。奶奶不躺下，坐着，看着来兮。秀高兴地对来兮说："你看，你一回来，奶奶病都好了。"

　　来兮跟秀来到灶间。秀帮他卸下背包，打了一木盆热汤让他洗洗脸。秀说："走了一天，饿了吧？等着，给你弄吃的。"来兮便坐在凳子上，看秀忙碌，肚子又咕咕咕地响。

　　来兮望了望窗外，太阳落山了，天色一下暗了。秀点了盏油灯搁到桌上。油灯火苗轻轻晃着，发出黄黄温柔的光。来兮坐着，有一种温馨的感觉……

　　晚饭好了，摆了小半桌，一大碟黄澄澄的玉米饼，还有炒鸡蛋、煎小溪鱼和油绿绿的青菜。来兮饿坏了，抓起玉米饼大吃大嚼，像从没有吃过这么好吃的东西。秀也坐下来，看着来兮，心疼地说："饿坏了呀。慢慢吃，慢慢吃。"来兮抬起脸，朝秀点点头，又埋下去猛吃。

　　"嘿，阿贵回来啦！"

　　门外响起响亮的声音，进来一个三十来岁的健壮男人。

　　是阿牛啊。秀站了起来，给进来的男人端凳子。阿牛坐了下来，看着来兮大声说："你这一走三年，秀想死你了。你这一回来，就团圆了。好啊。"来兮一口一口往嘴里塞东西，没应，也不知如何应。阿牛急了："你这阿贵，怎么变了，不说话了。"秀说："阿牛，人家正吃饭，就一张嘴，怎么跟你说话。来，尝尝我煎的玉米饼，香喷喷的。"阿牛摆摆手："我早吃饱了。你们两口子团圆。我走了，走了。闲时间到我那坐坐。"来兮夹了口炒鸡蛋到口中，朝阿牛点点头。

　　来兮大口吃着，已吃了个半饱。秀说："哎哟，怎么忘了，喝点酒呀！"便起来去锅里温酒。过了会儿，秀从锅里端出酒壶，搁到桌上，又拿出两只酒盅，倒满酒，放一盅到来兮面前："阿贵，你喜欢酒，来，喝一盅。"来兮不会喝酒，想推却，又觉得不好，便喝了一盅。脸马上热起来。秀又倒了一盅，来兮又喝下去，脸越发火烧一般，头有些晕。秀喝了三盅，见来兮有些不胜酒力的样子，奇怪地问："你怎么啦，变得不会喝酒啦！"来兮哦哦哦的，不知如何回应，头伏到桌上。秀将来兮扶到里面屋子。

来兮躺靠在床上，舒服了些，却有些恍惚。他想，好歹在这儿睡一宿，明早就走。想着，便有些迷糊起来。

过了好一会，黑乎乎的屋子一点点亮起来。他睁开眼，看见一盏油灯慢慢进来。油灯后面是秀的脸，眼睛黑漆漆亮着。油灯被放到床边小桌子上，秀的脸靠了过来。来兮不觉坐了起来。

因为喝了酒，秀的脸红得像朵山茶花，开放在来兮面前，黑漆漆的眼睛亮闪闪地看着来兮。他听见秀喃喃地说："阿贵，你去哪里了？等了你三年，天天都想你。"来兮说："阿贵？我，我，不……"秀那红扑扑花一样的脸，还是贴到他脸上。来兮一阵恍惚，抱住了秀柔软的腰肢……

二

来兮在一阵阵陌生的鸡鸣声中醒来。

他睁开眼，一缕晨光从小窗户射进来。屋子亮起来。他看了看屋子，瞧了瞧床铺，看见身旁躺着个年轻女人，几乎赤裸，只在身上围条绣着一对鸳鸯的红肚兜。他努力地想，终于想起昨晚的事。女人还没醒，转个身贴过来，把手臂放在他身上。他不敢动。过了会儿，轻轻把女人手臂拿开。

他半坐起来，看见他的背包搁在墙角，外衣裤放在床边凳子上。他想悄悄下地……

他旁边叫秀的女人却醒了，睁开黑漆漆的眼睛，朝他叫了声："阿贵！"

来兮慌忙说道："我……我，不是阿贵。"

秀也坐了起来："你，不是阿贵？"

来兮说："我真不是阿贵，不是你们家的阿贵，只是样子像。你，你们搞错了。"

秀扑地笑了："算你老实，自己承认。我早看出来了。"

来兮问："什么时候看出来的？"

秀应："昨晚做那事的时候。你和阿贵不一样……"

昨夜那事……来兮一下有些慌乱，避开秀的眼睛说："对不起，对不起。我，我给你钱，钱……"说着，伸手到凳子上的裤子口袋里掏钱。

秀一把抓住来兮的手："把我当什么了？是我愿意的。告诉我你的名字。"

来兮说："来兮。陶渊明'归去来兮'的来兮。"

秀摇着头："不明白。什么陶什么的……就叫你'来'吧。在外面叫你阿贵，在家叫你来。"

来兮低下头："我，我，今天就要走。"

秀闪着黑漆漆眼睛，轻柔地说："知道你待不长。再待几天，过几天再走吧！一日夫妻百日恩，算我留你好吗？"

来兮不看秀："我，还是走，就走。"

"阿贵！阿贵！"隔壁传来奶奶的叫声。

秀说："来，快，快应一声。"

来兮应了一声："奶奶。"

秀又说："快起来，去看奶奶。"

两人快快穿了衣服，到奶奶屋子。奶奶已起来了，站在屋里。秀和来兮走过去。奶奶亲切地看着来兮，拉住他的手，说在屋里待久了，要出去看看。秀要扶奶奶。奶奶将她轻轻推开，说："阿贵回来了，我没病了，好了。我能走。"奶奶真的像换了个人，一步步向门口走去。

奶奶走到门口空地上，站住，往前看，往各处看……秀搬了张竹椅让奶奶坐上去。奶奶朝秀和来兮摆摆手："我好好的，你们去，去。"

秀和来兮回到屋里。秀抓住来兮手说："来，你都看见了吧，奶奶拿你当阿贵。你在，她病就好了。你不能走，再留些日子吧？"

来兮抬起脸，看着秀眼睛："那，就在这待些日子。"

三

又一个清晨，来兮早早起来，出了屋子，站到空地的大樟树下。来兮喜欢这片空地和大樟树。这儿空气清新。来兮瞧着地上的一群鸡。在大城市生活的他，很少见到在地上自由活动的鸡。关了一晚上的鸡在地上活跃着。领头的是一只红羽毛绿尾巴的大公鸡。它拍拍翅膀，抖动着一身金光闪闪的羽毛，像国王一样在地上昂首挺胸地得得得走着；后面跟着一群素色娇小的母鸡。秀端了一盆碎玉米出来，抓一把，往地上一撒。鸡群一下停止了走动，全成了低头族，往地上啄食。

来兮看够了鸡，把目光投向远处。

这半山腰空地前面是一道山谷。清晨的山谷，翻卷着浪花一样的乳白云雾，成了一片无比壮观的云海。原先耸立的一座座山岭，在缥缈的云海中都成了神秘的孤岛。红红的太阳躲在云海后面，慢慢冒出来。云雾翻滚着，撕扯着，渐渐散开。红红的太阳，便照射到大樟树上，照射到屋前这片空地上，照射到来兮身后的房屋上……

秀来到来兮身边，轻轻对来兮说："风景好看吧?"来兮轻轻应道："好看。"说完，来兮把脸转过来，看着秀被太阳映红的脸，想起那晚她喝了酒也是这样红红的脸，向他贴来……

沉寂了会儿。秀说："我要上山，想跟我上山看看我种的玉米吗?"来兮点点头。

秀到屋后粪坑旁，舀了两大半桶粪，挑到屋前放下。她进屋拿了两顶斗笠和一把锄头，一顶斗笠戴到来兮头上，一顶戴自己头上，锄头交给来兮。她弯下腰，挑起粪桶往山上走。来兮扛着锄头跟在后面。

秀挑着粪桶在山路上走着，桶里粪汁轻轻晃荡。那股浓浓的粪汁味，一阵阵飘到来兮鼻子里。来兮忍着。他想这才是真正的有机肥料，种东西最好，山下很少用了。用它浇种出来的玉米是最好的。难怪秀煎的玉米饼那么好吃。他这样想着，渐渐习惯了秀粪桶里荡过来的气味。

山路不好走，秀看起来不粗壮的身体承受着重负，不时轻轻摇摆一下。来兮想帮她，在后面说："秀，换换，让我挑一下。"秀头也没回地应："不用。你不行。"继续往前走。来兮有点急了，几步赶到前面："让我试试。"秀只好把担子放下。来兮过去，身子一蹲，用力挑了起来。感觉还好。可多走几步，便觉得重了，肩压得有些疼，步子有点不稳了。秀叫他放下。来兮又坚持走了一段路，才放下。秀又挑起走，走得稳当，走得好看，腰肢不时轻摆一下。

　　到了，眼前一大片翠绿，全是齐腰高的玉米苗，伸展着宽阔的叶子，在风中扑啦啦地响。来兮说："秀，这都是你种的?"秀点点头。来兮伸出大拇指。秀把粪汁挑到一个大粪坑旁，放下担子，将桶里的粪舀到粪坑，只剩小半桶。秀说这些粪等下挑去掺水浇玉米。

　　秀从来兮手里拿过锄头，到玉米地里，锄了起来。她把玉米苗边的土弄松，一下下从沟底将土刮上来，培到玉米根部。玉米垄便一条条肥大起来。来兮跟在秀边上看了会儿，从秀手里拿过锄头，学锄起来。秀在边上指点，来兮干着便顺手起来。秀称赞几句。来兮干劲更大，锄出一身汗，腰和手便有些酸，动作慢下来。秀接过锄干。两人轮着，不太累了。

　　又干了许久，太阳好高了。秀对来兮说，她要回去弄点点心，便从坡上下去。

　　来兮还在地里弄锄，累得停了手，肚子咕咕咕响起来。他朝坡下望望——秀上来了，戴着斗笠，提着篮子，轻摆着腰肢，急急赶来。来兮看着，有点感动起来……

　　秀走到离来兮很近的土埂上，放下篮子，朝他招招手。来兮马上过去。秀从盖着布的篮子里拿出玉米饼，给来兮，说："去得久了点，饿了吧?"来兮接过饼，大口咬了起来。秀又从篮里端出个茶壶给来兮，说："慢点，慢点，喝口茶水。"秀又变戏法一般，弄出个熟鸡蛋，往篮边敲敲，剥了壳，给来兮。来兮嘴里含着玉米饼说："别，别都给我。你也吃，吃。"秀说她吃过了，高兴地亮着黑漆漆的眼看来兮吃。

　　来兮吃完玉米饼和鸡蛋，停下来，望着痴痴瞧着自己的秀，头伸过去，在她脸上亲了一下。秀红了脸……

　　秀说可以浇肥了，站起来去挑粪桶。来兮跟在后面。秀挑着粪桶走了一段路，到个水坑边，把坑里的水舀进高高的桶里，舀得满满的，挑上肩，一步步往玉米地里走。来兮跟着，又上前拦住，要挑一挑。秀笑笑放下担子。来兮艰难地担着站了起来，比上山时挑的大半桶的重多了。他吃力地一步步走着。秀叫他放下。他还是一步步走去。他想，一定要帮帮秀。他是一个大男人，练练，一定能行。

四

傍晚，来兮在灶间，听见外面有人唱歌。声音高亢而深情——

> 一日思妹十二时，
> 你妹全盘都无知。
> 黄竹筒仔贮眼泪，
> 挂在门前杨柳枝。

来兮听着，说了句："谁在外面唱歌？"便要出去看看。

秀一把拉住他："别看，是阿牛在唱。就是那晚来的阿牛。"

"这阿牛也真是，怎么情歌唱到门前来？"来兮说着瞟秀一眼，还要出去。

秀还是拉住来兮："别看了，让他唱吧！三年前阿贵在的时候，他就这样唱。阿贵走了，他还唱……我从没睬他，应和他。"

秀说这话时，低着头。说完抬了起来，看了看来兮。脸颊有点红……

来兮便没出去，坐在屋里看秀忙碌，听外面歌声，心里有点不快。

五

来兮跟着秀，几天里把玉米地松土浇肥的活干完了。

晚上躺在床上，秀轻松地对来兮说："明天不用那么早起来，歇着，可以睡个懒觉。"过了一会儿，秀想起什么对来兮说："来，想看书吗？"

"想呀！"来兮从床上坐起来，看了看屋子说："这里哪有书啊？"

秀也坐起来，说："这里当然没有，村里有呀。村后有个书屋，有很多很多书。阿祥叔住在那儿，看管着。"

来兮好一阵惊讶：呀，村里有书屋，还有人看管。这阿祥叔一定是个饱学之士。

秀说："阿祥叔是个人物，什么都懂，顶会说古道今。可是……不说了。你明天去去就知道了。我困了，先睡了。"

秀躺下，很快睡着了。

来兮却睡不着，书屋的事让他兴奋。好一会儿，心情平静下来，才慢慢睡去。

第二天早晨，来兮早早醒来。秀觉得奇怪，问了一句。来兮说要到书屋看看。两人便都起来。秀做了早饭。来兮快快吃了，往村后走去。

来兮走在碎石铺就的村道上。空气很清新，路边碧绿的草叶上还滚动着晶莹露珠，几只黄狗黑狗在路边追逐嬉闹，一群群鸡咯咯叫着在草中啄食。来兮走着，村里人笑笑朝他点头招呼，"阿贵、阿贵"地叫。他也高兴地点头。

来兮来到村后，看见一座土墙筑就的房子，孤单地立在山边台阶上。它前面台阶下，展开一片空地。空地上摆放着石锁、石杠铃，还有些石桌石凳。空地中央立着个亭子。那突兀孤单的房屋后面是山坡，苍翠着满山松树。

来兮走到空地上，望着台阶上的房子，心想这大概就是书屋了吧。可他不敢贸然进去。他看见台阶前面有人在打太极拳，他想这一定是阿祥叔了。他慢慢走近。阿祥叔披着一头灰黑相间的长发，微睁灰色的眼睛，如行云流水般沉浸地打太极拳，似乎没觉察来兮的到来。来兮便在边上待着。

阿祥叔终于慢慢收手，蓦地脸朝边上一转，明亮的目光唰地射向来兮，在他身上停留了一会。来兮觉得他的灰色眼睛，一下看穿了自己。他听见阿祥叔说："来，来，来了呀！进去瞧瞧。"来兮顿时感到，阿祥叔似乎知道他不是阿贵……

来兮跟着阿祥叔踏着石阶往上走，一抬头，望见大门。他注意到门两边红纸的对联上，没有一个字，只是整齐地画着黑圈圈，右边七个，左边七个。顶上红色横批也是四个浓黑圈圈。他有些奇怪，难道……

阿祥叔带来兮先进大厅。里头除了窗户和门，四面墙前都立着一排排深棕色的木头书柜。中间空着，摆一张桌子和一张椅子。来兮转过脸将阿祥叔看了一眼。阿祥叔笑呵呵地说："来，这可是为你准备的呀！"来兮走过去，用手一抹桌椅，没有一丝灰尘，便坐到桌前椅子上。很舒服，像是为他打造的。

来兮站起来，往书柜走去，拉开一个书柜木门，里头一层层排着一本本书。他又拉开一扇扇书柜木门，全是一层层齐整摆放的一本本书。来兮站着，如梦一般……他取出一本本书，翻着。什么书都有。他听说过没见过的书有，他听都没听说过的书也有。有线装的黄黄宣纸软软的古旧书，也有纸张雪白硬硬的新书。奇怪的是，所有新书都没有出版印刷时间。

阿祥叔带来兮去看旁边藏书的另外屋子。到最里面的一间屋子前，阿祥叔站住了。来兮也站住。阿祥叔说那是他睡觉的地方。来兮问："有书吗？"阿祥叔点点头。来兮看了阿祥叔一眼，推开屋门。不大的屋子四周摆满书柜，围出一个小小空间，刚好搁放一张床。床上零乱垒着好些书，床头堆着当枕头的书，只剩刚好睡一个人的地方。

来兮对阿祥叔说："阿祥叔，您真是苦学，在床上还看书？"

阿祥叔低声说："不敢，不敢。是书多了没处放，才堆到床上。不成样子。我，我……其实不认字。"

"您，不识字？！"来兮惊奇了。

阿祥叔说："我真的不认字。天云村人都不认字。"

来兮啊了一下，想到门口画黑圈的对联。他又问："那，这书屋？村头石碑上的刻字？"

阿祥叔说："这都是传下来的。不知什么时候传下来的。"

来兮和阿祥叔回到前面的厅里。阿祥叔说："书够多的吧！够你看的啰。你就坐着慢慢看。"说完，轻轻离开。来兮马上到书柜找书。找了一本，坐到桌前椅子上看。看了会儿，起来走走。一股清风爽爽吹来。他发现了通向后门的一条幽幽走廊。他从走廊踱到后门，满眼苍翠的一大片松林，风一吹，波涛样起伏摇荡，发出哗啦啦松涛声。他将椅子搬到后门边，坐下，在阵阵松涛和幽幽清风中，继续读书。

读着，他眼睛从书页上挪开，望着满山苍翠的松树，听着阵阵翠绿的松涛声，淡淡地想，在外面走来走去，没料到竟然在这小山村，找到一个读书的好地方……

来兮读了好一阵书，起来，将椅子搬回厅里。他想借手中的书，去找阿祥叔，却不见他踪影。

来兮走到大门口，见下面原先空空的空地，出现了好些人影。那个叫阿牛的正和几个年轻人，嘿嘿嘿地举石锁和杠铃。远些的亭子里，坐了不少人。刚才在来兮面前说话不多的阿祥叔，站在亭中央，甩动着长发，挥舞着手臂，起劲地神侃着。他时高时低的话音，随风一阵阵飘到来兮耳中。

来兮拿着书，从阿牛他们中间穿过，踏进亭子。阿祥叔顿时停止了说话，灰眼睛亮亮看着他。大家也都把眼投向他。阿祥叔指着来兮对大家说："你看看这阿贵，到山下去了三年，认字了，会看书了。"亭边坐着的人们，便拿诧异的眼神瞅来兮，还嚷嚷起来——呀，阿贵成了读书人！嘿，阿贵不一样啦！来兮朝大家笑笑，到阿祥叔面前，说要借手中的书。阿祥叔挥挥手："想看，就拿去看。"来兮又朝亭内人笑笑，走出去。

来兮离开亭子后，又听见亭中传来阿祥叔高一声低一声的说话声。来兮想起秀说阿祥叔的话……对自己笑笑。

六

中午吃饭时，秀吃着吃着，抚着胸口，冲到门边，吐了。来兮过去，抚着秀的背着急地问："怎么啦？什么东西吃坏了？"秀转过脸朝他笑笑，回到饭桌吃饭。吃了几口，又到门口吐。弄得来兮很不安。

吃完饭，秀将来兮叫到屋里，关上门，黑漆漆的眼睛沉沉看着来兮。来兮被看得有些慌乱："秀，你怎么啦？病了？"

秀看着来兮眼睛说："我怀孩子了。你的孩子。"

来兮说："怀孩子了？我的孩子？"

"是你的孩子！"秀说着，抱住来兮，落着泪，"来，你别走了，就留在这里好吗？"

来兮搂紧秀，应着："不走了！不走了！"

秀抬起脸："不走了，我们会永永久久的。"

来兮说："别说永永久久，咱们就白头到老吧。"

秀说："就是永永久久，不用白头到老。你将来会明白的。"

七

秀肚子一天天大起来。来兮做了一段农活，很快适应了，坡上玉米地的活儿便全包了。

来兮挑两桶粪上山，到玉米地旁粪坑边，舀一大半到坑里，又挑着桶里剩下的粪到水坑掺了水，挑到玉米地，给玉米上第二遍肥。他用粪瓢在桶里搅了搅，舀出一瓢瓢粪水，往一棵棵玉米根边浇去……

玉米长得比人高了，绿油油的，叶片宽宽大大，在风中摇摆，发出沙啦啦的美妙声响。过不久，这满山坡的玉米都会结果，一棵棵怀抱两三枚披着半透明胞衣婴儿般的丰满果实，挺挺站在那儿。

来兮看着这满坡碧绿的玉米，听着那叶片在风中的脆响，有一种隐隐的满足。在城里时似乎有过找一块地，种些绿色植物的梦想，却不可能办到。如今在这山里，梦想变成了现实。他不觉在心里吟诵起陶渊明的诗句：少无适俗韵，性本爱丘山……

太阳越升越高，火热热地晒下来。来兮浇了一大片玉米，出了一身汗，口干起来，肚子也有些饿。他无意中往坡下望望，看见秀挺着大肚子，提着个篮子，一步步走上坡来。好一阵感动，跑了过去，提过篮子，扶秀到边上土埂坐下。他一时忘了饥渴，对秀说："叫你别来，你还来，我忍一忍就要回去了。"说着伸手疼爱地摸摸秀的肚子，还把脸轻轻贴上去，说："还好吧？"秀笑着应："好，还好。看你一身汗，快喝茶，吃点心。"

来兮喝了茶，吃了两块玉米饼，抹抹嘴巴，和秀坐在土埂上看风景。一阵阵爽爽山风吹来，让人有种飘飘欲仙的感觉。

来兮听见秀在耳边风一样说："来，还想家吗？"

来兮说："不大想了。有你和肚子里的孩子，这里也是家了。"说着，又伸手疼爱地抚摸秀的肚子，把耳朵贴上去，久久的。

秀说："听见了吧？听见什么？"

来兮抬起头："听见了，听见咱孩子的心跳。"说着，把秀轻轻揽在怀里。

来兮又到玉米地浇肥。

秀站了起来，在坡上慢慢走，不时弯下身子捡拾什么。

下山时，来兮看见秀篮子里多了两块她捡来的石头，一伸手抓住，要扔掉。秀一把夺下，放回篮子。来兮说："秀，你刚才在山上转来转去，就捡这没用的石头？"秀说："这石头有用。"来兮不解："有什么用？"秀调皮地说："以后有用呀。"

回到家里，来兮见秀把那两块石头，放到屋角一堆石头里，问秀："这么一堆，都是你山上捡的？"秀点点头，叮嘱道："这些石头，是我在山上一次次好不容易捡的，不准扔了。"来兮笑说："都是以后有用的吧？"秀说："对，你记住了。"

八

秀生了个女孩，是早晨生的。

那天天刚亮，秀屋前大樟树上飞来了许多鸟雀，叽叽喳喳闹个不停。突地，屋里传来婴儿的啼哭。声音特别响亮，在天云村上空响着，千百只鸟雀的大合唱也骤然停止。

这婴儿的啼哭惊动了整个村子。这村子好久没有婴儿出生，没有婴儿啼哭。人们早已不生孩子了，也不会生了。人们对婴儿已没有印象。这响亮的婴儿啼哭，激发了人们的好奇心。大家提了鸡蛋，涌到秀家，争相瞧瞧刚出生的婴儿。连住在书屋，极少走街串巷的阿祥叔，也提了篮鸡蛋到秀家，一睹婴儿模样。

人们看了婴儿，在村头巷尾议论着，喜悦中有一些猜疑——别人都不会生孩子，偏偏秀就会生？有人在书屋前亭子聊天时，问了无事不通的阿祥叔秀生孩子的事。阿祥叔笑而不答，岔开话题，又去说古道今，聊天下大事。

在秀屋内，秀红着脸对来兮说："来，给你生了个女孩。"来兮说："我喜欢女孩。"秀又说："那，你识字，给孩子取个名字吧。"来兮说："就取我名字中的'兮'字，叫小兮吧。"

九

来兮成了书屋常客，没干活时，便去看书。

来兮在书屋厅内的书柜，找到一本纸张雪白的新书。翻了翻，颇有意思，就是没有出版时间。他坐下来读。

读着，他听见外面传来平时没有的嘈杂声音，起来到门口，看见空地上和亭内外聚集了许多人，似乎整个村子的人都来了。大家说说笑笑，像过节一样。他放下书，下了台阶，走向空地。阿牛和一伙年轻人在玩石锁和杠铃。他看了一眼，向亭子走去。他看见阿祥叔又站在亭中央，抖动长发，舞动着手臂在神聊。很少出门的秀，抱着小兮也坐在亭子边。

来兮踏进亭子，坐到亭子边。阿祥叔一把将他拉到亭中央，对大家说："阿贵下山三年，会认字看书，让他给大家聊聊。"来兮推托着。阿祥叔认真对来兮说："我古的说多了。你一定要给大家说说今天的，山下的今天。"来兮停了一下，答应了。

来兮想了想，说起来——

说山下世界的飞速变化，到处高楼林立，铁路公路密如蛛网，火箭飞船飞向月亮、火星……也说那叫中东地方的战乱，说海上的纷争，说恐怖主义和自杀炸弹，说江河污染和空中雾霾，说毒奶粉、地沟油，说拐卖女人孩子、醉酒开车撞人、大学生毒杀同学，说医生被病人砍了三十刀死了，杀人的也跳楼……

来兮越说越大声，滔滔不绝，手也舞动起来。

来兮说着，亭外空地上的人，也聚拢过来听。

来兮说得亭内外一片寂静，针掉到地上都能听见。

　　来兮说完了，亭内外仍没一点声音……突地爆发出来，七嘴八舌，大声小声，议论纷纷——

　　"哇，这山下如何了得，乱七八糟！"

　　"呀，这山下世界比三国还乱，太可怕了！"

　　"嘿，还是山上好，多清净。"

　　"对，还是咱山上好。山下太糟了，太乱啦！"

　　……

　　来兮坐在秀旁边，听大家无休止的议论。

　　渐渐，亭内外人向书屋前空地涌去。来兮和秀也跟过去。来兮看见阿牛站在空地中央，穿一件无袖短褂，敞着胸，手臂和胸脯鼓突着一块块黑疙瘩肉。他两脚分开，双臂向外略略摊开，摆出一副摔跤王的架势。一个年轻人从人群中出来，冲向阿牛。阿牛和那人搭上手，抱住，一发力，将他抱离地面，左右一摆，嘿一声，重重摔到地上。四周人群发出一声声欢叫。又冲上去几个人，全被阿牛摔倒。再无人敢上去。

　　阿牛孤单地站在空地中央，四处环视一阵，正要抬脚离开。来兮从人群中走出来。四周人群发出一阵杂杂话音——

　　"呵，阿贵太大胆了。行吗？"

　　"阿贵是找死呀，别又被摔个狗吃屎！"

　　……

　　来兮走到阿牛面前，向他拱拱手，也分开两腿站立，两臂摊着，盯着阿牛眼睛。阿牛鄙夷地看着来兮，鼻子轻轻哼了一下。两人对峙着，慢慢挪动身子，在地上画圆圈。磨了好一会儿，阿牛耐不住，发狠了，大眼睛牛一般一瞪，向来兮扑去。来兮稳稳地往下一蹲，放低身子，双手将扑上来的阿牛粗腰一抱，借他强劲冲力，双手一扭，一摆。阿牛摔到地上。

　　人群爆出阵阵欢呼——

　　"哇，阿贵行啊！"

　　"嘿，阿贵真是不一样了呀！"

　　……

　　阿牛从地上起来，脸涨红红，沉沉对来兮说："再来一次，再来一次!"来兮摆摆手，退到人群里去。秀抱着小兮，眼睛黑亮地朝他一笑。

来兮和秀回到亭子坐下，人群也回到亭内外，相互说话。

过了会儿，来兮听见亭外稍远处传来歌声，站起来，到亭边往外一看：阿牛站在书屋门前台阶上，昂着头，金鸡一般放声高唱——

　　　　无风吹云云不退，
　　　　天上无云雨难栽。
　　　　有针无线难引路，
　　　　无见阿妹郎空来。

亭内外人听着阿牛的唱，齐刷刷把目光投向秀，纷纷说："秀，快，和一首，唱一首吧！"秀脸一红，瞟一眼来兮，犹豫着。人群还不停地喊。秀站了起来，把小兮交给来兮，整整衣裳，走到亭边，挺直身子，抬起头，放出金亮亮声音来——

　　　　黑云退去天见晴，
　　　　小妹做客郎村行。
　　　　妹是出来做客游，
　　　　身边未带歌先生。

来兮从未听过秀唱歌，没想到她嗓音如此甜美，山歌唱得如此动听；便和亭内外众人，痴痴听起来。

秀越唱越放开，接着便先唱一首——

　　　　好花莫种妹里边，
　　　　好郎莫结妹同年。
　　　　好船莫摊妹过渡，
　　　　好花难得共坪生。

那边阿牛和着的歌声，很快又飘过来——

> 好花也种妹里边，
> 好郎也结妹同年。
> 好船也摊妹过渡，
> 好花也等后花妍。

秀和阿牛有唱有和，一首接一首，唱得太阳爬到头顶顶，才歇下。众人才恋恋不舍散去。

到家里，来兮对秀说："你不是说你从没睬阿牛，不应和他唱歌，今天怎么也应和了？"

秀微微一笑："来，你吃醋啦。今天不是私下里约会，是唱给大家听，娱乐一下；就像你们山下也有男女在台上一起唱，表演娱乐一样呀。"

来兮听了无话可说，似乎还有些不快。秀轻轻亲了他一下，说："别不高兴。今天你也给我长脸了。今后，我再不和阿牛唱了，行吗？高兴起来。"

十

小兮会说话了。

可有一天，小兮又不会说话了，张着嘴发不出声音。来兮和秀慌了，一打听，村里的孩子一下子也都不会说话了。第二天一早，村里的公鸡也不鸣叫，弄得村里人睡过了头……大家慌乱恐惧起来，不去干活，全聚到书屋前亭子内外。来兮和秀也去了。阿祥叔也来了，不再站到亭中央舞动手臂神聊，默默坐到亭边。

大家叽叽喳喳议论着，说一定是山下的污浊污染了村子。可这污浊又从哪来的呢？阿牛迸出句惊人的话："咱村里藏着山下人！"人群一下沸腾起来，大家都瞪大眼相互看……

来兮也四处看。阿祥叔低着头一言不发，一下抬起头来，犀利的目光扫了他一下，挪开；而后悄悄走出亭子。阿牛更是瞪圆眼四处巡看，慢慢盯到来兮脸上，再不挪开。大家的目光也都唰地聚焦在来兮脸上。来兮脸上身上热了起来，心怦怦跳着，低下了头……

似乎过了许久，来兮抬起头，面对一双双冷冷的眼睛，平静地说："我就是山下人，藏着的山下人。我不是阿贵。我长得像阿贵，大家错把我当阿贵了。我名叫来兮。"

人群一下炸了锅，激愤起来——

"呀呀，村里人都不生孩子，难怪秀会生……跟山下人呀！"

"这山下人污浊了村子，小孩都不会说话了。让他回山下去。"

"对，让他下山去，回去，回去！"

……

秀站了起来，大声说："来兮是山下人。他不能走。我跟了他，就要跟下去。他走，我和孩子也跟他走！"

人群乱了——

"呵，秀也要走，就让她走。村里也不缺她一个。"

"不能走，秀不能走。山歌唱得那么好。走了，听不到她的歌了。"

"对，那叫来兮的走。秀不能走。我们要听她唱歌。"

……

阿祥叔出现了，手上拿一本线装的古书，站到亭中央，向大家挥挥手。亭内外安静下来。

阿祥叔咳了一声，慢慢地说："来兮是山下人，按理不能留在山上。可现在最要紧的是让村里孩子能说话，公鸡会叫。"阿祥叔举起手上的书，"我翻了这本老辈子传下来的药书，上面有种草药，叫金猴草，可以治不会说话。就让来兮去找这草药。找到治好孩子们的病，让公鸡会叫，就留他在山上。找不到药，治不好病，就让他下山。大家看行不行？"

亭内外众人议论一番，同意，便散去了。

阿祥叔把草药书给来兮，指着书上草药图和文字，说："书上讲得清楚，这金猴草开的是金黄的花，就按这图去找吧。"

第二天一大早，露水还未干，来兮带着从背包取出的望远镜，背上采药的竹篓，和秀向深山走去。

两人翻山越岭，走得一身汗水，也没见到金猴草的影子。他们来到一座陡峻的山下，面对直直的岩壁。两人站在岩壁下，轮着用望远镜往高高岩壁望……秀望着叫了起来，将望远镜递给来兮。来兮一望，看见光溜溜岩壁上，开着几簇金黄的小花，在风中抖动。他对照书上的图——真是金猴草。

可岩壁如此陡峭，怎么上？秀说："我是山里长大的，我去试试。"来兮拦住秀："还是我来。你不知道，我在山下时玩过攀岩。"秀说："什么攀岩？"来兮解释："就是爬石壁。"秀说："你真行吗？"来兮自信地点点头。

来兮在岩壁下，仔细观察上去的一步步路径，而后背着竹篓向岩上攀去。秀在下面胆战心惊地看，叫着："小心，小心啊！"那岩壁长着金猴草的下方，是一片光溜的石壁，没一点裂隙，没有一块突出的石头。来兮避开那地方，从旁边绕过去。来兮攀爬着，一步步靠近那些在风中抖动的黄花。一阵风猛刮过来，他身子晃了晃，贴壁稳住。差一点就能摸到那几簇黄花了，来兮踩上一块突起的岩石。该死的岩石滑落了，来兮也滑了下去。他听见秀在下面惊叫，头脑却清醒着，下滑中抓住一棵岩壁上的松树，吊住，晃着……他往下一看，离地面不远了，从树上吃力地爬下。快到地面时，手无力了，一松，滑跌到地上。

秀扑上去，抱住来兮。来兮浑身都是岩石划破的伤口，淌着血。秀噙着泪说："来，不要什么鬼金猴草了。我们回去。我跟你回到山下去。"来兮苦笑着点点头。秀便扶着来兮往回走。

来兮和秀回到村里，天已漆黑。头顶闪烁着密密麻麻的星星，晚风呼呼地吹。

小兮和奶奶站在门口，站了很久。

小兮看见沉沉夜幕中走来的来兮和秀，跑过去，扑上去，大声叫着："爸爸！妈妈！"

小兮又会说话了——来兮和秀喜出望外惊呆了。两人相互瞧瞧，身上的疲惫和伤痛一扫而光。来兮说："秀，快，到邻居各处看看。"秀马上冲向各家各户……回来告诉来兮："村里的孩子都会说话了！"

第二天清早，家里的大公鸡叫了，村里的公鸡也跟着叫了。

来兮不用回到山下去了。

十一

小兮渐渐长大。

小兮每晚入睡前都要来兮讲故事。来兮讲着讲着，肚子里的故事讲完了，小兮还要他讲。来兮看着秀，无奈地摇摇头。秀说："都是你宠孩子……"来兮抓抓脑袋，有办法了，给小兮读书。第二天来兮到村后书屋找书，翻了好几个书柜，找到十几本一套绿皮面的童话书。好高兴，带了两本回去。

晚上，秀点了盏比平日亮的油灯，放到大床边小桌子上，坐在边上给小兮缝衣服。小兮已上了床，躺着。来兮靠坐在床上小兮旁，摊开书页，对着油灯给小兮读书——

公路上有个士兵在开步走——一，二；一，二。他背着行军袋，腰间挎一把长剑。他已参加了好几次战争，现在要回家……

来兮抑扬顿挫读着。油灯黄黄的光柔和地洒在书页上。晚风轻轻从窗外吹进来，油灯火苗轻轻摇曳。外面传来夜虫吱吱吱的鸣叫……

来兮读着读着，小兮甜甜闭上眼睛，睡了。

来兮合上书页，抬眼看看坐在旁边的秀。秀朝他甜甜一笑："读得太好了。我都入迷了。来，你真是一个好父亲。天云村从没有像你这样的父亲。"

第二天早晨，小兮在晨光中睁开眼，说："爸爸，妈妈，我昨晚做了个有趣的梦——一个士兵喜欢上一位公主。那公主在睡梦中被一只大狗驮着，跟士兵相见……"

来兮和秀都笑了。来兮说："梦里还有士兵要被国王绞死，三只大狗救了士兵。士兵后来娶了公主，当上了国王。对吗？"

小兮说："对，对呀。你怎么知道？"

来兮说："这都是昨晚给你读的书里的。"说着，把那本绿皮面的书放到小兮面前。

小兮把书拿到手里，看着，说："真是本有趣的书。"

来兮说："想看吗？"

小兮点点头。

来兮说："爸爸给你读，再教你认字，将来你就能自己读了。"

小兮拍着手："太好了！太好了！"

秀看着，也笑了。

于是，来兮做了些识字卡片，教小兮识字。

十二

小兮很活泼，像男孩子一样，白天总和村里孩子在外面野，跑呀追呀，跌倒了，磕破膝盖流了血也不哭，从地上爬起来，又和村里的孩子疯玩。傍晚回到家，总是一身泥土。

有一天，小兮哭着回到家里。来兮问："怎么啦？"小兮指指旁边的房子，说："她打我！"来兮知道，小兮说的是邻家那个很野的女孩，便说："那，你就让她欺负呀？"小兮说："她长得比我高大，比我有力。我打不过她。"

来兮带小兮到邻居家。邻居家的女人把那女孩骂了一通。可过几天，小兮又哭着回来，说邻家那女孩又欺负她。来兮便叫小兮别出去，就在家玩。

小兮白天便在门前空地玩。来兮让总坐在竹椅上看风景的奶奶看住她。小兮和鸡玩，给鸡喂食，抱住大公鸡大母鸡，摸它们，贴到脸边亲热；有时又在空地疯跑，追得公鸡母鸡咯咯叫着，乱飞乱跳。玩了两天，小兮又跑出去，找村里孩子玩。奶奶怎么叫也叫不住。

小兮在外面玩，又哭着回来，说又被邻家女孩打了。弄得来兮和秀很头疼……

十三

小兮识字很快，会看书了。来兮到书屋借一两本浅显的书给她看。小兮看完了，来兮又去借。小兮越看越快，又看完了。来兮对小兮说："爸爸带你去书屋，那里有很多书。"

来兮带小兮穿过村子，来到书屋前。阿祥叔刚打完太极拳，看见来兮和小兮，目光闪闪地对来兮说："来了。我知道你一定会带小兮来。上去吧。"

来兮带小兮爬上一级级石阶，进到书屋厅内。厅内多了一张长方桌，摆在来兮的桌子对面，紧挨着。桌前也有张木椅，上面搁了张小凳子，是怕小兮人不够高，坐大椅子眼睛要碰着桌面，看不来书，特意安排的。来兮看着，很感谢阿祥叔的用心，转过脸，阿祥叔却不见了。

来兮打开一个个老书柜，让小兮瞧里面一排排书。小兮高兴地拍手叫着："呀，这么多书，太好了，可以看它一辈子。"来兮指点着，小兮找了本书，爬上大椅子，坐到小凳子上读书。读了一上午，又借了本书回家。

秀对来兮说："你把小兮带得这么好，都会认字读书了。我真没用，什么也不会，没什么可以教她的。"

来兮想了想说："你可以教小兮唱歌呀。小兮嗓子那么亮，一定能唱好歌。"

秀高兴地说："对呀，我怎么没想到！"

第二天早晨，秀带小兮爬到屋后山上，教她唱歌。

以后的每一个早晨，秀和小兮的歌声都在山上响着，在天云村上空飞扬着。村里人纷纷走出屋子听——秀的歌声高亮绵长，小兮的歌声清脆悦耳。而且小兮的歌声，一天天越来越好听……

十四

小兮除了识字读书，大多数白天，还是在外面和村里孩子疯玩，再没有哭着回来，说邻家女孩欺负她。

邻家女人却带着女孩来告状，说小兮打了她的女孩。来兮把小兮叫到旁边问："你不是打不过那女孩，怎么说你打了她？"

小兮说："爸爸，她过去老欺负我。那时我小，打不过她。现在我比她高大，比她有力，就打了她。"

来兮说："你怎么会比她高大。她也会长呀。难道她不长了？"

来兮把小兮带到邻家女孩旁边，一比，果然比邻家女孩高出小半个头。

来兮和秀对邻家女人说了不少好话，道了歉，人家才带女孩回去。来兮对小兮说，比人家大了，强了，不能再欺负弱小的。小兮点点头。

晚上，小兮在外面疯玩得累了，早早就上床睡了。来兮把小兮怎么一下子比邻家女孩长高的疑问，对秀说。

秀笑了："这简单啊。小兮一直在长大，邻家女孩没有长，不就比邻家女孩高大了。"

来兮疑惑了："邻家女孩没有长？"

秀说："对，邻家女孩是没有长。你细想想，你来这村子这么些年了，是不是这女孩就这么大，一点没变。"

来兮想了想，拍拍脑袋："对呀。太奇怪了！"

秀又说："你太粗心了。你没注意到，除了邻家女孩，村里所有的孩子都没有长大，没有变化，和你刚来时一样。"

来兮又想了想："是啊。这怎么可能？"

秀说："这就是天云村呀。天云村的孩子很早很早以前就这样了。很早以前，他们的父母就让他们不再长大，按父母各自的喜欢，让他们停留在各自的年龄。这样，大人就永远有他们喜欢的小的孩子，可爱的孩子。孩子们没什么想法，也高兴自己永远是父母的小孩子，永远留在父母身边……"

来兮问："那，孩子不变，总是孩子。大人老了，死了，谁来养孩子？"

秀说："大人也不会变呀。年轻的，年岁大的，也早早就停留在那个年龄。整个家庭就永久地不变，就，固，固什么？"

来兮插进去："固定，固定下来。"

秀说："对，固定下来。每个家庭固定下来，整个村子固定下来，永久不变。"

来兮啊了一声，说："太神奇了！怎么可能呢？"

秀说："就是这样啊。我、奶奶都这样。你看看我，这么些年了，有变化吗？"

来兮认真瞧瞧秀——真没变。眼角一点皱纹没有，眼睛还那么黑亮，头发黑油油的，身材也还那样，还那么年轻，好看。和第一次在大树下见到的一样。来兮说："是真没变！不对，那，我，我呢？"

秀笑盈盈地说："你也没变呀。你从进了这个村那天起，就停留在那个年龄，不会变了。不信，我拿面镜子你照照看。"

秀拿了一面古色古香的圆镜给来兮。来兮在灯下照了照，果然自己面容光滑，一点折皱没有。几年的时光，没给他留下一丝痕迹。他朝秀笑了笑。

秀一下子变得很认真地对来兮说："来，我正要跟你商量小兮的事。小兮已长得够大了，可以让她停下来，不长了。你看行吗？"

来兮犹豫着："这，这可是咱们的小兮呀！行吗？"

秀安慰说："有什么不行。天云村大家都这样，入乡随俗吧。这样多好呀，小兮永远是我们可爱的小兮，是我们的好孩子，要我们疼爱她，永远不离开我们。她也永远有人疼爱，没有长大后的烦恼。我们这个家庭，你、我、小兮和奶奶就这样固定下来，永久不变。多好呀！"

来兮想了想，说："好吧，听你的，入乡随俗，按天云村规矩办。哦，我还可以给她讲外面的事，让她识字读书吗？"

秀说："当然可以。我还要继续教她唱歌，让她成为村里的小歌手，天天和我一起唱歌。多美呀！"

十五

奶奶走了。

奶奶坐在门前空地上看风景。小兮在捉蜻蜓。成群的蜻蜓在空中飞来飞去。有一只红红的大蜻蜓特别好看，一次次在她头上掠过，有时干脆在她眼前停住。小兮扑过去，它却飞走了。小兮找爸爸想办法。来兮找了根竹竿，一头安上一个竹篾围的小圆圈，让小圆圈黏上一层层蜘蛛网，交给小兮。小兮举着它在空中等着，看准那只红蜻蜓，将满是蜘蛛网的小圆圈扑盖过去，黏住了。小兮取下蜘蛛网上的红蜻蜓，在它长长尾巴上绑上长长的线，牵着，让它飞。

红蜻蜓飞来飞去，飞到奶奶头上。小兮高兴地叫奶奶看："太奶奶，我的红蜻蜓飞得多好看呀！"叫了几声，奶奶没搭理她，一动不动坐着。小兮觉得奇怪：太奶奶怎么啦？小兮近近地瞧，奶奶闭上了眼。小兮摇着她的身体，叫着："太奶奶，太奶奶！"奶奶还是闭着眼，一动不动。小兮慌了，扔下手中蜻蜓，一路叫着去找来兮。

来兮从屋内出来一看，奶奶死了，他落下泪来。秀也来了，瞧着闭上眼的奶奶，并不伤心，对来兮说："来，别难过。奶奶没有死，是在这住腻了，要到各处玩玩，到天上玩玩。"来兮不知道该不该相信，却不落泪了。

村里人都来了，拿来两根长竹子，绑在奶奶坐的椅子上，将奶奶抬起来，往高山上抬。奶奶高高坐着，轻轻颤动着。全村人跟在后面，说说笑笑。几支唢呐朝天翘着，热热闹闹吹个不停。

坐着椅子的奶奶被抬上高山顶，放在突起的平平大石头上。两根长竹竿解开，抽了出来。大家再看看奶奶，朝她挥挥手离开。来兮跟在后面，走几步朝山顶望望——奶奶还坐在椅子上，风呼呼吹着，把奶奶的头发和衣服吹得飘飘扬扬。奶奶真像活着，要飞起来一样。

十六

一天，天云村人隐隐听见山下汽车喇叭声。

天云村陷入恐慌，担心山下的汽车开上山来……

过了几天，听不见喇叭声了，天云村人松了口气。

没想到，一群山下年轻人爬上山来，进了天云村。

这些人进了村子，被天云村宁静祥和，和它四周的自然景色惊呆了。他们到山上采野果，到清澈的溪里抓鱼。小溪里的小鱼密密麻麻的，又不怕人，一捞便两三条。他们干脆脱了衣，下到溪里嬉闹游泳……他们无拘无束的笑声在村里响着，打破了天云村长久的静谧。

他们在村里闲逛，看见路边的一群群鸡，嘴馋了，向村里人买。纯朴的村里人不好拒绝。他们便满山捉鸡，买来煮了吃。

有三个人走到来兮和秀家门前。其中一位胖胖腆着肚子的年轻人，看中了那只雄赳赳的大公鸡，说要买。来兮说不行，这鸡是要叫更的。那年轻人不死心，还是围着公鸡转。来兮看着他笨笨的样子，嘲弄地说："你能抓住这鸡，就卖给你。"那年轻人便去抓鸡。

他轻手轻脚向大公鸡摸去，靠近，胖大身子猛一扑，大公鸡一跳，跑了。他扑了个空，一身泥土，从地上爬起来，又去追疯跑的大公鸡。眼看就要追上，大公鸡呼地飞到树上。年轻人捡了石头往树上扔。大公鸡拍拍翅膀飞到山下。年轻人往山下追去。追到溪边，大公鸡又朝溪面飞去；溪太宽，没飞过去，掉进水里。年轻人跳进水里，胖胖的竟然会游水，游了几下，抓住了公鸡。

浑身水淋淋的年轻人，握着同样水淋淋的鸡，站到来兮面前。来兮有些后悔，却没办法了，只好把鸡卖给他。那三个年轻人便把鸡杀了，拔了毛，在空地上烧起火，将大公鸡烤了吃，弃下一地鸡骨头和鸡毛。

小兮在外面玩了回来，看见大公鸡没了，只有一地鸡骨头和鸡毛，大哭起来……

晚上，这群年轻人在书屋前空地燃起篝火，唱唱跳跳闹到半夜，才躲进搭起的帐篷睡觉。第二天下山，留下一地垃圾。阿祥叔打扫了半天，才弄干净。

那群山下人走了，可天云村像一潭水被投了石块，打破了平静。村里人议论了许多天，才慢慢平息下来。

不久又听见汽车喇叭在山下响起来，越响越近。村里人更惊恐了：更多的人涌上来该怎么办？

村里人在亭内外议论了几天，决定搬村，把村子搬到更高的山上去。

阿祥叔带人进深山，走向更高处，选了一处和现在村子环境相似的地方。全村动了起来，到新地点附近砍木头，晾干了，搭起房架，再筑了土墙，把新房子盖起来。搬家那天，放了鞭炮，大家担着家里的东西往高处走。扑啦啦，旧村内外的鸟雀也飞了起来，一群群吱吱叫着，掠过人们头顶，朝新村飞。一群群野鹿、麂子、山獐，也从旧村的林子跑出来，跟着人群，往新村赶去……

天云村人生活简单，农具家具不多，走了几趟，一家家都搬上去了。

来兮搬家时，不想动屋角那堆石头。秀不答应。来兮有些不高兴，可还是弄到筐里担走。到新家，又堆放在屋角。

麻烦的是书屋。在新村村后大家合力建了书屋，可大量的书搬起来很费力。来兮对阿祥叔说："是不是把书选一选，少搬一点？"阿祥叔不同意，说书是老辈子传下来的，只能多不能少。阿祥叔动员了全村人来搬书。大家把书装进大筐子，担到新村。走了一趟又一趟……

来兮和阿牛也来搬运书，挑着两大筐沉沉的书，走在崎岖山路上。到一处险处，一边是陡陡山崖，突然从高处轰隆隆滚下石头。阿牛把来兮往边上一推。来兮躲过了，阿牛的脚却被石头砸了，鲜血直流。来兮将阿牛背到新村的家。秀上山采草药给阿牛敷伤。来兮和秀天天给阿牛送饭……

书屋总算搬完了。那块刻着"天云村"村名的石碑，也抬到新村，埋立在村口。

十七

日子过得飞快。来兮和秀搬到新村一住好些年了。

这天，来兮站在门前空地看风景：远处的山谷堆满青白色的云雾，缭绕翻滚着，慢慢散去。一座座青褐色的山峰，渐渐露了出来……

来兮身后，小兮在空地上追逐后来养大的公鸡，追得大公鸡咯咯叫着乱飞乱窜。后来大公鸡发怒了，拍拍翅膀跳起，要啄小兮。小兮哇哇叫起来……秀从门里出来，赶跑了愤怒的大公鸡。

秀来到来兮身边："看什么呀？"

来兮说："看风景。看这云雾似乎天天变幻，其实都差不多。这山上的日子呀……"

秀说："这山上的日子，年年岁岁重复着。对吗？"

来兮说："对，年年岁岁重复着，要过好多好多年，都不变，不变！"

秀说："你是不是想山下变来变去的日子？"

来兮停了一下，缓缓说："好像有一点。"

秀叹口气："你想下山？"

来兮轻轻声："可以吗？"

秀应道："当然可以。"

晚上，秀为来兮准备行装。给他准备了衣物、钞票，还有他昔日的身份证。秀把堆在屋角的石头，都装进来兮的大背包。来兮说："秀，让我背这么多石头，不怕累死我？"秀："你辛苦一点。这些石头有用。"来兮说："那我怎么没见你用过？"秀笑着说："在山上没用，到山下世界就大有用了。"

第二天，秀牵着小兮送来兮到村口。来兮向秀和小兮挥挥手，背着沉沉的大背包向山下走去。

小兮望着来兮远去的背影，问秀："爸爸去哪儿？"

秀说："去山下玩玩。"

小兮奇怪了，问："大人也像小孩一样贪玩？"

秀说："大人也像小孩一样贪玩。有时比小孩更贪玩！"

十八

来兮背着沉沉的大背包，回到很久以前住过的城市。

来兮走到似乎是从前家的地方，看着宽宽的街道，前前后后的高楼……一切那么陌生，一下蒙了。他在大街上来来去去地走，一点找不到他脑海中家的那房子的影子。他看见派出所的牌子，打算进去问问。

他走进派出所，站到户籍科的大窗户前，对里面的女警察说，他要找他的家人。女警察要看他的身份证。他把身份证递进去。女警察盯着他身份证看个不停，还叫边上的同事看。几个人看着轻声说着，把他叫进办公室。

来兮走进办公室，把沉重的背包放到张椅子上。那位女警察拿着身份证，对照着他的脸又看了看，问他："这是你的身份证吗？"

来兮应："是呀。"

女警察瞪圆眼说："你知道，你这身份证是一百多年前的。你知道你今年多少岁了吗？"

来兮想了想，天云村人日子长久，没计算一年年的。他真不知道在那儿待了多少年，便说："我，今年，今年，四十岁？五十岁？"

女警察说："按你身份证上出生年月计算，你今年一百四十岁了。这可能吗？"

来兮想，他三十岁上山到天云村，没想一下子一百多年过去了。真是奇怪呀！

女警察又说："你看看，你都一百四十岁了，还这么年轻。这可能吗？你说说这是怎么回事。"

这时，别的办公室的警察闻声也过来了。还来了一位刚巧在隔壁办事的，电视台《奇迹》栏目的主持人兼编导曾美丽。

来兮简单说了他到天云村的事。没人相信，都在摇头；只有那位叫曾美丽的电视台主持人，轻轻点头。

　　女警察又问来兮来派出所到底什么事。来兮说要找家人，说了妻子的名字和地址。女警察摇摇头，说按时间看，来兮妻子早已过世，电脑档案查不到。来兮又说了唯一的儿子的名字。女警察查了一会儿，说也去世了，但有个儿子还在，叫江涛。女警察给了江涛的地址。来兮看着很陌生，问怎么走。女警察说了半天，一百多年城市变化太大，来兮听着，还是搞不清楚。在旁边的女主持人曾美丽说，她愿意帮他去找。

　　来兮背上背包跟着曾美丽东转西走，终于找到了他孙子的住处。曾美丽按了门铃。里面通过窥视的猫眼看出来，问了声。曾美丽脸凑上去，说是电视台的。里面看了看，开了门。门里是一位六十多岁的老人，把曾美丽又瞧了瞧，说："真是电视台的，电视上见过。有什么事？"曾美丽说："能让我们进去说吗？"老人才放他俩进屋。

　　来兮对老人说："你，你是……江涛儿子吧？"

　　老人说："是呀。你是？"

　　来兮说："我是……我找江涛。我是他爷爷。"

　　老人圆起眼："你是我父亲的爷爷，我的曾祖父？我曾祖父如果活着，一百多岁了。你这么年轻！你是骗子还是疯子？你要干什么？快出去，出去。"

　　曾美丽赶紧说："我是电视台的曾美丽。我证明这位先生不是骗子疯子。你看看他的身份证。"

　　来兮把身份证递上去。老人看了看身份证，瞧瞧来兮，还是摇头："你这身份证……你……你一百多岁了吧。样子怎么一点没变？谁相信！这身份证不会是假的吧。现在骗子太多了呀！"

　　曾美丽说："那，你能不能让这位先生就看看你父亲，就看看。说不定他会记起点什么。"

　　老人答应了。来兮放下背包，跟他走进里面一间卧室：一位年迈老人卧在床上，一动不动。来兮轻轻走上去，坐到床边，瞧着老人的脸，牵住他枯瘦的手，不知该说什么。半天说了一句："你，还好吧？"

　　老人浑浊的眼珠轻轻转了转，头动了一下，喉咙咕噜咕噜一阵，却发不出话音。

来兮一下百感交集，抚着老人干枯的手，落下泪来。

他又坐了会儿，站起，默默走了几步，又回头，看见老人浑浊的眼睛似乎还看着他……

离开前，来兮握住曾孙子的手说："不管你相信不相信，我都是你的曾祖父……多保重。"说完背上背包，和曾美丽走出门去。

十九

来兮和曾美丽走到大街上。曾美丽问来兮："你现在去哪里？"来兮看着街上一辆辆飞驰的汽车和来往的行人说："无处可去。"曾美丽说："应该找个地方，先住下来。"曾美丽将来兮带到一家叫"乐天"的大酒店，帮他开了房间。来兮跟着曾美丽走进房间，卸下沉沉的大背包，说："呀，这么豪华！我……"曾美丽说："这算我和台里的安排。你是一个不一般的人，应该住这。"

晚上，曾美丽留在房里同来兮说话。来兮细细说了他到天云村的事。曾美丽忽闪着黑亮的大眼睛入迷地听着。曾美丽对来兮说，她想根据他的事做一期《奇迹》节目。来兮想了想，答应了。两人极投缘地聊到深夜。曾美丽要离开时，要来兮把身份证给她，她要请专家鉴定。曾美丽对来兮说，不是不相信他，是做节目时能亮出来，更有说服力。

上节目那天，曾美丽带来兮上街，给他买了套漂亮的西装。

晚上，曾美丽带来兮到电视台演播厅，和节目组的人见面，聊了聊。给来兮化了个淡妆。曾美丽看着化了妆，穿上笔挺西装的来兮，说："真漂亮，真帅。好好表现。"来兮乐呵呵点点头。

曾美丽先上场。来兮在台后等待，想到自己只是小时候在学校台上表演过诗朗诵，而这次上电视台，台下有几百双眼睛，播出去，电视机前更有全市、全国和全世界的无数双眼睛看着……很激动，有些紧张，心怦怦跳着。

曾美丽先在大厅台上，说了"一百四十岁'年轻人'"来兮的事，并亮出他经专家鉴定的身份证，吊足大厅内观众的胃口，而后请来兮上场。

　　来兮在雪亮的灯光照射下，激动又紧张地走上台。台下发出一阵阵尖叫，而后是热烈的掌声。来兮的心反而平静下来，一步步走到台中央。曾美丽笑容可掬地迎上去，热情介绍。曾美丽建议他在台上再走走，让大家看看。来兮笔挺地在台上左左右右走了几遍，步伐越加轻松自如和优雅，展示了他年轻人一样的姿态和身材。下面发出掌声。有人笑笑提议，让来兮做俯卧撑。曾美丽有些为难地看看来兮。来兮很干脆说了声："行。"脱了西装交给曾美丽，俯下去，一口气做了三十几个，站起来，脸不红气不喘。下面爆发出阵阵尖叫声和掌声。

　　接着，曾美丽继续热情介绍，并和来兮互动。来兮配合得极好。曾美丽总一脸带笑，不时用欣赏和满意的目光看着来兮。最后环节，台下观众对来兮提问。台下观众提出一个个问题，要考考来兮这位一百四十岁的"年轻人"的智力。来兮则有问必答，对答如流。最后有人出了两道刁钻的数学题，来兮也颇快解答出来，引来场内一阵阵惊呼。有观众对镜头说，这一百四十岁的人，不但容貌身材力量如年轻人，头脑也像年轻人，甚至比年轻人还敏捷。真是奇迹。又是一阵热烈掌声。

　　这期《奇迹》节目一播出，轰动全市，轰动全国……各报刊、网络也跟着大肆报道。人们在街头、在家中、在网络上，争相议论这位"一百四十岁的年轻人"。各电视台争相邀请来兮上节目。好几个台请他做嘉宾主持人。来兮已适应了上电视，在做嘉宾主持人时，越来越潇洒自如，游刃有余。他本来读过不少书，在天云村书屋又读了许多外头少见的书，可谓学富五车。这在他做嘉宾主持人时都表现出来。特别是涉及中外历史文化等方面，他总能说出别人不知道的知识，也总有别人没有的真知灼见和惊人妙语，博得阵阵喝彩。甚至抢了主持人的风头……

　　来兮几乎一夜间成了名人，连他自己也感到吃惊。他出门，常有人围观，指指点点："呀，这就是一百四十岁的人！这身材，这容貌，多年轻。真是奇人。"许多人还要和他合影。他被搞得有些烦，不大出去。便是出去，也戴上墨镜和口罩。

　　他很感激曾美丽，每天都和她通电话。

　　这天晚上，曾美丽又来了。她长发披肩，穿着件粉红的短裙，飘飘地走进来兮房间，和来兮聊天，聊个没完。来兮已学会喝酒，聊得高兴，取出一瓶红葡萄酒，斟满两只高脚杯。两人举起泛着红红醉人浆液的酒杯……曾美丽闪动着迷人的眼波说："来兮，太高兴了，祝你成功，再成功！"来兮说："美丽，真要谢谢你！没有你，就没有我的今天！"曾美丽谦虚地说："哪里，哪里，我只是引个路，还是你自己有实力，有魅力……"

两人喝着酒，说着话，眼睛亮亮地相互看着：脸都一片红，目光都火焰般炽热……两人红红的脸越靠越近，热乎乎贴到一块……

二十

第二天是休息日，来兮和曾美丽很迟才起床。两人洗漱后出去吃了早点，又回到酒店。

曾美丽在屋内走着，看见屋角放着的那个鼓鼓的大背包。她上去摸摸，硬硬的，拎了拎，好重，差点拎不起来。她问来兮："这是什么？这么沉从山上背下来。"来兮笑笑："山上捡的一堆石头。"曾美丽说："是石头，还不赶快扔掉，放在这儿多碍眼。"来兮说："说是有用的。我也不明白有什么用。什么时候扔掉算了。"曾美丽却来了兴趣："说有用？我看看。"

曾美丽拉开背包拉链，果然是满满一背包大大小小的石头。她拿出一块，在阳光下翻来覆去地瞧，发现石头裂缝闪出一道黄黄耀眼的亮光。她扑在上面细看，那石头里似乎藏着晶莹剔透的东西。她把来兮叫来，说："这石头，可能不是一般的石头，说不定里头藏着宝。"来兮把石头瞧了瞧："那，怎么才能弄出来？"曾美丽想了想说："有了，我做节目认识一位珠宝商，让他帮着弄开看看。"说着，曾美丽又从背包里拿了块石头，连同前面那块，装进塑料袋，和来兮去找珠宝商。

来兮和曾美丽找到珠宝商。珠宝商一下认出来兮，笑着说："呀，你就是那位一百四十岁的年轻人。哈哈，真是年轻，真是奇迹。"曾美丽上前，拿出塑料袋的两块石头，对珠宝商说请他帮着剥开看看。珠宝商把石头拿在手里，随意瞧了两眼，有些不以为然："这什么破石头，还用剥开看？"曾美丽指指来兮说："这是他山上带来的，好远背来。你就帮着剥开看看。工钱我们照算。"珠宝商看了来兮一眼，便带他们到厂里去。

在珠宝加工厂，曾美丽把一块石头给一位师傅。师傅用放大镜瞧了瞧，问："这石头哪来的？"来兮说："山上随便捡的。"师傅笑了："山上哪能随便捡到这样的石头。这石头……剥开看看吧。"师傅将石头放到刀具旁。来兮突然有点紧张地说："师傅，就外面剥掉一点，看看。"师傅说："知道。"

来兮和曾美丽紧紧盯着那块石头，珠宝商早去看别的师傅干活了。

那石头外面那层薄薄石皮被剥开，来兮和曾美丽眼前闪出一道光，有了点惊喜……他们听见师傅轻轻叫了声："呀，猫儿眼，活光，极品啊！"

来兮伸长脖子看去：剥去石皮的石头，露出一片蜜棕色，上面游移着一道细长浅黄的光，真像猫眼睛那样闪烁灵动着。妙极了！

几个人呆看着，兴奋得脸上冒热汗。来兮把另一块石头交给师傅，叫师傅赶紧剥开看看。

师傅比上一块更小心地去剥这石头的皮，剥出一片如血的鸽子红；再剥下去，闪出海水般的碧蓝。师傅又叫了起来："哇，红蓝连体，举世罕见。"边上的师傅和珠宝商也过来，看这红蓝连体的奇异宝石……

珠宝商抓住来兮的手，激动地说："你，还有吗？都卖给我！"来兮说："还有一堆，怕都是极品，你买不起呀！"珠宝商摇着来兮的手："买，卖了房子也买。"

来兮回到住处，将背包里的石头分出一半，装进袋子，背到珠宝加工厂里，请师傅一块块剥开看看。师傅一块一块小心翼翼剥开，围着看的，发出一阵阵惊呼。其中最大的一块，剥干净，里面是一颗浅蓝色闪闪发光的大钻石，耀花了一双双眼，让每一个人目瞪口呆，半天说不出话来。这大钻石一过磅，重达385克拉，价值连城。

来兮把这些钻石宝石，拍卖给几家珠宝商……

来兮买下了他住的大酒店，改名为"美丽来兮大酒店"，让它成为他和曾美丽的家。

　　"一百四十岁的年轻人"一下又成了富翁，成了新的传奇。街头巷尾、报纸网络上议论不停。有人传说他拥有一大片宝石的矿山……来兮出门，除了戴上墨镜口罩，还跟着两名保镖。

　　来兮不爱去赴各处的宴请，工作之余，还是喜欢待在自己酒店里，和曾美丽在一起。

　　晚上，他喜欢两人坐在沙发上，举杯喝喝红酒，看看窗外夜景。从高楼望出去，外面灯火璀璨，闪闪耀耀，一片无边的灯海……来兮像当时在山上眺望山景一样，端着酒杯站在窗前，眺望这迷人的都市之夜，不时饮一口杯中的酒。他喜欢这片浩浩的灯海，想象自己是这灯海中那灯塔之上，最高最耀眼的那簇灯光。他没想到在这繁华都市，能过上他过去想也不敢想的生活，成为无人不知的名人、富翁。他觉得眼前灯光闪烁的城市像梦，他也像在梦中一样……

　　一天，来兮从外面回来，走到楼下大堂。大堂沙发上坐着八九个人，有老年人、中年人和孩子。那些人一见来兮指指点点，而后呼地围上来。来兮认出，领头的老人是他见过的他的曾孙子、江涛的儿子。老人一改上次在家中冷冰冰的样子，满脸带笑，热情地抓住来兮的手摇晃着，说是带他的儿孙们，来认认来兮这位太爷爷、老太爷爷。

　　来兮带他们到楼上，热热闹闹挤了一房间。

　　老人向来兮一一介绍他的中年儿女、大大小小的孙子。看着这场面，来兮很高兴，没想到自己如今有这么多后代。他请大家喝茶，吃水果。老人带头亲热地叫来兮："太爷爷、老太爷爷……"叫个不停。来兮被叫得心里暖洋洋的。老人还让儿孙跪下磕头，被来兮拦住。

　　大家围着来兮，你一句我一句，说个不停。说着说着，静了下来，都拿眼睛瞧那位老人。老人脸微微红了，咳两声，说起话来："太爷爷，我们都知道您现在出了大名，发了财，能不能给您的孙儿，哦，曾孙儿、曾曾孙儿，和他们的儿女们一些……"来兮听了，身上一下凉了，问："你们要什么？"老人说："听说您有很大的宝石矿，能不能给我们一些宝石？就算做个纪念，让大家好好记住您老人家。"

　　来兮想了想，想起卧在床上说不出话的孙子江涛……他走进卧室，打开保险箱，取出几块小的石头，分给每个大人一块，又给每个孩子一千元钞票。那老人翻弄着手中石头说："这是石头呀，哪是什么宝石？"来兮说："剥开，里头就是宝石了。"又有人说："这么小，剥开了，宝石也太小了。"马上有人跟着嚷嚷："是啊，是啊，太小了，太小了。"来兮有些生气："要不要？不要都拿过来。"便没了声音。过了会儿，来兮说："你们可以走了。"大家握着石头，带着孩子，走出门去。

二十一

又一个早晨，来兮在床上睁开眼，想爬起来，感到很疲惫。他轻轻叫了曾美丽一声。曾美丽慢慢睁开眼，迷糊应了一下，又闭上眼再睡。来兮说："美丽，你看看我，不知为什么，感到很累。"曾美丽又努力睁开眼，看了看来兮。

曾美丽一下叫出声来："来兮，你，你怎么啦？一下变成这样，太可怕了！"说着一骨碌从床上起来，慌慌乱乱穿上衣服，嘴里念着："太可怕了！太可怕了！"急急向门外走去。

来兮一下没反应过来：这曾美丽怎么啦，害怕什么？这时他感觉自己有点不对劲。他努力从床上爬起来，下地。双腿站不直，抖着；背也弯了。他弯着背吃力地走到一面大镜子前，大吃一惊：一夜之间，他老了。满脸皱纹，白发稀疏，眼睛也浑浊了，看东西模模糊糊，背也弯了……活脱脱一副垂死的老人模样。

他双脚抖抖地走到沙发前，一下瘫坐在沙发上。坐了许久，他又走到大镜子前，还是那模样。他又回到沙发坐着，不敢出去。

他在沙发上从早晨坐到晚上。屋里黑了，他也不开灯，还是坐着。肚子饿了，咕咕地响，可他不敢出去。

他努力从沙发起来，走到窗前，望着外面璀璨的灯海……却想起那个飘着乳白色云雾的山村。他看见秀站在大樟树下，眼睛黑亮亮朝他笑笑，走过来，轻轻牵起他的手……他看见小兮在家门前跑来跑去，追得公鸡母鸡咯咯叫着，乱飞乱跳……他浑浊的眼里流出了泪。

　　天很黑很黑了，他还孤独地站在高楼高高的窗前。

　　他听见开门的声音，脸慢慢转过去。曾美丽回来了。他想不到被他那模样吓坏的曾美丽，还会回来。

　　曾美丽提着一个塑料袋走到他面前，说："来兮，我回来了。"又说："你一定饿了，我给你带吃的了。"来兮流下了眼泪。

　　曾美丽扶着来兮到桌前坐下，从塑料袋拿出饭菜，叫来兮吃。来兮大口吃了起来，一下就噎住。曾美丽抚着他的胸口，像哄孩子一样："别急，慢慢吃，慢慢吃。"

　　来兮吃完，曾美丽收拾了饭盒和筷子，坐在来兮面前，看着他，有些歉意地说："我回来了，不走了。今天早晨……你变化太大了。我吓了一跳……我，现在想好了，不走了，陪着你，一直陪着……"

　　来兮浑浊的眼中又涌出泪水。曾美丽轻轻揩去他的眼泪。来兮说："谢谢你，从心里谢谢你。谢谢你给我带来的那些美好的日子。谢谢你不抛弃我。我不能连累你。我想好了，我要回去，回到山上去。"

　　曾美丽说："你行吗？你这身体！"

　　来兮说："行，无论如何，我也要回山上去。"

　　曾美丽突地想起来说："哎呀来兮，你今晚在电视台还有个节目要上，怎么办？"来兮说："你打个电话去说说。"曾美丽给电视台节目组打电话。那边很生气，说不行。是签了合同的，有什么情况一定要人过去一下。曾美丽和来兮商量，没办法，还是去一趟。

　　来兮戴上墨镜和口罩跟着曾美丽，缓缓走进电视台节目组的办公室。

　　节目组的人一见曾美丽，迎上去："来了？"一看她后面是个弓着背的老人，问："来兮呢？怎么没来？"

　　曾美丽指指老人，低声说："他就是来兮。"

　　节目组的人看着弓着背、满头白发的老人，摇着头："不对呀，来兮虽是一百多岁，看去多年轻呀。这不是来兮。"

　　来兮低沉地说："我是来兮！"说着摘下墨镜和口罩。节目组的人细细瞧了瞧，叫了起来："是来兮，真是来兮。怎么一下变成这样？太可怕了！"

其他办公室和走廊的人都进来，围着来兮看，七嘴八舌议论着——

"呀，这一百四十岁的年轻人，怎么变成这样？"

"这是来兮吗？不可能吧！"

"来兮变成这模样，怎么上节目啊？"

……

来兮低着头，呆立在那儿，浑浊的眼里流着泪。

曾美丽拉了拉来兮："他们都看见了，不会让你上节目了。走吧。"来兮弓着背，低矮地跟着曾美丽，一步步从人群走了出去。

来兮和曾美丽回到酒店房间，发现屋角的保险箱被打开，里面空了，剩下的那些宝石被偷了。

来兮一下瘫到沙发上，放声痛哭。曾美丽抚着他的背，安慰他。

来兮慢慢止住哭泣，牵着曾美丽的手说："这些宝石本来想留给你，现在都没了。"

曾美丽安慰说："别难过。没有就算了，我无所谓。"

来兮又说："美丽，我们好了一场，也是缘分。我只有这大酒店了，把它留给你吧。'美丽来兮大酒店'，多好的名字，不要改掉，作为我们那美好日子的留念。"说完，紧紧抱住曾美丽……

第二天早晨，来兮戴上墨镜和口罩，拄着曾美丽买的拐杖，和曾美丽来到车站。他独自上了车，离开了繁华的城市。

二十二

来兮拄着拐杖，跌跌爬爬回到天云村，快到自家门前时，听见一阵歌声——

一朵好花在高楼，

十二门栓打非透。

日间蝴蝶又难采，

夜来贼仔也难偷。

　　来兮艰难地走到自家门前空地，拄拐停住。阿牛还对着门动情唱歌，一点没发现他。来兮看见奶奶坐在竹椅上看风景。正如秀说的，奶奶没有死，到四处逛逛，又回来了。他走上去，叫了声。奶奶瞧他一下，没认出来，又去看风景。小兮从门里出来，端着鸡食，要去喂鸡。来兮叫了小兮一声。小兮看了他一眼。他上去又叫了声。小兮慌忙扔了鸡食，往门里跑，喊着："妈妈，妈妈，外面有个老头，身上都是泥巴，脏兮兮的……叫我名字，你快去看看。"

　　秀走了出来。来兮叫了声："秀，我是来兮，来兮呀！"说着，向前一步，走得猛了些，几乎跌倒。秀扶住："呀，来兮，你怎么啦？"将来兮扶进屋。

　　唱歌的阿牛看到这情景，悄悄离开。

　　秀将来兮扶到床上。来兮拉住秀的手："秀，我不行了。你看看我，我会不会……"秀抚着来兮的手安慰说："你不会，不会死的。回来就好了，会好起来的。"

　　秀到灶间煮了碗蛋花，捧进来，让来兮喝下。来兮精神好了些。秀又端来热水，给来兮擦擦身子，让他换上一身干净衣服。来兮说他很累，想睡。秀说睡吧睡吧。来兮抓住秀的手："秀，别离开我。我睡了你也别离开我！"秀点点头。来兮便沉沉睡去。

　　来兮睡了三天三夜，秀守了他三天三夜。

　　三天后，来兮在一个早晨醒来，觉得舒坦许多。他看见秀在他身边朝他笑着。来兮下了床，踏到地上，双腿直了，腰也不那么弯了。秀拿了面镜子给来兮。来兮一照：头发多了，也不那么白了。脸上皱纹也少了，眼睛黑亮了。来兮高兴地抱住秀，在她耳边喃喃地说："变了，变了，变回来许多了。"秀说："还会好起来的。"

　　又过了些日子，来兮完全变回原来的样子了。

　　清晨，来兮站在家门前空地上眺望：山谷中浪涛一样翻滚着乳白的云雾。慢慢的，云雾变幻着，撕扯着，散去，一座座青褐色的山峰，露出了尖尖顶。躲在云海后面的太阳抖动着，跳了出来，射出万道金光……

"风景好看吗?"秀悄悄来到来兮身边。

来兮转过身子,瞧见秀被朝阳抹红的脸,说:"好看。每天都变幻着,百看不厌。"说着将目光投向身后日光笼罩的门前空地——小兮正在喂鸡,"得得得"叫唤着,撒下玉米粒。公鸡母鸡抢着啄食。她蹲下,抚摸一只脸红红的黄色小母鸡,把它抱起来,贴脸亲热。奶奶呵呵笑着,颤颤地从门里走出来。来兮和秀上去扶着,扶到竹椅上。奶奶便坐在椅子上悠悠然看风景……

来兮突地有一种深深的触动,正要开口,听见秀轻轻说:"你看看,就这样,咱们一家多好呀!"

来兮说:"是呀,但愿就这样永久下去。"

秀看着来兮眼睛说: "会的,天云村人都这样,我们也会这样永久下去。"

二十三

日子仿佛又回到从前。

来兮农忙时上山种种地,闲时间带小兮到村后书屋读书。小兮又认了许多字,书读得越来越快越来越多,读了大半个书屋的书。来兮还时常在傍晚,带小兮沿山路散步,给她讲山下世界的事。小兮会提出许多稀奇古怪的问题。来兮尽力回答。答不出来的,让小兮自己去书中找答案,自己去想。

一天,小兮对来兮说她心里难受,胸口和脑袋胀胀闷闷的。来兮瞧了瞧小兮,看上去好好的,便没太放心上。可小兮越发不好了——饭吃不下,不爱说话,不去喂鸡,也不和村里小孩去玩,去野;整天就搬张小凳子,坐在门前空地上,望着山下发呆。人一天天消瘦下去。来兮和秀急了,找懂些医道的阿祥叔看,吃了几次草药,也不见好。来兮又带小兮去找阿祥叔。阿祥叔又细瞧了小兮舌头,把了把脉,把来兮叫到旁边,指指心口,说小兮的病怕在心上。

傍晚,来兮叫坐在门前空地的小兮去散步。小兮懒洋洋的,不想去,被来兮拖了起来。两人走在山路上。原先爱说爱问的小兮，只是低头走路，一声不吭。来兮急了，对小兮说："你到底怎么啦？有什么不能对爸爸说。你要急死爸爸呀！"

小兮还是低头走路……猛地抬起头，双眼亮晶晶望着来兮说："爸爸，我要长大！"

来兮啊了一声："你……你要长大？"

小兮说："对，我要长大。我读了那么多书，你又给我讲了那么多外面的事。我现在有了许多自己的想法；可我小小的身体太小了，容不下。我要长大。"

来兮说："那，你不做爸爸妈妈的小小女儿，像村里所有的孩子一样，让爸爸妈妈永远呵护你，疼爱你？"

小兮说："爸爸，我知道你们爱我，要让我永远是小的孩子，在你们爱的怀抱里。可我读了那么多书，知道了那么多外面的事，我不想像村里的孩子一样，永远在父母怀抱里。我要长大，做一个独立的自己。"

来兮沉默一下说："小兮，这太突然了，让我和你妈妈好好想想。"

晚上，小兮入睡后，来兮对秀说了小兮的想法。秀也吃了一惊：这是天云村从来没有的，有小孩子要求长大！秀便怪来兮不该教小兮识字读书，给她讲山下世界的事，让她变得和村里孩子不一样。来兮说他也想不到会这样。懂得会这样，也不会让小兮识字读书了。

两人商量了一晚上，没有办法，不忍看着小兮那般难受，还是答应她的要求，让她长大。

第二天，来兮把和秀的决定告诉小兮。小兮含泪亲了来兮一下，说："爸爸，你放心，我长大了，不会忘了你们。"

小兮的病好了，开始长大。

几年过去，小兮长成了一个婷婷的大姑娘。

这天吃晚饭时，来兮和秀边吃边说着话，小兮却一言不发，只是默默扒饭。来兮说："小兮，你是不是又有什么想法，说出来，别闷在心里。"

小兮从饭桌上抬起了头，说："我要到山下去。"

饭桌上变得安静了。

来兮对小兮的想法，并不感到太突然。自从小兮要长大后，他就想到会有这么一天。来兮说："小兮，你想好没有，山下世界很复杂，不比山上。你不害怕？"

小兮说："我都想好了，不害怕。我已长大了，又读了那么多书，应该去闯一闯。"

来兮和秀再没说什么，大家在沉默中吃饭。

晚上，秀流着泪埋怨来兮，还是怪来兮教小兮识字读书，才会有这样的结果。来兮低头默默无语。

小兮在一个早晨离开村子。

来兮和秀送她到村口。秀对小兮说："到山下不好过，待不下去，就回来。"小兮点点头，往山下走去。来兮和秀站在高高的村口望着，望到看不见小兮的身影，还站着。秋风一阵阵凉凉地吹，吹落了黄黄树叶，扑簌簌掉落在来兮和秀头上肩上。来兮轻轻拂去秀身上的落叶，牵着她手往回走。

一路上，两人都不说话。快到家时，秀抬起含泪的双眼，对来兮说："我们再生一个吧？"

来兮说："我们再生一个。"

二十四

秀生了个儿子。来兮给他取名叫：小来。

小来长到当年小兮识字读书的年龄，来兮和秀不让他再长，让他永久成为他们小的孩子。

小兮在山下世界生活得很好。她嗓子好，又从秀那里学会了别有韵味的唱歌，成了一名独特而颇受欢迎的歌星。

几年后，小兮带男朋友回天云村。

小兮的男朋友是美国人，蓝眼睛黄头发，人高马大，名叫亨利。他在中国好些年了，会写中国字讲中国话，喜爱中国文化，特别喜欢中国古典诗歌，爱读陶渊明、李白、杜甫等古典诗人的诗。他取了个中国名字：陶李杜。

　　陶李杜的到来，轰动了天云村。人们纷纷到秀家看这金发碧眼的美国人，议论了好些天。来兮担心这山下美国人的到来，村里会不会出现像小孩子说不出话、公鸡不鸣叫的异常现象。可几天下来，还算平静。

　　来兮带陶李杜到村里村外走走。陶李杜热情地与村民打招呼，一点不认生。他一下就喜欢上这山清水秀世外桃源般的山村。来兮带他到村后书屋。他打开一个个书柜，看见这山村竟然有这么多书，特别是中国古典书籍，高兴极了。他拿了几本，坐在桌前看了半天。离开时，阿祥叔笑呵呵说欢迎他再来。他连连应会来，一定会来。

　　小兮回到村里住了些日子，又到山下去。陶李杜却要留下来。来兮担心天云村不接纳他，去书屋找阿祥叔。阿祥叔召集村里人议论一番。大家都喜欢这位不远万里来的美国人，愿意接纳。陶李杜便留了下来。

　　大家帮陶李杜在来兮和秀家后面，建了一座小房子。陶李杜住了进去。他像村里人一样，在山坡上开了片地种玉米。傍晚，陶李杜常去找来兮，一块去散步聊天……

　　小来很喜欢这位美国大哥哥，常到他屋里玩……

　　日子一晃好些年过去了。小来也像当年小兮一样得了怪病，说心里难受，胸口和脑袋胀胀闷闷的。他吃不下饭，不爱说话，也不去玩，搬张小凳子，坐在家门口，望着山下……来兮带小来去找阿祥叔。阿祥叔瞧了瞧小来舌头，把了把脉，悄悄告诉来兮，小来得的是小兮那年一样的心病。

　　来兮找小来说话。说了半天，小来从沉默中抬起头，亮着眼说："爸爸，我要长大！"

　　有所准备的来兮还是吃了一惊："小来，你……也要长大？"

　　小来说："爸爸，我要长大。我读了那么多的书，听了那么多山下外面的事，有了许多自己的想法；可我身体太小了，容不下。我要长大。"

　　来兮感到奇怪，他没教小来识字读书，也没对他说山下的事，他怎么会这样。来兮便问小来："胡闹，你读什么书？我又没教你识字，你怎么读书？"

　　小来停了下说："爸爸，告诉你吧，是陶李杜大哥哥教我识字，帮我借书看。他还教我英语，给我讲山下世界的事。"

来兮啊了一下，说不出话来。

来兮去找陶李杜。陶李杜正捧着本《古诗源》，摇头晃脑地诵读陶渊明的诗——采菊东篱下，悠然见南山……见了来兮，放下书本，给他泡茶喝。

来兮说了他教小来识字读书的事。陶李杜说他是这样做了。他双手一摊问来兮："教小来识字读书，讲些山下世界的事，有什么不好吗？"来兮说，他要让小来不再长大，总是小孩子，永久留在父母身边。教他识字读书，他就有了自己的想法，要长大，会离开家。他们就会失去孩子。

陶李杜说："有这样的事，你们让孩子不长大？"

来兮说："是这样的，这村里孩子都这样的。你没发现，小来这些年都没长大，村里的孩子都没长大。"

陶李杜低头想了想，点点头："真是这样。"

来兮又说："你不知道，我们这村里人样子都不会变，什么样就什么样，永久固定在那儿。你看看，这些年了，我没变，你，也没变，会这样永久下去。"

陶李杜看看来兮，摸摸自己脸和额头，还是光溜溜的，一点皱纹没有，拍着手说："真是这样，太奇妙了！"

来兮说："可你教小来识字读书，小来要长大，会独立，要离开我们哪！"

陶李杜说："很抱歉，这真不能怪我。我不知道你们这里有这么多奥秘。"

来兮离开陶李杜屋子，晚上和秀说了小来的事。两人议了一个晚上，还是答应让小来长大。

二十五

又过了些年，小兮回来了。

小兮踏进家门，样子很疲惫，不大年轻了，脸上出现了浅浅皱纹，身形也有些臃肿，声音也嘶哑了……

小兮待在家里寂寂的，不出门。陶李杜来看她，她也闭门不见。过了些日子，小兮的屋里传出了歌声，一天到晚地响着。小兮的歌声越唱越亮。她还走出门，爬到后门山上唱。晶亮的歌声一阵阵飘荡在村子上空，飘出村子，在山间回响……

小兮已完全变回原来的样子了，浑身散发着青春的气息……她高兴地走在高高低低的村巷里，与一个个村里人热情招呼，到一家家串串门。她走进陶李杜的屋子，待在那儿。那小屋子里，不时传出她和陶李杜的笑声……

可小兮还要下山。

陶李杜劝她：“去山下，你会变老的，你的歌声也会变老，让人没法听。”

小兮笑笑应道：“这，我想好了，在山下只要有一点变老，我就回来，待些日子，不就年轻了，然后再下山去……这样，我在山下看去听去，总是年轻的。在那儿，我永远是年轻的歌星！”

陶李杜无话可说。

小来已长大了，要跟姐姐下山。

来兮说：“你姐姐到山下，会唱歌。你会什么，去干什么呀？”

小来说：“我读了那么多书，有许多想法，还会英语，可以到各国走走……”

小兮和小来走的那天，天气很好，天蓝蓝的，山青青的，风柔柔的；天云村山顶上，飘着几朵轻柔的白云。来兮和秀，还有陶李杜，送小兮姐弟俩到村口石碑旁，看他们一步步走下山，直到看不见。

回家路上，来兮对秀说：“我们，再生一个吧？”

秀点点头：“我们再生一个。”

陶李杜说：“呀，还生啊！”

大

鱼

一

橘黄的太阳，就要从海上滑落下去。

阿畏坐在礁石上望海。这丛礁石矗立在弯月形澳口沙滩的外缘，在上面可以望见辽阔海面。海浪一次次伸出雪白手掌，啪啪啪，拍打黝黑礁石，水花溅炸到阿畏身上。他还望着大海。海上还是空空的，不见一艘渔船。阿畏轻轻叹了口气。

前些年这时候，总有好多渔船从海上归来。鱼载太多了，慢慢沉沉走着。载的都是叫黄金鱼的鱼，装满船舱，堆上甲板，在夕阳下闪着金光。船沉沉驶进澳口，岸上渔村的人们便过节一样，欢叫着冲向海滩。鱼太多了，船重，便靠外泊下来，把一筐筐一堆堆鱼用舢板载了，运到海滩上，堆成一座座金山。小孩三五成群疯了一样，在金灿灿的一座座鱼山旁边，跳跳蹦蹦，一伸脚，把滑到外面的鱼踢到鱼山上。

黄金鱼太多了，收购不完，村里人又吃不完，怕臭了，便到处晒：村巷、门前、海滩、礁石上，全铺满鱼。渔村里里外外，便久久笼罩在浓烈的鱼腥味中。你闻闻，我嗅嗅，谁身上没有鱼味，都像从鱼堆里钻出来一样。经烈日暴晒，遍地的鱼溢出一股股臭味，让人躲之不及。而后，鱼臭味慢慢散去，鱼鲞的香味冒了出来，在渔村四处飘荡……

阿畏伸长脖子用力望去，还不见有渔船归来。海上还是空寂寂的。他知道这几年当家的黄金鱼捕光了，海里空了，出海的渔船少了；只有最会捕鱼的四俤，还带几艘船出海，收获些小的杂鱼。

圆圆扁扁的夕阳就要从天边落入海中，猛地张开大口，将剩余的阳光用力喷向水面。海上顿时金黄黄地浓艳起来，似有许多金箔金片漂浮在水上摇荡……阿畏那次随父亲出海，遇上黄金鱼群，看去，海面也是一片片耀目的金黄。黄金鱼堆挤在海里，密密麻麻，咕咕叫着正要产卵；可船上的渔人敲响了木块和船帮，声音传到水里，鱼被震晕，纷纷浮出水面，跃出水面。渔人便大网大网地捕捞个不停，把鱼子鱼孙都捞上来……

那是阿畏第一次出海，也是唯一的一次。那情景至今还不时出现在眼前。后来他再没去了。不久，父亲生病去世了，母亲改嫁，老屋里只剩下瘦小孱弱的他。后来，他生了场大病，腿便坏了，瘸了，路也走不好，摇摇摆摆如摇舢板一样，别说出海，连在家生活都难。

二

阿畏看着太阳扑通落进茫茫大海，从礁石上慢慢下来，像摇舢板一样一摇一摆地向澳口走去。他踏过绵绵沙滩，回到海边的老房子前。他回头一望，海上那面天熊熊燃烧起来，一片绚烂如火的晚霞，灼灼扑入他眼中。他朝前，看见自己家和隔壁海花家的土墙和屋顶，被西天的晚霞烧得一片通红……

他看见海花了。她坐在门前竹椅上，穿件浅黄布衫，胸脯丰满好看地鼓着，下身是一条浅棕色的阔腿七分裤。她不时站起来，往海上眺望。西天的晚霞便烧到她脸上、身上，烧得她全身红艳艳的，越发好看了。

阿畏一摇一摆到海花身边，叫了声："哟，海花妹妹，还等四俤哥的船呀？"海花没理他，还望着海。阿畏靠近了嘻嘻笑着说："别等了，四俤的船今晚不回来了。"海花乌黑黑的眼唰地转过来，朝地上吐口水骂道："死阿畏，乌鸦嘴，放狗屁呀！"骂完，又把乌亮亮目光挪到那大海上去。

阿畏知趣地低着头，摇摆着走开。

他走着，又抬眼去看海花。阿畏暗暗喜欢好看的海花，又有些怕她。这一切都藏在他心里，晚上便在梦里频频梦见她……阿畏知道自己瘦小孱弱，又瘸腿，又没本事，是黏不上海花的；更何况海花有自己相好的，就是那高高大大的打鱼好手四俤。四俤海上回来，常来找海花。每当四俤迈着长腿，甩着粗壮的膀子，带着一阵风从他身边雄赳赳走过，他抬头一望，便很觉得自己的不堪，马上低下头，真想找个地洞钻进去……

海天上晚霞还轰轰烈烈燃烧着。阿畏没进屋，也沐着霞光在屋前沙滩上望大海。终于望见几艘船向澳口驶来，越驶越近。阿畏看见第一艘船甲板上站着个半裸的汉子——是四俤。他叉开双腿巍巍站着，只穿一条棕色短裤，赤裸着古铜色的上身。他宽阔的前胸鼓突着大块肌肉，腰细下去。那上身看去像倒置的三角形。他两条粗壮的臂膀在身体两边略略摊开。那样子，像座铁塔矗立甲板上，颇为壮观。

海花也看见四俤了，招着手向海滩跑去。海风呼呼吹着，她短衫紧贴在鼓鼓的胸前。短衫边缘和宽阔的裤管，在身后扑荡着。她线条柔美裸露的双腿，在沙滩上腾跳着。

船上的四俤也看见了跑过来的海花，向她招手。

海花一直跑到海滩边，踩到浅水里，踢出一路水花，才停下来。

四俤的船泊了下来，放下一条小舢板。四俤将几筐鱼搬到舢板上，跳上小舢板，摇着橹向岸上靠去。红红的晚霞披挂在他肩背上。他一俯一仰有节奏地摇着橹，样子极为潇洒。胸上和臂膀棕褐色的肌肉，一块块圆鼓鼓的，一突一突，一蹿一蹿……

四俤小舢板咿咿呀呀摇到海滩边。他上了岸，将舢板内一筐筐鱼轻轻拎起，放到地上。有一个筐在拎起时，边上溜滑出一道银色弧光——阿畏看出是条带鱼从筐里落到水中。

阿畏一摇一摆走过去，等四俤和渔人将海滩上的鱼筐抬走，扑到浅水里，一身湿湿捞起那条带鱼。阿畏很高兴，今晚的地瓜米饭正愁没配的，这不，有了。

阿畏拎着带鱼，一摇一摆走向老房子。过来一群男孩子，见了阿畏，拍着掌大声念着唱着——

　　　　阿畏，阿畏，

什么都不会；

只会在地上摇舢板，

摇摇摆摆，摆摆摇摇，

来来又回回……

那群孩子念着，领头的一个到阿畏面前，嬉皮笑脸地说："阿畏，你今天发财了，拎了条带鱼。你又不会出海捕鱼，你说，这带鱼哪来的？一定是你偷的吧！"

阿畏辩解说："不，不是偷的，是捡的。是他们掉落海里，我到水里捡的。你看，我身上都湿了。"

那男孩说："水里哪有鱼捡？我都捡不到，一定是偷的。给我，让我们分享。"

阿畏不肯。那男孩一下抢到手里，高高举着，摇着，叫着："我们也有带鱼吃啰！也有带鱼吃啰！"说着，带着那群孩子要往村里走。阿畏急了，冲去抢，被几个男孩推倒在地上。阿畏在地上抬起头叫着："还我带鱼！还我带鱼！"

四俤出现了，拦住那伙男孩："干什么？哪来的带鱼，抢的？"

拎着鱼的男孩举起带鱼，对四俤讨好地说："不是，不是。是阿畏偷你的鱼，我们抢过来。给，还你。"

四俤瞧了瞧男孩手上的鱼说："啧啧，好大的带鱼。阿畏没有偷，是我筐里滑落到水里，没去捡。我走后，阿畏捡的。不算偷。把鱼还给阿畏吧！"那男孩拎着鱼没动。四俤轻声吼道："去，还给阿畏！"那男孩抬眼看看四俤，低下头，将带鱼递到阿畏手上。

四俤看着，脸上松了下来，拍拍那男孩光光头说："以后不许欺负阿畏了，阿畏好歹也是海花邻居呀！"那群孩子便从海滩上溜走了。

四俤上前摸摸阿畏头，说："回去吧，这带鱼够你晚上配饭了。走，我也要到海花那儿去。"

阿畏便跟在高大的四俤身边，一摇一摆往家走。他走着，不时抬抬头，像小草仰望大树般望望四俤，心里充满感激和仰慕……

阿畏回到老房子，把带鱼杀了，洗洗，煮了，配着地瓜米饭，美美大吃起来。

他吃完饭，听见远处传来锣鼓响。他想起来，今晚祠堂有请来的戏班唱戏。他饭碗一扔，拿起饭桌前的长板凳，往祠堂去。

阿畏到祠堂，里面人还不多。台上空空，高挂着两盏雪亮的汽灯。台里边却锣鼓喧天地闹了起来。阿畏挑了处靠台近的地方搁下凳子，坐上去，抬头痴痴巴望着雪亮的戏台。望了会，还不见有人在锣鼓声中出来，便站起来，走到戏台边，去瞧台边的一幅幅木雕。那上面细细刻满了《三国》《水浒》的人物。阿畏津津有味摇头晃脑地看，有的看出点名堂，有的不大明白。过了会儿，四周人声嘈杂起来。他转头一看，来了许多看戏的。他担心那凳子被人挪开，赶紧回到凳子上坐着。

阿畏，听见个熟悉的女人声音，一转头，是海花，就一个人站在他旁边。阿畏想也没想站了起来，对海花说："海花妹，来看戏怎么没凳子？来，就坐这，坐我的凳子，戏就要开始了。"海花好看地对阿畏笑笑，便坐到他凳子上，阿畏在边上站着。海花屁股往边上挪挪，拍拍空出的一端凳子说："这凳子能坐两个人，你也坐。"阿畏迟疑了一下，坐了下来。

阿畏腰直直地坐着，感觉到海花身上暖乎乎的气息，传到他身上。他鼻子一吸，还闻到她身上好闻的味道……阿畏从来没和女人这么靠近过，何况还是他暗暗喜欢的女人，便有些恍惚，身子不觉微微抖颤起来，屁股往外挪挪，与海花热乎乎的身体离远些。海花转过脸见了，说："哎，阿畏你怎么啦？坐过来呀！离那么远干吗？这中间还空着呢。我又不是老虎，会吃了你！"阿畏听着，脸一红，便将屁股挪过去。于是，他越感到海花身上热乎乎的气息，闻到她身上好闻的味道。不知从哪吹来一阵风，拨动海花散着的长发，飘飘的，有几根发丝飘刮到阿畏脸颊上，摩挲着，弄得他脸上痒痒，心里痒痒……

戏开始了，大家眼睛都盯到台上。阿畏也把双眼投到台上，跟着台上的人转动着。可看了半天，似乎也没看出点什么，头蒙蒙的，身子还浓浓感觉着旁边海花热乎乎身子传来的气息。海花却看得投入，那双黑亮亮的眼睛和那颗心，全都聚到台上。阿畏侧眼瞥瞥海花，渐渐也入了境，不觉跟着她低头伤心，跟着她开怀高兴，跟着她大声喝彩。一两下海花纵情大笑，笑得极为狂野，头脸前仰后摇，身子如波浪中的船一样晃荡……头脸和身子，不时便会触碰到阿畏肩头和臂膀。阿畏便感到像触了电醉了酒一样，快活地恍惚起来……阿畏想，这不会是做梦吧？抓捏了把大腿，疼……

阿畏正沉浸着，肩膀突地被人拍了一下。他恼怒地骂道："谁呀？干啥？"转头一看，是四俤，不知从哪冒出来，高高大大站在他身边。四俤两手伸到阿畏腋下一提一托，将他悬空的身子搬到凳子外，说："谁让你坐在海花身边？那是你坐的地方吗？要揩油啊！"阿畏说："这是我的凳子。我坐我的凳子呀！"四俤不容分辩地说："是你的凳子，你坐够了，该让我坐坐。"说着，一屁股坐上凳子，挨到海花身旁。海花转过脸问四俤："你怎么现在才来，去哪了？"四俤笑笑："去办点事。不是也来了嘛！看戏，看戏。"说着，四俤一伸手揽住海花腰肢往台上看。阿畏只好站在一旁……

戏演完了，四俤和海花从凳子上站了起来。四俤拍拍凳子，摸摸阿畏头说："哦，凳子还你啰。"便和海花离开祠堂向外走。阿畏端起凳子，跟在后面。

阿畏低着脑袋，一摆一摆走到老房子前的海滩边，却不见四俤和海花，便放眼四处寻。此时，一轮圆月挂在天上，满满月光雪一般撒在海滩上。海滩一片白茫茫。远处蓝幽幽的海面起伏着波浪，一串月光在波涛间银链般抖动个不停……阿畏目光搜寻了一阵，终于在雪白的沙滩上见到一高一矮两个人影。那俩人影慢慢移到一艘翻覆的破船边，停下来。那高大的人影一下爬到破船背上，伸出手，把矮的人影拉上去。俩人影便坐在破船背上。开头，俩人影还分开一点，很快就重合起来，看去，似乎只有一个高大背影。海风一阵阵吹着，银白月光一片片，在那影子上下左右翻飞着……

阿畏听见一阵唱船歌的声音传来，是四俤粗嗓子挤捏尖尖唱的——

没风起，好摊船，

顺流顺水到海洋。

哎哟哟，哎哟哟。

一下起了大风暴，

赶紧摇船回家乡。

哎哟哟，哎哟哟。

阿畏听了一会，拿着凳子一摇一摆回到老屋。

三

海里的鱼越来越少，渔村外的大海真真空了。四俤的渔船也停歇在海滩上，不出海了。

除了没有鱼，大海还那样，一天涨两次潮。

又涨潮了，是农历八月的大潮。汹涌的潮水一波波、一层层，涌进冷清的海滩。谁也没注意到，汹涌的潮水里游着条大大的黄金鱼。它随大潮进了海滩，栖泊在一块凹下去的洼地里。潮水退走时，那条大鱼没出去，还留在水洼里扑打着金色大尾巴。

到海边摸小螃蟹、捡海螺的阿畏看见了大鱼。他大吃一惊，呆呆望着，而后用力一摇一摆地往渔村猛走，一路狂喊："大鱼，大鱼，天大的鱼！"人们许久没见到鱼了，谁也不相信，只有几个孩子听见阿畏的喊叫，往海滩跑去。他们也看见大鱼了，也傻愣愣站着，而后往村里跑去，一路狂喊："大鱼，大鱼，天大的鱼！"尖厉的喊声在渔村上空激荡，渔村仿佛从毫无生气的死寂中醒来，许多人走出家门冲向海滩。

人们里三层外三层围住了大鱼。真是大鱼，大黄金鱼，有舢板那么大，浑身披满金鳞金甲，在阳光下闪闪发光，耀得人们睁不开眼。那大鱼肚子大大的，是条母鱼。它在洼地浅水里，扑打着金色大尾巴，将水花溅到人们身上、脸上。大家看着，喊叫着，兴奋着。人越聚越多，全渔村的人都来了，把海滩挤得满满的。人们眼睛狼一样放着光，如饥似渴地瞧着大鱼，说着大鱼。好久没鱼了，这么大的黄金鱼，真是天上掉馅饼啊！

看了许久，说了许久，饱了眼福，过足嘴瘾，有人耐不住，咂咂舌头，说好久没尝到鱼鲜了，把大鱼杀了，切成块，分给大家尝尝。马上有人去拿了十几个大鱼筐，取来大砍刀。几个大汉手持大砍刀，有的爬到大鱼身上，有的站在鱼身旁，都弯下腰，刀按到鱼身上刮鱼鳞。弄了几下，一片也没刮下来；大鱼却动了动，将站到它身上的人抖下来。那人还要爬上鱼身，却听见阿畏在鱼头旁边喊："呀，看，鱼流泪了，鱼流泪了！"许多人挤到鱼头旁，真见一大滴一大滴晶莹泪水，从大鱼乌黑的大眼睛里滚下来……人们有些不知所措。拿刀的呆呆立在鱼身旁，不敢动手……

阿畏在大鱼头旁站了会，摇来摆去走到大鱼肚子边。他不小心歪了一下，跌到鱼肚子上。大家哗地笑了起来。阿畏手按着地狼狈爬起来，尴尬笑笑，用好的那腿脚去踢踹大鱼鼓鼓的肚子，口里念着："叫你流泪，叫你哭！"

不可思议的事发生了：大鱼肚皮下方的孔孔里，竟然溜滑出一条小鱼；接着又是一条一条……呀，这大母鱼会生小鱼，让所有人惊讶不已，大呼小叫起来。只见大母鱼鼓鼓的肚子，不断滑溜出小鱼，只一会儿，水洼里和海滩上，便满是小鱼。有的还摇头摆尾，活蹦乱跳着。说是小鱼，其实并不小，每条都有一两斤重。

一个小孩过去，拎起一条母鱼生的鱼。他身旁站着的母亲一把夺过鱼，扔了回去，对小孩说："这是流泪母鱼生的鱼。谁见过鱼生鱼，还是流泪的到海滩生鱼！太脏了，不能吃。吃了会出毛病的。"于是，围着大母鱼的人们，也疑惑着议论开来。便没有人再去捡拾大母鱼生的鱼，只是说着，纷纷离开海滩。

阿畏是最后离开的。他一个人呆站了一会儿，才离开。

天黑后，阿畏又回到海滩。他拎起两条大母鱼生的鱼，用衣服包裹着，带回老屋。他太想吃鱼了，不相信人们说七说八，只觉得哪有鱼不能吃的。他把鱼杀了，煎了煎，放上糖、酒和酱油焖了会儿，香气扑鼻，装了两大碗，大吃起来。他吃了一大碗，吃得满头大汗：太好吃了，太鲜美了。他满足地咂咂嘴，瞧着眼前另一碗冒着香气的鱼，想到了海花。

他端着香喷喷的鱼，敲开海花家的门。他把大碗鱼往海花面前一送：

"海花妹，看，我给你送什么来了?"海花一看："呀，鱼啊！好香好香！
欸，你哪来的鱼?"阿畏笑笑："你猜。"海花啊了一声，说："不会是那大
母鱼生的鱼吧？不吃不吃。吃了会……"阿畏摸摸自己圆鼓鼓肚子说：
"别听他们瞎说。我已经吃了一大碗。你看，好好的，什么毛病也没有。"
海花说："真的?"阿畏应："当然真的啰。"海花把鱼碗接过来，连连说好
香好香，端到屋里吃了起来。

　　阿畏和海花吃鱼的事，不知怎么就传开了。又有人去悄悄捡大母鱼生
的鱼吃，也好好的。于是，大家便涌到海滩捡大母鱼生的鱼。大母鱼一生
下鱼，就被抢光。它又哧溜溜地生，一条又一条……大母鱼肚子渐渐瘪
了。潮水也上来了。

　　大母鱼并不游走，在潮水里慵慵地浮着，悠悠游着，一次次张大嘴巴
吞吐海水，肚子又慢慢鼓了起来。

　　潮水退了，大母鱼还在水洼里。有人踢了踢它大肚子，见它肚子里又
哧溜溜生出一条条鱼。一会，水洼里、海滩上，又蹦跳着许多大母鱼生
的鱼。

　　鱼又有了，天天有。捡了吃了，大母鱼还会生，不停地生。

　　人们把大母鱼称作神鱼。为了让大母鱼总能生出鱼，人们总有鱼吃，
村里人为大母鱼建了庙，用石头雕刻了一条大母鱼，抹上金粉，头朝上高
高竖在庙中。人们成群结队到庙中，烧香膜拜。据说有求必应。于是，吉
祥的香烟天天在庙前缭绕，在渔村上空弥漫。渔村天天沉浸在欢乐和喜
庆中。

　　然而，意想不到的事发生了，大母鱼病了。人们怎么往它干瘪的肚子
踹、踢，它也生不出一条鱼。它身上黄灿灿的金鳞金甲变得灰暗无光。它
眼里流着泪。圆圆的大眼睛失去了黑乌乌的光亮，变成死死的灰白色。

　　消息很快传遍渔村。人们涌到海滩，围住大母鱼。不知谁扑通一声朝
大母鱼跪下，马上所有人都跪拜下来。又有人烧了香插到母鱼身旁，便有
更多人点了香，插遍海滩。一时间，海滩上香烟缭绕，香气弥漫。烈日在
空中隆隆滚过，把灼热的光焰撒遍海滩，撒在跪拜的人们头上背上屁股
上。人们汗流浃背，也不离开。跪拜的人越来越多，将宽阔的海滩都挤

满了。

人们头贴地匍匐着，没留意天边出现了狰狞的乌云，慢慢抬升出海面，膨胀着，涌动着，滚到天中央，遮蔽了太阳，投下了一片黑影。地面如入夜一般。海滩上，人们无比惊恐，抬起脸互相瞧瞧，不敢望天上，战战兢兢又低下头。一阵狂风，呼地吹倒海滩上一片片香火，把人们吹得贴伏地上，更深地将脸面埋进带海腥味的泥沙里……

黑压压的天空，突地抖出一条金蛇般的闪电，照亮海滩。有人惊叫一声，两声……又归于平静。一阵滂沱大雨从天而降，粗暴鞭击海滩，打得泥沙舞蹈般跳荡不停；也击打海滩上人们的脑袋、脊背和屁股，击打人们团团围住的大母鱼，狠命冲刷它浑身厚厚土尘。晶亮亮雨点在大母鱼身上汇成小溪，哗哗流向地面……

雨停了，天上乌云散了，太阳出来了。阿畏偷偷抬起头，望一眼大母鱼，只见它又恢复了原来样子，肚子鼓鼓的，浑身金鳞金甲灿灿一新，在阳光下闪闪发光。它的大眼睛也褪去灰白死色，黑乌乌地亮了起来。他站起来大叫一声："看，大母鱼活了！"所有人都从地上抬头看去，唰唰站起来，高喊："大母鱼活了！大母鱼活了！"海滩上一片沸腾。

有人用脚轻轻踹了踹大母鱼鼓鼓的大肚子。大母鱼肚子里又滑溜出一条条鱼。一会，海滩上又满是活蹦乱跳的鱼。

又有鱼了，吃不完的鱼。浓浓鱼腥味又在渔村四处弥漫。

四

过了些日子，阿畏觉得口中身上总有股鱼腥味。吃完饭有，过了许久还有。阿畏一摇一摆出去转转。大家口中身上都有鱼腥味。他遇到了海花。海花说她身上皮肤痒得厉害，阿畏也觉得身上皮肤痒起来，而且口发干，总要喝水。

渔村人的怪病越来越严重。人们口中、身上鱼腥味越发浓烈。阿畏一出房间，便有猫跟上来，到他身上又嗅又舔；又来了好几只，赶走，又来……人们身上皮肤更加奇痒难耐，拼命抓挠；抓得皮上粉屑纷飞，露出一小块一小块鱼鳞状的东西。大家更加口渴，不停喝水，喝水缸里的水，喝溪河的水。

阿畏第一个冲到海边喝水。他扑下去一口口喝，口还是干。他身上皮肤鱼鳞状的片片越来越多，越来越密……

海花也冲到海边喝水。

不断有人从村子里冲出来，喊着："渴！渴！"到海边喝水。海边挤满了人。

阿畏喝着喝着，心里一阵阵发热，烧得他难受极了。他烧得通红的眼睛，望住蓝莹莹清凉凉的海水，扑通，跳进海里。海花也跳进海里。

海边喝水的人们，也一个个跳进海里。

阿畏跳进海里，头晕晕的，从头到脚被海水冰凉地激灵一下，苏醒过来。他知道自己变成了鱼。

海花也变成了鱼。

所有吃过大母鱼生下的鱼的人，都变成了鱼。

变成鱼的阿畏在清凉凉的水里，侧弯身子，斜斜眼瞧自己。它看清了：它没有了双手和难看的残疾腿脚，有了胸鳍、腹鳍和长长尾巴。他变成了条大鱼，雄健完美的黄金鱼。它流线型的身躯无比流畅，浑身披满金闪闪的鳞甲，浓金的长尾巴好看又灵动。它试着拂动胸鳍，轻摆长尾巴，悠悠游动起来。透明清亮的柔柔海水，一波波，顺滑地从它头上和两颊绕过流线型的身体，唰唰流去……它感觉比在陆地上拖着残疾的腿，一摇一摆艰难地行走，畅快多，惬意多了！它一高兴，猛甩美丽有力的长尾巴，哗地箭一般向前射去……太美妙了！

它不断侧过身子，斜斜眼瞧看自己完美雄健的大黄金鱼的身躯，浑身充满力量，心里比水面上蓝蓝的天空更敞亮。这是在陆地上从没有过的。

村里其他人变成的鱼，都比变成鱼的阿畏瘦小难看。阿畏便有些得意，悠悠地在其他鱼面前游来游去。它要让变成鱼的村里人都好好瞧瞧，它现在是条多么完美的大鱼，游得多么畅快多么好，而不像在陆地上为人时，总是难堪地拖着病残的腿，如破舢板一样摇摇摆摆地走。

它看见变成一条不起眼的小鱼的四俤。它刺穿柔滑的水，悠悠向四俤游去。四俤见了它，低下眼想悄悄躲开。阿畏一甩尾巴，唰地冲过去，拦在它面前，乌黑的圆眼睛炯炯地盯着它。阿畏看清了，变成鱼的四俤不但瘦小，身形也不好，短短的，肚子突突，身上鳞片松松的，黯淡无光，还缺了几片，露出让水浸泡了的难看的灰白肉色。阿畏注意瞧它的尾巴（相当于人的腿脚），歪歪的，还残缺了一角，像面破旗拖曳身后，比在陆地上是人时的阿畏，拖着残坏的腿脚还不堪。

　　四俤竭力要躲开它，扭着黯淡的身子，甩着破尾巴，一歪一扭地吃力游走。阿畏长尾巴一甩，几下冲到它面前，绕着它轻轻摇动胸鳍，悠悠摆动长尾，金光闪耀地慢慢游着，展示自己雄健完美的迷人身躯。不时，阿畏身子向上浮游而去，又俯冲下来，左右灵活地摆荡，做出各种最美的鱼的游泳姿态。四俤低着头，呆呆看着，不时不平稳的身子在水中歪一下，一下，又努力扳正过来……

　　一群小鱼游过来。阿畏认出，它们是在陆地上嘲弄他、抢他带鱼的小孩变的。它们停住了，痴痴入迷地看着变成大黄金鱼的阿畏，美丽地游动着；而后相互瞧瞧，口里吐着泡泡，发出咕咕咕的叫声，赞叹着。阿畏更加得意，猛地一甩长尾巴，金色的闪电一般射向大海深处。忽地又从大海蓝幽幽深处冲出来，箭一般射到那群小鱼面前，停住，令它们惊讶地咕咕咕叫个不停，吐出串串水泡……

　　阿畏忘情地在水中自由表演着，见一条美丽的母黄金鱼，浑身金光闪闪地翩翩游来，不觉咕咕叫了两声——是海花。它乌黑的圆眼睛瞧着。变成鱼的海花只比变成鱼的阿畏小一些，特别好看：唇红红的，身躯悠长柔美，尾巴长长。它优雅地摇动长长尾巴，翩翩游动着，看去比陆地上的她，更婀娜多姿，荡人心魄。

　　阿畏向海花悠悠游去。海花停在水中，用乌黑圆亮的眼看着它。阿畏鼓起勇气向它靠拢，在它面前美美地游着，不时停下来，展示自己雄健完美的身躯，口里咕咕咕叫着，表达着深深的爱意。海花静静地瞧着，突地好看地一甩长长如金菊花的尾巴，向前翩翩游去。阿畏一甩长尾巴，唰地紧跟上去，追逐着海花。两条美丽的大鱼在许多鱼面前，一前一后，或是并排地，齐齐扭动它们金光闪闪的迷人身躯，如舞蹈一般一圈圈游着，让众多鱼儿们看得目瞪口呆，发出一片咕咕的赞美和感叹声！

海花终于停下来。阿畏一下冲到它身边，咕咕叫着求爱。海花咕咕咕温柔回应着。两条鱼便慢慢向前游去。

它们游到浅海海底。那里一片宁静，到处飘动着一丛丛柔美如丝的海藻，汇成一片紫色的海底森林。它俩在袅袅摇荡的海藻林中穿行，寻到一处铺着洁白细沙的海床。阿畏游到那海床上，甩动长长的金色尾巴，扫着细沙，扫出一个凹下去的小窝，便游出来。海花欣欣然游到那海床上方。阿畏向它贴过去，轻触它红红的唇，磨蹭它的身子。两只鱼亲昵地在清清水里，扭动美丽身躯，咕咕咕甜甜叫着……海花便在洁白沙窝里，产下一枚枚卵……

海花和阿畏在沙窝旁游着，守护着那些卵。后来，阿畏游走了，只剩海花还守在那些卵旁。阿畏回来了，嘴里咬着条小鱼，游到海花身边，把小鱼吐给它。海花把小鱼吞进肚子，阿畏又去觅食。

沙窝里的卵都孵出小小黄金鱼。过些日子，海花带着它们，游出海藻飘飘神秘如梦的海底森林。阿畏跟在后面。

阿畏又看见四俤。它躲在一丛黑乎乎的礁石旁。它好几天没吃东西，好不容易捕了只小螃蟹，含在口里，正要吞下去。海花停在水中，瞧了瞧它。它停止了吞咽，愣在那儿。海花淡淡扫它两眼，又带着小鱼悠悠游去。阿畏跟着。

阿畏悠悠游着，轻轻摇动长长的金尾巴。透亮柔软的水一波波迎面而来，顺滑地从它优美的身躯两边流过……它感到无比舒心和惬意。它很满意自己成了一条鱼，一条完美无瑕的鱼，在辽阔大海自在游动，又获得心仪的母鱼的爱，让它为自己产了那么多卵，孵出了那么多的小鱼（在陆地上是子女成群了）……它舒心地想着，纵目一看，离母鱼和小鱼们远了，一甩尾巴追了上去。

它游着，听见前面水声有些杂乱，亮眼一看，水色昏昏暗暗浑浊起来，只见海花带着小鱼们，慌乱地咕咕叫着，迎面返回来，到它身后。它又游了几下，水色越加浑浊昏暗，犹如锅底般黑下来。又有一群群大大小小黄金鱼咕咕乱叫着，像要躲避什么似的向它游来，到它身后……

它警惕地睁大黑亮的圆眼睛，轻轻摇动胸鳍悬停水中。突地，从黑浊如夜的水里，冲出一条大青鱼。那鱼头尖尖，又长又大，大张的嘴里，露出两排尖利如刀的白森森牙齿，大尾巴哗啦啦拨着水花，向前猛游过来。刚好四俤吞下小螃蟹，从那丛黑礁石旁傻傻钻出来。大青鱼一见，扑了上去。四俤大吃一惊，赶紧逃走。它甩动破旗样的尾巴，歪歪扭扭地游。大青鱼一下冲过去，咬住它尾巴……阿畏见了，一甩长尾巴，箭一般从斜里射过去，撞上大青鱼白白肚子。大青鱼一疼，松开口。四俤乘机歪歪扭扭游着逃走。

那大青鱼被撞一下，头晕眼花，一会清醒过来，张开大口，转身朝阿畏扑来。阿畏灵活一转，大青鱼扑了个空。阿畏瞅准时机，又向大青鱼冲去，一阵乱咬；还亮出撒手锏，冲到大青鱼前面，一扭腰，甩动长而有力的金尾巴，如鞭子一般，拍打大青鱼眼睛和软软肚子（那阵子，阿畏奇怪地感觉，它就像在陆地上，用完好有力的长腿在踢踹那些欺负他的人）。顿时，大青鱼被击打得青蓝色的鱼鳞如雪片般四处纷飞……大青鱼扭过头，狼狈逃走。阿畏还不放过，一甩尾巴，闪电般到它后面，咬断它一截尾巴。大青鱼一歪一扭地赶紧游向昏暗的水里。

一场厮杀之后，海里静了下来。浑浊如夜的海水渐渐转清，明亮起来。被大青鱼追杀逃走的鱼们，纷纷钻了出来，围着英雄般的阿畏游着，发出咕咕咕的感激与赞美声。四俤也一歪一歪游过来，咕咕咕叫着，抬起眼，感激和仰慕地看着阿畏。

海花也带着小鱼们游了出来。阿畏在它们后面跟着，游向更深阔的大海。

五

不知过了多少日子，变成鱼的渔村人又变回人，一个个离开大海踏上陆地，回到村里。

变成鱼的阿畏是最后变回人的。

他浑身湿漉漉从水里爬上岸，还是一身以前的衣装。他还是瘦小孱弱，瘸着一条病腿的阿畏。他走了几步，还是像摇舢板那样摇来晃去……他浑身冒汗，回头望望蓝莹莹的大海。带着咸腥味的风呼呼吹着，波浪层层起伏着。他知道，他已不是鱼了。他在太阳下晒干了衣服，摇着摆着，吃力地向渔村走去。

他慢慢走着。海上血红的太阳渐渐落下，压到蓝蓝水面。那夕阳火一样的光焰，泼洒到海滩上。弯弯的海滩成了金灿灿的大弯月。金红的夕阳射到阿畏海滩后面的老屋，把他老屋的土墙和木门，烧得一片通红……

一切，还是阿畏熟悉的样子。

阿畏看见了海花。她还是穿着那件浅黄色布衫，胸脯鼓鼓地坐在门前竹椅上，沐着夕阳，眼睛乌亮亮眺望着海上。

阿畏摇晃着走到海花面前，热情地叫了声。海花转过脸淡淡地瞧一眼，又去望海上。阿畏说："海花妹妹，又坐着等谁呀？"海花头也不抬说："等四俤哥。"阿畏说："四俤哥还下海呀？咱们这儿海里不是没鱼了？"海花眼仍望着海上应："没鱼了，四俤哥跑运输呀。"

阿畏靠近海花，热热地说："哎，海花妹，你，你还记得我们……我和你……"

海花说："什么我们、我和你？阿畏你怎么啦？"

阿畏说："哟，你怎么忘了，我们变成鱼，我和你……"

海花摇摇头："我不明白你讲什么。什么变成鱼？你不是做梦吧！"

阿畏提高了嗓音："海花，你怎么不记得了？我变成大黄金鱼，你也……"

海花扭过脸瞪大眼说："别说疯话！"说完又转头往海上望，叫了起来："看，回来了，四俤哥回来了！"

阿畏也朝海上望去，真有艘船驶进澳口。那船甲板上站着个高大身影，是四俤。他还是那样魁梧剽悍，穿着条棕色短裤，赤裸上身，岔开双腿像截铁塔样巍巍站着。倒三角的上身，胸脯挺挺。粗壮的两臂一动，肌肉一鼓一蹿……

坐在竹椅上的海花，叫了一声，起来往海滩跑去，一路招着手。海风呼呼吹着。海花长发一飘一飘。她七分裤阔阔的裤管下那好看的双腿，在沙滩上蹦着，激起一路沙子。她跑到浅水里，腾跳着踢出一路白白水花……

那船上的四俤也拼命朝她招手。

阿畏痴痴看着，心里酸酸的，对着海花好看的背影在心里骂着：她娘的，跑什么跑，骚的……有什么了不起！哼，变成鱼时，和我，和我……给我生了那么多蛋蛋，孵出那么多小鱼，那么多我的孩子！

阿畏在心里骂了一阵，悻悻地摇摇摆摆往老屋走。来了一群小孩，围住阿畏，拍着掌唱道——

> 阿畏，阿畏，
>
> 什么都不会；
>
> 只会在地上摇舢板，
>
> 摇来摆去，摆来摇去，
>
> 来来又回回……

那些孩子唱着，从地上抓起沙子朝他身上撒。阿畏有些火了，抖落身上沙子，捡了个石子扔向那些孩子。那些孩子唱着念着一溜烟跑了。阿畏还往他们背影扔石子，骂着："他娘的，那时候都变成鱼，被大青鱼追咬，吓得四处乱跑。要不是变成大黄金鱼的我，把大青鱼打跑，你们，你们早被大青鱼吞吃了……他娘的！"

阿畏骂骂咧咧回到老屋，煮饭吃饭，听见远处传来锣鼓声。他想，嘿，今晚祠堂又有戏班唱戏了！他急急扒完饭，拿着屁股下的凳子，赶往祠堂。

阿畏到祠堂，天开始黑了。祠堂台上一片光明，两盏汽灯吊在上面，雪一样白花花照耀下来。他来得早了些，在靠前的中间地方放下凳子，坐了上去，目光炯炯望着雪白的台上。后面渐渐传来好些人声。他往后望望，村里人陆陆续续来了，慢慢把台前空地挤得满满。

阿畏坐着，不觉把屁股往边上挪挪，那凳子便空出一截。不时有人挤过来，要把屁股压上去。阿畏闪电一般把屁股挪过去，把人家顶开。阿畏坐着，过会儿又不觉把屁股挪开，又空出一截凳子。阿畏想象海花又坐在他身旁。他又感觉到海花身上热乎乎的气息，嗅到她那好闻的女人味道。一阵风吹来，他想象海花那如云的长长黑发飘动着，飘动着，有几根飘到他脸颊上，痒痒的。还有，海花笑起来时，那么狂野，摇来晃去，把热乎乎的身子，不时触碰到他肩膀和手臂上。那感觉，让他如触了电一样……

　　台上的戏开始了，穿着亮丽古装的人在台上窜来走去……阿畏眼直直看着，却没有入戏，仍沉浸在自己的想象中，脸上不时露出满是醉意的笑……

　　突地，他肩膀被人狠狠拍了一下。他吓了一跳，仿佛从美梦中惊醒，有些恼怒。他回头一看，是四俤，旁边依偎着海花，气便消了。四俤带笑地说："阿畏，让让，该我们坐了。"说着，四俤两只手从阿畏胳膊下，将他瘦小的身子托举起来，放到凳子旁边，自己坐到凳子上，拉海花也坐下来。

　　阿畏站在四俤和海花旁边，呆呆的，看着四俤和海花坐在他的凳子上，亲亲热热紧挨着啃着瓜子，看着戏。他看着看着，从来没有的一腔怒火在胸腔里烧起来，越烧越烈，压也压不住，忽地冲了上来。他满脸通红地伸出指头，指着四俤嚷了起来："四俤，你太过分了，太欺负人了。他娘的，你算什么，变成鱼时，被大青鱼追咬，被咬住尾巴，要不是我，我变成的大黄金鱼冲上去……救，救了你，你早被大青鱼吞吃了。你，你现在……"

　　四俤被骂得很是愕然，站起身应着："呵，我就欺负你，怎么啦？什么大青鱼，你救了我，胡说八道，你做梦吧！"

　　阿畏振振有词地说："怎么，变成鱼的事你忘了，不记得了？"

　　这时，大家围上来。阿畏对周围人说："对呀，那时你们都变成鱼，都看见了，我追打那大青鱼，救了四俤变的鱼。你们都忘啦？"

　　大家被问得说不出话，摸着脑袋。

　　阿畏说："对，摸脑袋想想，想起来了吧！"

　　过了会儿，一个孩子发出声音："哦，我有点想起来了。是，是变成鱼，游呀，游呀……可不知道，是不是做梦？"

又有人发声："对，是有那么回事。我们吃了大母鱼生的鱼，都变成一条条黄金鱼，游呀，游呀……"

大家乱纷纷地说着，似乎都记了起来。

阿畏说："是嘛，都变成鱼，都看见那大青鱼，张着大嘴，牙齿白白尖刀一样，冲过来，我……"

有个老头说："对，是有条大青鱼……"

阿畏说："我变成的大黄金鱼，大大的，追打大青鱼，用长长尾巴击打它。它身上鱼鳞雪片一样飞着。哈哈，它逃走了，逃走了对吧!"

好些人点头。

阿畏极力挺直腰背，高声说："那时变成大黄金鱼的阿畏我，大大的，多么雄健，尾巴又长又有力，才把大青鱼打败……哈哈! 哈哈!"

阿畏大声说着，目光闪闪，从没有地大笑着，从四俤屁股下拿起凳子，在众人目光里，骄傲地一摇一摆走出祠堂。

六

大海还是没鱼。

空空的大海，还是一天两趟潮起潮落。

又一趟大潮涌进来。那条大大的母鱼，又乘着潮水游进海滩，栖停在那洼地的浅水坑里。退潮时，它没出去，还留在那儿，扑打着大大的金色尾巴。

许多人到海滩围着观看。大母鱼没有流泪，一双又黑又大的圆眼睛极神采地闪着光。它摆了摆尾巴，又从肚子里生出了鱼，一条一条，慢慢布满水洼。那些鱼都鲜淋淋的，像黄金样闪闪发亮，都摇头摆尾活脱脱的，有的还砰砰地跃出水面，弄出水花，溅到人们脸上身上。

阿畏近近地瞧着，眼中闪出奇异的光彩。

人们只是看着说着，没有一双手去捞这鲜淋淋的黄金鱼；虽然大家很久很久没吃到鱼了，却都害怕吃了这大母鱼生的鱼，会变成鱼……人们只是说着围着看着，渐渐离开海滩。阿畏也离开了，是最后一个走的。

　　天黑后，阿畏悄悄又到海滩的大母鱼身旁。大母鱼乌黑大眼睛，在星光下扑闪闪地与阿畏对看着，仿佛要告诉他点什么。他瞧了阵大母鱼，目光转到它身旁的水洼里。他发现水洼里一片平静地落着星星，大母鱼白天生的那么多鱼，都神奇地不见了。他努力搜寻，才发现还有两条鱼在扑腾。他走进水里，捞起一条鱼，想了想，又捞起一条。他用衣服裹住两条鱼趟出水洼，在大母鱼闪闪目光里，走出海滩。

　　阿畏回到老屋，把两条鱼刮了鳞，杀了切成块，放到锅里煎得焦黄，倒入酱油，放点酒，加点红糖，搁上几段绿葱，再加点水，盖上锅盖焖。阿畏在旁边候着，咽着口水。一会儿，香气从锅盖缝间溢出，弥漫在屋子里……

　　鱼烧好了，阿畏装了两大碗。他就着地瓜米饭吃了一大碗，放下筷子，瞧了瞧桌上另一碗飘着香气的红烧鱼，端起来，向隔壁海花那走去。

　　海花开了门，见阿畏端着碗，说："呀，什么这么香？是鱼呀！"

　　阿畏点点头。

　　海花疑惑地问："哪来的鱼？不会是你捡了那大母鱼生的鱼？"

　　阿畏笑笑："是那大母鱼的鱼。"

　　海花往后退了退："这鱼不能吃。吃了会……"

　　阿畏端着鱼碗向前一步："不会的，那次大母鱼流着泪生小鱼，是报复咱们。这回它没流泪，不会这样的。再说，就是变成鱼也没什么。你不记得变成鱼的你多美呀，比现在还美，那身子，那尾巴，那鳞甲……"

　　海花说："别胡说，我做人好好的，才不想变成鱼。"

　　阿畏说："对，对，谁也不想变成鱼。吃这鱼没事的。你看，我都吃了一大碗。不信，你闻闻我嘴巴。"说着，阿畏张大嘴，喷出一股浓浓鱼味。

　　海花闻到了，用手摇摇鼻子："你真的吃了鱼！也不漱口……"

　　阿畏说："我真吃了一大碗，这碗没动过。咱好长日子没吃鱼了。这鱼我加了好些调料红烧的，多香呀！你尝尝！"

　　阿畏把鱼往前送了送，碗中腾起一股香味扑到海花脸鼻。海花犹豫一下，说："那，我就尝一块。"

　　阿畏说："没关系，吃多少由你。"便把大碗鱼放到海花屋内桌上。

　　阿畏走后，海花先尝了块，禁不住鱼的诱惑，慢慢把大碗鱼吃光了。

　　第二天天黑后，阿畏又到海滩大母鱼身边。那大母鱼在星空下，目光亮亮地看着他。大母鱼栖身的水洼里看去空空的，只有几颗天上的星星。阿畏寻找一会，又看到唯有的两条鱼，捞起来带回去，一条自己吃，一条海花吃……之后，每晚阿畏都到大母鱼旁边，捞取唯有的两条鱼，带回去，自己吃一条，海花吃一条……

七

　　阿畏身上又飘出浓浓的鱼腥味，皮肤开始发痒，一抓粉屑纷飞，露出一块块鱼鳞状的东西；心里则像火烧一样，口一阵阵发干。海花也如此。

　　阿畏口干难耐，冲到海边喝水，越喝口越干，心里的火也越烧越烈，便难受地在海滩上打滚。海花也冲到海边，喝水，难受地到地上打滚。

　　海花流着泪对阿畏说："阿畏，我上了你的当，又要变鱼了。我现在知道，是你要变鱼，把我也拖去。你太坏了。"

　　阿畏在地上翻滚着说："我是想变鱼，再变成一条完美雄健的大黄金鱼，不再像在陆地上做人时那么瘦瘦小小，拖着那条病腿，像摇舢板那样怪怪行走，总让人笑话。变鱼多好呀，能自由自在快乐地在水中游。你说得对，我是坏，要让你也变鱼。那样我才能随意地喜欢你。你也才会看上我，喜欢我。我才能跟你在一起。你不知道我是多么喜欢你，一直把你放在心里。"

　　海花听着不停流泪，在地上翻滚着叫着："难受！难受呀！"

　　阿畏安慰说："再忍着点，就会变好的，变成鱼就好了。你会变成一条无比美丽的鱼，大海中最美的鱼，自由自在地在海中游呀游……"

　　水涨上来了。阿畏和海花又扑上去喝水，一口又一口，喝着喝着，两人一前一后，扑通扑通跳进水里。

　　阿畏一入水浑身一阵冰凉，眼前发黑，头晕晕。一会，感觉眼前亮起来，头顶亮起来。在阳光照射下，美丽的水波一片片一层层，梦一般在头上不停晃荡……他和海花都变成了鱼。

又变成鱼的阿畏侧弯身子，斜斜眼瞧瞧自己：他又变成了一条雄健完美的大黄金鱼，密密的金色鳞片铠甲一般紧贴身上，流线型美妙的身子，黄金般闪闪发亮；身后是一条浓金色的长长尾巴。它拂动胸鳍，甩动尾巴，在水中惬意地悠悠游动；猛一用力，便如离弦之箭，唰地射向前方……

它看见海花，比它小一点。它双唇血红，浑身金光闪烁，身躯线条无比柔美，金尾巴长而细，就像她在陆地上的长腿。它轻轻一摆，美妙的身姿便婀娜地在水中，迷人地摇荡起来……比上次变成鱼的她更美。瞧得阿畏不由发出一阵阵咕咕咕的赞美声。

阿畏身子热烘烘地朝海花游去，绕着海花转转停停，眼里放射着热灼灼的亮光。海花两眼炯炯地瞧瞧阿畏，轻轻摇荡悠长的金色柔美的身躯，向前婀娜地翩翩游去。阿畏跟了上去，一下猛甩尾巴箭一般射向前去，又回头缓缓游到它身边，咕咕咕叫着。海花也咕咕咕发出轻柔的声音，亲热地回应。阿畏便火火地贴过去，轻轻摩擦海花的身子，摇动尾巴一阵阵拂过它的尾部。而后两条鱼紧挨着，齐齐摇动金色的尾巴，舞蹈一般向前游去，游向广阔的大海深处……

八

阿畏和海花在大海远处深处游了许久许久，大概是想家了，又齐齐朝渔村外的大海游回来，身后跟了一群群远海的鱼。它们带着这些鱼群，日日夜夜在渔村外的海面游来游去……

一个孩子在海边礁石旁捡海螺，望见一片片密密麻麻的金鳞银鳞，在海上闪闪发亮；仔细一看，都是鱼！他手上装海螺的篮子一下掉到地上，朝渔村跑去，一路高喊着："鱼！鱼！鱼来了，好多好多鱼！"

喊声惊动了宁静的渔村……

渔民们驾着停泊了许久的渔船，向鱼群开去。

阿畏和海花还带着鱼群在海上悠悠游着。四俤的船追了上来，惊喜若狂地撒下网。阿畏和海花在四俤的网下来前，猛甩尾巴敏捷地游了出去。渔民们捞了一网又一网鱼，开着沉甸甸的船驶回澳口。

一筐筐各色的鱼，被卸到岸上，堆成一座座金山银山。人们从屋子里冲出来，奔向海滩。许久没有了的鱼腥味，浓烈地扑向围着的人们，让他们如喝醉酒一般喊着叫着笑着跳着——又有鱼了！从来没有的这么多的鱼！一股股鱼腥味还扑向渔村，飘进每一间屋子，弥漫到每一条街巷，让渔村久久快乐地沉浸在浓雾般的鱼腥味中！

阿畏和海花一次次带着鱼群，游到渔村外的海面；村里的渔船一次次出海，捕获许多许多鱼。每次，四俤他们下网时，阿畏和海花已离开鱼群，游到外面去。

慢慢，阿畏和海花有些大意了。四俤的网撒下去，它们才游开。海花动作慢了一点，落入网中。四俤将网收到船上，满满一网鱼，呼啦啦亮闪闪卸到甲板上。四俤瞧见了海花变的大黄金鱼，浑身金光闪烁，在甲板上扑打着美丽的金尾巴蹦跳着。

四俤弯下腰，把它拎起来，念着："呀，好大的黄金鱼！好久没见到这么大，这么漂亮的黄金鱼。真是从没见过的漂亮！"

那鱼在四俤面前流着泪，红红的嘴唇一张一合，仿佛要说什么。

四俤拍拍鱼身子笑笑说："好鱼呀！太漂亮了！还流泪，想说什么？可你是鱼，说不了什么，流泪也没用，再好看也没用，我还是要吃了你呀！"

四俤说完双手一挥，那鱼被抛到甲板角落。

四俤分拣完鱼，先将海花变的鱼刮去鱼鳞，杀了切成块，煮了吃。大家吃着，咂着嘴赞叹说："太鲜美了，肉又嫩又滑。好久没吃到这么好吃的鱼了！"

阿畏逃出四俤的网，一回头，不见海花，急转身去找，怎么也找不到。它知道海花落网了。

它没有离开那一片海域，还游着，游着，满海咕咕咕叫着……

第二天，四俤的船又驶向大海。阿畏在海里游着，游着，忽地扑跳到四俤船的甲板上，重重落在四俤脚旁，不停地蹦跳着，甩动尾巴拍打他光溜溜的脚背，将他脚背击打得红红的。四俤忍痛弯下去，双手将阿畏变的鱼抱起来，笑呵呵地说："呀，太好了，哪来的好运气，自己跳上来条大黄金鱼，比昨天那条还大，一船人又可以美美吃一顿。"

冷不防，那大鱼一张嘴咬住他手指，疼得他哇哇叫："呀，好厉害，这鱼还会咬人。从没见过呀！"他用力把鱼啪地甩到甲板上，说："看你狠，看你狠！马上就吃了你，看你还敢咬我！"

四俤和船上的其他渔民把阿畏变的鱼杀了，美美吃了一顿。

四俤的船继续向前驶去。蓝蓝天空突地阴沉下来，一片片浓黑的乌云，从天边隆隆压过来。海天一下变得黑沉沉。风大起来，呼呼吹着。海面起了浪。一排排巨浪山峰一样向渔船压过来。渔船如片树叶，一下被抛到高高浪尖，一下又落到深深浪谷底下……几个来回，渔船便散了架。船上人都落入海中。

四俤抓住了块破船的木板，在昏天黑地的风浪中，起起伏伏地漂着。漂了许久许久，被大浪甩到一个荒岛上。他在小岛上熬了七八天。风浪平息后，被一艘过往的船救走，一身伤病地回到渔村……

那场风浪后，渔村外的辽阔大海又没有鱼了。大海变得空空的。

刊于《福建文学》2020 年 3 月号

栗色马

一

　　我住的是座单门独户的二层房子。下面有宽敞大厅。厅前面是颇大天井，阳光和风雨都能进来。我周围已很少这样独有天地的住房。妻子好些年前离开了我。父母去世后，儿子去远方读书、工作，很少回来。这么大的房子里就我一人。许多人劝我把这矮房改建高楼，下面开店，上头住人，多出的房间出租。我没动。又有人要与我换房子，装修豪华的多层楼房换我这老旧矮房，还贴钱，看中的是这地块。我也没答应。我懒懒的，守着这有大厅和天井的老房子。我知道许多人把我看作怪人。无所谓，我有我的活法。

　　下了班，我就窝在这老宅里。别说我除了这老房子什么也没有。我有梦。我睡不好，一闭眼就做梦：战争、打枪、大洪水、摘果子、捉鱼……什么都有。我去看心理医生。医生说：你不能老一个人住一座大而空旧房子，要改变改变。

　　过了几天，我下班回来正窝在屋子里，有人敲门。来人在房子里转了转，高兴地嚷着："好！好！"我说好什么？那人眉飞色舞说，他可以帮我盖新房，把这旧房拆了，建起豪华高楼。下面多层归我，他只要最上面一层。我不必出一分钱一点力。修建期间，他安排我去他处住。那人兴奋地在我大厅转着，一遍遍说："你将有一个新环境、新生活，多好呀！"我没答应。我没想明白这样做他有什么好处，或者干脆就是个陷阱。我根本就

不想把父母留下的房子与他人共享。我喜欢独自拥有自己一片天地，好做
自己的梦。那人便悻悻走了。

　　过两天那人又打电话，又敲门，一再来说，弄得我烦透了。我有点怀
疑，这事与那心理医生有关系。我不再去他那。睡不好就睡不好，做梦就
做梦，反正就这样了。

　　我的生活又平静下来。

　　深夜，我半睡着，听见马蹄声，清清晰晰，从寂寂巷子由远而近，到
我大门前，似乎还有一两下马的喷气声。我怀疑是梦。夜里我常将梦与现
实搅混。我掐掐大腿，疼。我听见马蹄声从我门外远去，又回来。那马仿
佛对这不熟，怕走错了，去了回来，认定，不走了。我听见长长一声马的
嘶鸣，清清亮亮，撕裂沉寂夜色。

　　我马上从床上起来，披件衣服下楼。到天井，大半个月亮挂在天上。
一阵凉风袭来，我打了个喷嚏。我开了大门中的小门，头一伸：天哪，真
有匹马站在门前，轻轻踏着蹄子，朝我脸喷热气。我一下愣住。那马看着
我，轻声地嘶叫一下，头低下，往里一探，要踏进来。小门太小…… 我猛
地清醒，赶忙打开大门。那马从月光下嘚嘚嘚踏了进来。我赶紧关上大门
小门。心怦怦跳着，仿佛做了见不得人的事。

　　我走近站在天井中披一身月光的马。真是匹美而雄健的马，却有点
瘦。它马头高昂，胸脯宽阔，四肢挺挺，一身油亮栗色。脖上一片浓黑鬃
毛。长睫毛覆盖的一双大眼睛，黑亮明澈，如水一般，向我投射我似乎熟
悉的目光。奇特的是，它身上，辔头、缰绳、马鞍、马镫……所有马具一
应俱全。

　　夜风从空中刮来，马身子抖了下。我马上把它牵上大厅。我打开所有
的灯，将大厅照得雪亮。我在一片明亮中，痴痴细瞧着马。它栗色皮毛上
水光闪闪，流了不少汗。它一定走了远远的路才来到这儿。我卸下它身上
的马具，拿干布擦拭它身子。它抖了下。我发现它光滑的皮毛上，好像纵
横着几道鞭子的旧伤痕。我再细细打量，觉着它挺挺的身子并不像我想的
那般强健。它一定饿了，走了那么远的路。我去煮了一大锅稠稠稀饭，舀

到脸盆凉了凉，端到它面前。它低下头大吃起来。

　　我乒乒乓乓搬走大厅里的沙发、茶几和柜子，让大厅成为马厩，成为栗色马住处。

　　第二天刚好是星期日，我到郊外山上割草。小时候家里养了几只兔子，我给兔子割过草。我想兔子爱吃的青草，大概马也能吃。嫩嫩的割了一大筐，背回来，撒到大厅地上。马便低头啃吃。可我不知道马还要吃什么，上电脑网络查，了解到一些。我到超市买了玉米粉，掺进切碎的草里，加些水调和。用手一捏不散了，喂马。家里没有马槽，去杂物间翻出个不用的洗衣木盆，洗干净，搁到地上当马槽喂马。又上网查查，按网上说的，往马料里添些食用油。很想给马进些补，想起在乡下时，牛吃了农民喂的泥鳅炖酒，耕田特别有力，便上市场买泥鳅照做了，试着喂马。马特别喜欢吃，嘴一歪一歪嚼着，吃个精光。

　　天热，我每天傍晚下了班，将栗色马牵到天井。软皮管接了水龙头水，给马冲凉。拿软软刷子，轻刷它的皮毛……

　　晚上睡前，我会下楼看看马，摸摸它，添些吃的，再上楼睡觉。居然一觉到天亮，没有梦。

　　家中有马，我在单位上班便有些牵挂。还好单位离家不远，我半途抽空溜回去，看看马。看了马出来，遇上斜对门的女孩星儿。

　　星儿染了一头棕红长发飘在肩上，穿件三层裙摆的浅灰超短裙。走着，短裙在屁股上一翘一翘，很青春可爱样子。星儿在街上开了家小小时尚服装店。她每天都穿件新的好看衣裙。星儿屁股上超短裙一翘一翘走着，一转身，叫我："大哥，又回来了。"我应："哎。"星儿说："大哥这几天上班老往家跑，家里不会藏着个美丽的田螺姑娘吧？"我说："哪里，家里空空啥也没有。"星儿说："真的？能不能让我去瞧瞧，让我了解了解大哥神秘的单身生活。"我说："行，什么时候来我家做客，一定欢迎。哦，星儿，又穿新衣服。这短裙穿得真好看，又是新到的货吧！别把店里好看衣服让你一个人全穿光了。"星儿脸一红，笑笑说："我这不是做广告嘛！人家看我穿得好看，才争着买呀！不跟你说，店里正忙着，走了。"说着，极青春活泼向前走去，修长白皙的腿上方，三层的超短裙在屁股后一翘一翘，让我想到小鹿或鸵鸟。

马一天天丰满了，真正强健起来，站得更挺，不时用蹄子在地上敲敲踏踏。长睫毛的乌黑大眼睛明亮地望着我，我看出里头闪烁的火苗。我知道我该带它去走走。白天不行。到晚上夜深人静，我给马四蹄裹上布，开了后门，让马低了低头，牵出去。

我牵着马从静静巷子里走。裹了四蹄的马，没在石块铺就的老巷子里敲出声响。出巷子，越过大街，走偏僻小路，便踏上郊外那条半废弃的老旧公路。公路那边山脚下闪着灯光，是座监狱。站在老公路上，空气清爽又冰凉，头顶一片星光闪闪天空。我把栗色马马蹄的布解开，让它四蹄嘚嘚嘚嘚清脆敲打地面，跟着我在星光下走。走着，栗色马马蹄踏快了，缰绳一下脱了我手。它跑了起来。我追了几步，追不上，看它在老公路上急奔而去，消失在蒙蒙夜色中，只剩下远去的脆脆马蹄声。那蹄声又远远响过来，越脆亮起来。便看见栗色马从夜色中冲了过来，到我面前，喷我一脸热气。我激动地抱住栗色马马头……我的手在马身上摸着，湿湿的。它跑了一身热汗。马又跑了一会儿，我给它四蹄裹上布，悄悄牵回家。

又出去几趟。我不想只是看马儿跑，也想骑骑。我上网订购了马裤马靴。又到夜深人静，我在大厅把马鞍马镫安到马上，穿上马裤，套上马靴，悄悄把马牵出去。到老旧公路，我解了马蹄的裹布，笨拙地踩着马镫跨到马上。坐牢，抓住缰绳，轻轻夹夹腿，蹭蹭马肚子，一拉缰绳，学电影里叫一声：驾。马动了，在老公路嘚嘚嘚走。走了阵，我用力一夹腿，拍拍马屁股，马跑了起来。马跑着跑着，便放开四蹄由着性子奔驰起来。我慌了，猛拽缰绳，学电影里叫：吁，吁。马真的一下停住。我身子一扑，赶紧抱住马……差点掉下去。

半夜再出去，再骑。慢慢练熟了。选个有月亮的夜晚，在老旧公路上，骑马放纵奔跑。马蹄嘚嘚嘚急雨般响着。我伏在马背上，马鬃飘飞，拂着脸颊。我感觉在无边的银色月光中飞起来一般……

二

又是深夜，静着。我穿上马裤，套上马靴，给栗色马四蹄包裹布块，听见暗夜传来阵阵尖厉号角，远处似乎还有喊杀声。栗色马仰起头，竖起耳朵，踏着蹄子，有点异样。我包裹了马脚，轻轻牵马出去。

外面黑沉沉一片，天很空阔，闪烁着星星。四周黑沉沉中，只见一些低矮木房子。走出狭狭巷子，没了立着电杆、闪着路灯的宽阔水泥街道，只有一条石块铺就的小街。我四下张望，稍远处高起来的地方亮着火光，映照黑沉的天。尖厉号角和荡人心魄的喊杀声，从四面传来。

我解开栗色马四蹄裹布，跨上马背，骑着，沿窄窄小街往前。敲击石路的马蹄声，格外清脆地响在陌生的黑暗中。

号角和喊杀声越来越近，火光也更红亮起来。我看清了，那一道道火光是燃着的火把，亮在城墙上。再走近，号角和喊杀声停了下来。我看见城墙上一排排举着火把、握着刀与弓的士兵。

我骑马朝城门奔去。城门紧闭。过来一队士兵，几杆红缨枪往我面前一拦。领头的说："不能出去，贼兵围城了。想里应外合当奸细呀！"我慌忙跳下马说："不是，不是，我每晚都出去遛马骑马。想不到……"一位士兵说："都围了一个月了，不知道？"我说不知道，真不知道。

我知道出不去了，抬头望望火光中的高高城墙，便问："可以上城墙看看吗？"领头士兵举火把照照我，说："看你这打扮，是异邦人士！友好的？"我点头应道："友好的，友好的！"那士兵又瞧瞧马，连连称赞好马好马，而后说："也好，刚打退贼兵，让你上去看看我官兵是如何森严壁垒、众志成城守卫城池的。"

领头士兵举着火把，带我从城墙斜斜马道牵马上城墙。城墙上一片火光，我牵着马站在火光里。来了位军官，领头那位士兵与他说了几句。军官走近来，打量着我，说："异邦人士，遛马……嘿嘿，围城了。"说着去看马，高叫："好马好马。"让我的马在他面前走走。军官又赞叹："好马好马，异域的，日行千里，夜行八百。可惜了，城围住了，可惜了！"

　　我站在城楼上望去，沉沉夜空下，远处一大片火光。火光里立着众多营寨，不断有人马在火光中闪动。突地尖厉的号角刀一样划破沉沉夜幕，从远处传来。

　　军官高叫："贼兵又要攻城了！"让我赶快下去。我牵了栗色马嘚嘚嘚往城下走，听见那军官在背后说："好马，好马呀！"

　　我牵马下了城往回走，听见城上惊天动地的厮杀声。栗色马一下停了步子，仰起马首，嘶叫着，往地上刨蹄子……

　　回到家，我上楼睡。半夜醒来，听见楼下厅内栗色马踏蹄子和嘶鸣声。我下楼。栗色马踏着蹄子看我，眼里闪着火光。我给它添了些食料，它不大吃。我上楼躺床上，还听见栗色马踏蹄子、嘶叫，弄得我无法入睡。

　　第二天我头晕晕下楼，马安静了，低头吃着草料。水泥地面被它踏出小坑。

　　我无精打采上班，回来，瞧瞧马，喂点饲料，出去。我四处走，在座高楼旁一片杂草丛生的地方，看到一道高起的长长土堆。我走过去，在土堆里挖出几块青色破砖。相互敲敲，发出现在红砖绝没有的，"当当当"金属般的声响。我断定这长长土堆就是当年残存的城墙。似乎记得地方志记载，当年这小城四面围着城墙，高三丈三……都没了。我扔了破砖，拍拍手，走出去，到大街。大车小车一辆辆，在我身边眼前轰鸣着，穿梭往来……

　　第二天晚上，我从楼上下到大厅，拿布给马裹蹄子，准备出去。又听见号角和喊杀声从夜空传来。栗色马仰头长嘶一声，四蹄在地上踏。我想起来，贼兵还围着城，无法出去遛马骑马，便回到楼上。

　　我躺靠床上看些无聊电视，让自己迷糊着入睡。

　　听见敲门声。

　　我下去开门。进来位官府里衙役打扮的男人，拱了拱手，急急说："县太爷请你去一趟。"经历了昨夜那一幕，见到如此打扮古代男人也不觉奇怪。我说："叫我干啥？我又没犯事。"衙役打扮人说："去了就知道了。"我上楼披件衣服，跟衙役去。出了门，听见栗色马在大厅嘶叫。

我跟着衙役走过条石铺就的古代街道，走进县衙。县衙大堂点着几根蜡烛，摇曳着黄黄烛光。县令紧皱眉头，背着手，来来回回在烛光里走动。见到我，迎上来，打量我一翻，露出笑颜，高声说："真是异邦人士，果然不一样，好，来了好！"请我入座，还叫人沏茶。我说不必了，有什么事快说吧。

县令连声说："好，好。"县令说："贼兵势大，已围城两个多月，城内粮草已尽，守城士兵伤亡大半，这城眼看……"我说："奇了，昨夜我也上了城墙，说才围一个月，怎么一夜就变成两个月？算了算了，就算两个月，要我干啥？我除了会胡思乱想，啥也不会呀！"县令凄然说道："眼看城要被攻破，百姓将受涂炭，请先生救救这城，救救百姓！"说着县令便要跪下。我一下被打动，慌忙扶住，说："不可如此，您毕竟是堂堂一县父母官。要我干啥快说，快说。能做到的，一定万死不辞。"

县令说："听说先生有匹好马，日行千里，夜行八百，叫，叫……"我应道："叫栗色马。"县令说："对，对，叫栗色马。请先生今夜辛苦一趟，骑栗色马飞奔往三百里外向李将军求援，以解小城之围。"县令说着递给我封盖了大红官印的信件。

我接过信件，说："为了一城百姓，我愿冒险走一趟。"又一想，不对，如今这盖了官印的东西不一定管用。便问县令与李将军私交如何。县令低头应："惭愧，惭愧，并无私交，好多年前因小事一桩还得罪过李将军。"我把信件塞回县令手中，说："如此这般，我与李将军也不熟，这救兵如何搬得来？"拂袖要离开。

县令上来抓住我袖子，把那信件又塞到我手里，说："莫急莫走。这些本县早想到了。还有个人与你同往，可以帮上大忙。"我问："那人呢？"县令神秘一笑："先生先回去准备准备，那人一会儿便到。"

临走时，县令解下腰上佩剑郑重交给我，说是祖传的宝剑，削铁如泥，我正好用得上。我说："不用不用，我不会舞剑，不会用。"县令说："带上带上，总比赤手空拳强吧。"我便接过宝剑。我往外走了几步，又回头说："我那马马掌要平了，三百里路，要钉上新马掌。"县令点点头应道："知道，马上派人上门去钉。"送我出了衙门。

我回家到大厅。栗色马两眼闪着火花，亮汪汪望着我，蹄在地上响响踏着，很兴奋的样子。

很快，来了两人给马蹄钉上新马掌。又来人送来两副盔甲。一副金黄；一副银白，似乎瘦小些。金黄的我试试，刚好，可银白的……我问了来人。来人笑而不答，走了。我想起县令说的还有一个人，难道……

我牵着钉上新马掌的栗色马在大厅、天井，四处走走。门又敲响了。

我去开门，飘进来位古代装束穿红裙的女的。她头上梳个高高环髻，斜插根翠绿簪子，清亮叫一声："大哥，我来啦！"我一瞧她脸："哎，你不是星儿吗？这般装束，搞什么名堂，不会又是为你店铺做广告吧！"那女的有些生气，说："别搞错了，什么星儿星儿，我是月儿，和你一起骑马去搬救兵的。"说着拎起那副银白甲衣，问："这是我的吧？"我说："应该是吧。对了，就你和我去搬救兵？"月儿哈哈一笑："不知道吧！我是李将军女儿呀，到处游山玩水，来这没几天，被贼兵困住，无法四处游玩，又回不了家。现在正好同你一起出去，叫我爹爹派兵灭了这些围城贼兵。"我一下全明白了。

月儿到栗色马旁。马儿水一般乌亮的大眼睛温柔对着她。月儿粉嫩小脸往马儿脸上贴了贴，伸手抚摸它丝缎一般的油亮皮毛，眼里放着光，连连赞叹："就这马，真漂亮，真雄壮！"

我边往身上套黄金甲，边催月儿："星儿，哦，月儿，快穿盔甲。都半夜了，救兵如救火。"月儿说："别火急火燎的，这马不是快吗？夜行八百呀。"说着慢慢拎起银白甲衣。我说："月儿你这一身红裙子又长又大，如何套得上甲衣？"月儿轻轻一笑，将曳地大红裙一脱，里面露出米色短上衣和蓝色牛仔裤，脚上是一双棕黑靴子。我傻了眼："你不就是星儿，还穿牛仔裤！"月儿嘴一噘："别再星儿星儿的，本小姐叫月儿，是李大将军千金。"说着将甲衣往娇小身上披挂。唰地穿出一身银光锃亮，往我眼前一站，英气逼人，说："好看吧，酷吧！"我点着头。一转念，问："对了，你会骑马吗？"月儿朗声应道："李大将军女儿哪有不会骑马的！"

我装束齐整，挂上县令给的祖传宝剑。想了想，上楼进储藏间翻箱倒柜，找出十多根小火箭。这是我前两年过年感觉无聊，买了拿到郊外放着玩的。月儿跟了上来，说："你这干啥，这么大的人了，又不是小孩过年……"我嬉皮笑脸说："我就是没长大，就喜欢玩这些东西。"继而我神秘又正经地对月儿说："玩是玩，今晚拿这当秘密武器，对付贼兵。"月儿说："你不是有县令祖传的宝剑？"我不好意思地说："我不会用宝剑，玩小火箭还行，拿去试试吧。"月儿低眉一想，拍掌说："有意思，有创意。"她也在我楼上乱找，看见我卧室墙上挂的电蚊拍，问："这是什么？"我说电蚊拍呀。月儿"哦"了下，摸摸头说对，是电蚊拍。她拿下来，摁住按钮，往空中一舞，嗞，电死了几只蚊子。月儿得意地说："这才是秘密武器！"说着插到背上去。

我给栗色马四蹄裹上布，牵着，和月儿出去。走着，三面城墙上火光冲天，喊杀声此起彼伏。另有一面城墙虽有些火光，却静着。我牵马和月儿往那儿走。近了，见城墙上火光中立着士兵身影。我们走向城门。出来几位士兵，举着火把。我说了几句，掏出盖了大印的信函。领头士兵瞧瞧，又拿火把照照我、月儿和马，一挥手，几位士兵去开了城门，放下吊桥。我和月儿上了马。我轻声对月儿说："抱紧我。"我一夹腿，和月儿骑马出城门，过吊桥，冲向浓稠夜色。

我们的栗色马风一般轻悄驰过一大片黑沉沉的开阔地，前面闪现稀疏火光，隐隐映出贼兵和营寨。似乎还安静。我对后面的月儿说抱紧我。我瞄准两个帐篷间一条走道，两腿一夹，一拍马身子，头伏下去。栗色马呼地飞一般奔去。夜风冷冷从脸颊刷过，马鬃飘在面前，弄得痒痒。跑着，马蹄的裹布散飞了，蹄声便无比脆亮地在暗夜里大响起来。便见贼兵高举火把，拿了刀枪，挚了弓箭，拥出来。而栗色马早似利箭一般，从帐篷间穿过去。贼兵纷纷放箭，嗖嗖嗖，全落在嘚嘚嘚马蹄后。

跑了阵，快到个山口，见有火光。我让马慢下来，轻轻地走。我对月儿说："准备好，放小火箭。"我一手抓住缰绳，一手从身上掏出打火机，伸到边上，头往马上一伏，一摁打火机，叫了声："点火！"月儿已准备好一根小火箭。她一手搂住我腰，一手抓住小火箭后面长长小篾柄，抖抖索索将小火箭上露出的导火芯，往我打火机上凑。刚碰上，我打火机那点蓝蓝火便被风吹没了。我只好让马停下，再打着打火机，让月儿点小火箭。月儿一气将十几根小火箭一一点了，射出去。只见小火箭咪咪咪，在暗夜里划出一道道火光，往山口那边人影飞去，轰轰轰，连连炸响，把那些贼兵炸蒙，纷纷东躲西藏。我把打火机一扔，高叫月儿："抱紧我。"乘贼兵还未清醒，我一夹腿，栗色马冲了过去，跃过两道木架，风一般驰入山口里的山道。

我和月儿骑栗色马跑完山道，就要出去，突地前面冲出队贼兵。领头一位骑马大将挺一柄银闪闪长枪，从斜里呼地向我刺来。我的马快，唰地往边上一闪。那大将刺了空，用力过猛，身子一歪，差点落马。待他回过神来，我的马已从那队士兵头上踏过去。

又一员大将从另一旁闪出，骄傲地将一杆枪银闪闪在我前面一横。我的马一下就到他面前。他那杆枪枪杆长长贴到我胸上，枪尖转不过来。我头一低，大叫："电蚊拍！"月儿一手搂紧我，一手从背上抽出电蚊拍，一摁开关，往那大将脸上按去。咪咪，闪出火花。那大将怪叫一声，松了手中枪，落下马去。我的栗色马载着我和月儿一下驰出山口。

前面是一片平地，再无贼兵阻拦。我让马儿放纵奔跑，越跑越开阔。满天星星在四野闪烁，风呼呼从耳边穿过。月儿抱住我腰，头脸伏贴我背上，很享受地柔声说："这马跑得真轻快，要飞起来，飞到天上。"

飞驰着，天慢慢亮起来。我在马上情不自禁放开喉咙高唱："我们像双翼的神马，飞驰在草原上，啊哈啊伊……"

月儿在我背上说："什么歌？真好听，从没听过。"我在迎面扑来的呼呼风中，大声应："这叫《草原晨曲》，我小时候的歌，你是古代人当然没听过。"

天亮了，见前方一大片齐整威武营寨。众多飘摇旌旗中，一面大书"李"字的迎风招展高悬着，甚是气派。我和月儿下了马，到营门前。我正与守门士兵说话，月儿却牵了马闯进去。士兵要拦，月儿摘下头盔，露出娇美女儿容颜，瞪圆杏眼，竖起柳眉，厉声喝道："看清了吧，本小姐是李将军千金，要去见爹爹，让开！"士兵便不敢拦，低下头，任由月儿拉着我牵马到营内大步走。

到李将军帐前。我拴马。月儿高叫一声："爹爹，我回来了。"拉我跨进去。只见帐中坐着一位威武将军，一抬头，立起，过来。月儿上去，与将军亲热地说了几句，便转身介绍我。我将县令信函递上。将军看着，捋着胡须，而后搁到案上，对我和月儿说："跑了一夜路，累了，先去歇歇。"我心一沉，见将军并没有马上发兵的意思，赶忙说："那城已如危卵，随时会被攻破，望将军火速派兵驰援！"月儿也说爹爹救城要紧呀！将军应："军机大事，岂能草率行动。"说着便要进去。我几步过去拦住，说："将军，一城百姓性命都捏在您手上，您不能不作为，见死不救啊！"说着我不觉扑地跪下从未跪过的双膝。月儿也颤声求道："爹爹，看在女儿连夜来求救的分上，赶快出兵吧！"说着也扑通跪下了。将军有些恼火，斥道："起来起来，跪也无用，军机大事草率不得。那县令的地域本不归我管，容我再想想……"

突地外面传来栗色马嘶叫。将军问："哪来的马，叫声好烈！"月儿说："是我们骑来的，大哥的一匹好马。全靠它，下半夜起程飞一般赶来。"将军啊一声瞪大眼："两个人的马，才走……非同一般呀！"将军说我看看去，几步跨到帐外。

将军在栗色马前，两眼放光，半天无言，而后发出连连赞叹："好马，真是好马。千里良驹呀！"说着上前轻抚栗色马光滑如缎的皮毛。目光无比温柔，久久在马身上扫动停留。好一阵，转过脸对我温温地说："你这马，这马，嘿嘿！老夫半生征战，与马为伴，最是爱马，人称马痴。你这马，可否借老夫骑两天，就两天？"我说："不行，这马离不开我，我也离不开它。我还要骑它回去。"

我知道我把栗色马给李将军，或许他就会发兵，可是…… 我低头想着，瞧见腰上那把县令给的、看上去有些老土藏在鞘中的祖传宝剑，灵机一动，解下来，双手递到将军面前，说："将军，差点忘了，这是县令让我带给将军的一份薄礼——祖传的宝剑，请将军笑纳！"将军瞧着，很有些不屑，说："这么难看，哪里垃圾堆捡的，要不就是假的。而今遍地骗子，连专家也骗人。什么祖传宝剑，别忽悠本将军了！"说着，他又去看马，不停赞叹："这才是宝贝，宝马。我征战几十年，也没骑过这样的宝马呀！"

　　我站在将军旁，想将军讲的也有几分道理：如今这世道人心不古，假货太多了。这什么祖传宝剑啥样子，我也没见识过。想着，便将剑从土拉八几的破剑鞘里猛拔出来：唰，一道寒光闪过，差点睁不开眼。好剑。我看边上刚好有段木桩，双手握住，一挥，嚓，木桩齐齐被砍去一截，喷我一脸木头香，惊动了边上将军，从对栗色马的痴迷中醒来，盯着我手中的剑。他愣了会儿，抢过宝剑，一只手握着往短了的木桩一挥。嚓，木桩又齐刷刷被砍去一截，喷他一脸木头香，却不见一丝一片碎屑飞溅开来。将军收回宝剑，从头上扯几根头发搁刃口上，轻轻一吹，齐齐断了，落到地上。将军连连高叫："好剑，好剑。春秋时干将、莫邪剑也不过如此！"他从我手上拿过那老土的剑鞘，唰地将宝剑收入鞘内，对我说："真是世间难觅的祖传宝剑，县令不骗我不欺我也。老夫我一生爱剑如命，人称剑痴。恭敬不如从命，今天便收了这剑，必用此剑多杀敌，为国建功。"

　　李将军此时将那柄宝剑握在胸前，一副气宇轩昂样子，高声传令——先派八千精锐骑兵，每人两匹快马轮换着骑，火速前去解围；随后五万步兵急速赶去……不灭贼寇绝不收兵。顿时，我四周骤响起一片马蹄声，一下便远去……

　　我狠狠松了口气，把马牵给位士兵，交代一下，而后入顶帐篷歇息。

　　我一觉醒来，走出帐篷，太阳已西沉。突地想起什么，赶紧上将军那儿。月儿正与将军慢慢说着话。我上前向将军辞行。月儿说："干吗那么急，明早走也不迟。"我将她拉到边上说："我差点忘了，我还要上班。我那单位每天要签到签退，在那电子识别器上摁指印，一点含糊不得。今天一天没去了，怕就要扣奖金了。马上赶回去，明早还能去上班。"月儿听着"哎哟"叫一声，说她也差点忘了，明天店里有货到，她也得赶回去。我说："你不是说你不是星儿，是李将军千金？到底怎么回事？"月儿有些不高兴："怎么说话呀，我也糊涂呢。反正我要跟你一块回去。"月儿与将军说了。将军不大高兴。月儿非要走。将军扳手指算了算，我们抵达县城之时，贼兵之围早解了，便不再强留月儿。

　　我和月儿骑马深夜回到县城，贼兵已大败退尽，城内外一片平静。进城门没多远，见县令带一帮人打着红灯笼迎上来。寒暄几句，我面带愧色对县令说那柄祖传宝剑已给了李将军。县令毫无责怪之意，说他本不会弄剑，带着也无用。还称赞我有头脑会办事，一柄剑解了一城之围，太值了。

一路走着，县令热情地请我上城内最有名的风月楼，说已备了席薄酒，为我接风洗尘。还说叫了月仙姑娘陪酒侍奉，有求必应，包我一夜如神仙般醉入温柔之乡……月儿在一旁听着，脸色便不好看了。我对县令说我不会喝酒，又得了胃炎，更一点不能喝；再说骑了半夜马，真累了，要回去静静安歇。县令一再热情，我还是与那一帮人告别，回家。

牵着马和月儿走在深夜清冷小街上。月儿脸色又好看了，话也多了。月儿告诉我，那什么月仙姑娘是城里当红歌妓，也是县令相好。每回上面来了官员，县令便让她陪酒陪睡，解了县令不少难处。要不，县令乌纱帽早掉了。我说："你包打听呀，什么都晓得！"月儿说："我是谁呀，一个个狗官老底我都一清二楚。其实这城里人人都知道，只是不说罢了。"月儿一路骂着，说要不是为了一城百姓，咱才不管他的事！我说："别生气了，世道如此，见怪不怪。你那当将军的父亲呀，也……"月儿没了声。

我回到家中，熬了一盆米粥，打进几个鸡蛋，慰劳了栗色马，才上楼睡。

三

第二天去上班。办公室主任问我昨天去哪，也没请假，要扣奖金的。我赶紧解释，吞吞吐吐说："我，贼兵围城，我为小城……解了围。"主任摸摸我头："你没发烧吧，说什么胡话！真生病，请个假去看看。"我一下清醒，赶紧溜回自己办公室。

中午我回家给马喂喂饲料，又去高楼旁荒草里的古城墙遗址。我捡根木片挖了挖，挖出几只锈斑斑的箭镞和截断刀。这里过去真打过仗。

傍晚我从单位回家，在巷口看见星儿。我叫了声："月儿，哦，星儿！"她应道："什么又月儿又星儿的，昏了头啦。"我说："是我乱了。你和月儿那么像，就头发颜色不同，穿扮不一样。"星儿说："还是昏话，哪来和我相像的什么月儿，我又没有孪生姐妹。"我说："哎星儿，昨晚，还有前天晚上，你在哪里？"星儿笑道："在家里呀，在家里睡觉，睡了两夜一天，把家人吓坏了，叫医生来。医生瞧了说我好好的。今天上午我才醒来。我做了个长长的梦，对，骑马，和你一起骑马。你说怪不怪！"我笑了笑："不是梦吧！要见见骑的马吗？"星儿说："在哪？"我说："在我家。"星儿不信地摇头。

我带星儿进家门。在大厅，星儿看到栗色马，惊叫起来："真有马！好漂亮，你的？"我把马来家的事说了一遍。星儿上去摸马。马长长睫毛的黑眼睛水汪汪看着星儿，仿佛熟识一般。星儿轻轻说："好想骑骑，像梦里一样。"我说："晚上吧。"

静夜，我给栗色马四蹄裹上布，牵着，和星儿悄悄出去，到那条废旧老公路。我扶星儿上马。星儿说："行吗？我怕。"我说："行，像梦里一样。"我牵马走起来。后来把马绳给星儿，我在边上跟，落到了后面。星儿骑远些，又回来，要我也上马。我上了马。先慢慢地走，渐渐跑起来。风呼呼迎面扑来，从脸颊耳边划过。星儿小脸歪着伏贴我背上，长悠悠说："真像梦里一样！"

与星儿骑马回家，已是深夜。安顿了马，便上楼睡。

睡着，听见门外有人走动，来来去去，几次停在门前。我拿根截短的铁水管，下楼，打开门，没人。关上，又听见脚步声过来，停在门前。我握紧铁水管，轻轻开了门。一位戴毡帽胖大男人立在门前，被我突然的开门吓了一跳。我摇动手中铁水管说："你什么人，深更半夜干什么？"那人应："不干什么，不干什么。"我注意到那人似乎是北方牧人打扮，好奇起来。我说："不干啥，怎么老在我门前转。我打110了！"那人说："别，别，我，我想看看你那马。"我说："你怎么知道我有马？"那人窃笑着，说："嘿嘿，这，你不用问，不用问。能让我看看吗？就一眼。"我犹豫一下，让他进来。

在大厅明亮灯光下，我看清了来人。他胖胖大大，头戴宽边灰色毡帽，穿件蓝色衣袍，腰间绑条宽宽红绸腰带，脖子上垂挂一大串红黄蓝几

种颜色的珠子，脚蹬精美图案黑皮靴。我特别留意他胸前——一片厚厚油
渍在灯下汪汪地反光。我曾听说牧区那边人，用手抓牛羊肉吃，吃完油手
往胸上不停揩抹。谁胸口油渍厚而亮，谁肉就吃得多，家里便牛羊多，富
足，便受人尊敬。于是我很肯定，来人真是北方的牧人。

来人走近栗色马。马瞅他一眼，低下头。来人上上下下打量马，连连
说："好马，好马，更好了。"他伸出手去捋马脖子上长长鬃毛。我说：
"别碰，别碰，不熟的，它会踢。"来人温温笑说："不会，不会的。"说着
又去摸抚栗色马光滑如油的皮毛。他手触到马身上瞬间，栗色马似乎颤了
颤，偷眼歪着瞅他一下，而后依然垂着头。

来人又将马称赞一番，出门。我在门外，看他消失在浓浓夜色里。

我回到栗色马旁，呆呆瞧着马，轻悄地伸手抚摸它光亮的皮毛，突地
心里隐隐生出点疑惑和不安……

四

日子一天天过去。我在家中悄悄养马，陪着马。夜里和星儿偷偷牵马
出去，骑马。

节假日外，白天我还得上班。在办公室里，我不时会想留在家中的
马。想着，心里便充满暖意……

那天上午快下班时，我坐在单位办公室里，又想马。突地心一阵跳，
身上燥热起来。我坐不住，站起，听见一阵马的嘶鸣，从大街那边隐隐传
来。我不大相信，打开窗户，那声音清晰起来。我不顾一切冲出办公室，
往大街跑。

天哪，我远远看见我的栗色马，站在大街上，前后都是车和人。马无
法前行，仰起脖子，朝天嘶鸣，蹄子在光溜街面踏着。车和人越来越多，
潮水般漫在马四周，却停滞着。竟然在闹市出现一匹马，一匹只能在电影
电视书报画中才有的，无比雄壮漂亮的栗色马——路上所有的人都抬起
头，车里的也全从车窗探出脑袋——仰看高高立着的栗色马。不断有声音
惊呼："啊，好漂亮的马！""呀，从没见过这样雄壮的真的马。""看，那

腿多直多挺，那皮毛比绸缎还光亮。"宽阔大街完全堵死了。人不能动，车不能动，马也不能动。看够了，还动不了，便开始叫骂，车喇叭一声声不顾一切乱鸣。马被惊吓，在重重人和车中，狠劲刨蹄子，凄厉嘶叫。

一片混乱。

交警来了，要上去牵马。马嘶叫着，扬起蹄子。交警傻了眼，不敢靠近，站着看……

我冲进人群，高喊："让开，对不起，让一让，这是我的马，我来了，让我来，让我来！"我满头大汗从人群和车缝间，往栗色马那挤。车喇叭不响了，人们也不叫骂，全静下来，看我。我挤到马身边，轻轻唤了声。马低下头望着我。我说："别怕，别怕。"上前，摸摸它的脸，抚抚它脖子。一手湿湿。马出了许多汗，皮毛水光闪闪。我抚着摸着，轻说着，牵起缰绳，朝人群喊："请大家让让，马要回家，让马回家。"人们往两边退去。我从窄窄人道中，从无数炯炯目光中，牵着马慢慢走出去……

我能感到四面八方，如太阳热辣辣的目光，投射聚焦到我脸上。我有些慌乱，用手掩住脸，低下头……而后，抬起了脸，有些得意，从来没有这么多人如此看我。我昂首挺胸，牵着我的栗色马，让我的脸我的身子在无数目光炽热的投射交织中，向前走去。走远了，我伸手抚抚脸，热烘烘的，那么多烈烈投射来的光热，还留在脸上。

我不知道马是怎么出来的。门关了……也许，没关好，百密难免一疏……我真弄不明白马是如何跑出来的。

我本来只是悄悄养马，可这下，全城都知道了。我不知道是好事还是坏事！

我的马和我，一下成了这南方小城的焦点。电视报纸都进行报道。网络上一波波出现大量帖子，没完没了议论争论，形成截然不同两种观点：

挺马的——有说："哈哈，从没见过这么漂亮的马。养马，好啊，别出心裁，有创意。"也有说："可以养狗、养鸡、养鸭、养鸽子、养猪、养羊、养牛……当然也可以养马。只要不再跑到大街上，就养吧养吧。明天我也养一匹！"还有借题发挥："马好呀！咱这小城像头老牛，经济总搞不上去。马好呀，就要有点龙马精神，改变改变。"……

反马的——有说："城市不能养马，多危险呀，跑上大街，堵了路，引起交通混乱。出了大事故怎么办？糟极了。"有说："咱南方应该养鸡、养鸭、养猪、养羊、养牛，又不是北方大草原，养什么马呀！标新立异，哗众取宠，不可取。"也有说："不规规矩矩生活，好好工作，养什么马！扰乱社会秩序，造成思想混乱，给下一代成长带来不良影响。"……

为了维护小城原有的平和局面，弥合两派分歧，有关部门召集不同观点的开座谈会，请我参加，会上纷纷向我提问。我讲了我的马，讲了我的马是如何深夜来我家的，无人相信。我又讲了我深夜骑马突围，搬救兵解了一城之围，会场爆发出阵阵大笑，说我精神有毛病，说我高烧45度，说胡话。唯有角落坐着的一位老人，在众人震天动地的笑声过后，说贼兵围城是有过，很早很早的事，他在本地的地方志上看到过，极简略。不过这书找不到了。

后来，不同观点两派完全将我撇到一旁，激烈争论，大声争吵起来。从会上争吵到外面，吵到我家门外。还相互往我家墙上刷标语，贴大字报，你来几张，我覆盖一片，引来无数人观看，议论。有点"文化大革命"味道。我便躲在家里，关紧门，可一天到晚总听见外面争辩和吵骂。

争辩和围观的越来越多，一群群上了街，闹到市政府前面广场上去。贴大字报，拉横幅，双方用手提喇叭对喊。加入和围观的人潮如涌，越来越多。男女老少，什么人都有。离开广场回到家，一家人也分成两派面红耳赤争辩。弄得许多和谐家庭出现裂痕，有的年轻夫妻甚至闹离婚…… 更可怕的是，社会上一些对现实不满的人，觉得机会来了，混到大辩论人群里，煽阴风，点鬼火，搞破坏。他们砸坏垃圾筒，焚烧交警岗亭，推倒政府大门前栅栏，冲击政府机关。有的甚至砸店铺，抢东西…… 市里出动大批警察，抓了些不法之徒，好不容易才将局面平息下去。

市里开了几次紧急会议，经研究认为：造成如此大混乱，破坏了小城长久以来安定和谐的源头和罪魁祸首，就是小城从来没有过的——我的那匹栗色马。市里最后决定：小城不能容忍我的那匹栗色马。从人道主义考虑，由我在两周内自行处理。在此期间，如再出现马引起的事端，将严惩不贷。

单位领导把我叫去，给我看了市里盖了大印的文件。在我印象里，这是市里第一次因为一只动物发文件。我猜在全省在全国怕也是唯一的。我震惊和难过之余，有种奇怪又复杂的感觉，暗暗有点点得意。当时我很想向领导解释，后面那么多事不能怪我呀。可对着领导阴沉沉的脸色，我张了张口，一个字也说不出。我知道因为我的马因为我，我的领导也承受了极大压力。要走时，领导再次严肃指出：这城市不能容忍我的害群之马。没弄走之前，要我一定要看好马，别再出事，让我也成了害群之马。

我回到家，坐在大厅，看着马。我想这马那夜突地而来，迟早是要走的，可没想到这么快就要离开我！

星儿来了。我对星儿说了马的事，正发愁：给马戏团，应该会要，还给钱，可我不干，那里不该是栗色马的去处。我有时见到路边耍猴的，牵着没了自由的猴子，随意拎来拖去，让它做种种愉悦人的动作。我不愿让栗色马也那样，失去天性，为围看者取乐。我和星儿商量，只能不辞辛苦将马带到北方，让它回到茫茫大草原……

无奈地想好了，除了上班，我尽量在家陪着马。

没想到——

那天中午下班回家，大门敞开着。我吓了一跳，扑进去。里头一塌糊涂，进了贼！最让我心惊的是：马不见了！我头一下胀大，冷汗迸了出来。我在空空大厅里愣着，揪自己头发。一想：这么大的马，不会走远！我立马冲出门。

我一路疯子般狂奔，高喊："有没有看见我的马？有没有看见我的马？"

有人应："在前面，前面。"

我奔向大街。大街有些异样，平日街边小摊小贩全没了，闹闹的行人和来往的车辆少了，乱停的车也不见了…… 大街顿时变得宽阔又安静。路边隔一段便站几位穿制服的警察。我满头大汗狂奔着，猛想起：坏了，今天上面检查团要来！

我一抬头，天哪，我看见我的马了。

那马，高大雄健，浑身闪亮着栗色光泽，昂着美丽长脖子，在空阔大街上像踏着盛装舞步似的嘚嘚嘚走。那样子，那风度，优雅极了。我目不转睛，一下被迷住。

我看着栗色马在大街上悠然走着，慢慢飞扬蹄子跑了起来。只见它四蹄一下一下轻盈腾空，黑褐色鬃毛在脖子上波浪般翻飞，长长尾巴在身后也波浪般翻飞。油亮亮薄薄栗色皮下，一块块紧绷的肌肉不停变幻着美丽凸现……富有弹性脆亮的急促蹄声，清晰响遍高楼间宽而长的整条大街。街边的一个个停下来瞧，店铺和巷子里的纷纷走了出来，每一座楼上上下下一扇扇窗都打开，探出许多脑袋来……

突地，布满云层的天空，裂开了条缝，一道强烈的阳光射了下来，射到大街上，射到马身上。栗色马像沐在舞台上雪亮的追光灯里，浑身金光闪闪，在无数注视的目光中骄傲奔跑。

一片静寂。除了清脆的马蹄响，我听见到处传来"哇哇，啊啊"的人声。

那瞬间，仿佛我的灵魂也在那道阳光下，与栗色马一起飞腾了。

这是我的栗色马吗？熟悉又陌生。我从来没见过一匹马在一个城市大街上，奔跑得如此美艳而动人，甚至想也没想过。我那阵子忘记了一切，只有眼前美丽奔跑着的我的栗色马。它那动人心魄轻盈飞奔的身姿，深深烙进我的心里。

直到看见一队警察，在没有照到阳光的一段大街上，朝阳光中的栗色马追去。我才猛醒过来，回到现实中。

警察气喘吁吁，解了衣扣，扔了帽子猛追，也没追上栗色马。

而接下来的一幕，惊心动魄，更令我终生难忘。

在十字路口，一队小车闪闪亮从旁边吱溜溜横向开出来，开到奔跑的马前。马一惊，两前蹄高高抬起，就要踩上一辆黑闪闪小轿车，却烈烈嘶鸣一声，收了蹄子，猛踏地面……站在边上的几位警察惊呆了，好一阵才醒来，先去护住停了的小车，又去围栗色马。可没一个敢去动，去牵，只是在喷着气的高高马旁，矮矮地转，吐唾沫，骂。

车上首长们惶惶从车里出来，满脸惊讶和疑惑仰看站在街中央高大的栗色马，又相互望望，说不出话…… 一位本地领导（电视里见过）弯着身子，满面通红，吞吞吐吐向惊惶的首长说着什么。首长们似乎并不想听，觉着并无危险，便向前围住只是踏蹄子的栗色马。有位首长似乎懂点马，抬头低头，细细打量，发出赞叹："太漂亮太雄壮！好马，好马。可这北方大草原的骏马，怎么到这里来，还跑上大街？怪事……真开眼界呀！"

我跟着那队狂奔的警察，冲上去，牵马。马浑身大汗淋淋，我更是满头满脸汗……

我所在的小城参评"宁静祥和之城"多年，总没评上。这次全城下死劲，做了巨大努力，就等上面检查评估团下来走走看看，一锤定音…… 如果不是因为我的马……也许过关，评上了。

我知道我的马闯了大祸。警察局把我叫去，局长严厉问我："你生活在这里，吃这里穿这里的，为什么放了马搞破坏?"

我说："冤枉啊！我没放出马，哪敢呀。我在上班，回家，进了贼，乱糟糟的，也不见了马。准是贼干的，你们可以调查。"

警察局长马上带人上我家勘察，而后紧急部署。三天就抓住进我家的贼。一审，供认是进了我家，可没找到钱，又没值钱的可拿，看见马，想顺手牵出去，悄悄卖了。正弄着，被马踢了一脚。马跑了，他也赶快溜走。

可无论如何，总是我的马给几十万人的小城抹了黑。我的马再次成了小城焦点。却没了两派之争，百分之九十九的人都对我的马口诛笔伐，表示了无比的愤慨。大家将我的马称为"害城之马"（很长时间这都成了流行词），一致认为：必须除掉！

有关部门决定，从重从快处理这起破坏创建"宁静祥和之城"的"害城之马"事件。通知我三天之内把马交出，由执法部门严厉处置，以平民愤……

　　我不管扣不扣奖金，向单位请了假，待在家里陪着马。晚上，星儿来了，同我一起在马身边说说话。后来，我和星儿牵马悄悄出去，到那条老旧公路，遛马，骑马。

　　第二天晚上，星儿又来了。我告诉星儿明天天黑前我要把马交出去。星儿抚摸着马，落着泪，把带来的苹果一个个塞到马嘴里，喂马。

　　夜深人静，星儿说："大哥，我们再去骑骑马吧！"我从咯吱咯吱的破椅子上慢慢起来，说："星儿，我想一个人和马去走走。"星儿点点头。我也不给马蹄裹布，牵马出门，翻身上马。我骑着马，马蹄嘚嘚嘚响。那是个月夜。星儿站在我门前，看我骑马走远，走进缥缈的银白月光里。

　　到老旧公路，我手在马身上一拍，双腿一夹，栗色马奔跑起来。越跑越快，清冷空气从脸颊厉厉擦过。马鬃飘飞，扑打我颜面。跑了阵，我要马慢些，可它仍烈烈奔驰。四蹄在地上不断腾空，蹄声敲碎无边月色，仿佛要带我飞上幽蓝夜空……

　　月亮在天上游移，夜已深。我和栗色马跑出一身汗，可我不想回去。我害怕明天，就想这样骑着我的栗色马，久久奔跑在这无人的路上，飞驰在无边月夜里。

　　可我还是回到现实中，骑着栗色马慢慢往回走。

　　月光下，我看见一辆摩托车停在路边，好像出来时就见过。我正纳闷，突地从监狱那边黑地里钻出两个人。一个穿的是大条纹的囚服。两人慌慌张张爬上摩托车，呼啦啦一发动，骑着往城外方向猛开去。这时山脚监狱那边灯大亮，传来嘈杂人声。我一下明白：有人越狱。

　　我一夹双腿，朝月光下轰鸣的摩托车影子追去。我的马疾风一般扑上去，急促的马蹄声炸响蒙蒙月夜。越追越近。摩托车上的没想到暗夜里会冲出一匹马来，加速猛逃，慌乱中摩托歪到路边水沟，翻了。一个起不来，穿囚服那个却爬起，往黑里跑。我的马呼地冲过去截住。那人一抬头，怪叫一声：月光下一匹高大雄健的马立在面前，喷他一脸热气。那人怔了下，转身往边上野地逃窜。栗色马唰地过去，一脚踢到他屁股。那人扑到地上……这时监狱警察追了上来……

　　我看着警察将那两人押走，远去，骑马慢慢回去。

最后一个我和马的白天，我守着马。过了中午，到下午，太阳西斜。天井看不见太阳了。我牵着马刚出门，迎面来了两位穿蓝制服的，郑重通知我：由于我的马帮助抓住越狱逃犯，立了功，不必上交，我还可以养三个月，而后自己处置。我后来听说，那逃犯和帮助他逃跑的是恐怖分子，曾经要实施爆炸大案，一人被捉，一人逃走。那晚逃走的帮助被捉的越狱，准备在市政府大楼搞大爆炸。还好及时抓了，不然，我在的平静小城将爆出比我栗色马事件严重千百倍的惊天大事件。

我当时听到两位蓝制服关于栗色马不必上交的通知，简直不敢相信，在那发呆。再清清楚楚听蓝制服庄严说了两遍，我才相信。我真想高呼万岁，甚至跪下谢恩。当然我没有那么做，时代毕竟不一样了。

我把马牵回家，搬张椅子坐着，看着栗色马。直至星儿从她的服装店回来，进了大厅，看见马惊讶对我发问，我才完全清醒，告诉她马不用上交了。说着我禁不住泪下如雨，星儿也落泪。我对星儿说我们还可以和马相处三个月，而后把它送回北方大草原。

我望了望天井上方的天，对星儿说："走，骑马去。"星儿说："天还没大黑呀！"我说："天亮也去。"

我不再给马蹄裹布，牵马出去，走大街。马蹄嘚嘚脆响着，人们从街边和一层层楼房窗口伸头看。走了阵，我和星儿上了马，慢慢走。马头轻轻一点一点。栗色马极有节奏地踩着优雅的步子，从大街上，从无数人眼中，走过，走向郊外……

五

半夜，我上床睡着，听见敲门声。醒来，没了声响。正要入睡，又听见敲门声，极清晰，响在寂寂夜里。

我下去，开了门：是上次半夜来过的人。我叫了声："是你！"他在门外，毡帽一脱，弯腰冲我一笑，戴上帽子，从门外浓浓夜色中，走了进来。

　　在大厅灯光下，我注视他。他有了点小变化：头戴宽边黑色毡帽，穿的是绿衣袍，腰扎一条更阔的金黄腰带，脚蹬精美图案棕色皮靴，脖子上挂的还是那大串杂色珠链。他满面红光，脸似乎又圆胖几分，眼睛便更小了。胸前越发厚重的一大片油渍，在灯下光亮着。

　　他向栗色马贴近，盯着，马低下头。他伸出厚大手掌，摸肌肉紧紧皮毛油亮的马，马似乎抖了一下。他瞧着摸着，连连赞叹："好马，好呀！更好了，更好了！"

　　他一下转过身子，胖脸上眯缝的眼里，倏地射出黑亮的光，对我说要带走马。他看我一脸疑惑，又说这马是从他那跑过来的，我收留了它。上次他在我这找到了，看我对它那么好，放心了，不忍心带走。他说他知道我不能再养了，只好带走。

　　他看着我，说非常感激我把马照料得这样好，比原先还精神。他叹气说我是世上少有的好人，只是与这马的缘分尽了。说着递上一小沓钞票。

　　我没接他的钞票，说："你说了这么多，拿什么证明马曾是你的？"他讲了马从头到脚我熟知的细节。又说："不信，我叫一声，它一定跟我走。"他退几步，对马发出两下奇怪声音。马似乎抖了一下，偷看他一眼，垂下头，慢慢地向他走去。他拍拍马，说："好，好，还记得，好。"

　　我相信了，却很不舍。这些日子，虽然它也给我带来烦恼，但改变了我生活，这正是我希望的……然而，它是不能长留在我身边的，也快要送走了，就让那人带回去也好。我看见栗色马眼睛亮着汪着，像要流泪。我摸摸它脸，脸贴上去说："去吧，到大草原去。你本来就不属于这里，去吧！"

　　那人牵着马，出了门，突地回头大声说："想马，以后到大草原来吧。"

　　我站在门口，看着栗色马低头随那胖大男人远去，融入清冷暗夜。好久，还听见它脆脆蹄声隐隐响来，响在一阵阵蓝幽幽夜风里。那夜，天上没有星星。

　　没有马，日子又回到从前。

　　静静的晚上，我坐在大厅，对着天井拉二胡。拉《赛马》，拉《奔驰在千里草原》……拉得轰轰烈烈。

星儿来了,说拉得真好,远远都能听见。我停了琴声,看着星儿。星儿新穿件大红连衣短裙,在我面前走着,像团火。星儿说:"好看吗?"我应:"好看。"星儿说:"再拉吧。"我又拉,拉我曾经的那匹栗色马……琴声,时而密集,如疾奔的马蹄;时而绵长,如马背上吹拂的夜风……在大厅回转,到天井盘旋,再飞上天,响遍寂寂的夜。

嘣,琴弦断了。我早一身大汗。我手执琴弓静着,星儿在我身旁静着……我和星儿朝幽蓝天空抬起头……仿佛在听最后一点琴声,像那奔驰的栗色马,飞逝于沉沉夜空。

我站了起来,将二胡搁到边上,对星儿说我要去北方大草原看看栗色马。星儿问:"能找到吗?"我说:"不知道。"星儿要跟我去。我说:"草原太大了,先别去。找到了打个电话,你再来。"

我一路北上,到了牵走马那人说的呼啦啦大草原,租了辆吉普满草原开着找。这茫茫大草原,已不是我小时候书里读的"风吹草低见牛羊"的草原。远远望去,绿着;走近,裸露的砂土上,只见几寸长的浅草,在风中摇颤。

牧人也不骑马,开着屁股喷烟的摩托,奔驰而去。牛羊也不是满天星星样撒开放牧着,都围在人工的草场吃草。我开着车满天下跑,极少见到马。遇上几匹,远远近近瞧,样子都不好,不是那栗色马……

我失望地离开大草原。我实在是疯了,太可笑了。那么大草原大海一般,我如何能寻见栗色马。

六

我回到南方家中,每晚又坐在大厅拉二胡。

星儿来了,穿一身店里新到的漂亮衣裙,在我面前模特样走走动动,而后静静地坐在我身旁。我二胡拉到夜深,星儿走了,我才上楼。睡不着,便在灯下胡写,写到天亮。

我胡写的我和栗色马的东西在外发表，打动了许多读者，还获了奖。在北方一个有风景的小岛，要为我开作品研讨会，我去了。

在小岛上，研讨会开得很热烈。我在会上发言，说我和我的栗色马。接下来一个接一个发言，给我和我的栗色马那篇东西极高评价，说这些年很少读到这么真情这么感人的作品。我听着有些受宠若惊。我明白：如果没有栗色马，我在文学上是冲不出来的。我无比感激无比怀念我曾经的栗色马！

傍晚，我到海边走走。这是个迷人的小岛。萋萋芳草间，缓缓起伏着小山丘。山边路旁栖着沙滩，矗立着石崖。海面有一丛丛礁石。落潮时礁石一耸，人可以踏上去。礁石间碎镜片般散落的浅水里，漂着紫菜，懒着海参，慢慢爬着螃蟹……手伸下去，什么都有。好些游人都卷了裤脚下去。

可我喜欢在平平的环岛路上走。这路高挂石崖上，一边是大海。我边走边望：大海空阔，蓝蓝起伏到天边。一群群海鸥高叫着展翅掠过海面，去追逐殷红的夕阳，扑过去，化进一片血色里……

我一圈圈走这环岛路，走到西天紫红紫蓝下去，跳出星星……我会想到我南方小城外，曾夜夜跑着栗色马的老旧公路。

那天上午，我到岛上一条小街买些土特产。小街长而热闹，两边摆满夺目摊点。篮里小桶里，亮着跳着动着鲜鲜鱼虾和八脚章鱼。地面和小桌上，斑斓着贝壳、珊瑚和洁白的珍珠项链。我在一个小摊前弯下身子，挑拣项链，一串串垂到阳光下看。我要给星儿买一串。

在满耳叫卖和讨价还价的市声中，我听到马蹄声。

我放下项链，立起身子，转过脸，见一匹胸前挂大红花的马，嘚嘚走着，在小街那头停下，从上面下来一位胸挂大红花的年轻男游客。又有两匹挂大红花的马走到那，停下，下来胸挂大红花的一位中年男游客和一位年轻女游客。他们呵呵笑着摘下大红花，给了牵马的钞票，笑着走了。那三匹马又上了四位游客，让牵马的牵着，从小街那头嘚嘚嘚走来。牵马的一路高叫："让让，让让，戴红花，骑大马，多光彩，多快乐呀！让让，让让……"我看去，有一匹坐着位男人和孩子，轻轻一摇一摇，乐乐欢笑着，脸比胸前红花更灿烂。三匹马嘚嘚嘚慢慢走出小街，踏上环岛路。

我很惊讶这小岛上竟然有马！放下手中项链，跟上去。三匹马驮着四位游客慢慢地走。一匹菊白，一匹青灰；另一匹栗色，有点眼熟，像……我正要挨近细看，栗色马上戴太阳帽的年轻男游客与牵马的说了说，牵马的松了手。那匹栗色马轻跑起来，渐渐远去。

我回到小街。我沉下心，摸摸脑袋，对自己说：不可能。我又到那小摊挑拣珍珠项链。我总算挑了串，讨价还价，付了钱。我抬高手，将项链挂在空中瞧：粒粒均匀圆润，在阳光下洁白地闪闪发亮。我颇为满意地收进挎着的皮包。

我一转头，见到那三匹马驮着游客，回到小街那头。游客一个个下了马，乐乐摘下大红花，付了钞票，说笑着散去。大概是到了午饭时间，三匹马不再为游人取乐，被牵着离开小街。

我望去，那匹栗色的，还是像，我跟上去。走了阵，出现块空地，像个简陋跑马场。那三匹马被牵到空地后粗陋的马棚里，扯下胸前大红花，拴起来。那里面还有几匹马，也拴着。中午太阳照着，马懒洋洋吃草或不吃草，都无精打采，低着头不理人。几只、十几只、一群群苍蝇嗡嗡唱着飞着，栖在不甚清洁的马身上头上。那些马依然懒着，尾巴也没甩动，任凭极活脱无羁的蝇们叮叮落落。

我上去，盯住刚拴了的栗色的马。越看越像，就是瘦了，样子黯淡许多，身上似乎有鞭痕。我轻轻唤了声，低头啃着草料的栗色马抬起头，长长黑睫毛下的眼睛朝我看来。是，就是。我深深记着它的眼睛，它的眼神……栗色马也认出了我。它大而黑的眼睛一下明亮起来，汪着清澈的水望着我；它向我走来，却让拴着的绳子拽住。

我要贴上去，边上响起粗暴声音："干什么？走开走开。"我指着栗色马说："我要骑马，就这匹。"那人说吃饭时间了，要骑下午来，到外面骑，别在这捣乱。我说："我一刻也不能等，现在就要骑，就骑，多给钱还不行？"那人说那我问问老板，便去找老板。

　　老板来了，是个大胖子，脸圆而大，红光满面，穿一套西装，肚子鼓出来，裤带绑到腰下面。我觉着眼熟，想了下，才认出：不就是半夜来我家，戴毡帽、穿袍子、围着宽腰带的牧人？把马牵走，说带到草原上去，怎么弄上这小岛……

　　我说："是你呀！"

　　他应："是我，我是这儿老板。"

　　我说："这栗色马？"

　　他说："哦，你看上这栗色马。真有眼力，这是这儿最好的马。游人都喜欢。你，你是远方来的吧！听口音，南方人。难得难得，南方没有马。你会骑吗？"我点点头。他高兴起来，大声说："那，破个例，就让你骑，骑个够。不收钱。那么远来，几千里，有缘，有缘！在这骑，还是骑到街上？"

　　我说："能骑远些吗？"

　　胖子应："行，行呀！骑呀，骑到海边看海景，美呀。别骑太快，小心掉到海里，安全第一呀。"

　　我牵栗色马出去，穿过长长闹闹小街，上环岛路，我骑上马。马走了会儿，跑起来。带着海腥味的清凉海风，呼啦啦扑面而来。马飞奔着，一边是小岛的葱绿山丘，一边是深蓝的茫茫大海。我和马一遍遍在岛边绕圈圈……

　　又一阵猛跑，慢了下来。我骑马走到路边突向大海的块大岩石上，停着。脚下，浪涛一阵阵扑打陡陡崖壁，传来隆隆巨响。远处，大海无边地黑蓝起伏摇荡着，直到天边。我骑着的栗色马与我一起望海。它炯炯双眼闪出火光，突地抬起前蹄，高仰马头，发出一声长长嘶鸣，差点将我掀翻下马，惊出我一身冷汗。而后，它双蹄落下，踏着地面，碎石土块从它蹄子下迸出，飞落大海，炸出朵朵浪花……终于，栗色马平静下来，低下马首，双目仍望住大海，眼中火光一点点熄灭。

　　我骑着栗色马又绕岛跑走几圈，回去。

　　我下来，把马交给胖老板。他拴好马说："嘿嘿，骑得好吧？要骑再来呀！"

我没应，默默离开马棚，离开栗色马。

回到住的宾馆，我给星儿挂了个电话，说见到了栗色马……

我一直伫立房间窗前，望大海。天黑下来，月亮升了起来，把大海照得像一面蓝莹莹大镜子。我看累了，躺上床，没睡着，听窗外潮水一阵阵沉重如牛的喘息。到半夜，风大了，呼呼刮着，不停摇晃开着的窗。我起来关窗。

我隐隐听见马蹄声……

我开门出去，满眼的大海在银色月光下莹莹起伏着。

我一回头，一群马在月光下，从环岛路风一阵刮过来，骤雨般蹄子敲打着海夜，扬起的尘土轻掩了月光。领头的就是我曾经的栗色马。

栗色马率先冲上石崖，高扬前蹄，长嘶一声，停住。后面的群马也在崖上止住，嘚嘚嘚的刨蹄声中，立成一道不安的墙。马群的高墙立着，静着……突地，最前面的栗色马碎裂长空地长嘶一声，抬扬前蹄，昂扬马首，高高腾起，跃上夜空，而后踏向大海。后面的群马也烈烈嘶鸣着，纷纷跃向大海……

许久，海面上马蹄踏炸出的朵朵浪花，渐渐涸落，只有清朗朗的月光，随波涛无尽地摇曳起伏。

第二天会上，我说了夜里栗色马带马群跃海的事。无人相信，都说我这小说编得太精彩了。

下午，我要离开小岛，到码头等班轮。

船远远开来。我看见星儿，在船头向我高扬蓝纱巾。船缓缓靠了岸，星儿穿着蓝色连衣裙上了码头，向我走来。我迎上去，对星儿说了昨夜马群跃海的事。星儿说："不会是你昨夜做梦吧？"我摇摇头。

我和星儿就乘这班轮离开小岛。

小岛渐渐远去，四面只有茫茫大海。我站在甲板高处，凝望海平线上隐隐一点轮廓的小岛。风烈烈猛吹，我晃了下。

身旁的星儿抓住我："你别也要跳海吧？"

我看着星儿眼睛说："我又不是栗色马。"

我又说："我还真不如栗色马。"

我停了下，又说："我……我就是栗色马！"

说着，我搂住星儿放声大哭。

过了会儿，星儿在我耳边轻轻说："到岸了。我们回家吧！"

回家……

刊于《中篇小说选刊》2013 年 8 月"福建小说家专号"

月光岛

我不知道怎么在少年时离开了家。几十年了，我没回过家。我忘记了家和家的地方，只依稀记得家中有父亲和母亲，其余全忘了。

我到处寻找我的家，希望回家看看，拾起往昔的记忆。

一个夏天的下午，我走到一处海边。海面辽阔而平静，像一面蓝色大镜子闪烁着天上射下来的阳光。不很远有一个海岛浮在海面，身影模糊地投映在镜面般的海上，有点像海市蜃楼。

我走过去，海滩上泊着艘蓝色的小船。那船蓝色的油漆脱落得很厉害，斑斑驳驳的，一摸船沿，一手灰尘。我拍着手上灰尘想，它一定在这儿泊了许久了。我解开岸上的缆绳，爬进小船。船上支着两只桨。我把小船摇到海上。双桨在水中噗噜噗噜地划着，小船悠悠穿行在如镜的水上，向海市蜃楼般的海岛滑去。

天上太阳西斜了，被飘过的云遮住。

我的小船在绿玻璃般的水面滑着，小岛有些清晰起来——是真正地立在海中的岛。我有些兴奋。虽然我双臂有些酸了，还是奋力向小岛划去。

慢慢靠近小岛。我望见岛上弯弯如月的一大片白色海滩，和海滩后面横着的古堡的灰黑城墙——似乎有些眼熟！我停了船桨，呆呆看着，又奋力滑去。

平滑如镜的海面起了波浪，小船摇晃起来。海腥味浓烈的咸咸海风贴面吹来，那小小的海岛在我眼中一下大起来。我看见海滩上，光着脚穿着阔腿裤拾贝壳的女人；看见海滩后面古堡城墙下，大张着嘴巴的城门……

我眼前兀地出现一幅图景：一个少年在晃荡的海上划着船。天黑了下来，一轮硕大如金盆的月亮升了起来，忽地吐出银白月光……那少年的小船，在摇荡着满满月光的大海上，渐渐远离那个小岛……

那月光下海面小船上的少年，大概就是我。我不明白那时我为何孤孤地离开海岛。

我奋力把小船向前划去，越来越大起来的岛完全占满了我的视野，我摇摇晃晃进到它的怀抱。

我的小船蓝蓝地爬上海滩。我走出小船，双脚踏到洁白如粉的沙滩上。我走着，洁白的细沙淹没我的脚面。我迈得有些吃力，在沙滩上留下了深深脚印。迈着迈着，我忽然轻松起来，身后的脚印浅了。我停下来，把自己打量了一下，发现我变了，变成少年时的模样……

我轻快地向前走去，过了沙滩，迎面一大片灰黑的古堡城墙。那墙面凹凹凸凸，布满青蓝苔藓，一群归家的麻雀在墙头喳喳叫着。我从城墙下黑洞洞如大嘴巴的城门进去。

我走到老街时，天色有些暗下来。街两边高挂的街灯蒙眬地睁开了昏黄的老眼，垂垂地瞧着我。老街上长长天空闪着几点星光，脚下光溜溜的石板闪着青光。我低下头隐约瞧见，屋檐下的青石板被雨水滴出齐整小窝窝。昏黄中，不时有人在我身边走过，咔咔咔的脚步声远远近近地响着。

一棵大榕树立在老街旁。它上面黑乎乎的枝叶像把大伞，遮蔽了大片天空。一条条一丛丛气根，像老人长长的髯须，从高处垂挂下来，在晚风中飘摇。树下暴突如龙爪的根上，坐着几个模糊人影。他们闲聊的话音，穿过沉沉黄昏，清晰地传到我耳中。

我在大榕树旁站了站，往旁边一条巷子走去。

两只黑狗呼地从巷中冲出来，到我面前，围着我呼啦啦地猛摇尾巴。我惊了一下，很快定了下来。我想起来了，这是我邻居好朋友阿钟的狗。我和阿钟常在一起玩，这两只狗便和我很亲。夜里，我和阿钟从外面回来，这两只狗便狂热地冲过来，围着我们转，而后追着我们马一样地跑。

我试着用少年的步子，轻快地跑了几步，那两只黑狗又马一样嘚嘚嘚地跑着，追了上来。

　　我望见了那二层小楼，那窗里亮着我熟悉的蜜黄灯光，我的心顿时柔软下来。我停住，那两只狗也站住。我又望了望那窗口，从旁边木楼梯咿咿呀呀踏上去。两只狗像从前那样没跟上来，静卧在小楼前。

　　我到楼上门前，正要伸手敲门，不经意触到口袋，有钥匙，便熟练伸进去，掏出来，轻轻开了门。

　　蜜黄的软软灯光下，父亲背靠床头，摇着蒲扇，在听床边柜上的收音机。我走进去。父亲从床上起来，迎过来说："呀，木子回来了。"我应了声，瞧瞧父亲，还是那样，穿件圆领白汗衫，下面是蓝蓝宽松短裤，瘦着，胸脯平平瘪瘪，仿佛能窥见条条肋骨。父亲床边那台收音机，正放着我熟悉的广东音乐《雨打芭蕉》。音乐暖暖在屋内，在我身边不停缭绕。我记起来了，这山花牌收音机是父亲难得出岛到省城，小心翼翼捧回来的。那时收音机还是稀罕之物，它的到来，很让我们高兴了一阵。父亲让我们全家围着听，想让母亲少到下面和邻居女人喋喋不休瞎聊，可母亲有空还是往楼下邻居那跑……

　　父亲说："木子，累了吧，进屋歇歇。"我说："天热，那么早睡不着，想下去走走。"父亲说："不热不热，心静自然凉，还是早点休息。"

　　我走进我的屋子。好熟悉的地方，还是一张床，窗下一张桌子一把椅子。我吸了吸鼻子，闻到一阵香，是蜜桃的香味。一抬头见天花板下吊着只竹篮，那香味就从那儿飘来。对啰，那年夏天父亲买了些蜜桃，没全熟，便吊挂在这篮里。我在屋里，走着看着闻着，经不住诱惑，就想吃。父亲说："不行，不行，等熟透才好吃，才甜。"我便没吃，只能无奈地看看闻闻。

　　父亲进来高兴地说："木子，蜜桃香吧？我看过了，熟透了，可以吃了。"父亲说着，抬手将篮子从吊着的铁钩上取下来。我看见吊篮子的铁钩上面，有一只长长溜滑的玻璃瓶，诧异着，想起来了：当时屋里有老鼠，会从天花板顺绳子爬到篮子里偷吃。父亲想了个办法，将只酒瓶底部敲出个洞，让绳子从中穿过，挂到竹篮上方。那瓶子滑，老鼠便下不来，无法偷吃了。

　　父亲从篮子中拿了个桃子给我。我瞧着手中的桃子，太熟了，软软的，还有些斑点，都快要烂了。我说："爸爸，这桃子?"父亲说："是熟过头了些，可是甜，甜呀。"我小心剥下桃子的皮，水滴着。我赶紧大口大口吃。甜极了，水淌了一地。父亲说："哎呀呀，多可惜，要用力吸吸汁水再咬呀！"

吃完蜜桃，我躺到床上，有些热。过了会儿，丝丝凉风从窗外溜进来，轻拂到身上。我闭了眼，迷糊起来。

迷糊中，父亲房间传来开门声，又传来父亲母亲的说话。

父亲说："跟你讲了多少遍，别老去跟人家瞎聊。什么都说，到时候啊……"又说："别再给人钱了，也不好呀！"母亲辩说："是人家家里困难，借的。"父亲说："借的? 一次次，都还了吗?"母亲不再吭声。寂了会，父亲又说："哦，木子回来了。"母亲说："我去看看。"父亲说："睡了，别去了。谁叫你这么晚回来，明天再说吧。"便都没了声音。寂了一阵，传来父亲吭吭吭的几声咳。又寂了。

于是，那熟悉的浓浓宁静，黑黑地弥漫在屋子里，飘进我脑中。我睡着了。

第二天，我迟迟起床，吃了饭，下楼去找阿钟。在前面一座房子旁，我见到母亲和一位叫胖姨的女人说话。我走过去叫了母亲一声。母亲转过头："呀，木子呀！"那胖姨也转过脸说："是木子呀，你妈正说你，夸你呢。"我对母亲说："妈，别老说家里，说我……"便走了。走了几步，我回头看见母亲从身上掏出张钞票，递给胖姨，胖姨嘻嘻笑着把钞票收进口袋……

呼地，两只黑狗欢快地向我跑来，哗啦啦摇着尾巴，在我身边蹦跳着。我看见阿钟了，他走过来，指指天对我说："木子，你看这天气多好，你不是要上狮山钻山洞? 咱就去。"我有点蒙——狮山? 山洞? 很快想起来了。那时候，我是很想上狮山钻山洞。好几次，听钻过山洞的大孩子在我们面前夸耀，说那山洞又深又长，多黑多骇人，这边进去，那边出来。胆小的绝不敢进去，一步也不敢。我便对阿钟说："我们也去去，看看有多大胆量，也可以在别人那吹吹。"阿钟却总是推各种原因，没和我去。想不到今天他倒提出来了。我高兴地拍拍阿钟肩膀说："好，走呀！"阿钟说："等等，我要准备准备。"阿钟找来两根磨秃的软扫帚，浇上些煤油，拿着，和我上山去。

我和阿钟爬了一身汗，到山上洞口。我向里走了几步，马上退回来，嚷着："太黑了，什么也看不见！"阿钟笑笑："看我的。"他把一根浇了煤油的秃扫帚给我，从口袋掏出火柴，哧地一划，点着了我和他手上的秃扫帚。两根秃扫帚，呼地腾起橘红的火焰，成了熊熊火把。阿钟说："快，快冲进洞。火把点没了，就看不见，出不来了。"

我和阿钟高举火把冲进洞，疯子一般嘶叫着狂奔。清凉的空气唰唰擦过脸颊。手中火把呼呼烧着，照亮黑黑洞壁。突地，有人从旁边黑黑洞穴，狂叫着冲过来，吓得我和阿钟没命地逃窜。好不容易冲破层层黑暗，看到洞口亮光，一咬牙冲了出去，到洞外猛喘气。刚好两根秃扫帚都烧完了。

我们坐到地上。阿钟说脚疼，一看，一只鞋跑掉了。那光着脚的拇指踢到石头，流血了。阿钟站了起来，一拐一拐要进洞找鞋，说他只有这双鞋，不能少了一只。我拦住，说："别去，你这样子，又没火把，里头黑黑的怎么找？"阿钟才没进去。我们在地上坐了会。我扶着阿钟慢慢走下山去。后来听说，他因为掉了只鞋，他父亲狠狠骂他，抄起棍子要打他。他跑了出去，几天不敢回家……

夏天慢慢过去。我躺在床上，有些凉，几片树叶从窗外扑啦啦被风吹进来，落在桌子上。父亲抱了床薄被给我盖。

一年中最大最圆的月亮就要升起来了。父亲似乎有些不安。他把我叫到他房间，让我端端正正坐着。他也坐着，对我说："木子，你回来有些日子了，可以走了。"我应："我在这好好的，不想走。"父亲盯住我眼睛坚定地说："你必须走。在最大最圆月亮升起前，离开这儿，别再回来。"

我在那最大最圆月亮升起前，离开家。父亲带我走到海滩。傍晚的海滩非常宁静。海面镜子一般平而亮。父亲和我走到艘小船前。父亲说："木子，你就摇着这艘小船到大陆去，别再回来。上船啊！"我爬上船，一瞧，这小船蓝蓝的，油漆好些脱落了，露出木头黄褐的原色，就是前些日子我从大陆摇过来的小船。我拾起双桨，父亲解了缆绳。我的小船向镜子般的海面滑去。父亲还在海滩站着，向我挥挥手，阵阵海风吹动他的衣裳。

我再回望，已不见父亲身影。海滩一片空寂，四周的海也空寂着，只有我的桨在海水中噗噜噗噜地划动着。

我抬起头，见幽蓝海面上，月亮升了起来。这是我从未见过的月亮，比脸盆还大，在水面抖动着，唰地一下放射出万道银光。我眼前和四周瞬间大亮起来，平静的海水激动地摇荡着满海浓浓的银色月光。

我在大海和月光中，似乎听见了什么声音，像从月光下渐远的海岛传来。我停桨聆听，听见笑声、喊叫声和歌声……很喧闹狂野的样子。总是平静的海岛，为何变得这般喧闹和狂野？我想回去看看，可想起父亲的嘱咐，我还是把船向前划去，离海岛越来越远。

我的小船划到大陆码头，系好缆绳。我在船上躺下来，望着渐渐西斜的月亮。船轻轻荡着，如摇篮一般，我睡着了。

我睁开眼时，月亮已西落，天亮了。我本该离开小船，踏向大陆，如许多年前那样走得远远的；可我没有，我决定不听父亲的话，划船回去。

我划着蓝色小船回到小岛，走上海滩。到处一片宁静，仿佛什么也没发生过。我正诧异着，低头见原先平整的海滩，满是深而杂乱的脚印，就像许多伤痕密布上面。我想起昨夜在海上远远听到异样的声音，断定这儿一定发生过我不知道的事情。

我走过海滩，穿过古堡城门，到了老街上，只见家家户户门窗紧闭。街上和榕树下，不见一个人影，只有一群群鸟雀在地上跳跳叫叫。

我走进大榕树旁的巷子，没见两只黑狗冲出来，跳着猛摇尾巴迎接我。

我向自己家走去，一片宁静中不觉放轻了步子。我从楼旁木梯上去，掏出钥匙轻轻开了门。

我看见父亲母亲。他们没觉察我进了门，还在说话。父亲对母亲说："都是我不好，那样说你……我……对，对不起！"母亲流着泪说："我也不好，说你，骂你。"父亲抚着母亲的脸说："还疼吗？还是我不好，打了你……"两人说着拥抱在一起。

我不解地看着听着，咳了两声，惊到他们。他们马上分开，盯着我，说："呀，木子呀！"我低下头说："爸、妈，我又回来了。"父亲并不生气，说："回来了？也好，那些都过去了。回来了也好。"我问："爸爸，什么都过去了呀？"父亲摆摆手："别问。都过去了，别问。"

我正想和父亲说些别的话，听见屋旁木梯传来踏步的声响。我头伸到门口一望，是胖姨。平日风风火火的胖姨，此时慢而轻地走过来，抖着一身肉到母亲身边，叫一声，弯下身子说："对不起，我昨晚说了你那么多坏话，骂你，还把你推到地上。是我不好……我看看你伤了没有？"母亲则拉住胖姨，连连说："没什么，没什么。我也说了你，打了你，是我不好！"胖姨抖着母亲的手说："唉，那阵子，也不知怎的，就那样了？今后，今后，还是要好好的呀！"母亲说："对，再也不能那样了，一定要好好的。以后你有什么需要，钱呀什么的，你说，我再给，给，和从前一样。"

我听着，一点也不明白，又不敢问。

母亲和胖姨又没完没了地说话。父亲叫了母亲一声，说："该去了，该去了！"母亲应道："对，该去了，到老街去。"拉着胖姨跟父亲下楼，我跟在后面。父亲站住说："你去干什么？又没有你的事。好吧，去看看，看看也好。别说话。"我点点头。

我跟着父亲往前走，见到阿钟和他的两只狗。阿钟没了平日的神气，病恹恹的样子，头上包着块纱布。那两只狗见了我，也没叫叫跳跳迎上来，只是低着头，垂着尾巴无声走着。我叫了声阿钟。他没吭声，瞧瞧我，又低头走去。我问他："你怎么啦？这头……昨天白天还好好的，怎么就受了伤？"阿钟苦笑一下，说："打的呀。"我啊了一声，问怎么打的。阿钟有些不耐烦，说："别，别问。"只是向前走去。我便也没作声，跟着走去。

一路走着，两边房子都有人出来，到我们中间。人越走越多，都低头默默地走，如送葬一般。只有我满腹狐疑，不时东张西望。父亲抬头盯了我一眼，我也低下了头。

我跟着大家，走出巷子，到老街上。大家站在老街南面这边，排开。老街对面已站了好些人，还有人加入。两边的人就隔一条街站着，都黑沉着脸，不看对方，气氛凝重。阿钟在我旁边低头站着，那两只狗也乖乖低着黑脑袋，垂着长尾巴站在他身旁，没一点声响。屋檐上的小鸟也停止了歌唱和跳跃，细着脚立在那儿。风也停了。我一抬头，见有朵云走着，便在我头上一动不动了。

沉静中，父亲向前半步，咳了两声，开始说话。声音低着，有些嘶哑。

父亲说："乡亲们，对面的乡亲们，昨天夜里，我们南面的乡亲和你们北面的乡亲，又吵又闹又打，闹翻了。今天我们认识到我们错了，特此向你们道歉。"

父亲说着，沉沉低下头，老街这边的其他人也都低下了头。

一阵沉默后，父亲继续说，声音不嘶哑，高亮了起来："乡亲们，昨夜那沉重的一页翻过去了。我们到了太阳高照、晴空朗朗的新的今天。我们还会有许多许多日子。我们南面和北面的乡亲，还要在这岛上生活下去。我们决不能再闹，争什么南面的先上岛，还是北面的先上岛。这有那么重要吗？有意义吗？重要的是，我们大家已经共同在这岛上生活了很久很久，还要生活很久很久。我们应该向前看，在这岛上同舟共济，努力创造我们今后的美好生活！"

我虽然没有完全弄懂父亲话语背后的意思，可觉得父亲说得真好。我从来没听过父亲这么精彩的话语。我真想伸出手鼓掌，可左右一看，便把手收回来了。

父亲话说完，对面人里的一位白胡子老人也上前半步，说了一番类似道歉的话，但没有父亲说得精彩。

老人说完，对面的人都努力低下头。

接着，父亲和对面老人都上前几步，在街中心紧紧握手。

我看见街这边和对面，一张张黑沉沉的脸都松开了，像太阳一般暖亮了起来。我听见鸟叫声和阵阵风声。抬头一看，屋顶上的鸟雀又叫着细着脚跳来跃去；头顶的云朵也动了起来，变幻着各种美丽的姿态慢慢飘远。

没人招呼，街这边和街对面的，都走到街中央，紧紧握手，轻轻说话，场面颇为感人。

对面街的一位大男孩，摸着阿钟包着纱布的头说："还疼吗？我那时真是昏了头，拿石头扔你。真对不起！"阿钟摆着手说："我也不好，放狗咬你。"说着要掀大男孩裤管，看看狗咬的伤口。大男孩说没关系，没关系，不让看。阿钟内疚地说："咬你的狗我带来了，你踢它几脚，捶它几下，解解气。"阿钟说着把那两只狗推到大男孩跟前。那男孩却俯下身子，伸手抚摸那两只狗低垂的头。两只狗发出呜呜呜的声音，哗哗哗摇起了尾巴。阿钟和大男孩拥抱了起来。

一切都结束后，这边和对面的都轻松地回家了。

我还是不大明白昨晚的事，又不敢问父亲。父亲也没跟我说，仿佛什么也没发生一般。

这从来平静的海岛，又平静下来。大家又像往常一样生活。

我在这岛上的家中，又住下来。

这是一个多么美好的季节。海风一阵阵从蓝幽幽海上吹来，无比凉爽。天空像大海一般蓝刮刮的。海边狮山上的野果熟了，红的、紫的、黑的、蓝的，星星般遍撒在草上和灌木丛中。我和阿钟上山采野果吃。我们采摘晶莹剔透的野草莓，一个个放到嘴里，甜甜酸酸。野草莓旁黏着蜘蛛网。阿钟说那是蛇爬过的，我便不敢摘。我们摘当地人叫"乌盆"的，像粒粒黑豆子的野果，一小把塞到嘴里。吃完张开口，相互看看，哈哈大笑：嘴里牙齿都乌黑黑的，嘴唇也黑了。还有一种像开白花的野蔷薇结的果，剥开，把里面的籽挖掉，把细细的毛弄干净，黑红厚厚的皮肉放到嘴里嚼，酸甜酸甜很好吃；可不小心里头的毛黏到皮肤上，便刺刺痒痒，拍也拍不掉，难受极了。

爽爽的秋天过去，冬天来了。岛上天天刮大风。父亲一出门便严严围上厚厚围巾，怕着凉，可到夜里还是一阵阵吭吭吭地咳。还好冬天熬过去了，春天过渡一下，又到了我最喜爱的夏天。夏天在我和阿钟的快乐中慢慢走了。天又有些凉了，夜里我又盖上父亲抱来的薄被子。

父亲又把我叫到他房间，我规规矩矩坐着。父亲说："木子，你该走了。离开家，离开这岛。"我知道那最大最圆的月亮又要升起来了。我说："爸爸，我不走。"父亲说："你还是走吧！到大陆去一个晚上也可以。"我说："我不走，我长大了，我想知道那晚上到底发生了什么。"父亲沉思一下说："好吧，也该让你知道了。"

于是，我很盼望那个晚上的到来。

这天终于到了。白天岛上静静的，毫无异常。我和阿钟又到狮山上采野果，吃得满嘴黑乎乎的，相互看着大笑。后来阿钟望望西边的太阳说："木子，咱们回去吧？"我说："天色还早呢。"阿钟说："你不知道，今天该早些回家，早些吃饭，要……"我说："为什么呀？"阿钟说："别问，等下你就知道了。"我便和阿钟下山回家。

家中父亲母亲早摆好了饭菜。父亲见了我说："怎么才回来？快吃饭。"

我急急扒饭，快快吃完，跟着父亲母亲下楼到巷子里。胖姨也来了。走着，又遇见阿钟和他的两只狗。又有好些人从巷子各处出来，一起到老街。老街那边人也纷纷出来，往前走。大家说说笑笑过节一般向宽阔海滩走去。

到海滩，我一看，差不多全岛人都闹哄哄来了。大家在略略倾斜的海滩上，各自找个地方站好。暗灰色的夜幕缓缓从天上垂落，大家停止了说笑，一双双眼凝重地眺望远处灰蓝的大海。海滩一片寂静，连呼吸声都能听到。有人憋不住咳了一声，马上一双双眼无声地看过去制止。

来了，来了，只见一轮比脸盆还大的金黄圆月，一下跳出灰蓝蓝海面，跃到空中，张开金盆大口，呼地喷吐出万道月光。那银白月光，唰唰唰似亿万箭矢射向海滩，射向海滩上一张张脸和身子。所有人顿时被强烈月光击中，不觉抖震了一下，发出一阵阵"啊啊啊"的畅快叫声。海滩瞬间成了一片银白世界。

这是我在海上和陆地上，从没感受过的异样的月光。它一波波烈烈袭来，浓浓地扑撒和覆盖在人们脸上皮肤上，层叠上去，神奇地渗进皮肉，穿进血管，直至大脑和五脏六腑，在里面扰动，跳荡……让人产生麻麻酥酥的愉悦和快感。我左右一看，所有人都沉浸在月光中。有人嫌月光晒射得不过瘾，干脆抬起头来，张大口鼻，大口大口把浓烈如酒的月光吸进去，而后便如醉酒一般，摇头晃脑轻轻地快意起来⋯⋯

还是静着，只见月光唰唰唰从天上银白飞来，如雪花如落雨，漫天飞舞⋯⋯突地，海滩上爆发出一阵阵狂烈的人笑和狗叫，便有了许多有声有色忘乎所以的表演——

先是那两只狗欢叫着，如人一般站立起来，抬着头，摇摆身子四处乱走。阿钟兴奋地在狗旁边不停翻跟斗，踢到我，被我拍一下，还翻。我身边的父亲一改斯文宁静的样子，站到高处，对着大海慷慨激昂地朗诵："前不见古人，后不见来者。念天地之悠悠，独怆然而涕下。"接着，他手舞着，身子摇摇晃晃，似执着酒杯，醉酒般念着："花间一壶酒，独酌无乡亲。举杯邀明月，对影成三人⋯⋯"父亲正表演着，母亲尖尖的嗓音划破夜空响了起来："天上掉下个林妹妹，似一朵轻云刚出岫⋯⋯"她边上的胖姨不甘落后，也拉开哑哑的破嗓子，颠三倒四地跟着乱吼，走调都走到月亮上去了⋯⋯

我也浑身发热，手脚变得无比轻盈，冲过去抱住阿钟，前前后后，左左右右，跳起舞来。那两只狗更疯狂了，跳着叫着往人群里钻，被人一脚踢开，又钻到人群中跳着叫着⋯⋯

海滩上一片狂欢。

我和阿钟踩着踏着，快乐地跳着舞。没想阿钟一下变了脸，将我推开，指着我鼻子吼道："你要干什么？和我跳舞，要害我呀！"

我说："我怎么害你啦？"

阿钟说："都是你，那天硬叫我钻山洞。我那双鞋掉了一只。我要进洞找，你不让。我回家被父亲臭骂一顿，还要打我。我逃到外面躲了三天。哼，什么朋友啊，都在害我！"

我一下血涌上来，愤愤地说："是你带我钻山洞，丢了鞋。要回去找，秃扫帚烧完了，怎么进洞，里头黑乎乎的，怎么找？我都是为你好。不识好人心！我才不和你做朋友。那年借我两本《三国演义》的小人书，一直没还我，说在茅坑里看着，不小心掉到粪堆里去了。我才不相信，怎么两本都会掉到粪坑里去？哼，我才不和你做朋友。"

阿钟说："就是掉到大便坑里去。我又不能去捞，臭死了。弄上来你也不会要。"

我更加愤怒，说："别骗我了，我在别人那看到那两本小人书。书我做过记号，认出来了。是你借给别人的，你这骗子！"

阿钟恼羞成怒，吼着："就骗你怎么样？我就是这样的人。再不和你做朋友了。"

我和阿钟正吵着，母亲和胖姨也吵起来了。

母亲说胖姨："你欠了我好多次钱，到现在还不还，想赖呀？"

胖姨说："就后来的三块五块没还，以前的都还了。你才是老赖。"

母亲说："后来的几次都没还，有十几块钱。真是老赖，没品质。"

胖姨说："你才没品质。一张破嘴到处说，把自己家里什么都搬出来。没羞耻。"

母亲说："我说自己家的事，干你屁事？你才没羞耻。"

胖姨说："你才真真没羞耻，破嘴巴到处说，说人坏话，说我胖，说我怎么吃得那么胖，走路一颤一颤，太难看了。"

母亲说："就说你，说你这老赖，就说你像肥猪一样！"

这下胖姨大火了，吼着叫着，叫你说，叫你说，胖大身子一抖一抖逼过去，一用力，将母亲撞倒到地上。母亲从地上爬起来，冲过去，在胖姨肉墩墩身上捶了几下。两人扭成一团。父亲过去把母亲拉开，和母亲一起同胖姨大吵。

吵了一阵，不知为何，父亲和母亲也吵了起来。

父亲说："早跟你说了，不要把钱借出去，就不听。好啊，现在……还跟你说，不要到处乱说话。这下得罪人了，成了冤家了。你呀，这嘴巴！"

母亲刚和胖姨吵完，又被父亲指责，更恼火，说："哼，你想不让我说话，除非把我嘴缝起来！要不，我就要说，说！"

父亲说："谁不让你说，有话在家里说呀！"

母亲说："在家说什么你也不会应一声，像死木头一样。还把钱抠那么紧，那么小气，真是铁公鸡。"

父亲大火了："什么死木头，什么铁公鸡？你也这么说我，你，你这是……"

父亲举起手，挥动巴掌要扇母亲。我上去，抓住父亲的手，不让打。父亲一反常态，对我吼着："滚开，滚开，不要你管！"

我刚跟阿钟吵过，本来火气也大，便也朝父亲嚷嚷："你怎么啦，火气这么大？妈妈说得没错，你太抠了！那么多桃子总不让我吃，一直挂在篮子里，要烂了，才给我一个。还骗我，小时候说每天给我两分钱，没给，投到储蓄罐里，说积多了，再拿出来给我买东西。却没给我，拿去缴我的学费。真是太抠了，铁公鸡！"

父亲暴怒起来，吼着："小子，敢这样说老子，反了。"一巴掌打在我脸上。

我抚着热辣辣的脸，含着泪，正要对父亲……

有人大喊："别闹了，别闹了！都是从南边上岛的自己人，吵什么吵，应该和北边上岛的闹，和他们算老账。"

于是，我、父亲、母亲、阿钟、胖姨和周围好些正闹着的南上岛的，一下静了下来。只一会，大家朝那边北上岛的涌去，冲撞到一块，大闹起来——

我们南上岛的叫道："是我们南边的人第一个上岛。这岛是我们发现的，你们北上岛的早该滚下岛去了！"

北上岛的应："你们才一个人先上岛，只差半天，我们北上岛的就有十几个人上了岛。岛应该是我们的，你们才该滚出岛去！"

南上岛的说："一个人先上岛也是先，这岛是我们的。"

北上岛的说："你们只是空口说空话，有证明吗？拿出来呀。拿不出来，滚下岛去。"

南上岛的应道："证明当然有，县志里就有记载，白纸黑字，要不要拿一本给你们看？"

北上岛的说："现在这社会什么都造假。谁知道你们给编县志的多少钱，让人家帮你们造假。你们还有什么呀？别忘了这岛上大片土地都是我们开垦的。你们早该滚蛋!"

南上岛的说:"你们才做假。开荒地有什么了不起,这岛上码头还是我们建的。你们快滚吧!"

北上岛的说:"破码头有什么了不起。我们县里有当大官的,会为我们拨钱修更大的码头。"

南上岛的说:"我们县里也有当大官的,比你们的大,发个令叫你们滚蛋。"

北上岛的寸步不让:"我们省里有更大的官,还有大老板,势比你们大。你们才该滚下海去!"

接下来,双方不再争辩,干脆互相乱吼一气——

"这岛是我们的,北上岛的滚!"

"这岛是我们的,南上岛的滚!"

两边瞪红了眼,越吼越激烈,互不相让,干脆动起手来,打成一团……阿钟拍拍两只黑狗,吼了一下。那两只狗嗖地冲到北上岛人群里,乱扑乱咬一气。北上岛的阵势一下乱了,纷纷往后撤,跑到古城堡里去,捡了石头爬上城墙,往城下的南上岛的扔。南上岛的冒着如雨的石头,冲过去,城门却关了,退了回来,也朝城墙上扔石头。

阿钟带着狗冲过去时,头被石子砸到,血流如注。两只狗也被石头砸得汪汪叫。

父亲、母亲和胖姨不敢冲过去,也没力气扔石头,便在下面远远地骂。

我把阿钟扶回来,撕了衣服给他包扎。而后看着双方在浓烈的银白月光下,互相扔石子,不断有人被砸中,哀哀地叫……

我抬头,看月亮已升到高空,似乎小了点;可月光依旧一波波如密密的箭矢射向地面,射向地上的每一个人。一个个都被月光射染得银白着,变了模样,看去虚虚怪怪的……

突地,眼前暗了下来。我抬头一看,一朵云遮住了天上月亮。城墙上和城墙下的人都停了骂声,举起的手放了下来,石头扑扑扑掉落到地面。天上没有了朗朗月光,也没有了飞来飞去骤雨般的石头。我身上的血平落了下来，头脑一下清醒冷静了许多。可一会儿，那云朵飘走，圆月烈烈月光又射下来，城上城下又骂声四起，天上又飞起密密如急雨的石头。我觉得身上血又沸腾起来，头脑胀胀热热的……

南上岛的人比北上岛的多些，可北上岛的在城墙高处往下扔石头，南上岛的占不到一点便宜。南上岛的便抬了根大木头，冒着石雨，冲到城门下，用大木头撞击城门。轰轰轰，撞击了几十下，大门嘎嘎响着，眼看就要倒下，天上又飘过来一片云，遮住大圆月，地面又暗了下来。天上狂飞的石雨停了。城门前轰轰的撞击声也歇了。撞门的大木头在南上岛的人手里停住，又，咣地落到地上。

我身上的血又平落下去，头脑冷静下来。我抬头望着天，猛地明白了……

我走到喊哑了声音的父亲身旁，说："爸爸，这一切，全是天上月亮闹的。"

父亲没明白，圆着眼奇怪地看着我。

我指指天上说："你看看，云遮了月亮，月亮光照不到人身上，大家就安静了，不闹了。"

父亲四处望望，沉思一下说："对呀，这一年年的，我怎么就没想到？那，云走了，月亮出来，大家又会闹起来，怎么办？我们又不能造一朵云去遮月亮？让我想想，想想……有了，让大家回到……"

"回到房屋里。让大家回到房屋里，不就晒不到月光，就不闹了！"我接下去说。

父亲说："那，怎么让大家回到房屋里呢？"

我说："会有办法的，会有办法的。"

天上那片云走了，月亮又出来了，浓烈的月光又唰唰唰射向地面，地面万物和每一个人又被笼罩在银白月光中。

城墙上下的石子又急雨般乱飞。城门前的人又抬起那根大木头，轰轰，用力撞击城门。哗，城门倒了。南上岛的冲上城墙，与北上岛的在月光下打成一团……

我火速冲进城门，跑到家中，抱出几捆木片，垒到老街上，泼上煤油，点着了火。一时橘红火光呼地冲上天空。我回家拿了铜锣，跑到墙城上，咣咣咣敲着大喊："着火了！着火了！老街着火了！快去救火！"

争斗正酣的两拨人扭头一望，见老街那火光冲天，无心恋战，冲下古堡，往老街救火。

大家到老街一看，房子没着，只是街中心有堆火，松了口气。大家七手八脚提桶端盆装了水，浇灭了火，而后两拨人又在熄灭的火堆旁争闹了起来……

又一片云飘过来，遮住了月亮，地上的人又平静下来。我和父亲赶紧高喊："都累了，大家都回家去，回家去！"已静下来的人们变得温顺而听话，拖着疲惫的身子各自回家。我和父亲母亲也回到家里，心里非常平静。所有回到家里的人都非常平静。

月亮又出来了。人们在屋内，月光晒不到，仍平静着。

我站在门前。外面浓烈的月光唰唰唰飞着，哗啦啦浓浓厚厚银白地泻了一地，甚是美丽，充满诱惑。我禁不住往门口跨了一步，马上收回脚。我在屋内走来踱去，看见挂在墙上的一把灰色的晴雨伞，想了想，伸手摘下来，向门口迈步。父亲说："怎么啦，你还要出去？不怕月光？"我举了举手中的伞说："我有这宝贝能遮挡月光。我试试。"

我走出去，打开伞，举在头顶下了梯子，走进浓浓的银白月光里。我走着，月光在我伞的四周如蜂群般舞动着。我看着地面。我的伞遮着月光，在地上留下一个圆圆幽幽的影子，随着我脚步向前移动。我的心平静着。

我举着伞走上老街。两边屋子的门和窗里，一双双眼睛穿过月光注视着拿伞的我。

我走向海滩，把伞前沿稍往上翘翘，向前望去。宽阔的海滩已堆积了层层叠叠如雪的月光。我站在浓厚如雪的月光中，望远处的海。海上起了波浪，无边的月光在上面不安稳地银闪闪跳荡着。

我听见熟悉的脚步声从后面传来。父亲也撑着伞到我身旁。我又听见好些脚步声，又有许多人撑着伞来到海滩上。我回头一望，银白海滩上顿时冒出一片各色伞花。有的不动地开着，有的四处游移。我把伞从头顶挪开，眼望夜空。那如盆的月亮还斜挂头顶上。真是一轮好月亮！我只望两眼，又把伞遮到头顶上。月光如雨密密泻下来，沙拉拉敲打我的伞，在伞面层层堆积，我的手都能感受到它的分量。我体内的血还是平静地流着。有人也学我，挪开伞看两眼月亮，马上遮上伞，也平静着。海滩上开着一片平静的伞花。

似乎过了许久，一只只高举如花的伞在如雨月光中，徐徐离开海滩，队队行行游移回一条条街巷，静静消失在一家家门前。街巷里、海滩上，只剩下满地月光。

我在岛上的家中住了下来，父亲不再赶我走了。我喜欢这平静美丽的岛。每年月亮最大最圆那一晚，再没有发生那不堪的一幕。大家静静地撑着伞，在月下，到街巷、海滩走走，不看月亮（有时看一两眼）。相遇了，在伞下相互笑笑，说句话，再悠悠地在月下走走。任银白的月光在伞外飞扬、流淌，在地上堆积……

几年后，小岛成了人们旅游的好去处。有人拍下月亮最大最圆那晚，海滩上开满伞花的照片，传播出去，更多人蜂拥而来。

面对旅游大潮，岛上建立了管理机构，有了保安队伍。我和阿钟任队长、副队长。每到月亮最圆最大那晚，我们便特别警惕，特别紧张，四处寻查，看游客在月光下是不是都撑着伞，有没有不经意或故意将伞拿开晒月光。一发现这情况，我们马上过去要他们举起伞遮月光……这岛上的月光太特别，太有魅力了。后来我们允许游客挪开伞，看一两眼月亮，最多不能超过五秒钟。大家遵守得很好。

可百密一疏，也出现了几次意外。

有一对母子那晚到岛上游玩。两人各撑着伞在月光下游走，到了海滩一处布满礁石的边角地方。那男孩突地放下伞，沐在浓浓月光里。他母亲吓了一跳，阻止他。平日颇温顺的男孩就不听，还晒在月光里，兴奋地乱喊乱叫。他母亲一看不对头，从地上拾起他扔掉的伞，遮到他头上。男孩狂暴地把母亲手里的伞抢过，扔到海里去。母亲大为不解地说："孩子，你怎么会这样啊？"

　　男孩应："我就要这样。这样好快活呀！从没有的快活。好，我告诉你吧，我明天就要离开你，到远方去流浪……"

　　母亲异常惊愕："你，孩子你怎么啦？你是个多么乖的孩子，怎么说要离开妈妈？妈妈对你那么好。你的吃、你的穿、你的学习……妈妈为你操碎了心。妈妈多么爱你。就希望你好，好好学习，将来有出息，出人头地，为妈妈争光。你怎么会要离开妈妈？"

　　男孩应："可你管得我太紧了，让我没有一丝自己的空间。你不顾我的爱好，一点不懂，也不想知道我喜欢什么，想什么。我看课外书，你发现，就收了。我带回只可怜的小猫，要收养它。你不答应，说会影响我的学习，把它扔出去。后来那小猫死了……"

　　母亲说："孩子，妈妈这是为你好，爱你呀！"

　　男孩说："我知道你为我好，爱我；可你总是按你的要求爱我，我都快喘不过气来了。我想了很久，我要离开你。今晚最后和你在一起。明天，我就走，走得远远的。"

　　母亲没想到平日少言寡语温顺的孩子，一下会说出这样的话来，还要远走，泪流满面，不知所措，嘴抖动着，却说不出话来。

　　男孩晒着月光，越加狂躁，喊着："我要走，等不及了，现在就走，走得远远的。"

　　说着，男孩在飞舞的月光下，甩下母亲，跑向海滩……

　　这对母子的异常被阿钟发现，冲了过去，拽住男孩，撑伞遮在他头上。过了会儿，那男孩安静了些。阿钟把男孩和他母亲带到我办公室。我们进一步了解了情况，劝母亲和那男孩去看心理医生。第二天，我们送他们离岛。后来听说他们去看了心理医生，母亲改变了态度，男孩也做了心理调整。男孩不出走了，好好地待在母亲身边……

　　第二件事是因为我们管理海滩的一位保安家中有事，未请假就离开，没及时处理才闹出来的。我们后来辞退了他。

　　也是岛上月亮最大最圆的夜晚，来了一伙中学生，撑着伞在月光下闲逛。其中有位个子小小的。我们后来才知道，这伙中学生是让那小个子出钱，来岛上玩的。

　　这伙中学生从街巷逛到沙滩旁。银白的月光在天上伞外飞舞着。那位小个子把头顶的伞拿开，放到地上，抬头望月亮。月光唰唰唰一波波射到他头脸和瘦小的身上。他的几位同伴说："呀小子，你不遮伞，要干什么？发疯啦？"

　　那小个子轻声说："我，就想晒晒这月光，看看会怎么样！"

　　那伙人说："好啊，就让你晒晒月光，你怎么晒也晒不出胆来，还得听我们的。"

　　那小个子不吭声，在浓烈的月光下晒着。过了会儿，他朝天哈哈大笑，而后对那伙人硬硬地说："你们听着，我不会再听任你们摆布了。我没有钱，一毛也没有，别再向我要钱。"

　　那伙人笑了："你敢不听我们的？没有钱，去偷去抢也要向我们进贡。要不，再让你皮肉受罪，在学校待不下去。"

　　那小个子一反常态，不在乎地应："呵，学校我不会待下去了，也不会受罪。你们别想再动我一根毫毛！我要让你们……"

　　那伙人说："好啊，晒月亮晒硬气了。你想干什么？"

　　小个子抬起涂满月光的脸，狠狠地说："干什么！我要杀了你们。我在家里准备了一把刀，磨了又磨，就在明天要杀了你们，一个不留。我也不活了，杀光你们。"说着眼中射出比月光更厉的光芒……

　　那伙人说："好呀，晒月光晒疯了，要杀我们？先让我们教训教训你！"

　　于是几个人围住小个子，扑上去。小个子毫不畏惧，拾起地上铁柄伞，左抢右挡，与他们大打起来。

　　打了一阵，小个子无比勇猛，用伞尖戳伤了两个人……那保安刚好回来，见了，吓坏了，赶紧吹响哨子，把别处保安叫过来，一起控制了小个子和那些中学生，带到保安室。

　　经过询问，得知这些中学生长期欺负那小个子学生，常向他要钱，不给就作弄，就打骂。那小个子长期受欺凌，精神几乎崩溃，动了杀这些人、自杀的念头。没想到在岛上晒了月光，提前把情绪宣泄出来……我们叫了医生，给那两位被小个子戳伤的中学生包扎了伤口，伤势并不严重，而后打电话把情况告知他们学校和家长，让他们第二天把人带走，配合有关部门，迅速处理了这起隐藏在校园的欺凌事件，没造成太严重后果。

第三件事是我发现那晚上岛游玩的三位游客，样子有些异样，跟着，最后……

那三位游客每人撑把伞到海滩上，月光朗朗照着。一位挪开伞，看了两眼又圆又大月亮，又把伞遮到头上。边上一位说："呵，看月亮就看月亮，就看两眼，太胆小了吧？都说这月光会把人晒得疯狂起来，我就不信。咱们是谁呀？就够疯狂了，过两天就……嘿，还怕这月光！我就要试试。"说着，把伞掷到地上，脱掉上衣，光着滚动着疙瘩肉的上身，岔开两腿，两胳膊向两边一摊，仰着头晒起月光来。

另两位见了，爽气地说："大哥说得对，咱过两天就，就干他妈的惊天动地的大事，还怕什么，怕这月光？咱也晒晒！"说着两人把伞一扔，也脱掉上衣，光着粗壮的膀子晒月光。

月光唰唰唰，从天上射到他们光溜溜、鼓胀着块块肌肉的胸背、胳膊和头脸上，在上面银白白地厚厚堆积，渗入他们体内……他们放声大笑。

那大哥笑完，望了望密密麻麻撑着伞的游人，对另两位说："哈哈，咱们过两天要搞个大事。可我有些等不及了，这里人多，我们该先在这儿疯狂疯狂，轰动一下！"

另两位爽快地应道："大哥说得对，我们也等不及了，就先在这儿疯狂疯狂！"

于是，三个人赤着上身，拾起地上的铁柄伞，合起来，两手抓握着伞柄，尖尖头朝前，喊叫着："去死吧！都去死吧！"向人群扑去。人群一下乱了，尖叫着四处逃散……

我带着一群保安，从暗中冲出来，制服了那三个人。

这三人被带到派出所，审讯之后，才知道是伙恐怖分子，两天后要在人群密集的车站搞爆炸。还好，因为这岛上奇异月光的照射，他们提前现出原形被捉，避免了一场大灾难。

我，后来还是离开了这奇异的岛。父亲说我长大了，由我吧。

　　我在月亮最圆最大的晚上，划着那艘油漆斑驳的蓝色小船，离开小岛。父亲来送我。瘦瘦身影久久定格在海滩上，定格在我眼中……

　　我把蓝蓝小船划到如镜大海上。月亮升起来了，呼地张开大口，喷吐出万道银光，射满大海，射满我全身。我划着小船，悠悠地在银白的月光和大海间穿行。我不用担心这月光。它只有照射在那岛上，才让人异样而疯狂。我渐渐远离了小岛，转头回望。那迷离的小岛在月光下，再没有一点喧嚣的声响，安安静静，睡着一般。

　　我不倦地划着桨。船桨在水中发出噗噜噗噜单调的声响。我发现我又变了，变回几十年后上岛前的模样。我在岛上的奇妙记忆，在迷茫茫月光下，像长了翅膀，呼啦啦飞走了。

微

笑

一

　　哲在河边走着。河不宽，两岸绿着密密丛林。他看见河对面一群猴子在大树上吱吱叫着跳来跳去，有几只跳到地上，坐着，或弯弯走着。他听说这里的猴子很皮，会爬到人身上，乱抓乱挠，纠缠不休。他身边还好没有猴子。

　　哲慢慢走着，被这条河深深吸引，它像南方雨后的芭蕉叶般油油翠绿着，风轻轻吹过，泛起淡淡亮眼波光，一闪一闪扑入眼中，很是舒服。这景色是他生活的远方城市没有的。

　　哲是一个人背了背囊到这里来的。这段日子，他有些抑郁。他相处三年的女朋友芸离开了他，他便到这远远的南方来疗伤。他在丛林旁河边走着，心情似乎好了些，可还想着芸。

　　哲深深爱着芸。他俩好是好，却时常因一些鸡毛蒜皮的小事吵吵闹闹。

　　那天，哲在商场门口，给芸打电话，叫她快点出来一块逛商场。哲等呀等呀，等了一个多小时，才见到芸。芸心情很好，在哲身边转来转去，对哲说："你看看，我今天这身衣服好看吗？还有搭的这条围巾？"哲心里有些烦，淡淡瞟了她两眼，拉着脸不情愿地粗声说："你磨了这么久才来，我一个人傻瓜样站在这门口，人来人往……"芸也不高兴了，说："女人总要打扮打扮。你站一会儿有什么呀？真是，看看你的脸，拉这么黑，黑得天都要暗下来了。"

哲知道自己脸色不好看，可他没办法让自己脸松下来，好看起来呀！

两人进了商场，都没说话。后来，芸看上了件亮眼又便宜的衣服，买了，心情好了些。哲又说了些好话，两人才又好起来。

两人吵吵又好好，直到中秋节那天。

两人上街买些过节好吃的，还拎了瓶红葡萄酒，高高兴兴往家走，想着晚上好好吃吃乐乐，过个美好的中秋之夜。

哲遇上了位朋友，他停了步高兴地和朋友打个招呼。那朋友瞧着他手上东西和那瓶酒说："过节了呀，真丰富，还有酒？哎，你不是不会喝酒吗？"哲指指芸：　"我不会，她会呀！为她买的。"那朋友嘿嘿嘿笑笑，走了。

哲没想到，芸不高兴了，站在那不挪脚地定着，一脸乌云。哲说："你又怎么啦？"芸说："你怎么对人说我会喝酒？"哲说："你本来就会喝点，说说又有什么呀！"芸说："就不能说。说了，人家怎么看我？你没看见你朋友那脸，那样子？"哲也沉下脸："真是，这说说又怎么啦？会这么不高兴。干吗要去管人家怎么想。"芸更生气了，说："不能说，就不能说！"说完，把手里东西一扔，走了。

哲追上去劝说，芸仍不依不饶，对哲说了好些话。最后扔下一句："我们太不合适了，我走，再不见面！"说完，头也不回地走了。

中秋节后，哲到芸单位找芸，没找着，听说她离开这城市了。

哲在遥远的南方丛林河边走着，心里还是挂着芸。

他走着走着，希望芸突地从身边大树旁探出脸来，朝他一笑；有时又想芸穿一件红裙子在风中飘飘着，从小路尽头向他走来；又想她坐在绿水那边，身影在水中轻荡，他会扑通一下跳到水里游过去……

哲走着，河边小路没了，眼前只有无边的密林。他走进林子。林子静极了，听不见河边嗦嗦风声，只有他踩在落叶上的嚓嚓响，越响越大声。太阳也看不见了，被上面密密树冠遮住，漏一点点弱弱光线到地面，碎碎的，像星星，像眼睛，黄黄白白眨动着。

哲越走越深入，停了下来四处望望，想返回河边。他一低头，见一棵大树下堆着好些残破的四方方的大石块。他好奇地蹲下去瞧。他看出这明显是人工建筑的东西。他抹去上面的尘土，石块上突显出一幅幅人的浮雕：都裸着上身，坐或站着，头上戴着尖尖塔形的冠，一只手举到头顶。哲知道这是宗教的雕塑。哲来了精神，望着远处的密林，心想，难道这里……他继续往前走，又看见好几摊雕着人和动物的残破灰褐色大石块。

他再走过去，林木稀疏了，出现一片漾着一洼洼浅水的空地。空地后面立着座灰褐色似寺庙的残破古建筑。那里面一个个高高似塔的尖顶刺向蓝天。他穿过空地，走进一个歪歪欲坠的门，见左右和前面都是长幽幽的廊道。他小心进去，里面太暗了，他从背囊取出手电筒照着，一阶一阶往上走，越走越高。眼前一下豁亮开来。

他一抬头，望见一尊高高大大的石雕人。那雕像裹满青苔，长着乱草，长长的乱草在风中抖动。它脸上有的地方石头脱落，脸颊凹了进去，一副极沧桑的样子，却神秘强大地朝他微笑。他走过去，往边上一望，又有一尊巨大的雕像朝他微笑。他走几步再往各处望，只见或高或低，都有一尊尊巨大雕像朝他扑面而来，朝他神秘地微笑个不停。

他吃了一惊，站住，一动不动，不相信地闭上眼；可他一睁开眼，四面八方一尊尊巨大的雕像还朝他微笑。

他仔细看，看出每个大石块砌就的大石座的四面，都有一尊微笑的雕像。这些雕像经历了漫长岁月，变得斑斑驳驳，粗粗看似有些差异，细细观察，却是同一张脸，绽放同样的神秘微笑。他在一尊尊巨大的雕像间转来转去，怎么也逃不脱这些雕像的巨大微笑，完全被包裹融化在这些众多的微笑之中……他头有些发晕，定了定神，在包围他的雕像丛中喊了起来——太神奇了！

他仰着头，在众多雕像的微笑中走来转去，累了，坐到一尊雕像下面，打开背囊，取出瓶水喝了几口。太阳要落山了，把最后的金红光亮全泼到朝西的一尊尊雕像上，那些雕像瞬间朝他射出更加灿烂如金的迷人微笑。

太阳落山了，夜幕徐徐落下，那些雕像在一片苍茫中收起了微笑，隐到灰暗暮色中去。·

　　只一会，月亮升上来了，银白月光轻轻照过来，将那许多要睡去的雕像拍醒，在它们上面罩上一层轻薄的银色纱帐，让它们的微笑变得更加神秘、迷人又梦幻。

　　哲坐在雕像下，看着月光下一尊尊雕像变幻的微笑，又想起了芸……

　　他想起芸中秋节那天，最后要离开他时说的话。

　　芸说："我知道你这人不坏，我不高兴，你会来哄劝我。可我不喜欢你的脸色，一生气，就黑压压一片；便是哄劝我，也黑着脸，说话也不好听。你就不会笑一点点，哪怕一点点也好！"

　　哲说："我能哄你劝你，认认错，就不错了。我也是忍着，怎么会笑。再说我本来就不会笑。你也知道，我们这里人都不会笑，你不能苛求我呀！"

　　芸说："别人怎样我不管，我就要这样要求你。"

　　哲说："这里大家都做不到，我又怎能做到？你算了吧！"

　　芸生气地说："我就和大家不一样，就要你做到，哪怕一点点也好。你做不到，我们便无法相处。我们太不合适了，我走，再不见面！"

　　芸便走了。

　　哲想着，天上飘过来一大片云，遮住月光，天地一下暗了下来。四周一张张雕像微笑的脸，神秘地躲到黑暗中去，可哲觉得这些雕像还在暗中悄悄对他微笑……他在黑暗中的雕像下坐着，有些疲惫，轻轻闭上了眼。

　　他觉得身子轻轻地飞了起来，落到众多雕像前那片空地上。月亮又出来了，银闪闪射满空地，倒影映在几摊浅水里，亮汪汪的。

　　空中响起了敲奏竹乐的声音，一粒粒一串串，在银亮月光中如空灵圆润的玻璃珠，在夜空滚动。缥缈的月光中，他看见一匹装饰华丽的大白象，从林中向他走来。那大白象庞大的身躯啪嗒啪嗒沉重地踩着地面，上面稳稳坐着一个人。

　　大象小山般地到他面前，上面的人双手合着俯视他。他仰头望去，那人头戴金冠，身穿金丝衣袍，浑身金闪闪，像一位尊贵的国王。大象在他面前停住，上面的人脸近近对着他，射出一阵迷人的微笑，对他点了下头。

　　他看清那人的脸与微笑，和他身后众多巨大石像的脸与微笑，极为相似。他惊讶地张开口，可没等他发出声音，那浑身金闪闪的人轻拍拍象背，那大象驮着他转过身子，啪嗒啪嗒往回走了。那人回头望望他，又送给他一个迷人的微笑，便融进一片月光；只剩下一粒粒一串串玻璃珠样的竹乐声，在月光中滚动。

　　哲在雕像丛中醒来时，天已大亮。他吃了点背囊里的面包和水，离开雕像丛，走出寺庙。

　　他走到丛林里，走到河边，眼前总浮现那众多大雕像脸上的微笑，抹也抹不去。

　　哲回到家中，梦中总看见那些雕像的微笑。早晨，他从梦中醒来，到洗漱间对着镜子，眼前又出现那些雕像的微笑。他终于定下神来，看着镜中自己的脸。他瞧着，觉得脸上总是紧绷的肌肉慢慢松下来，松下来。他下意识地轻轻向上提了提两边嘴角……天哪，他镜中的脸，竟然露出如那雕像才有的迷人微笑！虽然只是一下，就收了，可这是他从来没有过的，更是这城市所有人都没有的。他会微笑了，他是这城市第一个会微笑的人啦……

二

　　哲到郊外去散步，这是他每天傍晚的习惯。

　　天气真好。西下的太阳轻悄落在远山顶上，把橙黄的软软阳光抹在他脸上身上。他过了座桥，走向河边小路。小路另一边是一片片浓浓淡淡碧绿的菜地。白鹭呱呱叫着从头顶掠过，落到小河里。田埂边一丛丛一簇簇的野花，向他喷吐清香。

　　四处静悄悄，几乎没有人迹，小路空悠悠长长向前伸去。偶尔有个农民，骑着满载新鲜蔬菜的三轮车，从他身边擦过。

　　他孤寂地走着，远处出现了个身影，向他移动过来，传来那人手机放出的歌声。这是位在寂寞小路上与他一样的步行者，算熟悉的陌生人，哲时常与他相遇。哲应该在与他相遇时打个招呼，可不知为什么，每次与他迎面而过，哲想打招呼，总没做到。于是两人相遇不免有些尴尬。哲下决心，这次一定要与他打个招呼。对了，他会微笑了，对他轻轻笑一下……

歌声越来越响，那人慢慢向他走来。哲有些紧张，脸收紧，眼睛直直向前看着；打算那人到面前时，把眼转过去，看到他脸上，轻轻一笑，打个招呼。那人就要到眼前了，哲把眼转过来些，那人收着的脸似乎也过来了点。哲想，快把脸放松，向那脸微笑一下，而后……他努力着，可脸一下松不下来，没法微笑……只一瞬间，那人脸又转过去，瞧着前面的路走去了。哲也把脸收过来，望着前方，直直走去。

哲沿着长长小路寂寞走了会儿，回头走，又听见那人手机的歌声——那人也回头走过来。哲想，这回碰面一定要轻轻一笑，打个招呼，起先只差一点点。两人又慢慢走近。那人脸仍收着，朝那边瞧。哲的脸还是直直朝着前方，射向前的眼睛的余光悄悄打量对方，脸还是收着。

近了，近了，歌声越来越响，那人就到面前了。哲眼角瞧去，那人目光似乎稍稍挪了过来。哲也把目光向他那转过去，尽量放松脸面，两边嘴角往上轻轻地一翘，目光温柔下来，竟然微微笑了一下。那人看见了。哲继续微笑着，笑唇里冲出一股暖暖气流，发出好听声音："你好！"说着停了步子。

那人也停了脚步，松了脸面，瞧着哲的微微笑脸，应了句："哦，你好！"

哲还是微笑着，说出第二句话："哎，你也天天这时候在这走路呀？"

那人脸更松了，极淡地红着，似乎有了点点笑意，说："对呀，天天在走，都见到你。"

哲继续说："你手机的歌和乐曲真好听！"

那人越发轻松了，说："都是些老歌老曲，我不大喜欢那些现在流行的东西。"

哲说："对呀，我也喜欢老歌老曲，特别是民歌。你经常放的那首哈萨克民歌《燕子》特别好听。"

那人脸上多了些笑意："你也喜欢呀！这《燕子》是迪里拜尔唱的。我这里还有男声唱的，更有味道。"

哲高兴地应："好啊，放出来听听。"

那人把手机拨弄一下，放出了男声唱的《燕子》——

　　　　燕子啊，听我唱唱我心爱的燕子歌……

　　　　亲爱的听我对你说一说，燕子啊

　　　　燕子啊，你的性情愉快亲切又活泼

　　　　你的微笑好像星星在闪烁

　　　　啊……

　　那沧桑、厚重、低沉的嗓音，在幽静的小路和广阔的田野荡漾开来。两人静静伫立在路上，沉浸在歌声里。

　　一曲完毕，那人说："好听吧？"

　　哲叹息一声，应："太好听了，荡人心魄呀！"

　　两人在路边大谈他们喜爱的音乐。

　　哲说："你一定喜欢《二泉映月》吧？我听你经常放这曲子。"

　　那人说："喜欢。那年日本著名的指挥家小泽征尔到中国听了这曲子，落了泪，说要跪着听。"

　　哲说："是这样的。这曲子的独奏和民乐合奏，我都听过。"

　　那人说："我也听过。我还听过阿炳用老弦的二胡演奏的。"

　　哲说："你听过《二泉映月》的弦乐五重奏吗？太妙了，那小提琴的拨弦，能听出月夜滴水的声音。"

　　那人说："这么妙？我没听过。"

　　哲说："我有弦乐五重奏的碟片，明天来这带给你。"

　　那人说："太好了，一定呀！"

　　哲应："一定的。"

　　两人又说了阵共同喜爱的话题，一看天色不早了，才各自离开归去。

　　第二天同样时间，哲带了《二泉映月》弦乐五重奏的碟片，到小路走，又遇到那人。哲轻轻一笑停住。那人也学着淡淡一笑，停住。哲把碟片给了他。两人又说了好一会儿话，才各自走路。

哲后来到这小路，总还是和那人碰面，微微一笑，说说话。那人慢慢也学会微笑地回应。哲好高兴，他发现他不仅自己会微笑，还会传给别人，让别人也微笑。

三

哲心里牵挂着芸。他又到芸单位去了几趟，总没看见芸。

这天，哲上了辆公交车。车开了，哲看见车厢那边有个穿白色呢大衣，披着长发的袅长身影，很像芸。他正想挤过去，车到站点车门开了，那身影下了车，走到人群里不见了。

冬天过去，春天来了。哲走进公园，公园一排排柳树吐出了嫩绿叶芽。哲在湖边走着，望着阔阔的翠绿湖面。风轻轻吹过，湖面泛起发亮的涟漪，成群野鸭在水上浮游嬉闹着。

他看见芸了！芸倚在石栏杆前望着湖面。她眼前的湖中，只有两只离群的野鸭并排静静游着。她入神看着，白色风衣和黑色长发在风中飘荡。哲的心怦怦跳了起来。他悄悄过去，倚在她旁边栏杆上。

哲轻轻说了句："看野鸭子呀？那么入神。"

芸一转头叫了起来："是你呀！"眼睛如静静湖水般亮亮看着哲。

哲说："回来啦？我去你单位，说你出远门了。不再走了吧？"

芸低头应了声："大概，不走了吧。"

哲抑着心跳说："那，我们，我们还可以在一起吗？"

芸没有回应，瞧了哲一眼，慢慢把脸转到湖上，去看那两只并排游着的鸭子。

哲说："我变了，你看看我！"

芸转过脸，看着哲："是变了，黑了瘦了。"

哲说："不，不是这。我会笑了，微微地笑！"

芸顿了一下，说："你真会笑？"

哲说："我真的会。"说着，哲松下脸，两边嘴角轻轻往上一收，露出甜甜微笑。

"呀，你真的会微笑！"芸眼放着亮光瞧哲的脸。

哲牵起芸的手，说："分手时你说的那番话，我记着，我做到了。我们还可以在一起吗？"

芸把手收回来，认真地说："你的微笑，不会就这么一下吧？我不知道遇上事，你还会不会……"

哲说："会的，会的。"说着，又牵起芸的手。

芸说："好吧，那我们相处再试试。"

哲说："好，好。走，吃饭去，我请。"

两人离开公园到街上，进了家餐馆坐下。餐厅里送来两杯热乎乎的茶，两人慢慢地喝。

哲从桌上拿起菜单给芸，说："你点吧。"

芸把菜单瞟了一眼，还给哲说："你点吧。"

哲说："让你点，点你爱吃的。你？"

芸定定地看着哲眼睛："还是你点！"

哲说："你这是怎么啦？"

芸有点生气地说："就你点。相处三年，你不会连我爱吃什么菜都忘了吧？"

哲脸色一下沉下来，声音也大了："你，你这是无理，无理取闹！"

芸说："你看，你看，你刚才还说，说什么呀！这不，这下子这脸就……"

哲被芸说得一时语塞，想想，对呀。我又怎么了？我的脸色，我的微笑？他把脸扭到旁边，闭了眼，眼前出现许多雕像的巨大微笑……他睁开眼，脸上肌肉松了下来，两边嘴角轻轻往上一提，转过脸，给芸送上一个微笑。声音也轻下来，柔起来，说："哦，对不起，是我不好，没想到。你喜欢吃的……别急，让我想想。"

芸的脸也松下来，眼盯着哲的微笑。

哲想了一下，微笑着对云说："你呀，爱吃松鼠鱼、椒盐大虾、荔枝肉，再来个炒粉丝，对吧？"

芸脸色好看地点点头。

哲在菜单上勾了勾，交给厅内小姐。两人喝茶等着。

一会儿，菜一盘一盘端上来。芸对哲说："其实我刚才是试试你，考验考验，故意那么说。你真变了。我喜欢你和你的微笑。咱们开始新的生活吧！"

哲甜甜地对芸微笑着，说："对，咱们开始吧！吃吧！"

两人相处了些日子，感觉很好，打算结婚，永远好下去。

他俩到商场买新房的家具。芸看上一套洁白的家具，哲皱了下眉头。芸看出来了，说："你不喜欢呀？"

哲马上松下脸说："是有些不喜欢。白色的太冷了，我喜欢黄色的，像俄罗斯克里姆林宫里面那样黄灿灿的，多暖心呀。"

芸有些为难："暖心？也闹呀。"

哲给芸送上个微笑，说："对，黄色是有些闹。别急，咱们再看看，看看好吗？"

芸也松了脸，露出好看的脸色，说："好吧。"

两人又在商场走着。哲停住了，指着一套家具微笑着说："你看，这套好吗？不像白色那么冷，也不像黄色有点闹，米色的，有点暖，又素洁干净。你看行吗？"

芸看着哲满脸灿如朝阳的微笑，听着他柔和商量的说话，心里暖烘烘的，脸上隐隐也出现一丝微微笑意，温柔地点点头。

哲看见芸淡淡的微笑，更加灿烂地微笑着说："呀，你也会微笑了。太美了！"

芸说："都是你的微笑，我被传染了，哦，被感染了。"

哲高兴地在芸脸上亲了一下。芸说："别呀，在商场呢！"

两人高高兴兴订购了家具回家。

结婚那晚，芸对哲说："我太喜欢你的微笑了。以后每晚临睡前，你都要给我一个甜甜微笑，让我安眠。对了，每天早晨睁开眼，也给我一个微笑，让我感到新一天的美好。"

哲说："好的。你现在也会微笑了，也该这样。"

芸点点头。

婚后，哲和芸过得很好。

四

这天晚上，哲给芸一个甜甜微笑，芸回一个，两人便入睡了。

睡了一会儿，芸推推哲："你听，楼下好像有什么声音，会不会小偷进来了？"哲说："我没听见什么呀！"芸说："我听见了，下去看看。"

两人从床上下来，拿手电筒照着下楼梯，到厅内。四处静悄悄。哲用手电到处照，什么也没有。他把大门瞧瞧摸摸，门锁得好好的，放心了。两人便上楼梯往卧室回去。

哲走着，身子有点抖抖的。芸说："刚才你是不是有点怕呀？"哲说："是身子感到有些冷。"芸说："说真的，我刚才是有些怕。"哲说："我也有点。"芸说："怕真有小偷进来，看见了，面对小偷……真不知该怎么办。"哲说："我也是这样想的。"

两人说着，回卧室上床睡觉。芸很快睡着了，发出均匀呼吸声。哲没睡着，睁眼望着黑黑天花板。望了一会儿，眼皮垂下来，才睡着。

哲睡得不太安稳，似乎听见有嗦嗦嗦的细微声响。他一下警觉起来，睡意顿时没了。他分辨着，那声音不是来自楼下，就在近处。难道是老鼠？细听，不像。那声音似乎来自窗帘后面玻璃窗。他细听着，那声音停了下，又嗦嗦响起来。响了一阵，出现一长下唰——拉动什么的声响。而后，像有个重物扑地落到窗前地板上。

难道是……哲脑门和身上冒出汗来，头一下涨大大，心怦怦跳个不停。

哲乱乱想着："怎么办？真是小偷进来怎么办？"芸浑然不觉还甜甜睡着，发出均匀呼吸声。

对，先开灯。开了灯看看到底是不是小偷。灯就在床头旁，哲轻手摸过去，啪，开了灯，马上坐起来。一下子灯光亮得他睁不开眼。芸有些醒了，喃喃地发声："怎么啦？"哲没应。

哲眼睛定了下来，往前看去，玻璃窗和米黄的窗帘真被拉开了。窗下站着个黑衣男人。他脸黑黑收紧着，双唇紧闭，身子半弯着，右手拿一把细长的螺丝刀。那人似乎也被惊到，一动不动僵僵地半弯站着，贼黑眼睛定定盯着雪白灯光下坐在床上的哲。芸也坐了起来，往前一看，一声尖叫："贼!"马上用手掩住口，抖着身子，躲到哲身后。

哲脸绷得铁紧，黑黑地盯住窗下，身子轻轻抖动，涨大的头有些晕。那窗下的大概身子弯得有些累了，直起身子，眼还死死盯着哲，没有向前，仿佛钉在那儿。哲坐在床上，也像被捆住一样，一动不敢动，只是和那人对视着。

屋内一片寂静，窗外的夜鸟呱呱叫了两声。

哲盯着那人，有些盯累了，不觉闭了下眼，眼前突地出现许多巨大雕像的微笑……他有些定下神来，心跳平和了些，收紧的脸松了下来。他自己也想不到，他松了的脸上两嘴角往上提了提，露出了一丝微笑，又一丝微笑……慢慢堆满脸，灿灿地向那人投射过去。那人惊讶地张开嘴，"啊"了一声，脸也松懈了些……

哲微笑着，整个人完全放松下来。他打破僵死的寂静，对那人发出柔和清晰的声音："喂，你好呀! 半夜不请自来。我这里没什么钱财。灯亮着，都看得见，要什么，自己拿呀!"

芸从旁边看着哲的微笑，听着他的说话，身子不抖了，从他身后露出了身子。

那窗下的人对着哲的微笑，听着他平静温和的说话，有些不知所措，张了张口，发出含混的话音："我，我……你，你……"手上那柄螺丝刀，"啪"，掉到地上。

哲还是微笑着平静清晰地说："你家缺什么，拿呀，随便拿。"

那人低下头结结巴巴地应："不拿，不拿。我，我走错了。我，我走，走。"那人说着，反身要从窗户爬出去。

哲笑着说："别从窗户出去，那儿高，危险。我给你开门，从门出去。"哲说着从床上下地，拖着拖鞋，走到屋门前，开了门，退回来，说："来，这里走，这里走。"

那人从窗下慢慢走到门前，一下飞快冲出去。

哲叫道："慢些，慢些，走廊楼梯黑，我给你开灯。"说着赶出去，开了灯，让那人在灯光下走下去。他还跟着，到下面开了大门，让那人出去，再关好门，回到楼上。

进卧室回到床上，芸一下子抱住哲说："你真了不起，太男子汉了！"哲微笑着说："其实没什么，开头我也怕，后来微笑了，便定下来，平静下来，便不怕了。"

哲笑着亲了下芸，说："好了，平安了，睡吧。"

五

哲在市政府办公室上班。

这天上午，他坐在电脑前忙着。他在起草一份文件，才在电脑上敲了几行字，听见隔壁不远处会议室传来嚷嚷声，潮水一样冲击他耳膜。他停下敲键的手，似乎平静了；他一动手敲键，那边嚷嚷声又哗啦啦传过来。他坐不住，站了起来。这时他的领导皱着眉到他面前说："那边怎么啦？你去瞧瞧。"哲便迎着阵阵嚷嚷声，往那边会议室走去。

他踏进会议室门，见七八位男女围着位姓张的领导喊叫——

"你们有吃有喝，有工资，不让我们在河沿路摆摊，叫我们怎么活？"

"不让摆摊，没了饭碗，今天就赖在你这里！"

……

姓张的小领导张口没说几句，又被一阵乱乱的嚷嚷淹没。他发青的脸上淌着汗，突然大吼起来："别嚷了，别吵了，有话好好说，不然我叫保安了！"

围着的男女静了一下，更大声嚷嚷——

"叫保安也不怕，今天你必须解决我们的吃饭问题。"

"不解决，我们叫更多人，把菜摊、鱼摊、肉摊摆到你这官府里来！"

……

姓张的领导黑着脸，瞪圆眼，也吼了起来："河沿路不能摆，给你们换个地方，你们不去，真是无理取闹！"

那些人寸步不让，还嚷着——

"你凶什么凶？你说换个地方，那地方不热闹，没有人气，谁会到那买东西，不是断了我们生路！"

"是啊，换个地方没法做生意，没法活呀！"

……

哲在门边听着，全明白了。这时几个保安走了过来，哲把他们拦住："你们等等，我先进去看看。"

哲走了进去。里面人见了，停止了吵闹，向他涌来，叫着："这位领导来了，让这位领导来解决。"

哲在这些人面前定了定神，松下脸，两边嘴角往上轻轻一翘，给一张张激愤的脸送上一个微笑。他面前的男女从未见过如此动人的微笑，都愣住了，呆呆看着。好一阵，有了个声音："哇，这领导会笑，笑得这么好看！"哲继续微笑着。那些人紧绷的脸也松了，变得平和些。

哲微笑着，张开口，吐出柔和好听的声音："乡亲们，你们的要求，有关部门领导（他指指那位姓张的领导）都知道了，替你们想过，安排你们到另外地方摆摊。"

马上有人说："那地方没法摆，没人去，摆也白摆。"

哲朝那人摆摆手，仍微笑着说："你没去，怎么知道做不来生意？开头肯定会差些，摆下去，时间长了，大家会认那地方，到那儿买东西。你们想想是不是呀？"

那些人看着哲暖人的善意微笑，听着他明晰的说话，脸色越加平和，又议论起来：这领导说得有些道理。去摆，都去摆，摆下去，说不定会热闹起来。

哲仍微笑着说："大家先去吧。三个月生意还不好，还不热闹，你们来找我，也可以找张领导，好不好？"

那些人议论了一阵，脸色越加平和、明亮起来。有几位受了哲微笑的感染，脸上不觉也有了些笑意。于是带头的对哲说："领导，你比那位总板着脸的领导好，有笑脸，说话也好听。我们冲着你的善意先离开，照着做，试试看。"

　　那些人走后，张领导拉住哲的手说："多亏你帮我解了围。你的说话，对，你还会微笑，太美了。什么时候也教教我。有你这微笑，工作好做多了。"

　　哲劝走吵闹群众的事让市长知道了。市里刚好有件棘手的事：要扩建一条街道搞拆迁，路边的住户基本都搬走了，只有一小座老房子的一对老夫妻，一动不动。拆迁办几次上门做工作，那对老夫妻就是不搬。其他房子都拆了，就老夫妻那一小座房子突兀在路中央，成了一道奇异的"风景"。

　　市长便到哲办公室，拍拍他肩膀，把劝老夫妻拆迁的事交给他。

　　哲带人一脸微笑进了老夫妻家。老两口已习惯了市里来人，不理不睬，自己忙活着。哲轻轻问候两句，便不多话，在老两口身边站着，微微笑着。老人忙活好一阵，不觉抬头看一眼哲，扑入老人眼帘的，总是他灿灿的微笑；再望望他身边的人，脸色也不像过去那么难看，温温的。老人心头不觉松了些，虽还不理人，脸色好看了些。哲还是微笑着，轻声柔语与老人说话，问寒问暖，问些家中零零碎碎的事。老人便应答一两句。渐渐，老人抬起头迎向哲的微笑，话多了起来……

　　哲一次次到老夫妻家，满脸微笑，轻轻说话。老两口在这地方生活了几十年，还没见过哲这样暖心的频频微笑，喜欢上了他的笑脸，有时还会沉浸在他的微笑中。被哲灿灿微笑一次次映照着，老两口满是皱纹的脸上，也露出了点笑意……后来，哲好好说了拆迁的事，一次次打消老人的顾虑和担心，答应最大限度满足老人的要求。老两口终于同意拆迁，离开了兀立在大路中央的老房子。

　　老两口老房子拆了，新大街宽宽阔阔坦坦地向前伸展。市长高兴极了，让哲带他去看望老两口。老两口脸上露出微笑，指着哲对市长说："我们这样做，真是看在这位同志脸面上。他一次次上门，总是微笑。他的微笑太暖人了。你们做工作，对老百姓，都像他这样微笑着，好好说，慢慢说，暖了老百姓，没有什么工作做不好呀！"

　　从老两口处回到单位，市长问哲："你那微笑大家学得来吗？"

　　哲应："可以呀。看着我的微笑，认真看着学着，几次就会了。市长，你现在看我脸，让脸松下来，两嘴角往上抬抬。对，就这样。市长，您脸上也有了点笑意。多来几次，就更好了。"

市长抚着有点发热的脸，带点笑意地说："太好了，我也会点微笑了。对，你在市里办个培训班，让干部们跟你学学，行吗？"

哲应："行。"

市里马上办了个干部培训班，让哲教大家微笑，效果极好。几天工夫，进班的工作人员走出来，都面带微笑，心情也轻松，说话轻轻柔柔，回到单位工作干得比往日好多了。

市长好高兴，叫哲再办培训班。哲想了想说："市长，一个个培训班教不了多少人，应该让全市的人都学微笑，改变社会风气，争取咱们市获得全国精神文明市称号。"

市长说："那，怎么弄？"

哲说："把大家，男女老少全叫到大广场，站好，我在台上教。"

市长点点头说："好，这办法好。"市长是个细心的人，想想又问："那，站得远的，看不清你脸怎么办？"

哲说："好办呀，给他们望远镜，不就看见了吗？"

市长高兴地说："好，太好了。"

市里选了个极好的天气在大广场教学。那天万里晴空没有一丝云彩，能见度极好，平日望去灰蒙蒙的远山，一下被拉到眼前，变得清晰而苍翠。

大批各行各业的人被动员集中到大广场，靠后的都拿着望远镜。哲坐在检阅台上市长旁边。市长先说了学习微笑，开展微笑运动的重要性，而后请哲出场。

哲迈到台前，对着麦克风，朝广场上黑压压人群响亮地说："现在，请大家跟我学微笑！请大家全身放松，脸部放松。对，松松松。好，现在大家看我的脸，把两边嘴角慢慢向上翘。好，就停在那，心中想着最美的事。好，行了，把两边嘴角再轻轻放下。再来，放松，放松，看我的脸，再把两边嘴角轻轻往上提。好，停住，停住，心中……"

做了几遍。哲让大家可以不看他，往左或往右，看着边上伙伴的脸，再做，做，看互相能不能看到微笑……

有人惊喜叫起来："我有微笑了！他说他看见我微笑了！"

又有人接二连三叫起来："呀，都看见了，我也会微笑了！我有微笑了！"

不断传来喜悦的声音。整个广场沸腾起来。大家左顾右盼，都看出了微笑，许多许多的微笑……

哲高兴地望下去，下面一张张微笑的脸，像花一样在阳光中灿烂地绽放。他从台上走下去，微笑着，走进千万张脸绽放的微笑中……

哲又在广场教了几次，更多人学会了微笑；可还有些老人和病弱的人没法出来学，哲就在电视上教。全城的人便都会微笑了。

六

早晨，阳光从窗外灿灿照进来，哲醒了，芸也醒了。哲看着芸，很自然地两嘴角往上提提，要给芸一个美美的微笑；可两嘴角刚提上去一点点，便落了下来，怎么也提不上去。他摸了摸脸，又紧又硬又冷，像块木头，根本做不出微笑的表情。他一惊坐了起来，呆呆木木的。

芸瞪大眼对哲说："怎么啦？你怎么啦？"

哲板着脸说："我，我笑不出来了！"

芸也坐起来，说："大概是你脸出了什么毛病，我试试。"芸试了试，脸也硬邦邦木头一样，一丝微笑也出不来。

哲说："我们俩都出毛病了，我出去瞧瞧。"

哲急急穿了衣服，出门走上大街，见人们像过去一样，硬硬地绷着脸来来去去，没人相互招呼，没人相互轻声说话，仿佛都不认识一般。在十字路口，哲看见有人和穿制服的交警吵闹。一下围了许多人，嚷着叫着，乱成一团。再走过去，又有人吵架，越吵越凶，挥动拳头打了起来。有的两人只不过身子碰擦一下，便凶着脸大吵。有的甚至只是对面走来，相互板着脸瞧着不顺眼，便嚷开了："你眼黑黑的，凶我干什么？"另一位硬硬回应："哪是我，明明是你黑着脸瞪我凶我！"两人便吵个不停……

哲在四处不绝的吵闹声中，急急走去，不小心碰了下对面过来的路人，那人便破口大骂，还挥起拳要打他。哲也黑着脸要与那人对打，想到要赶往单位，只乱吼几句，跑走了。

哲进了市政府大楼，路过会议室，听见里面又传来吵闹声。他到门口一看，前些日子来吵闹的小贩们又来了，与姓张的领导在吵。

那些人黑沉着脸说："我们就要回到原来地方摆摊。你安排的新地方没生意，我们混不下去。"

张领导说："才一个月，你们说生意不好，离三个月差远了。怎么又来闹！"

那些人吼着："我们就要闹，就要回到原来地方！"

张领导也不让，绷起铁板一样的脸怒斥："你们不讲信用，不讲理，无理取闹。我不客气，叫保安啦！"

那些人更怒了，吼着："去叫，去叫。我们不怕，今天就赖在这里！"

哲看着，叹了口气，回到办公室，又被市长叫去。

市长板着脸对哲说："你怎么搞的，那拆了老房子走了的老两口，今天又搬张凳子，坐到拆了房的地方，怎么也劝不走。这是怎么回事？你再去做做工作。"

哲低声说："我没办法了。"

市长说："怎么没办法？那不是你去做了工作，才做下来的吗？"

哲说："市长，你看看我的脸！"

市长定定瞧着哲的脸："哎，对呀，你的脸怎么一点微笑都不见了？"

哲说：　"我不会微笑了，做不了那工作了。这里所有人都不会微笑了。"

市长说："对呀，都不会微笑了，又回到从前……比从前更糟。你快想想办法，把微笑找回来呀！"

哲说："我，我找，我去找……"

哲拖着沉重的步子回到办公室，听着外面不断涌进来的吵闹声，心想，我有什么办法呢。

哲晚上回到家里，黑板着脸，和同样黑着脸的芸没说几句，吵了起来。吵完，两人各自不快地去睡觉。

哲做了个梦：夜空中星星闪烁着，那空灵动听的竹乐声，一粒粒一串串从夜空飘来。他站在夜空下，一匹装饰华丽的大白象无声地走来，象背上坐着他曾梦见过的像国王的人。大象一步步无声地迈到他面前。他抬起头，象背上浑身金光闪闪的人双手合着俯看着他，微微笑着点点头，用竹乐一般空灵的声音对他说："你呀，拿走了我的微笑。那些雕像的笑容，就是我的笑容。我已收回了。"

哲惊慌地说："啊，是你把微笑都收走了，我们这里又回到了没有微笑糟糕的过去……我求求你，把微笑再给我，给这里的人们。只要你把微笑再给这里的人们，你要什么，我都给你。"

象背上那人笑着说："好啊，是你说的，我就要你，要你到宏巴寺（哲这才知道那古寺的名字）里来，把自己化到那些雕像中去，我才会把微笑再给你们这地方的人。来吧，我等着你！"

那人说完，迷人地对哲微微一笑，轻拍象背，让大象转个身，往茫茫夜空走去，身后只留下一粒粒一串串，竹乐的空灵乐音。

哲一下从梦中醒来，浑身大汗。一看，天已亮了。他爬起来，坐到窗下，看着南方遥远的天空。芸也起来了，走到哲身边。

哲让芸坐在身边，给她讲了去遥远南方的宏巴寺，看到许多微笑的巨大雕像的事。说他的微笑、带给全城人的微笑就是那里来的。芸惊奇地听着。

哲又沉重地说："就在昨天，我的、所有人的微笑都没了，被收走了。你也看见了。现在这城市失去了微笑，又回到吵吵闹闹冰冷的过去，比过去更糟糕。"

芸说："能再去那儿，把微笑要回来吗？"

哲说："去可以，我必须化到众多雕像中去，微笑才可以回到这城市。"

芸说："化进去，你就不能回来，没了呀！"

哲说："是的，只能这样啊！"

芸抱住哲，落着泪说："不，你不能去。就算没了微笑我也要你，我不能没有你。"

哲轻轻推开芸："我必须去。为了这里的人们，我必须去。"

芸说："那，我也去，也化进去，永远和你在一起。"

哲抓住芸的手说："你可以去，不是化到里面，是把微笑带回来，给这里的人们。"

芸说不出话，只是流泪。

哲和芸去了遥远的南方，走进丛林，踏进那座立着许多巨大雕像的古寺。

芸看着一座座巨大雕像和它们迷人的微笑，慢慢移动着。哲不断在她耳边喃喃说着："美吧，震撼吧！这些神秘的微笑存在一千年了。从古到今，这微笑让人深陷其中，无法挣脱呀！"芸听着，在众多雕像微笑中辗转着，头有些晕，脸上不觉露出了浅浅的微笑。

哲在他耳边的声音消失了，芸停住了在雕像丛中挪动的脚步。她左顾右盼，不见哲的身影。她心提了起来，呼叫哲。四周很静，她的呼唤撞击着一尊尊微笑着的雕像，又返回来，在她耳边回响。她落泪了，眼泪扑扑扑落在地上。

她听见有声音从空中，从雕像丛中传来，是化进雕像的哲又远又近地对她说："芸，别哭了，笑起来，笑起来！你要把微笑带回去。你现在看雕像呀，看呀……"

芸抬起头，一道阳光唰地射在一尊尊雕像的脸上。那些巨大的雕像发出金灿灿醉人的微笑，就像众多哲的脸对她笑着。她不落泪了，脸上不觉露出淡淡的微笑。她听见哲仿佛在耳边亲切地说："走吧，把微笑带回去，带给那里的人们。走吧！"

芸走了，带着微笑，走出古寺，走出丛林，回到自己和哲生活过的城市。微笑又回到每一个人脸上。城市安静下来，到处是美丽如花的微笑，到处响着如鸟鸣的轻声细语。那些摆小摊的不再到市里闹，那老两口也搬起凳子，离开了拆了老房子的地方……

哲化进一座座雕像，永远留在遥远的南方。他在雕像中能感受到外面的世界，他通过一双双雕像的眼睛，能看到外面的世界。

人们慢慢知道了这荒废在丛林中的古寺，知道了那些众多巨大的微笑的雕像。越来越多的人从世界各地，来观看这些雕像的迷人微笑，将微笑带回去。

七

芸生了个儿子，是哲的。

孩子一天天长大，都会走路了，却不会笑。芸轻拨他粉嘟嘟的小脸，对着他一次次微笑；他眼睛定定亮亮看着芸，就不笑。芸想了想，带他去遥远的宏巴寺。

芸牵着男孩到一尊尊雕像面前。芸望着一尊尊微笑的雕像，就像看见了哲的脸。男孩惊奇地抬头望着一尊尊雕像，看个不停。哲在雕像里面，通过雕像眼睛，深情地看着小男孩。那些雕像在阳光下，一尊比一尊微笑得绚烂。被芸牵着的小男孩在雕像丛中走着，头抬高高望着，脸上渐渐露出一点笑容，慢慢堆积得多起来，灿烂起来。他发出咯咯的笑声，在天地间脆亮响着。

后来，小男孩索性自个儿在雕像群的微笑中，微笑着蹒跚地走着。走累了，坐下来。芸硬硬把他牵走。

哲在高高雕像后面，看着芸牵小男孩走出去。他让一尊尊雕像把最灿烂的微笑之光，投射到芸和小男孩身上。芸回头微笑着望了眼微笑的雕像。小男孩没回头，笑着向前走去，不时发出咯咯的笑声，脆亮地在天地间响着。

八

清晨，阳光照在一尊尊雕像微笑的脸上。

化在雕像中的哲突地感到大地一阵震动，所有巨大雕像纷纷坍塌到地上，成了一堆堆碎石。很快，遍地碎石又不见了，眼前一片空茫茫。

哲孤孤地站在没了雕像的平地边上，诧异地往四周张望。他隐隐听见一阵阵喊杀声，从丛林中传来，越响越近。一下子从丛林中，冲出举着一黄一黑旗帜的两支队伍，在空地上厮杀。震天的喊杀声中，夹杂着刀剑碰撞的当当响。炽烈的阳光下，刀剑和尖矛乱乱地闪射着刺眼的白光。双方士兵纷纷在刀光剑影中扑扑倒下。

　　他胆战心惊地看着，不觉往后退。他看见一片片横七竖八倒下的躯体内的血，洇红了面前空地，流成一道道小溪，淌到丛林里，淌到他脚下，红湿了他的鞋。他又退了几步，一股股浓烈的血腥味还是向他扑来。

　　厮杀了大半日，黑旗向丛林退去，黄旗压上去。喊杀声和刀剑撞击声渐渐远去。两支队伍都消失在黑绿的丛林里。

　　西边的太阳快要落下去，如血一般射向眼前的空地，空地成了殷红的海洋。

　　哲大胆向空地走去，听见一阵阵凄厉的哀号声。他磕磕碰碰在死人堆艰难前行，双脚浸没在血泊中。浓烈的血腥味从四面八方，如潮水劈头盖脸扑来，涌来，冲击得他不得不掩了鼻子。渐渐，他听不到遍地哀号，四周沉寂下来。他脚下流淌的血慢慢干去，变成酱紫色，把他的鞋子生生黏住。他拼命用力，才把双脚从干硬的血中抽出来，一步步退回到空地边沿。

　　他雕像般立着，风一阵阵吹拂。白天黑夜，黑夜白天……时光在他身边唰唰穿过。他眼前的血淡了，没了，那许多尸骨被萋萋荒草掩没了……

　　他听见一阵阵隆隆声。丛林间出现了条小道，许多人拖拽着大石块到这片空地。接着，叮叮当当声音响起来，不是刀剑厮杀的撞击，是铁锤、錾子敲打凿击大石块的声响。昔日战场成了工地。人们没日没夜拖运来石块，不停敲击，高大石座一座座垒起来，一尊尊石像凿刻出来——大地上出现了众多巨大永久的迷人微笑……

　　时光又在流淌，一尊尊雕像的脸，经风吹雨打日晒，破损了，粗粝了，布满岁月沧桑；可它们还在微笑，朝四面八方不停微笑。

　　哲化进了那一尊尊雕像……

　　黄昏，夕阳金箔一样贴在雕像的笑脸上。

　　哲听见敲奏竹乐的声音，一粒粒一串串在斜阳的金晖中，如空灵滴翠的玻璃珠在空中滚动。他看见寺前空地上，走来一群人，举着的金黄旗帜在风中飘飞。他们簇拥着一匹巨大的白象，那装饰华丽的白象背上，坐着那位他梦中见过像国王的人。他头戴金冠，身披金丝袍，扎一根宽阔的金腰带，浑身金光闪闪。

那一大群人举着旗到寺前停下，大象也停下。几位侍从到大象旁边，将那像国王的人从金色的软梯上扶下来。那人合掌站着，仰望一尊尊微笑着的雕像，微微笑着说："呵，都过去一千年了，旧了，黑了，残破了，还是那般微笑着。好啊！好啊！"

他对着雕像手往上一抬，大声说："出来吧！"

哲化在雕像丛中的身子呼地离开雕像，站到那人面前。

那人笑眯眯对哲说："你知道我是国王吧？"

哲点点头。

那国王说："我是这里一千年前的国王。这些雕像上的微笑，就是我的微笑。你一定想知道，我为什么花几十年让人造出这么多微笑的雕像吧？"

哲又点点头。

国王沉沉地说："因为战乱，死了太多的人，伤害了太多人。我心里愧疚，不安，时常从惊梦中醒来，于是建了这寺，让人刻造了这些微笑的雕像，让它们久久笑着……只希望，天下再没有战乱，再没有怨愤和纷争，只有微笑和美好。"

哲张张嘴想说话。

国王说："你别说了，我都知道了，其实这只是我化成石头的愿望罢了。"

国王说毕，在夕阳金灿灿光辉里，合掌对哲令人心醉地微微一笑，转身，让侍从扶他攀上大象。

大白象载着国王往来路一步步迈去。一队队人高举金黄旗帜，在大象前后左右排列着，簇拥着大象和上面的国王，慢慢远去；只听见一粒粒一串串竹乐的乐音，如珍珠般在金色夕阳里滚动，飞扬，而后渐渐消逝。

会飞的可儿

一

那一晚月色极好。子庄走在月光迷离的老巷子里。

月光银银白白从天空抖落进老巷子，汇成一条银白的小河，在子庄身边流着淌着。子庄迷离在这银白的月光里，随性地朦朦胧胧走着。

一串婴儿的哭声，划开月光的河流，鱼儿般游到子庄身边。子庄从迷离中醒来，循哭声走去。

在深巷的高墙下，子庄看见躺着一个婴儿。子庄俯下身子，婴儿停止了啼哭。是一个女婴，脸雪白雪白，睁着双黑乎乎的眼睛盯着子庄。在银白飘飞的月光下，子庄瞥见那婴儿朝他动人地笑笑。子庄心内一阵悸动，一下子就迷恋和疼爱上这雪白的婴儿。子庄轻轻抱起她，对着她雪白的小脸说："这么可爱，这么可人，就叫你可儿吧！"那婴儿又迷人地笑笑。

子庄见可儿手上攥捏着个白色的小荷包，要将它取下来。没想，婴儿将它攥捏得更紧。子庄又用些力气去拿，可儿便哇哇地哭起来。子庄便不敢去动那东西，轻轻抱着她回去。

回家后，子庄给可儿擦洗身子，可儿还是攥捏着那白色小荷包。子庄一动那小荷包，可儿又哇哇地哭。子庄便不去动那东西，任由她宝贝一样攥捏着，只是心里疑惑：真怪，那小荷包怎么回事，里面有什么东西？

二

　　可儿慢慢长大，早该会走路了，可她还只会到处爬，站不起来。过了些日子，她好不容易摇摇晃晃站起来。子庄拍着手，叫她迈步。她摇摇晃晃迈了两步，便坐到地上。子庄又拍手鼓励她，她还那样。子庄发现可儿的腿有些异样：长长细细，直直的骨头外，像只包着一层皮，没有多少肉，没有一点腿肚。子庄想让她多走走，那异样的腿大概会变好些；可她就不爱走，摇摇晃晃迈几步，便坐到地上望天空，看飞到天井的小鸟，瞧着高兴得哇哇叫。那鸟儿似乎也高兴了，飞到她身边跳跳叫叫。她越发兴奋，拍着手，"哇哇"叫个不停，还摊开双手抖动着。子庄说："这孩子怎么啦，难道想像小鸟那样……"可儿听着，雪白的小脸溢出笑，"咯咯咯"笑了几声。

　　鸟儿似乎不怕她，和她亲近着，跳到她肩上、手上，轻轻啄她肩膀和小手……鸟儿飞起来，可儿眼跟着，直到鸟儿飞走，她眼也不收回，便望着蓝天。天上飘过一朵白云，她兴奋得"哇哇"叫。直到白云飘走，她黑亮亮的双眸还望着蓝天。

　　可儿又长大了些，子庄让她自己睡一间屋子。子庄每晚入睡前，会到隔壁房间看看可儿，将可儿的被子盖盖好，亲亲她粉嘟嘟的小脸，才回到自己房间。子庄入睡一会儿，似乎在梦中听见鸟儿呼啦啦扑翅的声音。子庄醒来，窗外真响着鸟儿扑翅声。他从床上起来，开窗望去，天气真好，满天繁星在墨蓝的天幕上宝石般闪闪烁烁。他又听见扑翅声，循声望去，一只雪白的大鸟在天上摇摇摆摆飞着。后来不见了，似乎落到那座楼顶上。他关了窗睡去，又听见窗外扑翅声。他有些累了，没睬它，酣然睡去。

　　第二天，太阳晒进床铺，子庄才醒来，知道自己睡迟了。他马上起来，到隔壁房间。可儿还睡着，子庄叫她摇她。可儿迷糊睁开眼，似乎瞧子庄一下，又倒头睡去。子庄摇摇头，离开可儿房间。

　　每到半夜，子庄还听见窗外扑翅声，开头近近响着，渐渐响远去……

子庄推开窗户，一片墨蓝深幽幽夜空，除了星星，什么也没有。他竭力纵目远眺，夜空中闪出一个白点，慢慢近了，扑翅声也响起来。还是那只大鸟，从高远处稳稳飞来，打一个转，又向高远处飞去，消失在布满星星深邃如海的夜空里。

子庄第二天起来，到可儿房间，可儿还酣酣睡着，叫也叫不醒。

除了子庄，也有些人半夜见到雪白大鸟，从头顶划破小城寂静的夜空飞来飞去。人们便在白天说起白色大鸟的事，传得像神话一样。有的说吉，有的说凶，说什么都有。直到过了好长时间，没见到白色大鸟从夜空划过，小城的夜才又平寂下来。

三

可儿到了上学年龄。她什么都好，腿长个子高，就是还走不好路，走得摇摇晃晃，还添了走几步、跳一下的毛病。

子庄让可儿坐在他自行车上，带她到附近学校报名。子庄担心可儿走路不好，老师会不要她。到学校下了车，子庄牵着可儿走，让可儿看去走得稳些。

可儿上学了，每天早晨子庄骑自行车早早送她到班上。大家还没来，教室冷清清的。可儿坐到位子上，不再起来，不走动。她憋着尿，不上厕所（在家来之前就不喝水），一直到放学，同学都走了，才从座位上走出来，到厕所小便；而后摇摇晃晃，不时一跳一跳地穿过空寂的校园，慢慢走回家。大家似乎未曾见过可儿走路。

那天上数学课，老师在黑板上写了两道数学题，叫可儿和一位男同学上去做。那男同学上去了，可儿还坐着不动。老师严厉叫了两声，可儿才站起来，走出去。在大家目光中，可儿摇摇晃晃向黑板走去，不时跳一下。大家哧哧笑起来，老师也用奇怪的目光看着可儿。可儿到黑板做完数学题，往回走，在同学们几十双刺刺目光聚焦下，摇晃得更厉害。她有些慌乱，习惯性地跳了一下，却跌了一跤。全班同学像引爆了炸弹，哄地笑开了。老师便大声斥责同学，自己转身也掩嘴偷笑。可儿从地上狼狈爬起来，涨红了脸，眼噙着泪花，慌慌张张回到座位上，伏下头，掩起耳朵，可耳边还响着大家咻咻的笑和嗡嗡嗡的议论……

她一直伏在桌上，到一节节课上完，大家离开教室，四下里没一点声音，才慢慢站起，摇摇晃晃走回家。

可儿回家什么都没说，老师的电话却来了。老师把子庄叫到学校，说了可儿走路的事，叫子庄带可儿去医院看看，把腿治好。

子庄带可儿上医院。医生把可儿腿捏捏敲敲，没看出什么，叫她去拍片。医生看了可儿拍的片，对子庄说可儿的腿骨似乎有些异常，有点像……子庄着急地问："像什么？"医生说："鸟的腿骨。"子庄皱起眉头，可儿在边上听了，却偷偷掩嘴笑了笑。子庄问医生："可以治，可以动手术吗？"医生摇摇头说："多走走，锻炼锻炼，多长些肌肉，也许会好些吧！"

回家后，子庄下决心带可儿到郊外练习走路。可儿坐在子庄自行车上到了郊外。

在城里感觉不到春天，一到郊外，可儿就被郊外春天的景色迷住了。郊外的原野上长着绿葱葱的青草，开满红红黄黄白白的花，溪水清清流着。爽爽的风吹来，把花草的香味撒满可儿脸上、身上。可儿下了车，便四处看，而后把眼望向天空。天太美了，每一片都是瓦蓝的，像是用最清的溪水一遍遍擦拭过，上面没有一缕云丝；只有一只像老鹰样的大风筝，在风中得意地摇荡着。

子庄没心思看风景，对呆望着天空的可儿叫着："别看天了，看地上，走，走路呀！"可儿无奈地从天上收回目光，看着地上，摇摇晃晃笨拙地迈开步子。走了几步，便停住，又抬头望天，呆呆地看在天上摇荡的风筝。子庄急了，轻声吼起来："怎么老看天，看风筝？看地上，走呀，走呀！"可儿又摇摇晃晃往前迈步。

可儿走着，停住脚步，亮着黑黑的眼睛对子庄说："爸爸，如果，如果……"

子庄说："如果什么？有话说呀！"

可儿笑笑说："爸爸，如果我会飞，可以不练走路吗？"

子庄瞪起眼："你会飞？"

可儿点点头。

子庄望一眼蓝天和天上飘着的风筝，说："你会飞，飞到风筝那么高？"

可儿说："会飞，飞得比风筝还高还远。"

子庄还是不信："那，你？"

可儿说："爸爸，我飞给你看。"

可儿从口袋里掏出那个白色小荷包，打开，取出一对洁白柔软的毛茸茸小翅膀，往背上一放，粘在背上；而后摊开两臂一抬一按，背上的小翅膀大了起来，一扇，呼呼地扇出一阵风，刮到子庄脸上，子庄不觉闭了眼。当他睁开眼，可儿已到了天上，拍着双翅在飞翔。

可儿在子庄头上拍翅飞了一阵，停止了拍翅，平展展摊开翅膀，鹰一样在天上盘旋；忽地向高处飞去，飞到那风筝上方，悬停着站在那，轻轻扇动洁白翅膀，"咯咯咯"的笑声，银铃一般从天上响到子庄耳中。而后，她向高远处飞去，不见了。子庄抬头望去，满眼只有一大片瓦蓝瓦蓝的天空，心怦怦跳，有些慌乱："可儿怎么啦，是不是掉下来了？"他用力搜索一片片蓝天，终于望见一个小白点，慢慢近来，大起来，又不见了，却听见"咯咯咯"笑声。一看，可儿飞落在一棵高高树上，高声叫着："爸爸，我在这儿。"

子庄看着空中的可儿，明白了那些夜里听见扑翅声，看见白色大鸟划过夜空，是可儿在偷偷学飞翔。

回到家里，子庄对可儿说："爸爸知道你会飞，这算你和爸爸的秘密，可你在外面别乱飞，特别是在学校。爸爸怕你飞了，会弄出什么事来。"可儿点点头。

四

可儿回到学校。她还那样，早早到班上坐在位子上，伏着脑袋，懒洋洋的，大半天一动不动。

　　学校后面有座高高的山。一天下午，学校举行登山比赛，各班抽几个人参加。只要有人第一个登上山顶，拔走红旗，便赢了。可儿班上同学都到山脚下去了，只剩可儿坐在空寂的教室里。

　　可儿坐不住了，悄悄也到山脚下，躲在棵大树后面窥望。只听见一声哨子响，各班参赛同学向山上冲去。其余同学在山脚下疯狂喊："加油！加油！"可儿在树后探头看着，在心里为本班同学喊加油。她班上同学劲头很足，好几个冲在前面。她心里暗暗喝彩。她班上同学很快到了半山腰，面对陡坡，慢了下来，手脚并用艰难地爬。最前面的同学还跌了一跤。眼看隔壁班同学赶了上去。可儿看着，心里着急，心怦怦跳着，手心捏出汗来……

　　突地，她热烘烘的脑中冒出个大胆想法。她躲到大树后面，掏出那小荷包，取出那对洁白柔软毛茸茸的小翅膀，往背上一放，而后摊开双臂一抬一按，翅膀瞬间变大，一扇——飞了起来。为了不让人发现，她飞到薄薄云层上面。她在空中用力拍翅，凉爽爽的风，急急从她脸面和身边唰唰吹过。没两下她已飞到学校后门山顶上。她再飞过去一些，轻轻落在山顶后的坡地上。她立稳脚，手往背上一触，那双翅膀顿时变得小小的。她取了下来，装进小荷包，放回口袋。她四处瞧瞧，马上向山顶赶去。到山顶，她伸头一看，隔壁班有个同学头像蘑菇般冒了上来。可儿一急，扑上去拔下红旗。她站在山顶上，在风中呼啦啦向山下招展着红旗，把隔壁班赶上来的吓了一跳。他们怎么也不明白，可儿是怎样神不知鬼不觉地抢到了红旗。

　　可儿班上同学也登上山顶，拿过她手上的红旗在空中招展。

　　下山路上，可儿摇摇晃晃走得很艰难。班上同学友好地扶她走。回到教室，同学把红旗靠在黑板前。大家围着红旗说呀闹呀，乐个不停。

　　闹了一阵，有个同学清醒过来，说："奇怪呀，可儿腿脚不好，又没见她爬山，怎么那么快到山顶，拔了红旗？难道会飞！"于是，大家目光齐刷刷投向可儿。可儿低着头没出声。大家围着她嚷："可儿，你快说呀，怎么回事？"

　　可儿脸慢慢红起来，抬起头，轻轻说："对，我会飞。"

　　会飞！教室一下静了，没了声音，好一会儿才有人发声："可儿，你路都走不好，会飞？"

　　可儿脸不红了，坚定而清晰地应道："是，我会飞。"

　　又有人问："你会飞，有翅膀吗？"

　　可儿说："有。"说着从口袋掏出小荷包，取出那对雪白柔软的毛茸茸小翅膀，给大家看。大家小心翼翼从可儿手中拿过那对小翅膀，传来传去地瞧，都摇着头：没有人相信这小翅膀，能让人飞起来。可儿把小翅膀从同学手中拿回来，说："你们不信？我飞给你们看。"

　　可儿把同学带到操场，大家让出点空地。可儿把小翅膀往背上一放，摊开双臂，一抬一按，小翅膀一下大起来，扑扇出一阵阵强劲的风。大家不觉闭了眼。待大家睁开眼，可儿已飞上天，轻轻落在教学楼屋顶上，朝大家洒下一串"咯咯咯"的笑声。大家紧张地望着高高楼顶上的可儿。可儿一拍双翅又飞起来，到操场上空，盘旋几圈，收了翅膀冲向地面，到大家头上又展翅跃上高空，把大家吓得"哇哇"怪叫……

　　可儿飞了一会，回到地面，取下背上变小的翅膀，收进小荷包，装进口袋，含笑看着大家。有人鼓掌，掌声过后，一位走路八字脚的女同学发了声："哼，会飞有什么！地上路都走不好，到天上飞，没啥了不起。太不正常了！"说着撇撇嘴回班上去。有几位同学也念着："是呀，路都走不好，会飞，不算什么！"也回到班上。一下子，更多同学口中嘟嘟嚷嚷念着，回到班上去。操场上只剩可儿一个人空荡荡站着。

　　可儿站了会儿，也懒洋洋一歪一歪地回到教室，坐到位上。

　　过了一会儿，从门外冲进几个隔壁班同学，到黑板前抢走了红旗，高声叫着："这红旗应该是我们班的。你们班作弊，拔红旗的可儿，没爬到山上，是飞去的，不能算数。我们向学校说了，学校裁定红旗应该归我们班。我们第一名。你们班作弊取消名次。"

　　一番话说得可儿班上没人出声，任由隔壁班欢叫着拿走红旗。

　　死寂了一阵，那位走路八字脚的女同学又发声："这下好了，原来我们爬上去，至少有个二三名，现在因为可儿飞去拔旗是作弊，我们什么都没有了。多么可笑。都怪可儿！"班上一下子哄了起来，大家口沫四溅，纷纷指责可儿……可儿低头伏在桌上，一声不吭。她心里乱乱的，原以为飞去拔红旗能为班上争光，和大家走近些，却更把自己弄得里外不是人。

可儿伏在桌上，直到大家都走了，才一个人孤单单地一摇一摆走回家。

过了几天，在班上，同学对她还是指指点点。仿佛她是个怪物。

五

又上体育课了。可儿最怕上体育课，要到操场走、跑……让她难堪。于是，上体育课她就装头疼肚子痛，伏在桌上。原先老的体育老师颇能体谅她，便不叫她出去上课。可是现在不行，换了个年轻的体育老师，说上体育课一个不能少，硬把她从班上赶出去。

可儿只好跟着同学们，在操场摇摇晃晃地走，跑。被体育老师骂了一通。接下来是班上四个小组接力赛跑。大家在各自位置站好。可儿心里打鼓一样，害怕会拖了自己小组后腿。她对老师说："老师，我会飞，不跑，飞行吗？"老师说："哦，我听说你会飞一点。可这是赛跑，要用腿。你不想跑，爹妈给你那么长腿干什么？真见鬼！"说着，体育老师狠狠踹了可儿一脚。可儿身子一歪，差点栽到地上。

其实可儿的小组，赛跑实力最强，班上短跑前几名都在她组上，可儿想，大家都跑得快，她虽然不大会跑，努力一点，不出岔子，也能保证小组有好名次。比赛开始，果然可儿小组几位好手，跑得刮风一样，几下就把其他小组甩得远远。最后棒交到可儿手里。可儿在心里鼓鼓劲，用力吸一口气，跑起来。她本来走路就不稳，才跑几步，便扑倒到地上，引起其他组同学一片哄笑。她起来再跑，摇摇晃晃，又引得一阵阵嘲笑。这时其他组同学就要赶上来。可儿心里一急，在阵阵刺耳的嘲笑声中，脚步更加慌乱，鸭子一般乱摆，又重重摔到地上。其他组同学一个个赶到她前面。她一身土尘从地上爬起，低着头，乱摆着到终点。组上同学劈头一顿乱骂，像一块块尖利石头砸到她脸上身上，还向她吐口水。她真想找个地缝钻进去……

可儿并不怨恨嘲笑她的同学，却恨狠踹她一脚，又逼她跑步出洋相的年轻体育老师。她要报复。

可儿观察了几天，发现年轻体育老师每天傍晚，都会和他年轻的妻子走出校园，去散步。那天下午，可儿放学没回家，静静坐在教室里，望着外面天色。肚子饿得"咕咕"叫，还忍着。等天色渐渐黑下来，她拿了一瓶装满墨汁的瓶子，走出教室，躲到校门外的巷子里。这巷子，是年轻体育老师和他妻子外出的必经之路。她在巷子口盯着校门口。

终于，年轻体育老师和他妻子走出校门口。他穿一件雪白的衬衫，他妻子穿一件白底碎花的连衣裙。可儿盯牢他们，把墨汁瓶瓶口旋紧，放进裤口袋。她掏出小荷包，取出里面洁白柔软毛茸茸的小翅膀，安到背上，双臂摊开一抬一按……飞到了天上。在朦胧暮色中，她悄悄飞到年轻体育老师和他妻子的头顶上方，轻轻扇动翅膀跟着。年轻体育老师似乎心情极好，一路大声说着。他妻子听着小声地笑，不时亲热地用小手捶他一下。他们根本没觉察到高飞在头顶的可儿，慢慢走进巷子深处。在天上飞着的可儿轻轻降到他们头顶。这时，体育老师对紧挨着的妻子，说了个笑话。他妻子仰起脸哈哈大笑。可儿看准了，从口袋掏出墨汁瓶，旋开盖子，把瓶子一倾，墨汁黑雨一般，朝体育老师和他妻子泼去。

体育老师顿时觉得头顶和脸上身上，一阵冰凉，大叫一声，手往头脸一摸，黑乎乎的，满手沾满墨汁。他往身上一瞧，雪白衬衫一片黑，还淌着黑汁，"嗒嗒"流到地上。再看身边的妻子，脸上黑乎乎，鼻子嘴巴看不见了，只有两颗眼珠子转动着，身上碎花裙子一片黑。最恐怖的是，那墨汁进了她刚才哈哈大笑张开的嘴。她便低着头，朝地上一口口吐墨汁，黑了一地……

体育老师一下气炸了，一蹦几尺高，狂骂着："妈的，哪个兔崽子干的？明人不做暗事，有种的站出来！"

可儿还在他们头上盘旋着，看着体育老师和他妻子的狼狈相，听着他怪兽般吼叫，憋不住掩嘴"咪咪"笑，后来干脆放声"咯咯"大笑。

体育老师闻声往天上望去，见朦胧天空中有一双洁白大翅膀飞着；仔细一看，是会飞的可儿，便更凶狠大骂。可儿在空中"咯咯"笑着，拍拍翅悠悠飞远去，融进苍茫的暮色中。

年轻体育老师到校长那告了状。学校通知子庄，可儿不要去上学了。

子庄很生气，对可儿说："又是你会飞惹了祸。早跟你说了，不听，现在学上不成了。以后不准飞了，好好学着走地上的路，跟大家一样。把小翅膀给我。"可儿把小翅膀交出去，却不甘心地说："我不走，就不走，没翅膀也不走。人为什么都要一样在地上走，就不能飞到天上？"

可儿便躺到床上不起来，不吃也不喝。子庄心疼地守在她身旁。可儿天天迷迷糊糊说梦话般念着："飞，我要飞！"子庄心软了，想想可儿说的话，觉得也有道理，把小翅膀还给可儿。可儿从床上坐了起来……子庄要可儿不要随便飞，别让人看到她会飞。可儿说："好的，我只在晚上偷偷飞。"

可儿不能上学，子庄教她学。可儿白天努力学习，晚上插上翅膀从窗户飞出去，在夜空恣意飞翔，半夜才回来。子庄在夜里又听见扑扑的扇翅声。他起来推开窗，见一双洁白大翅膀从窗前，飞向星光闪闪的深邃夜空，慢慢消失在大海般墨蓝的夜空里。有时他睡着了，也会在梦里听见可儿的扑翅声……第二天早晨，子庄到可儿房间，可儿还浓浓酣睡着。他瞧着轻轻摇摇头，悄悄走出去。

又有人在夜里，看见天上飞着如幽灵般的白色大鸟，便又有了许多奇异的传说。

六

可儿想上大街看看。她因为走不好路，还没上过大街。

一个阳光灿烂、晴空万里的上午，子庄带可儿上街。可儿挽着父亲的胳膊慢慢走着，看去走得平稳了许多。可儿一路东张西望，什么都新鲜，看也看不够。一对双胞胎女孩出现在可儿视线里。可儿亮起眼：那对女孩都穿着红黄格子短裙，在屁股上一翘一翘，下面露着大麦色线条柔美匀称的长腿。可儿对子庄说："爸爸，我也想穿短裙。"子庄说："你不行，你腿不好看。"可儿深深叹口气，眼睛还盯着那对女孩的短裙和腿，不觉离开子庄，向那俩女孩摇摇晃晃走去。那俩女孩吃着冰激凌慢慢走着，一回头，见可儿摇晃着到她们身边，叫了起来："呀，什么人呀，跟在我们后面。你看看她走路什么样子，那么难看，这样子也敢到大街上来……"

大街上众多目光唰地一下投射到可儿身上。可儿停下了脚步，一动不动站住。

一个小孩冲过来说："呀呀，怎么不走了。再走走，让大家看看，走得多难看，像鸭子一样一摇一摆，还像鸟一跳一跳。走呀，再丑丑地走走呀，走呀！"

可儿脸红了起来，浑身热起来，火样烧，汗水从脸上淌下来。她在众多刺刺目光和阵阵嘲笑中，低下了头。子庄几步上去，牵住可儿手，轻声说："可儿，咱们回家，回家。"

可儿一动不动，雕像般站着。突地抬起头，甩开众多刺刺目光，向天上望去：天很蓝很蓝，像清水洗过的蓝瓷片……空茫茫的蓝中，飞来一群鸽子，美丽圆滑地打个大弯，从空中划过，传来一串悦耳鸽哨声。她慢慢收回目光，往四周一扫，眼睛闪电般一亮。她轻轻从口袋掏出小荷包，取出那对洁白柔软毛茸茸小翅膀，往背上一放，摊展双臂一抬一按，背上翅膀瞬间大起来，扇出一阵阵强劲的风，搅起沙尘扑向四周的眼和脸。人们不觉闭了眼。

待那阵风过去，人们睁开眼，可儿已到了天上。可儿在天上感觉就像鱼儿进了大海……她自如惬意地拍动双翅飞着，透明的空气不断从她头脸、身上和两翼，清凉舒适地柔柔擦掠过。她在无边透亮的空气中自由滑动着。在地上她被人嘲笑而郁结在心中的委曲、不快、愤懑，渐渐在她翅膀自由的拍动中消散到辽阔的空中。她轻盈无比地飞着，仿佛要化在这空阔无际自由的天空中。她在人们头顶高高地飞着。人们惊讶地大张着嘴，"呀呀"叫着，仰头往高天上的她望去。可儿优雅有节奏地扇着洁白的翅膀，像一道波浪一次次从天空拍过；而后，平摊开双翅像鹰一样在人们头上盘旋，一圈又一圈。人们仰着的脑袋便随着她转。有人叫起来："这不就是夜里飞的大鸟！原来是一个女孩……"

可儿借着城市上空上升的气流，在高空转了一阵，突地收了翅膀，往下俯冲，激起地面一片惊叫。人们闭了眼，低下头；有的东倒西歪，有的干脆伏到地上。可儿还往下冲，直到离人们头顶几米，才一下摊展双翅，扑打着飞高起来，飞远去。当人们抬起头，睁开眼，可儿已成了一个白点，渐渐融入蓝瓷般的天。

过了会儿，可儿从高远处飞回来，在人们视线里慢慢明晰起来。这时天上飘过一片白云，可儿飞到云上，又从人们眼中消逝；而后飞出云外，到人们头上。一群大雁排成人字形从高天飞过，可儿一下冲上去，飞到雁群前，领着雁群往高远处飞去……

人们把目光从天上收回来，正要看回地上，却听见有人惊叫："呀，看，看那小男孩……"大家目光齐齐射向街边一座几十层的高楼。只见一个两三岁小男孩不知因何，出现在这楼二十几层一个房间窗外的铁栅栏外。他踏在栅栏横格上，双手紧紧抓着栅栏，身子抖抖的，随时就要掉下去。人们围上去，望着高处的小男孩，叫着喊着。有人大声说："别叫别叫，别把小男孩惊吓得掉下来。"人们马上静下来，只是焦急地仰望着。

消防车来了，停住，云梯伸上去。一个消防员站在云梯上准备救援。云梯慢慢升上去，差一大截，够不到。眼看那小男孩抖抖着，就要撑不住了。云梯上的消防员一急，爬到小男孩下方墙上。那消防员抓住墙面边上突起的地方，一点点向上攀去，要去救那小男孩。下面的人惊心看着，一阵阵冒出冷汗……

可儿领着大雁在蓝天上，劈开透明纯净的气流，畅畅快快飞了好一阵，身上都出了汗，才离开雁群飞回来。她飞到大街上空，见人们还聚集着，很是奇怪，细一瞧，大家目光没投向她，却投向街边一座高楼。她降下去，飞近一点，见到一个小男孩挂吊在二十多层窗户栅栏外。下面有个消防员在墙面上向他一步步爬去。一下全明白了。

地上人们发现了空中的可儿，指指点点叫了起来。可儿向那小男孩飞去。她看见小男孩身子抖得厉害，双手似乎要握不住栅栏，而消防员还在他下面吃力地攀爬……

突地，小男孩手一松，身子从栅栏外掉落下去。下面人发出一片惊叫。说时迟，那时快，可儿一拍翅膀，刮风般冲过去，一伸手在空中接住了小男孩。由于小男孩坠落的冲力过大，可儿也坠下去。她一惊，用力拍翅，才向上飞起来。

可儿抱着小男孩飞着，在人们头上盘旋。下面一片寂静，所有脑袋都望向空中。有人喊了一声，拥挤的人群让出了片空地。可儿拍着翅落到地面，收了翅膀，将小男孩完好地轻轻放在地上。人群响起一片掌声。

这一切，都被赶到的电视台摄像机拍了下来。

电视台把可儿空中救小男孩的片子，往电视一播，可儿一下在小城出了名。记者蜂拥到她家采访。面对众多话筒，可儿高兴又平静地说，没什么，当时她只想救那小男孩，也只有她能救那小男孩，所以……

有人提议给可儿见义勇为称号。市里为此成立了各方代表参加的评议小组，讨论这件事。开头，各位代表似乎都赞成给可儿见义勇为称号；后来，有人提出异议，认为不能评。那人认为：可儿之所以救了人，是因为她与我们不一样——她会飞，所以能救小男孩。那人振振有词地说："大家想想，如果我会飞，也会去做这件事，大家也一样。可儿如果能评，那位冒着生命危险在墙上攀爬的消防员，也可以评，虽然他没救到人。"一番话，说得各位评议代表没了声音……于是，评议小组便解散了，不再提可儿评见义勇为这件事。

一下天上，一下又落到地上。没评上见义勇为，可儿无所谓，可那位评议代表的话，让她伤心。可儿对子庄说："爸爸，我这样做了，他们还是只认为因为我会飞，把我当作另类，不接受我。"子庄安慰她说："别难过，你已经做得很好了，会好起来的。"可可儿还是难过，郁闷地把自己关在屋子里。子庄去敲门，她也不开。

过了几天，可儿自己开门走出来，到子庄面前说："爸爸，我想明白了，大家不接受我，是因为我会飞，大家不会飞。如果我让大家也会飞，那大家和我一样，不就能接受我了吗？"

子庄说："大家怎么才会飞呀？"

可儿胸脯一鼓，信心满满地说："我教呀！我先教青少年飞。现在社会上不是有许多培训班？我们就办一个飞翔培训班，教大家飞。"

子庄笑笑说："好呀，试试吧。"

七

可儿和子庄到郊外租了片平坦的草地，盖了两间小屋。可儿躲到小屋里，取出自己的小翅膀，按它的样子复制了许多各种颜色的小翅膀。而后，她刺破自己一根根手指，让复制的小翅膀沾上她殷红的血。顿时那些复制的小翅膀马上鲜亮起来，上面的羽毛变得光彩动人。一切都准备好了，可儿和子庄请人制作了好些五颜六色的广告，到处张贴，上面诱人地写着——可儿飞翔培训班，让你同她一起翱翔蓝天！每天上午，可儿还拉着红底黄字的广告布条，从市中心空中飞过，布条在她身后火一般呼啦啦醒目飘动着。可广告张贴了十多天，可儿拉着广告布条飞了几百次，却没有一个人到可儿培训班报名。

这天，可儿和子庄在郊外草地上小屋，又寂寂坐了一天，还是没有一个人来。原野上苍茫暮色一片片垂落下来。他们从桌子前站起来，准备回家，外面却传来脚步声——从沉沉暮色中闯进来一个人。那人像舢板一样一歪一摆地进到小屋里。可儿一看，是个瘸腿少年。

那瘸腿少年对可儿说："我来报名，学飞。"

可儿瞧着他的腿："你的腿？"

那少年说："不行吗？你没说腿不好不行呀！那些腿脚好的人，走路好好的，并不想来学飞，也不相信能学会飞。我腿不好，走不好路，被人瞧不起，才想学飞。学会了，好好给大家瞧瞧，争一口气。再说，你的腿不也……可你那么会飞。"

可儿给说红了脸，说："行，行，收了你。叫什么名字？"

那人说："叫阿三。"

可儿高兴地说："好，阿三，明天来上课。"

第二天，可儿给瘸腿阿三一对红色小翅膀，让阿三安到背上，教他学飞翔。

阿三很努力，很快学会了各种飞翔技巧，可以单独飞了。可儿便带着阿三从郊外草地起飞，飞到小城上空。

　　两人在小城上空，一白一红齐齐飞着，在惊讶的人群头上盘旋。而后，可儿站立着悬停在空中；阿三则拍着大大的红翅膀，像一团火冲向下面的人群，吓得人们"呀呀"叫着，东倒西歪。阿三故意飞低低的，在人们头顶擦过，让人们看清他脸面，并且大声叫着："看呀，阿三会飞了，会飞了！"而后"哈哈哈"放声笑着，拉起身子，拍翅飞向高空，和悬停在天上的可儿会合，向远方飞去。下面的人望去，一片蓝中，只见一白一红两个点……下面的人才收回目光，回到地上，阿三红翅膀又和可儿白翅膀飞回来，在人们头上悠悠盘旋。人们又转着脑袋朝天上望，并且纷纷议论——

　　"呀，没想到这瘸腿的阿三笨笨的，也会飞！"

　　"这阿三算什么东西，也学会飞，飞在我们头上，那谁还学不会飞哪！"

　　……

　　于是，可儿和子庄在郊外草地上的培训班热闹起来。许多青少年都来学飞。可儿发给他们每人一对复制的小翅膀，教他们飞。

　　培训班越办越红火，可儿教会了一批又一批青少年。可儿和子庄商量，组织一次集体的飞翔表演，向全市人民展示培训班的辉煌成果。

　　到了那天，天气非常好，风轻轻吹着，天空没有一丝白云，像清水洗过的瓷片样一望无际地蓝着。人们纷纷涌向市中心开阔的体育场。体育场主席台顶上遮盖的顶篷拆掉了，让坐在台上的领导人，能更好更多地望见蓝天。忙于办公很少露面的市长，也被请到台上观看。子庄还请了一支军乐队在台下为表演助兴。台上台下的都频频往天空眺望，希望早点看到从没有过的，许多带翅膀的人在空中飞翔……

　　九点钟，军乐队奏起欢快的乐曲。大家齐齐往南边的天空望去，只见地平线上方出现了许多各种颜色的"大鸟"，向人们眼中移动过来。这时地面的军乐队奏起强劲的军乐曲。五彩缤纷的大鸟们排成一道道一字形，齐整飞到城市上空。那么多大鸟合着飘向空中的进行曲的节奏，扑扇着翅翼，像一波波浪涛在空中拍打而过。而后，众多大鸟变化成人字形，在空中划一个大圈圈，转飞回来，低低地在人们头顶慢悠悠美丽地盘旋。

　　地上的人们兴奋地朝空中喊叫，挥手。谁也想不到，经过可儿的培训，会有那么多原来只会在地上走路的人，能展翅飞上天，还飞得那么漂亮，那么壮观。

　　飞翔的大鸟群在人们头顶盘旋了会儿，齐齐向高远处飞去，渐渐消失在人们视野里；却又返回，向城市上空飞来。第一批大鸟组成一个大大红色的"飞"字，在空中停了下，向远处飞去。第二批大鸟又飞到城市上空，组成一个大大白色的"飞"字，停住展示一下，向远处飞去。接着又有第三批第四批第五批大鸟，陆续飞临城市上空，组成大大的黄色、紫色、绿色的"飞"字，悬停着展示一番，再慢慢往远处飞去……

　　地上的人们从未见过如此的奇景，疯狂鼓掌，喊叫，挥手，把帽子和围巾往天上抛。市长也从座位上站了起来鼓掌，频频朝天上挥手致意。

　　最后，天上成百上千的大翅膀在空中散开，自由地飞翔。只见他们你来我往，你上我下，左冲右突，俯冲拉起，疾飞骤停……每双空中的翅膀，都向地上的人们展示他们自由自在的飞翔，展示他们自由飞翔的技巧。一时间，那么多五颜六色的大翅膀上上下下，左左右右，布满天空，却没一点冲撞。天上的太阳也被遮蔽，阳光只能从一双双大翅膀间，奇异地散射下来……

　　很久很久，人们还津津乐道这众多"大鸟"空中飞翔表演的情景。

　　于是，有更多人到可儿和子庄培训班，报名学飞翔。除了青少年，还有些中年人也要报名。可儿和子庄起先不答应，后因为这些人热情太高，便让他们报了名。可儿和子庄的培训班也扩大成飞翔学校。

　　从此，这城市的天空不再蓝蓝地寂寞，五颜六色热闹起来——总有许多大翅膀在天上自由飞翔。

　　每到节日，市里都会请可儿的飞翔学校组织学员，为市民表演美丽的集体飞翔。

　　到这城市建城三千周年的大喜日子，可儿飞翔学校组织了几千人的飞翔表演：各色大翅膀从地平线齐整飞出来，在城市上空排成一个巨大的"3000"字样，并停留了好一会。下面的人们惊叹着疯狂拍掌，往天上挥手，扔帽子和围巾……

突地，从天上"3000"字样最后一个"0"里，掉下一对黄色翅膀。大家以为这是表演什么空中急坠的新花样，凝望着。可这翅膀一直往下坠，没再飞起，扑地重重落到地上，吓得人们惊叫着逃开……

摔到地上的是个中年男人，原本身体好好的，还做过健康检查，却在空中突发心脏病坠落身亡。

中年男人因为飞翔摔死的事，震撼了小城。人们纷纷指责可儿和子庄的飞翔学校害死了他。死者家属带一大帮人砸烂了飞翔学校。市里最权威的报纸连连刊登专家和有识之士的文章，抨击可儿倡导的飞翔，指出：人可以在地上走，怎么可以上天飞。人又不是鸟。从人类进化史看，几百万年前，人从树上下来学走路，走得好好的，怎么可以像鸟一样到天上飞。人们应该踏踏实实走好地上的路（那叫可儿的连路都走不好），绝不能上天飞。上天飞是愚蠢的，是死路一条，走不通的……

市里因此关闭了可儿和子庄的飞翔学校，收缴了飞翔学校所有学员的小翅膀，下令禁止上天飞行。

于是，小城的天空又蓝蓝地寂寞了。

死者家属将可儿和子庄告上法庭……子庄让可儿趁黑夜飞到山里躲躲，自己上了法庭，承担了全部责任。他被关了起来。

八

过了些日子，可儿夜里悄悄回家，一看子庄不在，知道爸爸为了她进监狱了。

第二天，可儿悄悄飞上天，藏在云里，飞到监狱上空。她从云缝望下去，监狱正好在放风。子庄在片空地上，沿着墙根低头走来走去。可儿轻轻离开云层，飞下去，到那片空地上空，狠狠扑扇双翅，扇起一阵阵大风，搅得空地沙土飞扬，一片迷离。看守和犯人都闭了眼。可儿乘机降落到子庄身边，叫了父亲一声。子庄开眼一看，是可儿，问："你，你怎么来了？快走。这是监狱！"可儿说："知道是监狱，我要带你离开。"子庄疑惑地问："怎么走？我又不会飞。"可儿说："你不会飞，我会，快到我背上。"子庄慌慌乱乱坐到可儿背上。可儿叫了声："飞了。"扑翅升到空中，越飞越高。

下面看守搓搓被沙土迷了的眼，开眼一看，大叫起来。监狱马上响起刺耳的警铃声。狱警驾车冲出大门，望着天空，向可儿飞去的方向猛追。

可儿背着父亲在天上飞着，越飞越慢。地上的警车呼啸着，越来越多，越追越快。可儿在天上飞得越来越吃力，汗从脸上、身上淌下来，连翅膀也湿了。她不觉又往下坠。她用力扇翅，才飞高了点。子庄觉察到了，叫着："可儿，你背不动我，快让我下去。"可儿不听，还是奋力飞去。前面有座山，可儿想飞高越过去。她用最后的力气扑翅，爬升着，快到山顶了，一阵大风吹来，可儿晃了晃，飞不上去，向下降落到山坡上。

地面警察已爬上山，围住山坡。子庄从可儿背上下来，看着围上来的警察，急切地说："快，可儿快飞走，别管我。"可儿说："不行，要走一块走。"这时警察已冲过来。子庄急了，踢了可儿一脚，吼着："快，快飞走。"可儿看了父亲一眼，含着泪，一扑扇飞上天。警察捉住了子庄，给他戴上手铐，却无奈地望着空中的可儿。子庄仰头望着天上的可儿。可儿低着头，在子庄头上盘转了几圈，洒下泪，扑扑落在子庄脸上，慢慢飞高飞远去。

子庄又被关了起来。

九

子庄所在的小城烧了一场大火。

大火在几十层的高楼下面烧起来。一时间火光冲天，浓烟滚滚。消防车赶来了，拉出水龙头往大楼浇水。下面浇灭了，消防队员冲进去救人……可火还往高处烧，水龙头浇不到，便越烧越大。上面楼层的人被围在楼里，到窗口嘶叫，扬着手求救。消防队云梯伸上去，也够不着。下面围看的人，看着高楼一层层被大火吞噬，跳着脚却无能为力……

大火呼呼狂叫着一直往上烧，把楼里的人赶到楼顶。人们在楼顶喊叫求救。大火又烧了上去，楼顶几乎就要被大火浓烟吞没。有人慌乱中爬到边上水泥栏板上，跳了下来，重重摔到楼外地上，引发下面人一片惊叫。

又有人有点艰难地爬上楼顶水泥栏板。下面人望去，以为又是慌乱中要跳楼的，拼命喊叫，摇手。可那人没下去，一边脚摊开着稳稳站在栏板上。他背后，橙红色逼人的火光带着浓烟向他扑来。他似乎并不惊慌，慢慢从口袋里掏出个小东西，往背上一放，双臂摊开一抬一按，背上出现一对赤红的大翅膀，用力一扇，把火焰逼开去，趁此他从烈火和浓烟中升腾而起，像火凤凰样飞向空中……

那人在空中飞了一会，完好地落在地上。人们围上去一看，是瘸腿阿三。阿三从背上收下小了的红翅膀，放进口袋，一抹满脸烟尘，对大家笑笑。大家看呆了，那些翅膀都上交了，阿三怎么还会有翅膀，竟然从高楼顶的大火中飞出来，捡了一条命。原来在培训班时，可儿多给了他一对翅膀，前些日子，他上缴了一对，留了一对在身上，没想用上了，救了他的命。

这场大火，上面楼层的人，除了阿三，没人逃出来，都遇难了。

阿三从楼顶大火中飞出来的情景，当时被电视台和许多人的手机拍了下来，到处传播。记者采访阿三，问他从烈火中飞起逃命的感受。阿三笑笑啥也不说，最后轻轻说句："多亏那双翅膀呀！"阿三怕市里还要收缴他的翅膀，刚好郊外乡下有亲戚请他做客喝酒，便躲到乡下去了。

阿三做客喝酒的村子在山边。突地下了一场百年不遇的大暴雨，瞬间引发山洪，从山上冲下来，淹没了村子。阿三和他的亲戚们没来得及逃出去，被困在水中的房子里。大家爬上屋顶。有人拿出手机打电话求救，打不通，没信号，只好干巴巴在屋顶望着四周茫茫的水，企盼救援。可望来望去，只见茫茫的水，而且越涨越高，快淹到屋顶了。大家像热锅上的蚂蚁，在岌岌可危的屋顶团团转。

阿三这几天酒喝多了，头有些晕，赖坐在屋顶上迷糊地望着茫茫大水。有人拍了他肩膀一下，说："阿三，那次你是怎么从火中逃出来的？"阿三说："我有翅膀会飞呀！"那人说："那，你的翅膀呢？"阿三一下子似乎清醒过来："对呀，我的翅膀呢？我明明带在身上。让我找找！"阿三站了起来，身上四处摸，上衣和裤子口袋全翻了出来，不见那对小翅膀。阿三头脑越发清醒，有些慌张起来，拍着脑袋囔囔念着："这翅膀，救命的翅膀，我明明带在身上，怎么，怎么……"阿三想了想，似乎记起来了，终于从最里面的衬衫口袋摸到。阿三出来时怕把它弄掉了，牢牢缝到里面衬衣口袋里。阿三甩掉外衣，用力扯掉衬衫口袋上面缝的线，把小翅膀取出来，小心托在手上，叫着："有救了！有救了！"

阿三把小翅膀往背上一放，摊开两臂，一抬一按，那背上小翅膀瞬间大起来，扇了几下，将阿三带到空中。阿三在空中对下面的人喊道："我飞走了，去叫人救你们！"阿三在空中，在茫茫水上，用力拍翅飞着，飞了好一阵，到了市里，带人驾着船艇到村里，救出了许多人。

阿三成了英雄。记者采访时，他还是那句话："多亏有了那对翅膀！"说完加了句："幸亏我把小翅膀带在身上，缝在里面衬衣口袋里；要不那两天酒喝多了，怕早弄没了。"后来又加了一句："幸亏可儿教会我飞！"

很长时间，人们都在议论阿三从火中水上飞出来的奇迹。大家觉得如果那时有许多翅膀，又会飞，就不会有那么多人死于非命。人们想到了可儿和子庄的飞翔学校。

阿三去找可儿。可儿家空寂寂的，没有人。他到监狱见到子庄，感谢可儿和子庄的飞翔学校教他飞，救了他。阿三和好些昔日飞翔学校的学员联名写信，要上面放了子庄。

子庄不久出来了，不知是因为他表现得好，还是阿三他们的信。

市里取消了飞翔禁令。原先收缴的小翅膀早已销毁，小城的天空还是一片寂寞的蔚蓝。

偶尔才见到一双火红的翅膀，在蓝蓝寂寞的天空划过。那是阿三孤独地在飞翔。他振翅箭一样刺向高空，又收翅飞下来，而后摊展双翅在城市上空久久地盘旋，一圈又一圈……

许多人都想飞，或想学飞，可没有翅膀，或是没人教。

小城的天空还是如清水洗过一般，蓝蓝地寂寞。

十

可儿回来了。她不出门，更没上天飞，关在自己屋里。许多人找她要翅膀、学飞翔，都被拒之门外，人们便在她屋外没日没夜围坐着。

一天夜里，阿三来了，敲门进了可儿家。阿三在可儿屋里坐了许久才离开。临走可儿将一个大提袋交给他。阿三拎着大提袋走到门外，对围坐的几个人悄悄说了几句，那几个人又对其他的人说了说，大家便都离开了。

又过了几天，可儿要走了。可儿对子庄说，她飞到过一个叫"绿野"的地方。那地方天地无比广阔，那儿的人都会飞。她要带子庄到那地方去。子庄想了想，觉得在小城也待腻了，也想换个地方去去，当作旅游，便答应了。

一天早晨，可儿和子庄要出发了，可儿要子庄坐到她背上飞去。子庄说："你行吗？"可儿说："爸爸，我现在不一样了，长本事了，会把你带走的，放心吧。"子庄便坐到可儿背上，可儿拍动双翅稳稳地飞上天空。

可儿背着子庄飞了许久，越过高山，飞过大河，到了那个叫绿野的地方。子庄在天上望下去，双眼为之一亮——地面是一马平川的广阔绿地，油碧的草在轻风中波浪般起伏；一条条小河像甩动的银带，在无边的绿中弯来绕去。天空更是格外开阔，像宝石一般蓝着，人飞在空中，仿佛都要被那无边的宝石蓝融化了。雪白雪白的云低低地从身边飘过，似乎一伸手便能一丝丝扯下来……

子庄在可儿背上飞着，只见寂寂的蓝天慢慢热闹起来，好些各色艳丽的"大翅膀"，在美妙的音乐中悠悠飞来飞去。有好几双翅膀看见可儿，迎了过来，拍着双翅斜斜飞着，表示欢迎。

子庄再往下望，见平坦坦的绿野上，出现了座座高高的楼房。那一层层楼房都敞着大大的窗口，不断有大翅膀从里面呼呼飞出来，飞上天；也有些翅膀飞着，低下去，飞进大窗口。子庄想，这真是一个奇异的地方。

子庄痴痴地看个不停，有了个奇怪的发现——那辽阔的绿野平坦坦的，有一座座高楼，却没有一条道路相连。子庄把疑惑告诉可儿。

可儿在空中"咯咯咯"笑几声说："爸爸，你没听一个名人说过，地上本没有路，人走多了才成了路。你知道这里的人只会鸟一样天上飞，从不下地走路。地上没人走，不就没路了吗？"

子庄问："这里人真的一点不会走路？"

可儿说："对呀，他们都会飞，没必要下地走路，便不会走了。"

因子庄不会飞，可儿降落在一座楼最下面一层的屋子里。子庄便天天待在屋里，从大窗口看可儿和这里的人们，恣意地在外面飞来飞去。子庄偶尔出去走走，没有路，到处是没膝的草，还有荆棘。他没走几步，便被野草和荆棘划破裤子，又回到屋里待着。

可儿说："爸爸，这里地上没有路，你想出去，就得学飞，飞上天。"子庄说："我这年纪了，行吗？"可儿指指窗外说："爸爸，你看看，这里六七十岁的人都在天上飞，飞得多潇洒呀！"

子庄便跟可儿学飞。他很努力地学，慢慢飞上了天。

他在天上用力拍着翅膀，斜斜歪歪地低飞着，看去像一只笨笨的大鸟。他飞着，迎面飞来双大翅膀。他想拐个弯闪开，没弄好，就要撞到那人身上。那人却很灵活地一摆翅膀，侧身躲过，往高处飞去，还朝他笑笑。子庄抬头望去，见那人拍着翅对边上的人说说。边上那人又飞去跟另外的人说。天上便嗡嗡嗡响着人们的议论声，像都在说子庄，说子庄的飞。有的还在他旁边潇洒地飞来飞去，斜眼瞧他笨笨飞着的样子。子庄被弄得有点心慌，在空中红了脸，赶忙飞下去，落地不小心身子一歪，跌了一跤，天上响起一片笑声……

回到屋子里，子庄对可儿说他想回家。可儿说："你在这儿再飞几天吧？"子庄答应了，又在绿野上空飞了些日子，技艺长进不少，虽飞得不好看，却能飞得高又远。

子庄正要飞回去，绿野的天空却一下变了，滚动着层层乌云，刮起了大风，吹得地上绿草波浪样翻腾起伏，大雨也哗哗下起来。子庄、可儿和所有会飞的人，都只能关上大窗户，老老实实待在屋子里。乌云滚滚，风雨交加的天上，没有一双飞着的翅膀。

　　风雨一直肆虐着。子庄和可儿一天天待在屋子里，看大风猛烈摇晃着窗户，听大雨子弹一样击打着玻璃。风雨一点没有停歇的样子。家家户户吃的都没有了。大家都勒紧裤带，忍饥挨饿。终于有人忍不住，要出去弄点吃的，安上翅膀，开窗飞了出去。可没飞多远，翅膀就被大雨淋湿，变得沉沉的，再被大风一吹，在空中打个滚，一头栽下去，起不来了。寂了两天，又有人开窗飞出去，没两下便像中了枪弹一样，被风雨击落。再没人敢开窗飞出去，都把窗关得死死的，待在屋里饿着……

　　子庄在窗户里目睹这一幕幕惨象，对可儿说："这种天气，大家不出去弄点吃的，怎么办？"

　　可儿说："没办法呀，只能挨饿。这里的天空总是很平静的。往年偶尔也遇上风雨，没两天就过去了。没想到这次……"可儿叹口气，"这回，就等着饿死吧！"

　　子庄说："风雨天不能飞，为什么不走出去弄吃的？"

　　可儿笑笑说："爸爸你忘了，这儿的人只会飞，不会走路呀！"

　　子庄说："哦，我忘了。"又说："对呀，他们不能走，我可以走呀。风雨大，我小心一点低低走着，还是可以去弄点吃的。"

　　可儿说："外面没有路呀！"

　　子庄说："路在脚下，走走会走出来的。"

　　子庄说完，穿上雨衣要出去。可儿拉住子庄说："爸爸，我也要去。"子庄说："你不行。"可儿说："我走不好，还是会走呀！"可儿便也穿上雨衣，和子庄冲进风雨里。

　　两人在风雨交加的草地上艰难地走。可儿一次次跌倒，子庄一次次扶她，自己也跌倒。他俩跌跌爬爬地走，滚了一身泥水，在乱草间硬硬踩出一条路来。

　　他俩互相搀扶着走到一家面包店前。店门紧闭着，他们在风雨中敲门、喊叫。半天，门开了，伸出一个头，一看他俩，惊叫起来："哇，你们，你们……这种天气！你们不怕死呀？怎么飞来的？"子庄说："我们是用两脚走来的。"面包店老板瞪大双眼："呀呀，天哪，你们会走路？"他看看他们两脚满是烂泥，说："是走路，是走路。走路好呀！快进来，进来。"

子庄和可儿进到店里，说明了来意。老板叫起还在睡觉的伙计，快快做起面包来。老板和伙计跳来跳去地忙着。老板笑着说："你们见笑了，我们也不大会走路，只是比大家好一点。你们多好呀，可以走来买吃的，要不会饿死的。平日，我们也会给客户送面包，飞去的。可这天气，不行了。你们来就好，就好。"

面包店老板和伙计快快烤了许多面包，装了两大袋，交给子庄和可儿。子庄给钱，老板不收，说："这天气，你们能来真是奇迹，哪能收钱。"

子庄和可儿背着面包，冒着风雨，从走来的路跌跌爬爬地走回去。面包自己留一些，大都用绳子吊上去，给一层层的楼里人分分。

两人又冒着风雨出去几趟，背回面包，再分给大家，帮助大家度过了风雨肆虐长长的艰难日子。

十一

风雨过去了，子庄要回去。子庄安上翅膀飞向天空，可儿和他并排飞。这时天上出现了许多飞翔的翅膀，是大家给子庄送行。子庄、可儿和大家齐齐飞着，飞出了绿野。许多翅膀深情地摇动着，告别子庄，飞回去。又飞了会儿，可儿也告别子庄，飞回绿野。

天上只有子庄了。他慢慢飞到蓝寂寂的小城上空，在空中孤独地飞着，盘旋了好几圈，看准地上的家，正要落下去，却听见空中传来许多扑翅声。他抬头一看，大吃一惊——许多各色的大翅膀向他飞来，不断轻摇双翅欢迎他。飞在最前面的是红翅膀的阿三。他身子一热，兴奋起来，不再降落，和天上的大家悠悠快意地飞翔。天上越来越热闹，各色翅膀越飞越多，各自做着美妙的动作翩翩地飞着……

子庄兴奋地飞着，却感到疑惑：前些日子，这空中只有阿三的红翅膀，怎么一下子又来了这么多各色的翅膀？他在空中大声问飞在身边的阿三。阿三笑笑应他："落下去再告诉你。"

又飞了一阵，尽兴了，各色翅膀才散去，天空蓝蓝地又平静下来。

落地后，阿三告诉子庄，上次可儿回来，关在屋子里又复制了许多小翅膀，那天晚上装在大提袋，交给了阿三，让他拿一半给过去飞翔学校的学员，让他们再飞上天，另一半给新的想学飞的人。可儿还将学飞翔的秘诀传给阿三，让他去教新的想学飞的人，让大家都能飞上天。

十二

过了两年，可儿又回小城。她轻轻飞进自家院子，落下，收了翅膀，直奔子庄楼上的房间。

可儿敲开子庄屋子的门，高喊："爸爸，我回来了！"子庄乐坏了，把可儿瞧个不停。

可儿说："爸爸，看你瞧的，我可有变化？"

子庄说："没有，没有，还是那么年轻、可爱。"

可儿听了，便在房间挺直身子，轻盈迈步，稳稳健健走了几圈，说："爸爸，看出什么了吗？"

子庄高兴地说："呀，变了，变了，会走路了，走得真好看！你这是……"

可儿说："上次你离开绿野后，我在那儿除了飞，每天都练走路。练得会走路，走得漂亮了。爸爸，我们上街走走吧。"

子庄说："好呀，上街走走，让我的宝贝女儿漂漂亮亮走走，给大家看看。"

可儿说："爸爸，我要穿裙子上街。你给我买一条短裙吧？"

子庄说："你，你的腿？"

可儿说："我走路走多了，腿也变了，好看了。"说着，可儿挽起裤管，露出线条柔和流畅的一双美腿。

子庄说："真不一样了，腿也变得这么健康好看！"

子庄赶紧上街，给可儿买了条白色绣花边的短裙。可儿穿上身，上面配件绣花短衫，到全身镜前照照，才跟子庄上街。

可儿在街上走着，花边的白短裙在屁股上一翘一翘，下面露着一双线条柔美起伏的洁白健美长腿。可儿迈着均匀的步子，极有弹性轻快活泼地走着。路人不断投来热热的目光。

可儿又见到那对穿红黄格子短裙的女孩，站在街边吃冰激凌。她挺着身子走过去，笑笑瞧她们一眼。那俩女孩也瞧了过来。可儿轻盈如风从她们身边走过去。两女孩目不转睛地盯住她，跟上去，禁不住轻声叫了起来："呀，比模特还靓，走路太好看了。呀，那腿那么长，线条那么美……"说着，啪啪，冰激凌都掉地上，也浑然不觉，还跟在可儿后面念叨着。于是，街上更多目光热热聚焦到可儿身上、腿上。

可儿雪白的脸红了起来。她放慢步子，美美地转身，朝大家微微一笑。

这时天上传来扑翅的声音。可儿抬头一看，天上飞来了许多各色的"大翅膀"。可儿浑身一热，在大家烈烈目光中，从口袋中取出毛茸茸雪白的小翅膀，往背上一放，摊开两臂一抬一按，背上翅膀顿时大起来，扑扇着，弄出一阵风。大家不觉闭了眼。待大家睁开眼，可儿已飞到天上。

可儿展翅在人们头上恣意飞着，上冲，平飞，急停，翻滚……做着各种令人眼花缭乱的动作，而后宽宽展翅，悠悠然在天上盘旋，洒下一串串"咯咯咯"的悦耳笑声。

下面的人仰望着，不觉鼓起了掌，发出啧啧赞叹。那对穿红黄格子短裙的女孩相互念着："妈呀，太精彩了。想不到走路这么好看的女孩，上了天也这么棒！简直无人可比。她到底是哪方仙女呀？"边上的人说："你们不知道吗？她叫可儿。我们这儿人会飞，全是她教出来的。"

可儿在人们头上恣意飞了一阵，冲向高处，飞到各色翅膀前面。她后面的翅膀马上排成人字形。可儿领头带着雁阵般的各色翅膀，从人们头上高高飞过，飞向遥远的天空，渐渐消失在无边无际的蔚蓝中。

十三

可儿在小城待了些日子，带着子庄飞向辽阔的绿野。

到绿野上空，许多各色的大翅膀扑扑扑拍着翅迎接他们。子庄和可儿便与这许多大翅膀，在绿野蓝得宝石一般的天空飞了一阵。

可儿在空中对子庄大声说："爸爸，你看看地上吧！"

子庄往地面俯瞰：还是那一望无际的绿色原野。风轻轻吹着，长长碧草绿浪般起伏着。各色妍丽鲜花繁星般遍洒在绿草上，香味悠悠飘上空中，飘进他的鼻子。几条银亮亮玉带般的河流，在绿野上缭绕着弯弯流过。还有，一座座各种颜色的高楼矗立在原野上……一切，似乎还是那样。

可儿说："爸爸，你再仔细看看。"

子庄再努力看下去，有了，他发现地上有了路——一条条灰色或土褐色的小路，连接起了一座座高楼，伸向绿野深处。对了，路上还有人行走。有的走得歪歪扭扭的，有的走几步，鸟儿样跳一下……

子庄和可儿飞下去，落在路上，收了翅膀，挺直腰背，迈开步子，轻盈平稳地在路上走。边上走着的都停了脚步，把眼投过来……

天上飞过一大群各色大翅膀。子庄抬头看看，和可儿扑翅飞上去。地上歪歪扭扭走路的，也纷纷扑翅飞上了天。

画

一

　　森这些年出了名，画作在外面卖了不少钱。他便在乡下买了座农民的旧房子，改造成他的乡间别墅。

　　别墅坐落在离城市不太远的小山村里，极其寂静。小山村的人都进了城，他们的几座老房子都空着，里里外外长满野草；唯独翻修改造的森的别墅鹤立鸡群般，很有样子地屹立其间。森的别墅前面是一片荒地，站在那可望见山下的风景和远处幽蓝的大海。别墅后面的山坡，蓊郁着浓密树林。大白天进去，也见不到阳光，阴森森凉飕飕的。

　　森大多时间在城里忙着，别墅便在这山岙里空寂着。每天，太阳从遥远的海上升起，照红别墅门庭，而后寂寞地从它头顶无声踏过，落到蓊郁着密密树林的山坡后。天很快暗下来，蓝蓝的轻雾和紫黑的夜色，便包裹了这小山村和森的别墅。

　　森在城里除了作画，便和官员、名人来来往往，不时还接待对他画作有兴趣的客商。大概十天半个月，他才会开着车，回到他山间清寂的别墅。他极少向外人提起他藏在山间的别墅，更不会带他官场和民间的朋友到别墅来；但他每次回别墅，都会带上一个妖艳漂亮的女人……

　　森下了车，带着女人穿过爬满青藤的庭院，进到别墅大厅。女人抬眼四处张望，娇声尖叫："呀，太好了，古朴宽敞又幽静。真是好地方！"森带女人转到洁净的餐厅，而后上楼，从走廊进到一间间舒适的卧室。到走廊尽头一间小屋前，森站了站就要离开，那女人却去推门，被森阻止。女人有些诧异地说："这间，怎么啦？"森说："这间不能进，放东西的。"女人不解地问："放什么贵重东西，就不能看？"又要去推门，被森沉下脸拉开："跟你说不能进，就不能进。"女人有些不高兴，说："有什么了不起，不能进就不进。看你的样子，平日可不是这样的。哦，我还没看你的画呢。"森脸松了下来，说："晚饭后带你到画室看画，全让你看。"女人高兴了，亲了森一下说："这还差不多！"

女人跟着森下楼梯到后院。女人沿着墙根，观赏一盆盆吐着红或黄的兰花；看鱼池里摇来摆去的金鲤鱼，往碧绿水里投食。女人慢慢走着，到扇小门前。她拉开插销，打开小门，一大片浓绿阴郁的凉气扑面而来。女人叫着："好舒服！"她迈了出去。正在厨房忙着的森见了，叫着："快进来！进来！"他放下手中菜刀，冲了过去，抓住女人手往里拉。女人把森油腻腻的手撸开，念着："这又怎么啦？这外面好凉爽，就不可以……"森干脆堵到女人前面，把她往里推搡："不可以就不可以，那外面阴气重，不好啊！"女人说："哦，是有些阴凉凉冷飕飕的。哎，你这地方怎么有这么多忌讳，藏着什么秘密呀？"森说："哪有什么秘密，你太敏感了。"说着将女人推进小门，关了，插上插销，把那一大片阴郁的浓绿关在外面。

森别墅旁荒芜的老房子里，前不久住进了位近四十岁的神秘女人。那女人总待在屋里，不时从破旧的窗户往森别墅望。虽是热天，她总习惯性地在脸上围条丝巾，只露出两眼。

神秘女人在破窗前，看不见别墅里面的人；却听见有女人娇滴滴尖嗓响着，间或还有一两下森低沉的回应。

太阳要落山时，神秘女人见森从大门出去，到空地边缘眺望远远的大海。那女人跟了出来，到荒地上走，穿高跟鞋的脚踩到石头上，歪了下，坐到地上，尖叫起来。森回头将她扶起来，说："谁叫你出来，不好好待在里面！"女人娇嗔骂道："我就要出来，跟在你身边。你出来也不叫我。看什么呀？这海那么远，有什么好看？"森说："你不懂。走，回去吃饭。"女人说："人家早饿了，是该回去吃饭了。"于是，森扶着女人往别墅走去。

神秘女人在楼上看着，深深叹了口气。

太阳落山了，灰蓝色的薄雾鬼魂一般飘进山岙，山岙变得模糊而宁寂。森的别墅里，时而响起女人尖脆的娇娇声和森低沉的回应，敲击着这山岙模糊宁寂的黄昏。

晚饭后，森带着女人到画室看画。画室四壁挂满森的画。女人看得眼花缭乱，轻声叫着。森指着画对女人说："看上喜欢的，就送你。"女人转了半天，指着一幅画问："这幅，能卖钱吗？值多少呀？"森斜瞟了她一眼，说了个数。女人尖叫起来："我要，就要这幅画！"女人高兴地伸长脖子重重亲了森一下，森脸腮顿时现出一个红红唇印。

看完画，森和女人进了间卧室。两人在床上激情地翻腾一阵，都乏了，各自睡去。

森睡了会儿，醒来。他看看那女人还沉沉睡着，轻轻从床上爬起来，出了卧室到走廊上。走廊外侧是一片墨蓝天空，星星在夜幕上闪烁。森望着幽幽星空。一阵黑紫的夜风从天上吹来，凉凉的，他颤抖一下，转过脸，向最里面那间神秘小屋走去。

他推开紧闭的屋门，开了灯，屋子一下白亮起来。屋子几乎空空的，只在中间摆了张椅子。靠外墙的窗前是一大片重重垂着的窗帘，迎面墙上挂着幅长长的画。画中有一位真人大小的美丽青春少女，她穿一件嫩黄的连衣裙，脚上一双洁白凉鞋，站在银白沙滩上，背后漾着一层层蓝蓝大海。海风吹着，少女嫩黄裙子和她黑头发波浪样飞扬着……她的左上方写着一竖字：叶子的春天。

森走到画前，对画中的美丽少女，抖颤颤叫了声："叶子，我又来了！"泪水顿时哗地从他脸上流下来。

他又念着："叶子，你还好吗？我是森啊……"

森对着画中人倾诉了好一会，坐到椅子上，眼盯着画中的叶子，昔日与叶子相处的一幕幕，又出现在他眼前。

森和叶子小时候都生长在海边的小渔村。叶子时常跟着森哥哥到海边捉螃蟹、拾海螺，在沙滩上嬉闹追逐。洁白的沙滩布满他们快乐的小脚印。后来，他们长大了都到外面读书。森上了美术专科学校，叶子读艺术学校。毕业后，两人都分配到城里的文化馆。森搞美术创作；叶子搞舞蹈创作，办培训班。两人又热热地在一起。在大家眼里他们真是一对金童玉女。

可叶子一直没答应森的求婚。终于有一天，叶子提出分手。她告诉森，他没有名气，没有钱，什么都没有。她不想和他一起待在这地方，她要去海外发展，到那儿追求自己的生活，去实现她的梦想。森遭了雷击一样，蒙了。他怎么也想不到，从小到大在一起的他心中的叶子要离开他！

他割腕自杀，血流了一地。被人发现，送到医院抢救，把叶子吓坏了，赶到医院……

可森出院后，叶子还是走了，到远远的海外去。

森追忆着和叶子的一幕幕，又哭了。哭了会儿，他霍地从椅子上站起来，对着画中的叶子说："叶子啊叶子，我这么爱你，可以为你去死；可你还是走了，走得远远的。叶子，你太狠心了！女人啊，怎么会这样？无情无义，这么狠……"

森越说越激动，顿着脚咬牙切齿地说。终于，他说累了，不再说了。他抹了抹泪，眼中射出一道黑黑的凶光……

他走出小屋到走廊上，望了望黑乎乎闪着几点渺渺星光的夜空。一阵阵夜风凉飕飕吹来，他无一丝凉意，身上像着了火一般，依然黑热热的。

他回到卧室，外面星光淡淡照了进来。他伫立在床前，瞧着床上的女人。女人美美地沉睡着，发出一阵阵鼾声。他抹了抹脸上半干的泪迹，轻轻上去，从旁边拿起他睡的枕头，猛地往女人脸上按下去。女人呜呜发出几声闷响，腿蹬两下，不动了。森把床头灯打开……

森别墅旁那老房子里，神秘女人在床上睡着，做了个噩梦，坐了起来。她下床到窗前，见别墅一间卧室还昏昏亮着灯。一会儿，在一片寂静和黑暗中，她听见别墅后面传来"咿呀"的开门声。她习惯性地用丝巾掩住脸，下楼出去，在星光下沿别墅外墙轻轻走，绕到后门，见后门开着。她往门外山坡望了望，那树林里有些亮光。

她蹑手蹑脚摸过去，看见森的身影。那身影拿把锄一弯一弯地在挖土。"嚓嚓嚓"的挖土声，一下下清晰地响在暗夜里。一把手电筒在一旁地上弱弱地照着。她疑惑重重地看着听着。好一会儿，森直起了身子。她看出他在脚下挖了个长长的坑。接下来，森转到旁边，抱起个像人形沉重的东西，扑地扔进坑里，而后拼命用锄头把土盖上去，又铺上树叶。

　　神秘女人屏息瞧着，一下明白了，浑身不觉颤抖起来……

　　她轻挪步子转身离开，不小心碰擦到灌木丛枝叶，弄出了点声响。森那边轻叫了声："什么人？"手电照过来。神秘女人已闪进灌木丛中。一只鸟呱呱地叫着，呼啦啦扑打翅膀飞出灌木丛。森骂了句："什么鬼鸟！"提着锄头，照着手电，踏着满地落叶，走下坡，进到小门里，咣地关上门。山村的夜一下完全静下来，只剩下一片黑寂，仿佛什么也没发生过。

　　神秘女人从灌木丛中出来，浑身是汗。夜风吹拂，她打了个颤，还抖着，慢慢摸回自己住处。

　　她坐在床前，拿掉脸上丝巾，木呆呆的。她想把刚刚看见的一幕，从脑中抹去，可是做不到。她乱乱地想着，想到她和森的过去，森的自杀，她的离去……她似乎明白了：大概这全是因为她，她的离去，才……一阵悔恨乱云般在她心头翻滚。她心一下下发疼。她用手捂住脸，眼泪从她指缝间流出，落到地板上。

　　第二天早上，神秘女人看见森一个人出了家门，进小车，开着下了山。

二

　　森走了，神秘女人孤寂地在山村老房子里待着，听着边上别墅动静，不时到窗口望望。森好些日子没回别墅，这小山岙里的小村变得格外冷寂，只看见太阳一天天无声地从小山村上面走过。

　　这天下午，神秘女人从老房子里出来，在无人的山村转了转，转到森别墅门前。她站了会儿，到门前一盆兰花丛中摸出把钥匙（她观察了许久，森便是这样进门的），打开别墅的门，再把钥匙放回原处。

　　她站在门口，摸着心口，犹豫了下，鼓起勇气轻轻踏进去。她好奇又兴奋地走着，看着，听着。里头阴阴的，散发着好闻的木头味。对了，木头味之外，她似乎还嗅到森身上她熟悉的气味。她踏上小楼，进到一间间卧室，切切闻到森的气味，却掺杂着陌生女人的味道。她手在鼻子前扇了扇，赶紧出来。

她踏着走廊向前，看见一扇紧闭的小门。她轻轻推开门，森独有的气味浓浓扑面而来。她惬意地用力吸了几口，走进去。里面空而洁净，一大片窗帘浓密遮着，屋子幽暗暗的。她哗地拉开窗帘，顿时夕阳呼啦啦倾泻进来，把屋子塞得满满。她看见阳光照着屋中央孤单的一张椅子，留下长长投影。阳光更多汇聚在墙上的一幅长长人物画上。她也把目光聚上去——

画中一位美丽的青春女子在海边站着，背后是一层层蓝蓝海水。那女子穿一件嫩黄的连衣裙，脚下一双洁白的凉鞋。风吹着，那少女黑色长发和黄色裙子，水一样飘荡着。

她看着，觉得画中的少女她那么熟悉。哦，她怎么会忘了，这画上的少女不就是十几年前的自己？她眼一下湿了，靠上去，见画上方边上写着一排竖字——叶子的春天。

对，叶子就是自己呀！森，这么多年了，你还记着叶子啊……森，叶子回来了，可我不敢见你。我的容颜……都怪我自己……

那年，叶子不顾一切到了海外，没多久，凭她的青春和美貌结交了好些上层有钱人，出尽风头。一位有钱人看上了她，养了她。有钱人带她到世界各地游玩享乐，不幸出了车祸，她人保住了，身子坏了，脸全毁了。经过治疗整容，还是没有了原来的美丽样貌，身体也变形了。那有钱人给了她一大笔钱，离开了她……她孤单生活着，想起了森，回来了。她不敢见他，在暗中悄悄跟随……后来，她住进这无人的小山村，静静度日，不时远远看着森，听听他的声音……

她站在画前，痴迷地看着画中昔日青春美丽的自己，禁不住伸手去触摸，像触摸昔日的自己。她抚着摸着，那画中人呼地离开画框，离开墙壁，扑过来，盖到她身上，紧紧黏着，化到她皮上。她低头一瞧，她身子又变回十几年前青春苗条的样子。她摸摸脸，光溜溜，粉嫩嫩。她赶紧冲出小屋到森的卧室，照了照镜子，呀，脸也变回昔日的美丽模样！她穿着洁白凉鞋到走廊上，来来回回地走，不时停下打量自己……

　　她走累了，回到那神秘小屋，坐到椅子上歇着。她听见外面传来汽车声，森回来了。她听见关车门的砰砰声，听见森咔咔咔的皮鞋声，和女人高跟鞋格外清脆的咯咯声，响进别墅。

　　她出不去了，有些不知所措，站起来，在屋内走着，走上去拉上大窗帘。屋子一下黑了下来，她又坐到椅子上。她听见女人尖细娇媚的声音，在别墅里响个不停，夹杂着森的低沉嗓音。

　　她坐着，一直到天黑，到深夜。别墅里完全静了下来。她想悄悄溜出去，正要开门，听见脚步声，是森的，轻而清晰，她缩了回去。脚步声越来越近，大概是森要进来了。她乱乱想着，不明白森为什么深更半夜要进这屋子。她有些慌乱，在屋内转着，不小心身子触碰到画框，扑一声，她被吸到画框里画纸上。她站在画里，成了画中人。

　　她在画中睁大眼看着。森轻轻推门进来，按了电灯开关，她眼前忽地一片白亮亮的。她一下睁不开眼。她手轻动一下，想抬起遮挡一下刺目灯光，马上克制住，停下来。慢慢，她眼睛适应了白亮的灯光。

　　她十几年后第一次近近地看清森了。他就站在她面前。原先清瘦的他丰满富态了，眼角爬上了浅浅皱纹，可那双眼还像当年那样深情看着她（应该是画中的她）。她听见了他的呼吸，闻到了他身上熟悉的气味，心怦怦跳个不停……

　　森痴痴盯着她（画），凄楚地叫着："叶子啊叶子，我又来了！我想你呀……你还好吗？"

　　画中的叶子听着，心像被撕开一样，抖颤颤的。她看见森叫唤着说着，落下了泪。她的眼泪也在眼眶里转，她极力忍住不让它落下来。

　　森说了一会儿，坐到椅子上，还痴痴盯着画看。看着看着，他猛地站起来："叶子啊叶子，我对你那么好，恨不得把心挖给你，可以为你死，可你还要离开我！你说我没钱没地位没出息，可我现在什么都有了，你又在哪里啊？……"

　　画中的叶子实在忍不住，眼眶中涨得满满的泪水，哗地流下来，擦过脸腮，落到衣上，扑扑落到地上。

　　森一看，顿时傻了：这画中的叶子怎么会哭呀？对呀，他还闻到叶子身上好闻的气味。他上前去，往画中的人一摸，温温软软的。森惊得往后直退。画中的叶子一看藏不了了，一抬脚，从画中走出来。

森浑身发抖，惊叫："你，你是人还是鬼？你不是早走了吗？"

叶子站到森面前，微笑着说："我是人，是叶子呀。我那时是走了，可早回来了，藏到你画中待着。因为你的痴情，我觉得我该走出来了。你不高兴吗？"

森心定了下来，说："你真是叶子啊！你怎么还那么年轻，那么多年一点没变？"

叶子说："我藏在你画里，在你记忆里，当然不会变啦！"

森听着，抱住叶子，双双落泪。

森说："叶子，你不走了吧？"

叶子说："不走，再不走了。"

森说："太好了！太好了！"

两人便轻轻说着话，说别后的相思，说曾经在一起的美好时光。

夜，水一样在他们身边流淌，天快要亮了。

叶子说："我累了，要回到画里歇歇。你也回去休息，明天夜里再在这里见面吧。"

森恋恋不舍离开小屋，回卧室去。

叶子又待了会儿，将彩画从身上细细剥扯下来，放回墙上画框的画纸里。她脱了鞋，光着脚，出了屋子，轻悄悄穿过走廊下楼，走出别墅，回到自己的老房子去。

第二天，叶子看见森和那女人走出别墅，进了小车。森把那女人送下山，又回到山村来。

叶子在森外出时，又悄悄进了那间屋子，站到画里。

深夜，森又进到那屋子，打开灯，那幅画鲜亮亮扑进他眼中。叶子身上好闻的气味又飘到他鼻子里。他叫了声："叶子！"

叶子又仙女般从画中走下来。

森上去抱住叶子，高兴地说："叶子，你真还在，没走呀？"

叶子说："我不是跟你说过，我天天夜里都会在这等你。"

森说："别待在这小屋，怪闷的，到我卧室去。"

叶子说："我在这待惯了，还是待在这吧。"

两人热热说话。时光流水样很快地淌去，天又要亮了。叶子说："我累了，要回到画中歇歇。"

森才恋恋不舍出了小屋，回到卧室。

叶子看着森进了卧室，灯亮了又熄了，便将彩画从身上轻轻扯下，放回画框画纸里，脱了鞋，悄悄穿过走廊下去，离开别墅，回到自己的老房子。

每天夜里，叶子都会悄悄溜到别墅小屋里，让彩画里的她附贴上身，又站到画框里，再和森相会。

三

叶子夜里跑来跑去，被凉风吹病了。她躺在老房子床上迷迷糊糊，起不来。

深夜，森又到那小屋，开了灯，满心热乎乎看着壁上的画。那画似乎黯淡了些，不如前些天鲜亮光彩。他走近画，用力吸了吸鼻子，没嗅到叶子身上好闻的气味。他叫了声："叶子！"又叫了声，不见叶子从画中走出来。他贴上去，抚摸画上的叶子，冷冷硬硬的，没一点柔软和体温，画只是画。他沮丧地哀叹："叶子啊叶子，你怎么不说一声，又走了。你心好狠呀！"

森在冷冰冰的画前站了会儿，流着泪离开小屋。

第二天夜里，森又到那小屋，还只有冷冰冰的画。他叫唤了几声，不见叶子走出来……

天亮后，森开车下了山，傍晚又带个妖艳的女人回别墅。

叶子在床上躺了三天两夜。第三天夜里，叶子从迷糊中醒来，想到了森，心里焦灼起来。她挣扎着下床，到窗口看看，森的别墅亮着灯，还传来女人的说话声。她去洗漱一下，吃了点东西，走了几步，感觉身子硬朗了些。她脸遮上丝巾出门，潜入森别墅的那间屋子，让彩画里的她贴到身上，自己欣赏一番，感觉还好，又站到墙上画框中，等森到来。

夜越深了，还没听见森的脚步声。她两夜没来，难道森……她突地不安起来，从墙上下来，往森的卧室走去。

她轻轻推开森卧室的门。屋内朦胧着昏黄的床头灯。森站在床前。床上那女人酣酣沉睡着，发出均匀的呼吸声。森两眼盯着女人，突地射出道黑亮的凶光。他从床上抓起一个枕头，正要往那女人脸上盖去。叶子不顾一切扑上去，抱住森的腰。森一惊，那枕头落到地上，轻叫着："什么人？"叶子应："是我，叶子。"森转过头："怎么会是你？你不是……"叶子说："走，到那屋里说话。"叶子拉着森正要往外走，床上女人嘟嘟囔囔说起话，还翻了个身，把他们吓得一点不敢动，呆在那。那女人翻个身，念念几句，又酣酣大睡，发出均匀呼吸声。森才跟着叶子出来，到那小屋去。

森疑惑地问叶子："你，不是又走了？"

叶子说："我病了，到别处养病去，没法出来，现在好了。"

森抱住叶子落泪："我以为你又走了。"

叶子说："我跟你说过，不会再走了。"

森说："真的？"

叶子说："真的。"

……

于是，森又天天夜里在小屋与叶子相会。

四

森又下山，他告诉叶子，有客户要买他的画，他去见面谈谈。

没有了森的山村更寂寞了。叶子夜里睡不着，又到森的别墅去。她在空荡荡的房子里慢慢走，嗅着森留下的气味。她上了楼，向那小屋走去，在门外闻到股东西烧着的味道。她赶紧推开门，屋内黑乎乎的，一面墙上却闪着火光。她细一瞧，不知哪来的一团火，伸出橘红舌头在舔那幅画。她冲上去，脱下衣服扑打。火熄灭了，墙上的画却差不多烧光，只剩下那黑乎乎半焦的画框。

叶子木木地站在没了彩画的墙壁前，想：糟了，没了画，没有了画中的她贴到身上，就现在这样子，如何同森见面？她在屋里走来踱去，扯着头发苦恼着。蓦地她眼前一亮，有了主意。她写了张字条，放在烧黑墙壁的地上，回到隔壁老房子去了。

森在城里住了一晚，与客商谈妥了卖画的事，第二天下午急急开车回到山上。他在卧室床上累累躺着，可想到夜里又能和叶子见面，兴奋了起来。他好不容易熬到深夜，起床往那小屋走去。

他打开门，黑暗中一股黑焦味冲鼻而来。他吃了一惊，急忙亮了灯，往墙上一看，那画烧没了，只剩一个半焦的框，墙上一片乌黑。当然不会有叶子了。他浑身冒汗，在屋内乱转。他发现没了画的墙下地上，躺着张字条。他捡起来，是叶子写的：

森，不知为何那画被火烧了。没了画，我回不来，没法和你见面。别急，你可以再画一幅同样的画，挂在墙上，我就会回来。切切。

　　　　　　　　　　　　　　　　　　　　　　　　——叶子

森重重舒了口气。他马上出小屋走到画室，铺开画纸。他凝神伫立着，一抬头，一片蓝蓝大海，海风吹拂着，叶子裙发飘飞的美丽动人的样子全在眼前……他低下头，把年年月月对叶子的思念和爱倾泻到笔端，飞快地画起来。他从天黑画到天亮，又从天亮画到天黑，终于画好了。他把新的《叶子的春天》框好挂到那屋墙上，那墙面唰地亮起来。他左看右看，新画的年轻叶子比以前更美，更动人，仿佛就要从画上走下来……

他走出别墅，到荒地上，摊开手脚，舒展身子，望向远远的大海，看一轮红日从海上升起，照到他脸上身上，红彤彤射满他身后别墅的墙和房顶。

叶子在老房子里一直注视着别墅，她知道森在作画。当她看见他出门去看海，知道画画好了。

夜里，叶子悄悄进到森的别墅，她踮着脚轻轻穿过走廊，到那屋前。她打开门，急急亮了灯，迎面一幅年轻的她的彩画扑到眼里。她好一阵惊喜，赶紧关了门。她向画走去。新的画色彩特别鲜亮。她看着画中的她：这是她吗？画中的她格外年轻美丽，在海边吹着海风，全身飘溢着青春的气息。她心怦怦跳着，靠上去，伸手轻轻抚摸画上的叶子。奇迹又出现了，那彩画中的人呼地飞起来，贴到她身上。她顷刻又变成了画中青春的叶子。她上下不停打量自己，踩着洁白如雪的凉鞋，在屋内款款走来走去。走累了，坐到椅子上，等森的到来。

夜越来越静，屋顶的灰尘落地都能听见。她听到了森的脚步声。她站了起来，走到墙上画框前，一抬脚进去，变成了画。

森来了，一进门便嗅到叶子身上好闻的气味。他走到画前抚摸着画中的叶子，感觉到她身上的柔和与温暖。他叫了声："叶子！"叶子从画中仙女般走了下来。森牵住她的手赞叹："叶子，你更年轻美丽了。"

叶子微笑着在屋内走着，波浪般掀动裙子说："是你画得好，比上一次画得更好，我才能……"

森说："我觉得，我还没画出你的全部美。"

两人久别一般，亲热地说话。

叶子说："我这么年轻，你也该……"

森说："我也该和你一样年轻？可我？"

叶子说："我想，你不是会画吗？画一幅你过去年轻样子的画。我想会有办法变得像我一样。"

森说："我试试看。"

森埋头画了三天，画了幅自己年轻模样的彩画，挂到叶子彩画旁边。

那天深夜，森走进小屋。叶子从画中走出来。森高兴地指着墙上说："叶子，看，我年轻样子的画，好看吗？"

叶子瞧了瞧，说："好看，完全是你年轻时的样子，风度翩翩，无比帅气。"

森说："那我怎么才能变成画中的样子？"

叶子让森走到画前，说："你轻轻抚摸画上的你，看奇迹会不会发生。"

森伸手抚摸画中的自己，摸着摸着，那画中的人腾地飞起，贴盖到他身上，森一下子变成年轻时的样貌。森兴奋地上下打量自己，惊叫着："呀，我变年轻了，变成过去的我了。太好了！"

　　叶子说："我们现在都是过去的样子了。我也不再回到画里，天天和你在一起，回到过去，一直生活下去，再也不分开。"

　　森抱住叶子："对，我们回到过去，再也不分开，什么诱惑也不能让我们分开！"

　　叶子不再独自偷偷回老房子，森也不再下山进城。两人打算就在这小山村生活。

五

　　变回年轻模样的森和叶子，内心也变得单纯了。他们开垦门前和四周的荒地，种上瓜果菜豆和玉米番薯。日出而作，日息而归，过着简单快乐的日子。

　　他们在门前地里忙着，不时会站在长满瓜果青菜的园地上，望远方的海。

　　叶子说："咱们去小时候生活的海边看看好吗？"

　　森说："好呀。"

　　森开小车，和叶子回到儿时的小渔村。傍晚，太阳从蓝蓝海上落下去，天上飞起绚烂的云霞。他们在海边拾贝壳，抓小螃蟹，在洁白沙滩追逐着，回头一望，沙滩上印下一串串如昔日的深深浅浅脚印。他们停下来，牵着手慢慢走，爬到一艘破船上坐着，让咸腥味的蓝蓝海风一阵阵吹着，看西天的云彩在天上变幻姿色，看天渐渐紫下来，黑下来，跳出一粒粒星星，落进黑蓝海水中……

　　他们玩够了，又回到寂寂山村过梦一般的静静生活。

　　可森的睡眠越来越不好，常从睡梦中醒来，满头大汗坐在床上。

　　叶子摸着他头问："怎么啦？"

　　森说："没什么，做了个梦。"

　　叶子说："是噩梦吧？"

　　森点点头，还在床上愣着，突地问叶子："今天初几？"

　　叶子想了想说："是初一吧。"

　　森说："对，是初一，咱们快起来，到寺庙烧香，拜拜菩萨。"

叶子说："你不是不信这些吗？今天怎么啦？"

森唉了声说："人会变的嘛！快起来，起来！"

两人匆匆下地，穿了衣服出门。天还没大亮，他俩亮着手电赶往寺庙。

寺庙里寂寂的，只有两位僧人在扫地。森急急买了香，点了，到殿堂菩萨前，虔诚拜着，口中念个不停。叶子在一边瞧着，心里似明白又不大明白地翻腾着……

后来，森除了去寺庙烧香，还请了尊菩萨供在别墅楼上拜着。

森的睡眠似乎好了些。可过了些日子，他又常常从睡梦中醒来。

叶子问："你又怎么啦？"

森说："我睡不着，总听见后面山上有什么声音。"

叶子屏息听了听，说："像有鸟叫。"

森说："你再听听，还有什么。"

叶子又细听了听："好像有风吹树枝树叶的声音。"

森说："不是，都不是，是女人的哭声。听，又有了，又有了……"

叶子还是没听出来。

森说："咱们搬家吧，搬到安静的地方去。"

叶子说："这里够安静了呀！"

森满头冷汗，焦灼地说："唉，你，你不明白……"

叶子似乎明白了森的不安，抹着他脸上的汗，安慰道："搬，我们搬，到更安静地方去。"

他们到更高的山村，看了一处老房子，让人装修一下，把家具陆陆续续搬过去。

六

这天上午，森和叶子要离开这山村到新地方去。他们走出别墅，向停在门口的小车走去。一辆警车从山下冲上来，唰地停在森的小车旁。车上下来几位警察，围住森和叶子。

一位警官看了看森，迟疑一下问："你是严森吧？"

森应："是我。"

警官说："你怎么这么年轻？你应该……"

森说："是我。我呀……"森说着，伸手到胸前扯了一下，把身上的彩画撕开，甩到地上，露出真面目。

警察们吃惊看着，相互瞧瞧。那位警官吃惊后很快定下神来，说："好呀，你想披上彩画，变个模样逃走呀！"

森定定地说："我没有，我早就想到会有这么一天。我披上彩画，只是想回到过去，好好生活。可是……"

警官说："你呀，回不到过去了。"警官举起一张纸，"你涉嫌谋杀，被拘捕了。"

森伸出双手，被铐上手铐。

叶子听着看着，站到警官面前，说："别捉他，杀人的是我。你们不信！我带你们去埋尸的地方。"

叶子说完，带着警察往别墅后面山坡走去。到阴森森树林里一棵大树旁，叶子朝地上指指："就埋在这。"警察取工具挖开地面，果然挖出一具女尸。

叶子淡淡笑着伸出双手，对警官说："人是我杀的，带我走吧。"

森急了，冲过来说："别听她的，人是我杀的。她只是偶然看见。我不只杀了一个。"森带警察进到树林深处，在另一棵大树旁，指了指地面。警察挖下去，又挖出一具女尸……

警察把森带出树林，要上警车。叶子对警官说："我有几句话要对森说，行吗？"警官说："好吧，快点。"几位警察便散开些。

叶子走到森面前，哗地从胸前撕开身上彩画，露出车祸后的样貌。森大吃一惊："叶子，你，怎么？"

叶子说了她到海外嫁给有钱人，出车祸被抛弃，又来找他，却不敢见，后来披上彩画，有了原先样子，才与他相见的一幕幕。

森听了恍然大悟，顿时泪流满面。

警察带森上了车。叶子追上去，哭喊着："森，是我害了你！是我害了你！"

森不知听见没有。警车唰地离开小山村，往山下开去。

宋
女

一

　　悠然住到泰城有些日子了，听说城郊有座宋祠，是极好去处，便在一个秋风爽爽的下午，去那走走。

　　他慢慢走进被一片片浓绿笼住的宋祠，只见里面古木参天，几棵上千年的老柳树高高站着，垂下一根根一绺绺深绿的柳叶。那柳叶油碧碧，上面像亮着许多眼睛；风吹来，那柳叶上的眼睛便眨动着闪亮着……悠然从没见过如此亮绿逼人的柳树。

　　悠然向浓荫深处走去，过一道古老牌坊，到一座石桥。桥上四角站着四个比真人略大的铁人，都一身铠甲，望着各自的方向。其中一位粗眉圆眼，格外英武，身上铠甲闪着刺目的亮光。他右手高举，左手稍稍向外摊开，目光炯炯望着圣母殿的大门。

　　悠然过了石桥，走进极负盛名的圣母殿。殿中央是一尊端坐着的宋代皇帝母后的彩色泥塑。那母后彩塑虽历经千年，还那么光彩照人。她头戴金光灿灿的凤冠，身披锦袍，彩缎的衣裙水一样，一层层垂落到座椅上。她丰满富贵的脸上，宁静祥和又带点威严的眼睛，正正地对着站在殿前的悠然。悠然和她对视了一会，挪开目光，去扫看母后两旁女官和宫女的彩塑。而后轻挪步子，到边上一间小殿。

　　小殿内，站着十多尊年轻宫女的彩塑。悠然目光慢慢扫着，欣赏着这些神情形态各异、栩栩如生的宫女彩塑。

他一下便被左边靠外的宫女彩塑吸引。那彩塑宫女看去二十多岁，头上扎着红头饰，身穿绿袖红衣，着黄裙，裙前垂挂着宽宽红绶带。她头脸微微往外倾，脸色雪白，红唇黑目，双肩瘦削，两手在胸前执一根玉如意。

悠然渐渐向她靠近，见她微微侧着的脸上似挂着行清泪。他手轻轻伸过去，到她脸上一摸，湿的，赶快收回手，大为惊诧。他心里咯噔一下，想着，呀，这彩塑真流泪呀！他紧紧盯住那彩塑的脸，口里念着："呀，难道你原来在宫里待着，又在这里站了千年，太冷寂了，难过得落泪了吧？"

说着，悠然似乎见那宫女彩塑脸上的黑眸子闪了一下。一阵极微的风从她颜面拂来，悠然似乎闻到一点淡淡的香味……

悠然伫立着，有些恍惚。过了许久，他才挪腿离去，走着，还不时回头望望。他走出殿门，似乎听见殿中传来陌生的歌唱。他仔细听去，唱的是宋朝柳永的词："……多情自古伤离别……此去经年，应是良辰好景虚设。便纵有千种风情，更与何人说？"

悠然恍惚中慢慢走回家去。到家，天色已苍茫。他打开家中大门，一阵带着香味的风从后面吹来，先进了家门。他进去，关上门，往前走，一抬头，见一个女子站在天井旁。她头上扎着红头饰，穿着绿袖红衣，下着黄裙。晚风轻拂她的衣袖，仿佛仙女般看着他。悠然大为吃惊，这，不就是圣母殿的那位会落泪的彩塑宫女，怎么？

惊异中，那宫女却款款走来，轻启红唇，发出好听的声音。她用有些异样的声调叫了悠然一声："相公！"而后柔柔地说："我叫雪儿。相公你不必吃惊，是你在殿里那样痴痴看我，摸碰了我的脸，还对我说了那么多我心里的话，勾走了我的魂魄。我在皇宫里待了八年，又在圣母殿站了一千年，冷冷清清，孤孤寂寂……今天，是你引我出来，到你身边。"

悠然一下子目瞪口呆："你，你……"

雪儿甜甜一笑："从今后，我就跟了你，做你的人。我知道你住在楼上，带我上楼吧。"说着，雪儿小手一伸。悠然不禁也伸出手来，牵住雪儿小手，往楼上走去。

　　悠然带雪儿进了房间，雪儿好奇地东看西瞧。她见墙边靠着一排书柜，走过去。瞧着书柜里一层层密密排着的书，雪儿想伸手打开看看，却又止住。她走到桌前，悠然叫她坐。她轻轻坐下，见桌上摊开着本《宋词三百首》，禁不住，伸手翻阅起来，兴奋地对悠然说："相公，你这里也有这么多宋词，还有柳七郎的呀！"

　　悠然笑着点点头，说："你也认得字？"

　　雪儿说："认一些，进宫前父亲教我认了些字。后来父亲去世，我才进了宫。相公，你这书上的字，和我认的不大一样。"

　　悠然说："别叫我相公，叫名字。我叫悠然。哦，你以前认的字叫繁体字，现在书上的是简化字，是有些不一样。"

　　雪儿说："哦，就是笔画少些，简单些的字了，大致还认得出来。"说着，雪儿读了起来。读着，干脆不看书地背了起来。

　　悠然有些佩服地称赞："哇，你还会背呀！"

　　雪儿笑笑，说："我们那时大家都喜欢宋词，特别是柳永柳七郎的很流行，井边巷头都有人传唱。我们在宫里也读他的词，不但会背，还会唱哪！"

　　悠然听着兴奋起来，抓住雪儿小手恳求："那，你就唱一首吧？"

　　雪儿脸一下红了，柔声说："好久没唱了，一千年了，恐怕唱不好，让你见笑。"

　　悠然焦急地摇着雪儿手说："没关系，你一定唱得好。唱一首吧！"

　　雪儿脸不红了，清清嗓子，小声唱了起来："寒蝉凄切，对长亭晚……"她柔美地唱着，那动人的词句，一句句从红唇里轻轻吐出，就像从遥遥的天外悠悠飘来……悠然听着又恍惚起来。雪儿渐渐大声了，唱得越加凄美动人，眼里闪着泪光。唱到"此去经年，应是良辰好景虚设。便纵有千种风情，更与何人说"，她眼泪一串串扑扑从眼中落下，挂到脸腮上。

　　悠然轻轻抹去她脸上眼泪，将她搂进怀里，说："别难过了。从今后良辰美景不再虚设，风情也有人说。雪儿，你就是我苦苦寻觅的人呀！"

　　雪儿抬起泪眼应道："你更是我千年等待的人。"

雪儿落了会泪，破涕为笑，说："相公，哦，悠然。我知道你酷爱宋词，我再给你唱一首晏几道的《临江仙》。"说着，她又咿咿呀呀唱了起来："梦后楼台高锁，酒醒帘幕低垂……记得小苹初见，两重心字罗衣。琵琶弦上说相思。当时明月在，曾照彩云归。"悠然痴痴听着，沉浸在浓浓意境中，仿佛置身在久远的梦幻里……

那晚，雪儿一首接一首地唱宋词，便没有离开悠然。

第二天，悠然醒来睁开眼，雪儿扎着红头饰，穿着绿袖红衣和黄裙子，笑盈盈站在早晨灿灿的阳光中，站在他面前……悠然起来，对雪儿说："你这身衣裙虽是好看，只能在家里穿给我看，不好出去。我上街给你买些时装。"悠然上街给雪儿买了长裙、风衣和高跟鞋。雪儿穿上长裙和风衣，到镜前照照。悠然说："好看！好看！你穿宋代裙装好看，穿现在时装也好看。对了，再穿上高跟鞋就更好了。"雪儿瞧瞧高跟鞋，犹豫一下，小心穿上去，站着。悠然叫道："走起来，走起来。"雪儿轻轻伸探出脚，踩了几步，慢慢在地板上"咔咔咔"走起来。悠然叫着："看看，多好呀。看去高挑动人。"正说着，雪儿不小心歪一下，要跌倒，悠然赶紧扶她起来，说："没关系，多走走就习惯了。"雪儿嫣然一笑。

缠绵了几天，悠然还是走出来，白天去上班，晚上回来。

二

一天，悠然晚上从外面回来，打开大门，见一个黑乎乎硕大的人影，站在天井边，头上闪着点点星光。他吓了一跳，问："谁呀，怎么进了我家门，站在这里？"那人影"嗡嗡嗡"一会，发出锵锵的铁的声音，一字一字地说："我——是——铁——人。"悠然在星光下，擦擦眼细看，真是一个黑乎乎的铁人，一身铠甲闪着亮光，一只手举着，一只手向外摊着，是宋祠那石桥上四个铁人中，脸朝圣母殿的那一个。悠然说："是宋祠的铁人啊！你不在圣母殿前待着，来这干什么？"铁人"嗡嗡嗡"一会儿说："我，我……"似乎又说不出来。悠然说："那好，你就在这守着，像在圣母殿前一样，守一千年，看我家大门。"

　　悠然说完，沿天井边走道往楼上走。走着，听见后面传来"咚咚咚"踩踏楼梯的声响，一回头，见铁人竟然跟了上来，沉重踏步走着，像要把楼梯踩塌似的。到房间门口，悠然开了门，回头对铁人大喝一声："站住，就在外面，不准进来！"那铁人马上停了沉沉脚步，听话地站在门口，一动不动。悠然赶紧关了门进屋。

　　雪儿正站在窗前，觉到悠然进来，转身问："你刚才跟谁那么大声说话？怎么不见人呀？"悠然应："是铁人。宋祠圣母殿前桥上的铁人，竟然来我们家，就站在门外。"雪儿"呀"了一声，说："是他啊，在石桥上望了我一千年，今天怎么？让我瞧瞧！"

　　雪儿过去开了门，铁人仍巍巍站在门前，见到雪儿，"嗡嗡嗡"一阵，发出铁质的锵锵声，结结巴巴地说："雪，雪儿，我，我来看，看你。我，我天天，在那儿看，看你，一，一千年了。你，你一下走，走了，我，我心里一下，一下空，空了……我，我来这里，来，来看看你……"

　　雪儿盯着铁人突突的大眼睛，轻轻说："铁人大哥，你在那守着，看了我一千年。我谢谢你。我现在好了，出来找到意中人，不孤寂了，不会回去。你现在也见到我了，可以放心回去，再守在那儿，看着我寂寞的姐妹们。"

　　铁人硬硬地回应："不，不，我，就喜欢，喜欢你，看你。看，看了一千，一千年，还，还不够，不够。我，不，不回去！"

　　雪儿轻声哀求："铁人大哥，你还是回去吧，回去吧！"

　　铁人却不吭声了，一动不动巍巍站在那儿。雪儿无奈地关了门。

　　悠然和雪儿关在屋里，心里并不安宁。本来每晚雪儿都要给悠然唱唱宋词，此时便没了兴致。两人早早上了床，却睡不着。悠然说："那铁人会不会闯进来？他那铁身子，这薄薄的门对他就像纸糊的，不堪一碰。"雪儿说："应该不会，他不是那样的人。只是他总站在门口，叫人……"悠然说："那，我们明天一早就出去，到外面躲躲。"雪儿应："好。"两人便迷迷糊糊地睡去。果然一夜还平静，门外一点动静没有，仿佛无人一般。

　　第二天一早醒来，两人急急穿了衣服，开门。那铁人还站在门前，一动不动，如一截黑铁塔。雪儿看着，有点犹豫，没敢往外迈步。悠然说："走。"从铁人旁边走出去。铁人依然纹丝未动，呆呆站着。雪儿便也往外走，到铁人面前，正要从旁边拐过去，避开铁人；没想到，铁人两铁臂一动，将她不紧不松箍抱住。雪儿"呀"地叫一声，想摆脱，却怎么也摆脱不了铁人双臂的箍抱。悠然回头去掰铁人手臂，一丝也动不了。他急了，去拿来铁锤叮叮当当猛砸，敲出点点火星，可铁人的铁臂一点印痕没有，还是纹丝不动。悠然火了，挥动铁锤往铁人脑袋、胸口，叮叮当当乱砸一气，铁人双臂仍没一点松动。

悠然疯了一样砸得满头大汗，还要砸，动不了的雪儿开口了，大声说："别砸了，你弄不过铁人，赶快到圣母殿烧香，求母后娘娘把铁人唤回去。快去！"

悠然马上赶往宋祠圣母殿，给母后娘娘烧了三炷香，跪求高高坐着的母后娘娘将铁人唤回去。他念叨完，看着高坐的圣母，见圣母庄严的脸上似乎闪出一丝慈爱的微笑。他站起来，把香插到香座上，虔诚站着，看香慢慢燃尽，才挪步出去。他走了几步，想，我求了母后娘娘，须让雪儿知道呀。便回头到香座上拔了那三根燃尽的香棍棍，藏到身上。

悠然赶回家，到楼上屋前，见铁人还箍抱着雪儿。雪儿问悠然："求了吗？有烧香吗？"悠然点点头。雪儿说："快告诉铁人大哥。"悠然便对铁人耳朵说了一番话，可铁人依然纹丝不动，两只铁臂箍抱着雪儿娇瘦的身子。

雪儿又对悠然说："铁人不信你的话，你有什么可以让他信服你求过母后娘娘？"悠然从身上摸出那三根香棍棍。雪儿见了说："好呀，快用它们戳铁人耳朵，快！"悠然把三根香棍棍朝铁人耳朵戳去。铁人身子哆嗦了一下。雪儿叫："再戳，再戳！"悠然香棍棍再往铁人耳中戳去。铁人身子又哆嗦一下，脚下楼板"咯咯咯"响了响。悠然手中香棍棍再朝铁人耳中猛戳，香棍棍都弄断了。铁人打摆子一样大抖起来，脚下楼板"咯咯咯"响个不停，要裂开的样子。终于，铁人两臂松开了，慢慢挪动着，一只手又伸向天空中，另一只手往外挪开，回到原来的样子。雪儿身子脱了出来。

　　雪儿并未走开，看着铁人，拍拍他亮锃锃的胸脯，柔柔地说："铁人大哥回去吧！"铁人看着雪儿的黑突突的眼里，慢慢流出几滴泪，流过乌黑黑大脸庞，落到锃亮亮胸甲上。而后，他笨笨转过沉沉身子，挪到悠然面前，"嗡嗡嗡"一阵，用乌溜溜铁质的锵锵嗓音，结结巴巴地说："你，你，要对，对雪儿好，好，好！"说完，他迈着沉沉步子"咚咚咚"向楼下走去。他脚下楼板发出"咯吱咯吱"响声，要裂开一般。

　　铁人走了，悠然和雪儿又回到平静美好的生活了。

三

　　一天傍晚，悠然从外面回来，到楼上，听见屋内有女人和雪儿说话，很是奇怪。

　　打开门，见雪儿旁边站着个穿宋代衣裙的年轻女人，样子有点眼熟。雪儿赶紧笑吟吟地介绍："她叫云儿，在宫里时是我最好的朋友，后来也到圣母殿，就站在我旁边。你一定见过。"悠然说："对，对，我在殿里见过，难怪眼熟。"悠然热情地向云儿伸出手。云儿不懂这现代礼节，手动了动，没敢伸出来，弄得悠然有些尴尬。

　　悠然瞧了瞧雪儿说："那，她？"雪儿说："她耐不住寂寞，见我出来了，也偷偷出来，人生地不熟，没处去，便来找我。在这住些日子，待有了去处，便走。你看？"悠然说："行呀！都是姐妹，不容易，寂寞一千年了才出来。好吧，就住这儿，我不在时，也好和你做个伴。"云儿听了，感激得要下跪，悠然说："别这样，现在不兴这样。"忙和雪儿扶起云儿，安排她到隔壁屋子去住。

　　第二天，雪儿上街买了几件现在的衣裙，帮云儿改装了一番。雪儿还给云儿介绍现在的生活，一句句纠正她宋代的口音，教她说现在的话。

　　过了些日子，雪儿对悠然说，云儿还是想有个家，让悠然留心一下，帮她找个合适的男人，有个归宿。悠然想了想，出去问了问，一时找不到云儿合适的男人。

　　云儿白天还好过，悠然去上班，她和雪儿说说话，一块出去走走；到晚上，悠然回来，和雪儿热乎乎在一起，她便只能回到自己屋里，孤单单待着。憋不住，她和悠然雪儿说一声，独自出去走走。

云儿上街走着，到处灯火闪烁，男男女女来来往往，颇为热闹，可她却孤身一人。她看着走着，越觉得身上发冷，一阵风吹来，她哆嗦了一下。

她走着，听见有歌声从一间酒吧里隐隐传来，她循声进了酒吧。里面灯光闪动，热烘烘的，坐着好些男男女女在喝酒。中间的小台上，一个女人声嘶力竭地摇着身子在唱歌。云儿坐到了一个角落，要了杯酒，慢慢喝起来。她喝着，听那女人唱，觉得那嗓音不怎么好，歌也不好听，干干硬硬的，只是喊叫。云儿喝着，在外面冷了的身子热了起来，心里也热了，胆也壮了。她从角落走出来，到那干吼的女人身边，说："我可以唱一首吗?"那女人大概唱累了，瞧瞧她模样还不错，把话筒给了她。

闪来闪去的灯光中，店里闹闹的男男女女，见新来个唱歌的美女，安静了下来，一双双眼睛亮亮地射向云儿。云儿说："我给大家唱一首过去的曲子。"说完，轻启红唇唱了起来："庭院深深深几许，杨柳堆烟，帘幕无重数……泪眼问花花不语，乱红飞过秋千去。"云儿唱的是宋词，那时的流行曲。她轻轻唱着，慢慢大声起来，那嗓音，那词调，宛宛转转，幽幽咽咽，缠缠绵绵，在人们耳边旋转；与大家常听的太不一样，仿佛从渺远的天边飞来，又仿佛从幽深的地下飘来。男男女女听得如醉如痴，没一点声响。唱完，大家还寂寂沉浸着……

过会儿，有人发声："美女啊，你唱的什么曲，这么好听。从没听过呀!"

云儿应道："唱的是一千年前宋朝的流行曲，大词人欧阳修的《蝶恋花》。我是宋朝来的。"

"呀呀……"顿时下面一片议论。有人问："你说你是一千年前宋朝的美女，怎么证明呀?"

云儿说："那我说几句宋朝的官话给你们听听。"

云儿叽里呱啦说了几句话。下面的有的听懂些，有些不大懂，说："怎么有点像福建的地方话?"大家议论了一会儿便喊："宋朝美女，再唱一首，再唱一首！"云儿借着酒劲又唱了几首宋词，便有花送了上来，还有位中年男子送上一个大花篮……云儿有点兴奋，又唱了起来。

云儿唱到很迟，唱完，男男女女渐渐散去。那位送花篮、衣着讲究的中年男子还坐在那。店老板很满意云儿的演唱，给她好些钞票，要她第二天晚上再来。云儿答应了。

云儿走出酒吧，见外面灯火稀落了些，行人也少了。一阵夜风嗖地从大街刮来，云儿不觉缩起脖子，打了个哆嗦。马上，有件大衣披到她肩上。她回头一看，是那位送花篮的男人给她披的大衣。那男人暖暖地说："外面太冷，别冻坏了。我有车，可以送送你。"云儿浑身一阵温暖，点点头，跟着那男人上了辆亮闪闪小车。

小车"嚓嚓嚓"在宽阔宁静的大街奔驰，那男人问云儿家在哪里。云儿叹口气，没再出声。那男人说："你这样优秀的美女怎会没有家？"云儿尴尬一笑。那人轻轻说："那，你可以住到我那，我有好些房子。"云儿仍无声。男人笑笑："那，你答应了？"

那男人开车到一处别墅，打开大门带云儿进去，迎面是一个富丽堂皇的大厅。云儿跟着那男人，从厅内盘来转去的宽宽楼梯到楼上。男人带云儿看一间间陈设讲究的漂亮房间，有全白的，有浅蓝的，有粉红的……那男人说："你喜欢哪间，就住哪间。"云儿看得眼花缭乱。她印象中的皇宫，也没有这般讲究、豪华。男人带她进了间金色的屋子，"唰唰"拉开宽阔的金窗帘，瞬间，外面各色灯火闪烁如仙景的城市夜景，通过大大的落地玻璃窗，扑入云儿眼中。云儿啊了一声，几步上去，欣赏起外面美妙夜景……

"来，再喝一杯吧！"那男人拿出一瓶殷红的葡萄酒和两只高脚杯，放到窗边小桌上。男人倒了酒，一杯递到云儿面前。云儿接过酒杯，瞧着杯中如火焰般的红红浆液，心呼呼热了起来。她一连两杯酒下肚，浑身热了，眼睛炯炯火一样发亮，似乎有了些醉意，一时间好些话语涌上喉头。她望一眼窗外夜景，对盯着她的男人说："你这儿真好，真好！我在那殿里站了一千年，一千年，冷冷清清，终于出来了，可是，可是，就没有一个家，没有家呀！"说着，云儿眼泪哗地流下来。那男人马上暖暖地说：

"你现在不是有家了吗！这就是你的家呀。你就待在这儿，一直待在这儿，我养你。"说着，紧紧搂抱了云儿。

那晚，云儿没回到悠然和雪儿那儿，以后也没去。雪儿知道云儿跟了男人，有了归宿。悠然告诉雪儿，那男人是房地产商，有老婆孩子。悠然和雪儿说着，不知是该为云儿高兴，还是担忧。

四

过了些天，雪儿告诉悠然，又有几位圣母殿的彩塑宫女逃出来，到了泰城。她们在各酒吧和娱乐场所唱歌，唱宋词，唱得颇红。几位有钱老板把她们集中起来，搞了几场"宋女唱宋词"演唱会，轰动全城，引起极大反响。于是，泰城人便学着宋女的曲，到处传唱宋词……

奇怪的是，没多久，唱宋词的几位宋女不再出来唱曲，都不见了。其实是都被有钱的老板包了。

前几年，泰城来了几位俄罗斯美女，让那些有钱人红了眼，争相抢包，说是本地女人不新鲜了，要尝尝这些金发碧眼的异域女郎。而今，出现了来自一千年前的宫中美女，更让泰城有钱人趋之若鹜，争相抢包她们，争相以拥有她们为耀……于是，几位千年宋女，似乎丰富了泰城有钱人的生活，却又搅乱了他们，弄出好些事来，甚至波及某些官员。

有两位泰城大老板，早早就一起做生意，两人好得兄弟一样。某天，两人一起喝酒，喝到酒酣耳热，一位高兴地吹起牛来，说他好不容易，弄了个一千年前宋朝的宫女……另一位听着，"呀呀"地咋舌不已，眼热热地问："那，那千年宫女，比前些年俄罗斯女人如何？"

那位喝了一口酒，大拇指一伸，神秘地说："太棒了。那温情，那滋味，那……嘿，现在的俄罗斯女人如何能比！"他又吞了一口酒说："兄弟呀，你想想，那是一千年前，千挑万选才进皇宫的女人，是皇帝享用的，如今咱也能……嘿嘿！"他拍拍胸口又小声说："凭这些，咱心里是啥好滋味，你想都想不出来！"

　　另一位听得喉结一动一动，拼命吞口水，盯着那位红红脸、迷离着眼的老板，有点哀求地说："老兄，能让给兄弟几天吗？兄弟会……"

　　那位拍拍另一位肩膀说："咱俩是什么？是情同手足的兄弟，理当有福同享。兄弟答应你，五天后将千年美女转给你。"

　　另一位将杯中酒一饮而尽，高兴地说："太好了，兄弟先谢谢了。"

　　可是，过了五天，另一位不见宋女送上门来，便去找那一位。两人又喝酒。另一位乘着酒兴问宋女的事。那位变了脸放下杯子说："我哪曾答应你宋女的事？她是我的女人，千年前的美女，我还没享用够，如何能给别人，给你？"

　　另一位说："五天前你明明答应了，怎么说话不算数。这不像你的性格。"

　　那位嘿嘿一笑："什么性格，什么说话不算数。哦，我想起来了，那天是你把我弄醉，让我说的，是酒话、醉话，当然不能算数。一千年前多稀罕的美女，我要慢慢……怎能给你？你别做梦。"

　　另一位一听，顿时大怒，摔了酒杯，悻悻走了。

　　一天，这另一位老板带人坐着小车驰过大街，见那一位老板包的宋女，一身珠光宝气独自从珠宝店出来，叫停了车。这另一位老板看着那女人婷婷袅袅美丽的样子，沉沉地想她这一千年前的姿色……不觉血往上涌，叫人把宋女抢上车，往家去。那位老板在公司里，听说他的宋女被抢，像掉了魂，带人驾车冲到另一位老板的别墅，要抢回女人。另一位见此情景，拉着宋女上车冲出去。那位老板便追，一路狂奔，没看清路，冲到山下，车毁人亡……

　　一位老板请某位官员喝酒，几杯下肚后，老板对官员说要那个大项目。官员笑而不答，依然慢慢喝酒。老板将一张银行卡放到他面前。官员笑笑说："就这个啊！多少？"老板伸出七个指头。官员将那张卡推回到老板面前，又不紧不慢地喝酒。

　　老板有些不明白，问："那你，要？"

　　官员又笑笑，用手指蘸了点酒，在桌上写了两个字：千年。

老板似乎有些明白，说："哦，千年，是千年宝贝吧？"

官员点点头。

老板说："对了，我早就知道，您老有文化，有素养，喜欢收藏，是要只千年的青瓷吧？"

官员笑而不答。

老板说："行，只要答应那项目，我想办法给你弄只千年青瓷。"

官员还是笑而不答。

老板有些急了，拍拍胸脯说："这千年宝贝到底是什么，你说，我给你弄，哪怕是天上月亮，也为你去摘。"

官员轻声笑笑："不在天上，就在人间。"说完又用手指蘸点酒，在刚才写的"千年"后面添上两字：宋女。

老板一下全明白了，说："是圣母殿来的千年宫女呀。你老人家也好这一口，要尝尝这千年美女？"老板说着摸摸脑袋，有些为难，说："这宋女，泰城才来几个，早被人悄悄抢了包了，不好弄。"

官员霍地站起来，要往外走。老板马上拉住他，软声说："别急，别急！我去弄，想办法花大钱去弄。"官员又坐下来喝酒。

几天后，这老板总算弄到位宋女，悄悄送到宾馆房间里。官员已等在那。

老板很快拿到了那大项目。

后来，这位官员因这事在内的种种丑行，丢了官。

有位有钱人好不容易弄到位宋女，两人偷偷住在外面。这有钱人便夜夜不归家。他老婆跟踪了几天，发现她男人和宋女的住处，极为气愤，藏了瓶硫酸去找她男人和宋女。

她狠狠敲门，她男人来开了门。她问："那千年妖女呢？"

她男人应："没有啊！哪来的什么千年妖女？"

女人说："别以为我不知道，盯了你好几天了。把那千年妖女叫出来，让我看看什么样子的，迷了你这个看去老老实实的男人。"

说着，女人要冲进去。男人不让，用身子挡着。两人撕扯起来。那宋女却从里面出来，静静站在那女人面前。那女人一看："这就是呀，看去也不怎么样！用什么千年妖术摄了我男人的魂，让他夜夜不归，老婆孩子都不要了！"说着，"啪啪"，狠狠扇了宋女两巴掌，却像打在墙壁上，拍得手生疼。那宋女仍静静站着，微微地笑，仿佛那两巴掌只是轻风拂过。

那女人更恼了，从身上掏出那瓶子，拧开盖，把硫酸往宋女脸上泼去。她男人不知何故刚好向宋女靠去，被泼了半边脸，宋女也被泼了半边脸。那男人当场号叫着躺到地上，宋女却还静静站着，笑着，用手抹了抹半边脸……那硫酸就像泼到石头上，宋女被泼的半边脸还好好的。那女人看着，"妖怪、妖怪"地叫着，逃走了。

她男人到医院，治疗了好些日子，半边脸还是毁了。

这些宋女和有钱人的事，都是关心姐妹们的雪儿打听到，告诉悠然的。两人说着听着，叹息不已。悠然说："你这些姐妹们怎么会这样？"雪儿说："是呀，她们变了。原来她们不这样。都是因为这社会，都是这些有钱男人闹的，把她们当什么了！"悠然笑笑："那你，就没想像她们一样去傍靠个大款？"雪儿说："我才不，我不求大富大贵，就要像现在这样，两人恩恩爱爱，平平静静地天长地久就好了。"

五

相比圣母殿里几个彩塑宫女精魂化成的宋女，在泰城的富人中搅出了好些事，郊外宋祠的圣母殿还是如一千年来那般平静，包括雪儿、云儿和几位出逃宫女的彩塑，还静静地站在那儿。

这天，泰城博物馆馆长带一批客人到宋祠参观。这些客人是慕名圣母殿的彩塑来的。馆长带客人进圣母殿，看母后的彩塑，细细瞧一尊尊神形各异的宫女彩塑。客人发出一声声赞叹……

走着，看着，馆长发现，有两位客人在几尊宫女彩塑前站着，议论着，还摇头。馆长走过去，听客人对着那几尊彩塑指指点点的议论，大惊失色。他发现那几尊彩塑好好站着，却没有了原来艳丽的色彩，灰头土脸，裸露着泥土的本色。

　　馆长呆呆看着，那两位客人问他："你看，这几尊彩塑怎么和其他的不一样，没保护好，色彩脱得光光，变得这么难看。"馆长一下答不出来。在他印象中，这儿所有彩塑都保护得极好，总是得到中外专家的好评。就在前不久，他来这里，这些彩塑色彩还好好的，颇艳丽的。怎么一下子会？说不出话的馆长又气又恼，低着头走出圣母殿，到办公室问有关的人。那些工作人员也说，这些彩塑前不久都还好好的，不知怎么一下脱尽了颜色，他们这几天也一直在找彩塑脱色的原因，就是找不到……馆长听了，把那些工作人员骂了一通，要求他们三天内，把那些彩塑脱色的原因找出来，不行就让他们滚蛋。

　　这天晚上，馆长做了个梦，梦见圣母殿的母后向他走来。馆长一见十分惊讶，问："母后娘娘，您来此有何事？"

　　母后娘娘说："圣母殿宫女彩塑脱色的事，你知道吗？"

　　馆长一听，惶恐地跪下："知道，知道。都怪我没保护好这些宫女彩塑，让她们失了色。我该死！我该死！"

　　母后娘娘说："现在社会不兴下跪，你起来。"

　　馆长抖抖身子站了起来。

　　母后娘娘说："这事其实不怪你，是那些彩塑宫女自己惹出的事。"

　　馆长不解地问："此话怎讲？"

　　母后娘娘说："告诉你吧，这些彩塑一千年前的精魂前些日子逃走，化作肉身去了你们泰城。这些精魂一走，站在那的彩塑便没了神气，没了色彩，成了一堆土。"

　　馆长问："那，怎么办？"

　　母后娘娘说："只有让她们回来，彩塑才会有颜色。"

　　馆长无奈地说："泰城那么大，她们藏在哪里，我怎么知道？怎么把她们弄回来呀？"

　　母后娘娘脸上变了色，厉声说："你自己想办法呀！要不，你这馆长就别当了。"说完，母后娘娘一甩袖子不见了。

　　馆长大梦醒来，浑身大汗，想着母后娘娘梦中的话，真怕这馆长当不成，躲在家中几天，终于想出了个计策。

过了几天，泰城有个和宋女相处缠绵着的老板，突然死了。于是，泰城很快便流传出一种可怕的流言，说宋女身上带有一种人们不知晓的千年前的病菌，谁碰了宋女，便会传染上。可怕的是这种千年病菌，能抵抗现在的任何药物，传染上很快会死去。这可怕的流言像浓浓毒雾，在有钱人间飘来荡去，引起极大恐慌。那些有钱人特别怕死，便将曾宠爱无比的宋女从身边赶出去。没人敢收留这些传说带病菌的宋女。她们无处可去，便不得不回归了圣母殿。

悠然问雪儿这病菌的事。雪儿笑笑说："哪有这回事？那时我们进宫也有检查身体，一点毛病没有才可以进宫。我打听过，那位老板是因为缠绵过度，心脏病发作才死的，怎么赖到这些姐妹身上？"

包养云儿的老板也把云儿赶了出来。云儿回圣母殿前，到悠然和雪儿那来了一趟。看着悠然和雪儿，她很是羡慕，流着泪说："愿你们天长地久，白头到老！"

六

天气渐渐冷了，下起了雪。

悠然和雪儿在楼上房间看窗外的雪。

雪儿高兴地对悠然说，她在那殿中上千年，遇上外面下雪，只能在幽暗暗的殿内听外面落雪扑簌簌的声响，看不见外面飘飞的雪花。这下好了，可以出去赏雪玩雪。说着，拉着悠然冲下楼梯，穿过天井，到大门边看雪，还把双手伸到雪中，瞧朵朵毛茸茸洁白的雪花，一朵朵落到手上，慢慢化去。

兴奋的雪儿，干脆拉着悠然冲出去，沐在雪里，抬起头，摊开双手，任雪花纷落在头上、身上……

悠然披雪望着飘雪的前方。他看见从飞扬的雪中走出来一位头戴古代凤冠、身披灰色貂皮大氅、打扮奇特的老妇人，身后跟着两位宋代宫女打扮的年轻女人。

三个人一下站到悠然和雪儿跟前。

悠然叫了起来："呀，这不是圣母殿的母后娘娘吗?"

老妇人应道："正是。"

抬头望天上飘雪的雪儿转过脸来，朝老妇人一瞧，低下了头。

悠然说："这大雪天，母后娘娘你?"

母后娘娘威严的目光盯住悠然，慢慢地说："我来接雪儿回殿去。雪儿出来有些日子了，与你缘分已尽，该回去了。"

母后说完，两位宫女逼了上来。悠然挡住雪儿，说："不行，不行。雪儿现在是我的女人，不能回去。"

母后娘娘怒道："那些宫女都回去了，我已让雪儿在外面多留了些日子，现在必须回去！雪儿，你过来。"

雪儿低着眉眼，从悠然身后走到母后娘娘面前，"嗵"地跪下，声音抖抖地说："母后娘娘，我，我……"

母后娘娘盯着雪儿说："雪儿，我这是为你好呀！你化作彩塑待在殿里，虽是寂寞了些，却已待了一千年，还可以待上几千几万年，而且看上去总那么年轻。你长长久久站在那儿，像宝贝一样，总有人欣赏你，还被人们精心爱护，就怕你脱落一点点颜色……不似跟了这男人，也就几十年时光！别说什么了，还是跟我走吧。"

雪儿慢慢站了起来，两位宫女拉拽着她往前走去。

悠然呆了下，冲上去，正要拉住雪儿，突地一阵狂风刮起一大片雪花，迷了他双眼。

待狂风过去，悠然睁开眼：雪儿、母后娘娘和那两位宫女都已不见了，眼前只有纷扬的飞雪和一片白茫茫的原野。

七

悠然的日子又回到了从前，想雪儿时又去宋祠。

他走进圣母殿，从一尊尊神态各异、栩栩如生的宫女彩塑前走过，来到雪儿面前。雪儿还是那样，身穿绿袖红衣，着黄裙……头脸还是微微外倾，脸色雪白，红唇黑目，双肩瘦削，两手在胸前执一根玉如意，从上到下，色彩似乎更鲜亮了。

他看见雪儿微侧的脸上，还挂着行清泪，在门外射进的阳光中闪着亮光。

他听见有人在他身边轻叹着："天哪，这宫女彩塑脸上有泪呀！"

又有好些人围了过来……

他仍呆呆地看着雪儿。他看见那行亮闪闪的泪，从雪儿脸颊流了下来，滴到衣上；又有亮闪闪的泪从她眼中涌出，淌过脸颊，扑地落到地上……

有人轻声惊呼："呀，这泪又流下来了，怎么那么伤心呀？"

悠然盯着流泪的彩塑雪儿，不觉眼中也蓄满了泪，就要溢出来，他怕边上人看见，赶紧用手轻轻抹去。

悠然还是离开了，慢慢走出圣母殿，隐隐听见一阵歌声从殿内飘来："多情自古伤离别……此去经年，应是良辰好景虚设。便纵有千种风情，更与何人说？"悠然眼中又湿了，回头望望，雪儿还站在那儿，身前四周，还有好些游客指指点点，围着看着……

夜茫茫

天完全黑透了，像口大铁锅黑黑地罩在头顶上。天气很好，星星一颗接一颗跳出来，远远近近地闪烁。遥遥的天边，隐隐闪着白的亮光，像是闪电……

盛南和涛是晚饭后从村里出发，回县城去。他们插队的山村离县城的家有六十里路。天气热，夜里走路凉快，他们赶一夜路就能到家。因为是临时要回家，他们没到大队开请假回去的条子，便匆匆出发了。

在乡下待了好些日子，走一夜，明晨就可以到家，两人都很兴奋，快快走着，一路上你一句我一句，说个不停。凉起来的蓝幽幽空气，不断擦过他们裸露的手臂、脸和脖子。黑蓝蓝的四周变得极静，除了他们"嚓嚓嚓"的脚步声越响越清晰，只能听见草丛中虫子"吱吱"地叫，偶尔也有两声树上的鸟鸣。而经过一两块路边的稻田，这种宁静才被震耳的蛙鸣打破。急急走过去，乱鼓一般的蛙鸣才被甩在脑后，越来越远，直到完全听不见。黑沉沉的夜里，又只有他们急促而有节奏的脚步声。

涛手中握了支手电筒。盛南除了手上的电筒，还挎了个绿色挎包。包里只有一本《唐诗三百首》。挎包挂在右肩，盛南不时摸摸碰碰，怕里头那本书会飞走似的。

黑夜走路，四处黑乎乎。白天见过的路边景色，变得生疏而怪诞。盛南亮了手电，涛制止说："别照，节省点电池。满天星星，路还看得见。到看不清时再照。"盛南便不亮手电，埋头走路。

听见水声，有条水沟。两人手电都亮了照去。涛踩着石头轻轻跳过去。盛南跟着，也踩着水中石头要跳过去，可脚下没踩好，那石头一歪，他身子一斜，挎包往水里一划，差点摆落到水里……过了水沟，他手一摸挎包，底下湿了些。他停住脚步，从包里小心取出那本《唐诗三百首》，用手电照着，手摸着，还好没湿，才松了口气，放回挎包，盖好，再往前走。

这是本线装的《唐诗三百首》，黄黄软软宣纸印的，竖排，没有标点，清末的版本。盛南极珍爱它。盛南家里原有几箱好书，那年哥哥带人抄家，抄走了些金银首饰，也抄走了那些书。说都是封资修的黑书，弄到屋外院子里烧了。一时火光冲天，烟雾腾腾，瞬间那些书都化为灰烬……让盛南心疼不已。还好他冒险留存了这本《唐诗三百首》。当时他在外面看见哥哥带人来，赶紧回家，取出这本《唐诗三百首》，藏到枕头下。想想，不行，可哥哥带的人已冲上来了。他赶紧把书藏到衣服里腋下，紧紧夹着，站在那儿看着抄家的人，把家里翻了个底朝天，枕头、被子、床铺全翻了个遍。谁也想不到他腋下还夹了本书。后来上山下乡，他把它带到乡下。忙活一天，吃了晚饭，别人去玩去逛，他便在小屋里，点起油灯，读这本诗集，边读边记，背了一百多首。

盛南这次把《唐诗三百首》带回家，是要和叫国的同学交换。国这些日子生病，从乡下回城。他曾有一本《唐宋词一百首》，是中国青年出版社以前出的，还有漂亮的插图。盛南借过，才抄了十几首，被国要回去，说别人要借。那本书后来国说没了，不过他把它全抄下来了。盛南向他借这手抄本，国不知从哪知道盛南有《唐诗三百首》，要他用它交换。盛南太喜欢那唐宋词了：李煜的、苏东坡的、柳永的、李清照的……太喜欢了！这次他就带这《唐诗三百首》回城，去交换国的《唐宋词一百首》的手抄本。

两人在黑茫茫夜色里走着，盛南不时摸摸触触右肩挎包里的书。他们开始下坡。夜有些深了，两人兴奋劲过去，话说得差不多了，疲乏开始袭来，便都半闭眼木头木脑地行走，不时机械地亮一下手电。

无边寂寂的茫茫黑暗中，他们听见一阵重重的脚步声从背后传来，其间还有挑重担人分摊肩上担子的拄杖敲击地面的脆响。两人顿时清醒了许多，停住脚步，往后望去，只见如浓浓葡萄汁的夜色中，蹿出七八个农民，都挑着一担担木炭，"啪啪啪"重重踩着山路，向他们赶来。两人赶紧撇到路边。那些人雄壮却低声地"嘿嘿"吼着，脚步匆匆，风一阵从他俩面前掠过。他们身上热乎乎的浓烈汗气，扑到他俩脸上。盛南知道，这是一伙偷偷到深山烧炭的农民，烧了炭，乘黑夜挑往县城，第二天售卖。他所在的生产队也有人这样做，说是走资本主义道路，被批斗。

两人又往前走，手电一照，见那伙挑炭的在前面路上停住。他们手里的拄杖顶住扁担，让炭担靠山壁在空中悬着，累了的肩膀从扁担下脱出来，歇歇。两人从挑炭的旁边走过去。没走多远，那些挑炭的又肩起沉重的担子，"啪啪啪"踩踏着山路，"嘿嘿"低吼着，从他俩身边一阵风过去，消失在紫黑的浓浓夜色里。只听见他们包铁的拄杖脚敲击山路石头的一两下脆响，在山间震荡。

两人继续赶路，出了好些汗。盛南说："晚饭配的是咸鱼，口有些干。"涛也说口干。两人拿手电四处照，见路边有条小水沟。盛南伸手到山壁摘了片树叶，俯下身子，用树叶舀了水，正要往嘴上凑，涛一下打掉了他的树叶，说："你仔细看看这沟里的水多脏，不能喝！"盛南用手电照着认真一看，果然脏，还有什么虫子在水里游来游去，便站了起来。两人只好往前走，用手电乱照，照见了路边几条番薯垄。盛南高兴地叫起来："有了！有了！"

盛南跳到番薯垄上，用手电照，找到番薯藤头边土面裂开的地方，伸手去挖。肩上的挎包掉了下来，带带缠到手臂上。他干脆把挎包卸下，继续大挖，挖出了两根大的番薯，爬上山路。他分一根给涛，而后蹲下身子，将自己那根放到沟里洗洗，从身上掏出小刀削去皮，塞到嘴里大啃。嚼得满口汁水，叫着："好甜！好甜！"

他俩啃着番薯走着，走得轻快了些。盛南下意识一摸身子右边，叫了起来："挎包呢？那书，书？"涛说："你一路都挎着，怎么会？"两人拿手电在路上照，没有。涛说："会不会，刚才……"盛南一拍脑袋叫起来："呀，对了，挖番薯放到地里了。"盛南心扑扑跳着往回找，一路手电照着，照到那番薯垄里，一看，那挎包静静地躺在番薯垄上。他跳下去，拾起来，打开看看，那本《唐诗三百首》好好地藏在里面，心平静了下来。

他拿出书，摸了摸，"宝贝宝贝"叫几声，放回挎包，盖好。他把挎包挂到右肩上，爬回山路。

两人走着，慢慢走进山谷，两旁立着黑魆魆鬼魅般的山影。四周越发寂静，只有呼呼的风声，和他俩"嚓嚓嚓"的脚步声。

黑暗中，后面又传来急促脚步声。两人回头一望，远的夜色中还有手电光在闪烁。盛南说："会不会又是挑炭的？"涛应："不像。你听听，这脚步也急，可没有挑炭的那般沉重。还有手电，挑炭的可不敢用手电。"盛南听了说："那还能是什么人呢，深更半夜到这山间来？"

两人正猜着，脚步声越来越响，几道手电光摇晃着也越照越近。突地，从浓厚夜幕中冲出一队人，背着枪，像是民兵。唰地好几把手电一下照住盛南和涛，停了下来。盛南和涛也站住。双方都用手电相互照射，静着。呼地从队伍后面冲出一个戴军帽的，没背枪，拿一把特别长的电筒，一抬手，把白冷冷尖刀般的电光，刺到他俩脸上。涛火了，一边遮着脸，一边也把手电光刺到那人脸上。那人用手遮遮脸，手电光落到地面上，涛也把手电光射到地上。

那人几步到涛面前，喝问："你们是什么人？干什么的？"

涛应："我们是下乡知青，回城里家去。"

那人又问："干吗白天不走，晚上走？"

涛应："白天热，晚上走凉快。"

那人又问："那，你们看见一群挑炭的吗？往哪走？"

涛应："看见了，走了好一阵，黑乎乎的，看不清楚，好像……"

那人不耐烦了，挥挥手，带着民兵，亮着手电，风一阵从他俩面前掠过，往山下冲去。盛南和涛木呆呆站在路上，看着这队人冲进茫茫夜色里，手电光一晃一晃亮着，慢慢消失在浓稠如墨的黑暗中。

盛南和涛本来走得有些疲惫，有点困，被这群民兵一折腾，清醒了许多，两人又有一句没一句地说话。说了会儿，似乎没话说，又只是木木地走。漆黑的夜里一片寂静，只有他们的脚步声"嚓嚓嚓"响着。

走了一会儿，前方黑暗中也响起脚步声，又有手电光闪动过来。盛南想，大概是追挑炭农民的民兵回头了。果然，黑暗中迎面出现那队民兵，背着枪，低着头不快不慢走来，却不见押着一个挑炭的。一定是没追上，让他们全跑了。盛南和涛看着那队民兵掠过他们，摇晃着手电光慢慢走远，不紧不慢的脚步声消失在黑暗中。

两人又往前走，没走多远，听见背后消逝的脚步声隐隐又有了，而且急急响了过来。他们回头一看，那几支手电光也晃着晃着，照了过来……盛南和涛正疑惑着，那戴军帽的已带民兵火火地冲到他们面前。

戴军帽的说："你们到底是干什么的？"

涛应："说过了，我们是知青，回城里去。"

那人又问："回家去？有大队证明条吗？"

涛没了声音。

戴军帽的黑暗中"嘿嘿"笑了笑说："就知道你们没条子乱跑。现在是农忙时节，都在大抓生产，你们还回家！跟我们走，回去，到公社去！"

戴军帽的说完，那一队民兵端枪围住他们。

盛南和涛只好跟着民兵往回走。走着，涛叫了起来："哎呀，脚，脚崴了，崴了，走不了了！"赖坐到地上。民兵全停住了。戴军帽的过来看看说："脚崴了也要走，让人扶着慢些走。"盛南便扶起涛慢慢走，落在队伍后面。盛南悄悄对涛说："搞什么花样，你脚根本没崴。"涛说："嘿，你看出来啦！这样咱们好逃走。"盛南说："他们有枪呀？"涛说："你傻呀，咱不是坏人，他们怎敢对咱开枪。"

两人在黑暗中越走越慢，民兵队伍走远了些，只留一个民兵跟着他们。到一处路边林密地方，涛碰碰盛南，轻声说："跑，到林子里去。"两人"哗"地一下蹿到路边林子里，拼命往深处钻。后面响起喊叫声，盛南和涛还是往林子里猛跑。过了会儿，后面似乎没了声响。又一会儿，听见远远有人喊："别追了，就两个知青，别追了……"盛南停了下来，大口喘气。他用手电往旁边一照，涛不见了。刚才还在一块呀！盛南轻声喊着，打着手电四处找，慢慢出了林子，到一处山坡上。他放声喊着，有了回应。那边也打着手电靠拢过来。盛南冲过去，抓住涛的手说："以为找不到你，就我一个人。好了，好了，又在一起了。"

两人站在荒草萋萋的山坡上，头顶满天星星。两人四处张望，周围都是奇形怪状黑乎乎的山影。风一阵阵吹着，长长的荒草在身边摇动。刚才的一身汗，被一阵阵黑黑的山风吹干了。盛南有些惊慌，对涛说："糟了，我们迷路了！"

两人像小兽一样在山坡上绝望地乱转。转了一阵，涛突然朝前一指："你看，好像有灯火。"盛南仔细看了看，那远远山坡顶上，真有一豆隐隐的亮光，对涛说："走，去看看，说不定有人给我们指指路。"两人往渺渺灯火走去。

慢慢靠近那一豆灯火，看见一座寺庙破损的山门。两人从山门进去，眼前出现一座寺庙的小殿堂。他们爬台阶上去，手电一照，小殿堂一片狼藉。菩萨和两边的四大天王没了，成了一地碎石和泥土。这里似乎长久无人光顾，到处是蜘蛛网，黏了他们一头一脸。盛南用手电照来照去，隐约觉得这地方有点眼熟，对涛说："这地方，我怎么觉得来过。"涛说："你不会做梦吧，我们怎么会来这鬼地方！"涛说话时，不小心踩到块菩萨的碎片，跌了一下。盛南马上扶他起来，说了句："真是鬼地方！"

两人小心穿过乱糟糟的小殿，眼前一片开阔，满天星星又争先恐后在头顶闪烁。那豆灯火就闪亮在前面高处。走过去，见层层台阶上一座大的殿堂，现在蓝幽幽的星空下。那横直的屋顶、尖翘翘的瓦檐，在星空的背景下勾画出一个优美的轮廓……

两人拾级上去，到大殿前，那点灯火从大殿破了的大门里闪亮出来。他俩靠上去，见破门内殿堂上坐着个老和尚，边上点着盏油灯，还放着只茶壶。老和尚面朝里打坐着，似乎没觉到有人靠近。

盛南和涛用手电往殿里照了照，正中那尊大佛没了脑袋，断了双手，一副极残破的样子。大佛两边众多小菩萨也难逃厄运，全被打烂，碎片泥土摊铺一地。抬头一望，殿堂屋顶已漏了空，几颗星星从天上闪照进来……盛南又感到这地方有些熟悉，悄悄对涛说了说。涛没再否认，点了下头。

两人轻轻迈过门槛，进去，站在老和尚身后。那老和尚披一件极旧近似无色的僧袍，双手合着，虔诚地对着没了头和双手的残破大佛。夜风从天上和门外吹来，他边上的小油灯便晃荡个不停……

　　盛南从侧后看着老和尚，似乎有些眼熟。再细瞧，这老和尚比印象中的瘦了许多，也老了许多。那端然不动的脸下方，一大绺长长的白胡子在夜风中拂动，破旧的长长僧袍也在风中摇荡……盛南想，难道真是他吗？可又不敢确定。

　　两人在老和尚身后站了一会。涛到老和尚旁边，低下头正要问话，盛南猛拉了他一下，指指老和尚后脑。

　　涛伏下去瞧老和尚后脑：那光溜溜的后脑上，横着一道突突的疤痕。涛轻轻地"啊"了声，把盛南拉到边上，低声说："难道就是他，那位老和尚？这寺庙我们来过？"盛南点点头，沉沉地说："我们确实来过。六年了，你不会忘了吧……"

　　六年前那个炎热的夏天，涛拉起一批中学生，成立了红卫兵，到处造反，"破四旧"，在城里到乡下，进寺庙砸菩萨……城里和附近的寺庙都被他们砸了，听说离县城远远山上，还有一座古寺。涛带着红卫兵天没亮出发，赶到这座山上……

　　盛南因为出身不好，当不上红卫兵，也好奇地跟着涛他们来到这座寺庙。涛带着人，拿着铁棍木棒冲进寺庙。先到天王殿，乱砸一气，把殿正中千载含笑的大肚子弥勒菩萨砸得稀烂，也砸碎了两旁威武雄壮的四大天王。踩在它们碎片上，他们又一阵风地扑向后面台阶上的大雄宝殿。

　　大雄宝殿大门关着，门前站着几个和尚。涛带人气势汹汹踏上台阶，呼呼呼挥舞着棍棒冲过去。那些和尚见状，四散逃开，只剩一个老和尚还站在紧闭的门前。涛的手下拉开老和尚，踹开大门冲进去，正要砸正中的大佛，老和尚疯了样冲进来，摊开双手，用身子挡在红卫兵前面。这群红卫兵这些日子到处"破四旧"，势如破竹，谁也不敢阻挡，没见过这种场景，一个个举起的棍棒不觉垂落下来。涛一看这情景，心头火冲上来，对老和尚大喝一声："你找死呀！"冲上去，将老和尚当胸一推，手一挥，带人上去砸大佛，砸旁边的小菩萨。被推的老和尚当时往后一仰，哎呀叫一声，后脑碰靠到案桌上，没了声响。砸菩萨的红卫兵根本没睬这顽固不识时务的老和尚，仍在殿内乒乒乓乓大砸着。可老和尚令他们意外的举动，多少震撼了他们一下，让他们棍棒挥舞得不那么疯狂。大佛又太高大不好砸，大家乱砸一气，只砸落了大佛的头和双手，便草草收兵，撤出大殿。

下台阶后，盛南听见后面有人凄凄地叫唤："师父！师父！"他想大概是刚才逃散的和尚，又返回大殿救扶那老和尚。他没有回头去看，随大家走出寺庙，也不知道那老和尚怎么样了。

盛南和涛回忆了六年前的情景，相互看着，在殿堂角落沉默了好一阵。还是涛开了口，说："走，离开这寺庙。"盛南说："不问清楚怎么走？这寺庙下去有好几条路，我们六年前来过，现在怎么会认得！"涛说："那，怎么办？你去问问那老和尚吧。那年你只是跟在我们后面，啥事也没干，他大概不认得你。"

盛南和涛轻轻到老和尚身边。盛南头伸伸，从侧面盯着老和尚脸。他舔了舔嘴唇，不知该如何称呼，突地耳边响起六年前他们离开大殿后，那些年轻和尚呼叫老和尚的声音——师父！师父！于是也在老尚耳边，轻轻叫了声："师父。"老和尚脸似乎动了一下，却仍端坐着。盛南便大声点对老和尚说："师父，我们是下乡知青，要回城，在山上迷了路。从这里下山到城里，该怎么走呀？"

老和尚脸慢慢转过来。盛南看清了他的脸，真是六年前的老和尚，只是老了许多，憔悴了许多，瘦削的脸上颧骨突突，枯叶般萎黄，一副病容。盛南瞧着，心往下一沉，涌出一种说不出的滋味。他看见老和尚嘴唇动了动，发出弱弱飘飘的声音："出，出山门，往右边小路走，一直走……"盛南清楚看见老和尚吃力说话时，一颗颗虚汗从脸上滚落下来。他发自内心说了声："谢谢师父！"觉得心里烧得慌，口干干的，拿起油灯旁的茶壶，饮了一口。

盛南拉了拉涛，转身轻走几步，和涛正要抬脚出门槛，后面传来老和尚急促却有些断续的声音："客人，客人，别，别走……"盛南和涛收回腿，到老和尚身边。涛有些不大高兴，大声问："老和尚，哦，老，老师父，你怎么啦，指了路，又叫我们别走。你这是？"老和尚听见涛话音，把脸完全转过来，皱着眉，浑浊的双眼盯住涛。涛被看得发毛，心想，这老和尚会不会认出我？老和尚看了会儿，眉头似乎松了些，弱弱地说："客人，别，别走，前路，有，有……难！"涛不相信地重复说："前路，有难？"老和尚轻轻点点头。

涛转过脸对盛南说："老和尚说前路有难？怪怪的。"盛南说："你不会听错吧？我再问问。"

盛南到老和尚身边，对着他耳旁问："老师父，你是说前路有难，要我们今晚留在这儿不离开是吗？"老和尚点点头，很痛苦的样子，豆大的汗珠从萎黄的脸上，扑扑滴落下来……

盛南把涛拉到边上说："老师父是说前路有难，要我们别走，留下来。我看今晚也不顺，被民兵抓，又迷了路，别再出什么事，干脆留在这儿，天亮再走。"

涛却有些不屑地说："别听这老和尚的，有什么难呀？要说难，咱们早就落难，都到这山沟沟来当农民了……我看这老和尚自身难保，才有难。快不行了，还装神弄鬼，要我们在这破寺庙陪他。我还是要走。你不走就去陪他，我自己走。"

盛南说："别，别，要走一块走。深更半夜黑摸摸的，一个人在山里走，多危险呀！"

两人轻走几步，跨门槛出去。又听见老和尚在后面嘶哑地喊："别，别走……有，前路有……"盛南犹豫了下，停了脚步。涛拉了拉盛南："走，别听他的！"

两人走下大殿台阶，从破烂的前殿穿过去，往下走。走了会儿，前面出现两条小路。盛南说："走右边的。"两人从右边小路下去。

走着，盛南心里突地一阵慌乱，对涛说："我想回大殿瞧瞧，那老和尚怕是？"涛说："别去，那老和尚不关我们什么事。"盛南不听，转身朝山上跑去。涛叫着："等等我。"赶了上去。

两人赶到大殿前，灯火还黄黄亮着。四周静悄悄。老和尚仍在门里端端坐着，虔诚地面朝没了脑袋和双手的大佛。涛说："你看看，老和尚好好的。走，回去。"盛南不听，跨进门槛到老和尚身旁。老和尚仍静静地闭着眼。夜风一阵阵从天上、门外吹来，轻轻拂动他长长的白胡须。盛南挨上去，轻轻叫了声："师父！"没有回应。他又大声些叫了声，老和尚还是一动不动，没有回应。盛南感觉不好，伸手到他鼻前一碰，没有气息。

盛南颤颤叫起来："死了！老和尚死了！"说着跳到旁边。涛也上前，伸手一触老和尚鼻孔，也跳了起来："死了！死了！"

两人在空空的破殿站着。风一阵阵吹来，老和尚身边的油灯火苗摇着，摇着，伏下去，要灭的样子，又抖抖站起来，晕黄黄地照着残破的大殿。盛南又走到老和尚身边，静静看着，不惊恐了。他从未见过死人，可不知为何在这僻静荒野的破庙里，又是深夜，面对老和尚的死，却并不怎么惊惧，反倒从心里涌出些悲凉……

两人还是离开破庙走下山，进到山谷里。已是下半夜，两人都不说话，只是默默地走。"嚓嚓嚓"的脚步声孤孤地在山间响着。

涛说话了："盛南，别去想那老和尚。告诉你一个绝密的好消息，外地城市工厂要来招工，我们大队有一个名额哪。"

盛南说："这是真的？怎么只有一个名额？"

涛说："名额多紧张呀，有一个就不错了。"

盛南幽幽地说："就一个，我出身不好，轮不到我，还是你去吧！"

两人又不说话了，闷闷地在黑暗中走。

路越走越险，一边贴着高高山壁，一边是深深山涧。盛南走在后面，不小心踢了块石子，哗啦啦滚下山涧，半天才听到触底的声响。盛南看着涛的背影，脑中突地冒出个疯狂的念头——把他推下去，回去就说他自己不小心跌落身亡。插队的大队只有他们两个知青，这样大队招工的名额不就是他的了。他走着，浑身火烧一样，冒出大汗。可一冷静，又怯了。但一想到那名额，有了它，再送些东西，搞搞关系，从此就可以离开山村，到城市当工人，过上城里人的生活，心里又像冲进头野牛，疯狂起来……

前面越来越险，路不到两尺宽。有的地方要贴着山壁过去。两只手电都亮了起来。涛不时对后面的盛南喊："小心！小心！"盛南便应："知道了。"心里却还疯狂地想着：这是多好的机会，只要轻轻一推，涛就滚下山涧，神不知鬼不觉……他不觉向涛靠近，手攥出汗来。又到个险要处，盛南悄悄把手向前伸去——

他看见涛身子一歪，滑到路边去，传来一声惨叫……

不是他，他还没出手，却把他吓了一跳。他扑上前去，手电往路边一照，还好，涛没有完全掉下去，落到路下边一米多崖边，刚好抓住一丛灌木，吊在半空中。盛南伏到地上，爬到路边，把手伸下去，去抓涛的手，怎么也抓不着，还差一截。此时涛抓着的灌木开始松动，边上土石"扑扑扑"地从他头上滚落。盛南听见涛在黑暗中的嘶叫："救救我，盛南，救救……"可盛南一点办法没有，只能伏在路边拿手电照他，绝望地喊："我手，够不着，够不着！"涛抓着的灌木又松动了，土石纷纷滚落……

盛南霍地站了起来，手电在路边照，找不到一棵树、一根树枝。他急出一身大汗，恨自己怎么不长高一点，手臂长一些，就能抓到涛的手……盛南乱想着，手触到身边挎包，突地眼前一亮，有了。他又伏下身子趴到地上，头伸到路边，左手拿手电照着，右手摘下挎包，攥紧挎包带，手伸出去，慢慢将挎包垂下去，叫着："涛，抓住挎包，抓住！"下面窸窸窣窣一阵，有声音高叫："抓住了，拉，拉！"盛南左手把手电往路里边一扔，两只手用力拉拽挎包，身体往里挪，把涛从下面黑暗中拉了上来。涛到了山路上，松开挎包，盛南也松开挎包带。两人手抓到一块，紧紧抱在一起，而后瘫坐到地上，大口喘气。

歇了会儿，涛说："这大概就是那老和尚说的难吧？总算过去了。盛南谢谢你！"

盛南在黑暗中不由自主笑了笑，说："谢什么，谁跟谁呀！"却在心里想着，那阵子，本来想把他推下去，没想到他自己掉下去，我反把他拉了上来，阴差阳错的。他此时感到他起先疯狂的念头，多么荒唐、可笑。想到这，他心里变得舒坦起来，又在黑暗中咧咧觜，轻轻一笑。

两人在窄窄山路坐了会，站起来要往前走。盛南习惯性地摸摸身子右边，空空的，挎包呢？那里面的《唐诗三百首》呢？他叫了起来："我的挎包、书？"涛说："什么？挎包、书，没了？找找，找找。"两人打开手电四处照着，没有。涛说："可能是我上来时，我手松开，你也松开，那包不小心滑落下去了。"两人便拿手电往路旁山壁照，看有没有挂在那灌木上。没有。再照下去，下面黑黑深深的，什么也看不见……

虽然沮丧，盛南还是跟上涛向前走。茫茫黑夜中，他满脑子都是那本《唐诗三百首》。那里头一张张黄黄书页，在他眼前展开。一首首诗，在他眼前闪现——陈子昂的"前不见古人，后不见来者。念天地之悠悠，独怆然而涕下"；张九龄的"海上生明月，天涯共此时……"，王维的"空山新雨后，天气晚来秋。明月松间照，清泉石上流……"，杜甫的"……无边落木萧萧下，不尽长江滚滚来……"，李商隐的"……身无彩凤双飞翼，心有灵犀一点通……"……他已在乡下背了一百多首，还有一百多首没背下来，可都没有了，没有了。他今后在乡下的日子更寂寞了。没了这《唐诗三百首》，回到城里，国不会把他的《唐宋词一百首》手抄本给他抄了……

涛死里逃生，一路兴奋着，说个不停，念着："大难不死，必有后福……"

山谷越走越深。出了这山谷到平地，离县城就不远了。

涛知道盛南丢了《唐诗三百首》心情不好，又安慰了几句。盛南还是不吭声，还沉在没了《唐诗三百首》的不良心境里。他脑中一直在追忆书中的一首首诗，似乎要把它们全刻在心里……

可涛接下来的一番话，还是让盛南从失去诗集的悲痛中抬起头。

涛说："盛南，我想好了，不去争咱大队的招工名额，给你。"

盛南听了有些惊慌："别，别，别因为我把你从崖边拉上来，来报恩。别，别这样！"

涛慢慢地说："盛南，你别把我想得那样好。我不光为你，也为自己。我听说，大学要招生了，招工农兵学员，包括我们这些下乡知青。要大队推荐。我打算参加，争取上大学。如果我上了大学，你招工，那太好了，咱们都能离开乡下了！"

盛南还有些不相信："你说的，都是真的？"

涛应："是真的，不骗你。"

盛南高兴起来："那，太好了！太好了！"

两人说得兴奋，走路步子也快捷起来。涛边走边吹起口哨。茫茫黑幕中，涛快乐而尖厉如刀的口哨声，一下下划破浓稠如墨的夜色，在山间回响。

两人走着，下到山谷最深处，两旁山岭黑魆魆如鬼怪般压过来，头顶只剩一线黑蓝的天,闪着几颗星星。山谷的风阴凉凉吹来,吹得人身上汗毛竖了起来。涛停止了口哨。两人都有一种说不清的沉沉压抑感,加快了脚步,只想早一点走出这阴森山谷。他们急走着,死一般的寂静中,只有他们急促的脚步,"嚓嚓嚓"在山谷间响个不停。

走着,盛南对涛说:"声音,你听见什么声音吗,像火车开来的隆隆的声音!"涛停下脚步听了听,说:"是有像火车开来的声音,在我们后面。这里根本不会有火车呀?"涛说着,急转头拿手电朝后照去,大叫起来:"山洪,山洪来了。"盛南手电也照去,见浓浓夜幕中,从山上推泻下一堵黄浊的高高水墙,向他们压来。

盛南一下跳起来,身边山壁上刚好有一棵树,便急速攀爬上去。水已到他下面,唰,冷冷地夺走了他那双解放鞋,差点把他拉下去。他一急,抓住树枝再往上攀爬,爬到高处。

盛南在高处往下望,手电掉了,没手电照,看去黑暗中有一大片水,没见到涛。他叫了几声,没有回应。

水还往上涨。盛南赤着脚死命往上攀爬,到了山顶,猛烈地喘气。水不再上来了。他往下望,星光下,整条山谷已被山洪吞没。他歇斯底里地朝下呼喊涛的名字。没有回音,只听见山洪愤怒的咆哮声。他知道涛被水冲走了。

盛南孤孤地站在山顶上,想起老和尚的话,不是什么迷信,一定是他久居山里,知道会出现山洪,才说了那样的话,不要他们走。盛南又想起天黑不久,见到远远天边有闪电,一定是上游下大雨,所以……

盛南看着山谷里惊天动地咆哮的山洪,早吞没了窄窄的山路,知道回城不可能了,便赤着脚往回走。没了手电,他借助微渺的星光,一座座山地爬。

不知走了多久,脚被山间的荆棘刺破了,他停下来歇歇。黑暗中,他又看见那一豆隐隐的灯火,知道前面又是那破庙了。

他穿过山门,穿过破烂的前殿,拾级而上,到大殿前。大门里那盏油灯还亮着,在风中摇晃。摇着摇着,一下下倒伏下去,要没了,又死里逃生地站立起来,亮着。那老和尚还安静坐着,像活着一样,长长胡须在风中轻轻拂荡。盛南跨进去，默默站在老和尚身边，心想，当时如果听他的话，硬是拉住涛不走，涛就不会被山洪冲走……

盛南站着，刚才爬山走路，出了许多汗，浑身火烧一样，口干干的。他弯下身子，将老和尚身边的茶壶端起来，喝了几口，顿时觉得心里平和舒坦了些。

他转身朝大殿外望去，东边的天已露出了鱼肚白。

盛南忽然感到脚下地面动了一下。他赶紧跨出门槛，离开大殿。地面又剧烈抖动一下，大殿哗地塌了半边，扬起一阵浓烈的尘土，扑到他脸上。他闭起眼。当他睁开眼，尘土渐渐散去，那老和尚披一身尘土，还静静端坐着，像一尊泥菩萨……

他想走近瞧瞧，地又动了几下，另半边大殿轰地坍塌下来，激起一阵尘土，四处飞扬。盛南眼前一片混沌……土尘终于散去，大殿已完全夷为平地。老和尚不见了，被埋进废墟。

盛南没有离开，呆呆站在那儿，看着大殿的一片废墟。东边的天色又亮了点，盛南在废墟中，看见瓦砾间露出一角黄黄的书。他正要上去抽取那书，地又动了一下，那黄黄一角书不见了，埋进土里。他扑上去，用手挖。地又动了动，他还是挖，手指都弄破了，才把那本书挖出来。

他把书拿在手里，拍去土尘，朝着东方，在渐渐亮起的晨光里，瞧那书的封面。只见那黄黄封面，写着"金刚般若波罗蜜经"。是一本他没见过的陌生的书，似乎是佛经。他好奇地翻开，开头写着"如我所闻，佛在舍卫国祇树给孤独国与大比丘众千二百五十人俱……"。

他反反复复念着，没弄懂，可心里有些高兴，毕竟是一本书。《唐诗三百首》没了，总算又有本书，虽然不懂，拿回去慢慢读，细细琢磨，也许能弄懂一些，给枯燥的乡下生活增添点味道。读完，琢磨完，拿给国换他那手抄本的《唐宋词一百首》，或许能行……

盛南捧着书，往东方望望。虽然太阳还没升起，天又亮了许多。他目光越过前殿和大殿的废墟，四处张望。只见四面都是山，一座座苍蓝蓝的，像无数浪涛在晨光里凝然不动，突地向他奔涌而来……

里村三梦

一

　　里村曾经是个半农半商的繁荣村子。两条溪碧玉般环绕村庄，一条石板古道穿过村子。通过水上竹排和陆上道路，三个县近百个村庄的货物在这里往返。茶商、烟贩、猪贩、羊客……众多客商在这里往来停留，富裕了村庄。村里做生意的大户们，在村中建起了做工讲究的三十多座大厝。

　　后来交通改变，来往货物少了，里村不经商，沉寂了。但里村还是个大村子，有三百户人家。再后来，在那个特殊年代，里村又热闹了一番。大批城里人下来，有插队知青，有省、地、县的下放干部，有工作队，住进各家古老大厝。每天早早，各家各户门前喇叭一喊，知青、下放干部、工作队，和村里男女老少，热热闹闹拥到地里劳动……

　　里村的学校也不小，七八位老师在大祠堂里上课。好几个班，在台上、台下，离得近近，相互干扰，声音响来响去。每个老师都不得不拨高嗓门，学生才能听见。热闹极了。另有一个"戴帽"初中班，则避开这份热闹，单独在舒家大厝昔日高高绣楼旁的小厅上课，成了一道独特风景。

　　知青亦男，就住在舒家大厝不远一座颇为普通的大房子里。

　　下地劳累了一天，晚饭后，亦男从屋里墙上摘下乌紫紫的洞箫，跨出门槛，到厅前天井边呜呜地吹。房东儿子阿彪从房子后面过来，站在亦男身边听吹箫。阿彪与亦男同在一个生产队，是村里的民兵队长，晚上常背着一杆枪，在村里走来走去。阿彪站了会，拍拍亦男肩膀。亦男停了吹箫，转过脸。阿彪说："亦男你懂音乐？走，到民兵队部去唱歌。不唱，听听也行。"亦男问："谁在教歌？"阿彪笑笑："村里一个老师，顶好看的女老师。"亦男收了洞箫，跟阿彪去。

民兵队部在祠堂里靠边的一间长长屋子里。亦男一进祠堂，就听见响响的歌声。跨进屋子，扑面一阵阵热烘烘人气。屋子靠壁铺着一长排统铺，里面墙边排靠着一杆杆枪。十几个年轻人坐着或站着，盯着墙上毛笔抄的歌纸，嘴一张一张地唱。唱的是《国际歌》。亦男瞧着，心里有点乐乐的：这《国际歌》多不好唱呀，让这些没有文化的农村小伙唱，不是为难他们吗？可想想，这些日子全国都唱这支歌，是政治任务，便不敢乐了。

教唱歌的女老师站在歌纸旁，拿教鞭一下下点着歌纸，一句句认真地教。阿彪悄悄告诉亦男她叫桃子，在舒家大厝高高的绣楼小厅教初中班。桃子乌黑黑的眼睛亮亮看了亦男一眼，似乎点点头。亦男坐在民兵们大统铺边上，没开口，只是听，看。桃子就在亦男前面教着歌，两耳后边绑两绺乌发，穿件粉色布衫，脸红红的，像只熟透的甜甜蜜桃。屋里人气太旺，有些闷热，她额上沁出点点汗渍。亦男注意到，身边的阿彪有一句没一句地张着口，眼睛却直勾勾盯着桃子的脸和鼓鼓的胸脯。

亦男用心听着：桃子声音还好，脆脆亮亮的，却教得有些吃力。年轻人跟着唱的声音也不齐整，零零落落散着。亦男想，这《国际歌》也太难了，不是每个人都能唱得好呀。亦男细细听出了桃子没唱准的地方——"英特耐雄耐尔就一定要实现"这句的"定"字的"5"，是要唱升音的，桃子老师没唱到那高度，便滑了过去。亦男皱了皱眉，轻轻起来，离开热烘烘的屋子，踱到门外。

屋内不大齐整的唱歌声，又响了一阵，歇了。桃子老师窈窕着身子出来，到亦男旁边。外面灯光不大亮，亦男还是看出桃子脸红红的。桃子向亦男点点头，亦男也点点头，说："桃子老师，不教了呀？"桃子说："先歇歇。哦，对了，你？"亦男说："哦，我叫亦男，来插队的。"桃子高兴地说："你天天晚上吹箫，吹得真好……这歌呀，我唱不好，没有音乐细胞，他们硬拉我来教。我不行，那个'5'的升音，我就唱不来。"亦男说:"对,那个'5'的升音有些难唱,你没有唱出来。"亦男把手往上一托,轻声唱了一下。桃子说:"对,就该这样,广播里就这样。来,你来教教。"将亦男拉进屋。

桃子介绍了一下亦男。亦男接过桃子的教鞭,往墙上歌纸指指,教唱了起来。大家一句一句地跟。越唱越好,唱得越齐越响,有一点广播里唱的味道。

唱了好一会儿,天晚了,大家散了,亦男便跟阿彪回去。

在路上,亦男问了桃子的情况。阿彪说桃子是邻村的,公社中学毕业,学习好,来村里学校代课,在绣楼小厅教初中班,就住在厅旁的闺房里。阿彪在闪闪星光下,眨巴着眼说:"呀,你看这桃子老师,那脸,那身子……呀呀,在这十里八里都没挑的,又有文化。以后谁娶了她,美死了……"阿彪说得口水都要滴下来。

回到住处,亦男躺在床上,眼前便出现桃子红红的脸、乌黑黑的眼睛……亦男知道,那绣楼在舒家大厝楼上。舒家大厝是村里最漂亮、最讲究的大厝。大门双墀头夹峙,立体突出。外面的青色砖墙造型奇特,极富动感。昔日舒家小姐的绣楼就在大厝高处,墙体像翅膀飞扬,只露出一个小圆窗的地方。亦男只在外面望望舒家大厝,没进去过,更没上到高高绣楼。突地,他很想走进大厝,爬到上面,看看桃子怎样在小厅上课,和静静住在闺房里的样子。想着想着,睡着了。

晚饭后,院外寂了,天也暗了。亦男又在厅前天井边吹箫。吹得夜色笼罩了天井,月亮升了上来,银光射满天井,照进前厅。吹了一阵,亦男停下来,到厅边走道外去关小门。到门边,听见外面似乎有些响声,走出去一看,见一人影在门外月光下,让月光涂抹得银银白白。是女的,见了他,那身影动着,轻轻离开。亦男几步上去,认出是几天前在民兵队部教歌的桃子老师,叫唤了声。桃子停住,应了下。亦男说:"桃子老师,你怎么在这儿?干吗不进去呀!"桃子说:"我没事,怕吵了你,在这听你吹箫。听了几回了。"亦男说:"唉呀呀,这怎么能行!进来,进来。"桃子便跟亦男进了小门,到厅前。

桃子说："别老师老师地叫我。我算什么老师，哪比得你？就叫我桃子吧。"亦男说："好，好，就叫你桃子。多好听的名字，桃子，甜甜的。"桃子说："你才甜，嘴甜。"两人不说话了。停了会儿，桃子轻声说："你吹呀，接着吹箫呀！"亦男又吹起箫来。

紫紫的箫声幽幽地在厅内转，慢慢飞出天井，飞到飘荡着月光的天上。

桃子倚靠着厅前的柱子听，慢慢站直起来，向亦男靠近。亦男吹着箫，感到身边传来一阵阵好闻的气息。他转过脸看着桃子，桃子双眼水一样波光闪闪。她头发不再是在耳后绑扎着，散散地瀑布一样乌溜溜披了一肩，似乎刚洗过，散发着淡淡的香。月光水银样倾泻在她脸上身上，将她浇成一个碧玉一般的人儿。亦男停了吹箫。庭院一下静了，传来树叶在月光中跌落的扑扑响。

桃子用月光般的声音说："你吹呀！吹呀！"

亦男说："我胡乱吹，吹得不好。"

桃子说："好呀，你吹得好呀。吹的什么曲子？没听过。"

亦男笑笑："自己由着性子瞎吹出来的，就叫《紫云飞》吧！"

桃子说："好呀！《紫云飞》好呀！吹吧，再吹。"

亦男又吹了起来，闻着桃子身上淡淡的香吹，望着天上圆圆月亮和飘过的紫云吹……

亦男吹了一会儿，又歇下来。桃子幽幽地说道："这曲子好听，就是……"

亦男问："就是什么？"

桃子说："村里人说夜里吹乐，又这么好听，会引来很多东西，会引来妖魔鬼怪。"

亦男说："你信吗？"

桃子摇摇头："不信。"

亦男说："可我信。"

桃子瞪大眼。

亦男笑了："这不，就引来了什么，引来了仙女。不就是你吗？"

桃子拍了亦男一下，说："什么仙女，我就是个乡下女孩。"

又吹了一会儿箫，亦男不吹了，对桃子说："桃子老师，到我屋内坐坐，就在旁边。"桃子嗔道："别叫老师，又叫！"亦男说："忘了，忘了。叫桃子，甜甜的桃子。"

亦男几步进到厅边屋里，点亮煤油灯，唤桃子进来。桃子正要进来，亦男说："小心门槛！"桃子笑了："知道。在乡下长大，房子都有门槛，能不注意。"

桃子进了屋子。屋内只有一张凳子，亦男让桃子坐，想了想，拍拍床铺，又叫桃子坐床上。桃子端端坐在床沿，亦男自己坐在凳子上。油灯黄黄照着，不时水波般抖一抖。两人说着话。桃子有点好奇地打量亦男屋子。

桃子瞧见亦男床上枕头下，露出书的一角，指着说："都看的什么书呀？能瞧瞧吗？"

亦男迟疑一下，说："行。"起身到床边，将一本厚厚棕红封面的书，从枕头下抽出来，交到桃子手里。

桃子一瞧，叫了起来："《红楼梦》！"

亦男说："《红楼梦》，你……"

桃子说："知道，就是没见过。"

桃子不再作声，只是小心翻看手中的书，很有些放不下的样子。

亦男开了口："桃子，这书就借给你。拿着，回到绣楼慢慢看。"

桃子抬起脸："真借给我！那你？"

亦男说："我在家看过，现在是读第二遍。没关系，你先看。"亦男停了下，又认真地说："一定要放好，悄悄看，别让人知道。这书说是封资修，有毒，现在不让看的。"

桃子把书揽在好看的胸脯上，连连点头。

又坐了会儿，桃子起身说迟了，要走了。亦男说送送你，也站起来，到床头取了把手电筒，又从桃子手中拿过书，往衣服里的胳膊下一夹，说："你看，这样书没了，没人能看见。"桃子说："天黑黑的，没人看见。"亦男说："小心点好。"桃子笑了。

两人出了门，走去。亦男觉得后面有人跟着，回头看看，没有。

两人走在月光下，四处银银白白的，不用手电，路也看得见。一阵阵柚子花的清香，在月光中飘荡，在亦男脸边飘荡。亦男深深吸口气，好香好香。前面出现一片水田，无数青蛙闹哄哄地唱着；走过去，蛙声停了；再过去，青蛙在身后又齐齐唱起来。走着，亦男望见舒家大厝青蓝蓝的外墙。迷蒙蒙银色月光中，那中间一段高高突起，嵌着个眼睛样的小圆窗，边上像扬起的翅膀的地方，便是当年舒家小姐神秘的绣楼。

两人到了大厝门前，亦男说："糟了，太晚了，大门关了。"桃子说："有小门哪。"走上前去，呀，推开大门右下方掩着的小门，进去，回头说了声："小心门槛！"亦男应："知道。"抬高脚跟进去，拿手电照着。迎面一道照壁，两人从旁边拐过去，上层台阶，到前厅，往屋边走道走。黑暗中，两人靠得很近，亦男能听见桃子走路时手臂甩擦到衣角的声音，又闻到她身上淡淡的香。过了走道，到陡陡楼梯前，两人"咯吱吱"轻轻踏上去，眼前一个小厅，齐齐摆着些桌凳，对面墙上挂一块黑板，是初中班上课的地方。走进去，出现一条窄窄走廊，像架在空中，两旁空空的，有矮矮护栏。小心走过去，眼前一间悬空突出来的小屋，便是当年舒家小姐的闺房。

桃子开了门，亦男手电照进去，简简单单的小屋，就一张小床、一张桌子、一张椅子……外墙上一个小圆窗，月光银白白射到地板上。桃子进去点了灯，叫亦男进来。亦男站在门槛外，摇摇头说："太迟，不进去了。"从腋下取出书，交给桃子，说："这书有两册，你上册看完了，我还有下册。"说完照着手电要走，桃子忙拿起把手电跟上去。亦男说："黑乎乎的，别来了。"桃子说："下面那门要关呢。"

两人"咔咔咔"走过悬空的窄窄走廊，从小厅桌凳间穿过，下楼梯……到大门前。亦男轻轻开了小门，出去。桃子在门内站着，伸头看着。亦男在月光下挥挥手，走了。走了一小段路，才听见桃子关门闩门的清晰声响。

亦男快快走去，看见前面一个人影，背杆枪在夜色里走来晃去，突地把枪端起来，指着他。亦男看清是阿彪，叫了声。阿彪收起枪，说："亦男啊，这么迟了，怎么在这儿？"亦男指指舒家大厝高高绣楼。阿彪说："是去桃子那？"亦男点点头，说："你呢？"阿彪说："站岗巡逻呀！"

亦男每晚还在天井边吹箫，边门虚掩着，桃子便悄悄进来，听亦男吹箫，而后到亦男屋内坐坐，说说话。

说到《红楼梦》，亦男问："第五回看了吗？"桃子应："看了，有些难懂。"亦男说："是有些难懂。要细细读，细细琢磨。这第五回是全书最要紧一章，特别是里面的诗词、《红楼梦》十二支曲，暗示了许多人后来的命运。"说得桃子频频点头。亦男又问："那十二支曲有印象吗？"桃子说："有一点。"亦男说："那《枉凝眉》还记得吗？"桃子想了想，说："记得一些——一个是阆苑仙葩，一个是美玉无瑕。若说……"桃子停了下来，看看亦男。亦男笑笑，接下去："若说没奇缘，今生偏又遇着他；若说有奇缘，如何心事终虚化？一个枉自嗟呀，一个空劳牵挂；一个是水中月，一个是镜中花。想眼中能有多少泪珠儿，怎禁得秋流到冬，春流到夏！"

桃子痴痴听着，沉浸着。亦男背诵完她还无声，半天才说："背诵得真好，就是有些凄凄凉凉的。"亦男说："这曲子暗藏了宝玉和黛玉最终的命运。"桃子叹口气："悲剧吧？"亦男说："是悲剧。"又说："这十二支曲，还有好些里面的诗词，我都背过，还抄到本子里。"桃子说："我也要背背。"

过了些日子，桃子读完《红楼梦》上册，悄悄还给亦男，又借了下册，拿回绣楼悄悄读。

亦男挥动锄头在地里劳动，阿彪在旁边也挥动着锄头。阿彪向亦男靠过来，笑嘻嘻地说："桃子晚上都到你那吧？"亦男说："来听我吹箫。"阿彪说："嘿，你走桃花运啦。桃子和你好上了吧！"亦男没作声。

阿彪停了手中锄头，嘴挨到亦男耳边说："听说桃子在看一本黄色有毒的书，是你借给她的，叫红，红什么梦。"

亦男轻轻说："叫《红楼梦》。不是什么黄色有毒的，是名著。"

阿彪不屑地说："对，叫《红楼梦》。什么名著呀，是黄色，封资修的，大毒草，不能看。这事大队知道了，工作队也知道了。最近在抓阶级斗争新动向，你必须把那书交出来。"

亦男说："要交出来？"

阿彪硬硬地说："对，马上交出来，交给我，这事就不追究了。要不，你和桃子……"

亦男说："我和桃子怎么啦？不让我劳动？"

阿彪说："你也许没什么，桃子的代课老师就当不成了，马上回去。"

亦男没了声响。阿彪又在他耳边说了句："还是快把书交出来吧！"说罢，离亦男远远地去锄地。

亦男心一下沉落下去，挂着锄头呆立着。队长在边上叫唤了几声，他才又挥起锄头。

中午，亦男回到住处，心里沉沉的。他吃完饭，到房间，从枕头下翻出那本《红楼梦》上册，到阿彪家去。阿彪吃完饭，在屋前"叭叭"地抽水烟，见了亦男呵呵笑着，接过书，看了看，说："好。这样就对了，就这本书，红……"亦男说："《红楼梦》。"阿彪说："对，《红楼梦》，很黄很毒的呀！"

阿彪又翻了翻书，盯着封面瞧了瞧，抬起眼说："哎，亦男，这书有两本呀！你看看，这封面写个'上'字。你别以为我老大粗，不大识字，我可认得这个'上'字。有'上'就有'下'，把那个'下'也交出来。"

亦男说："是有个下册，能不能迟些交？"

阿彪说："不行。这是政治，这是阶级斗争！"

亦男应声："好吧。"便回去了。

晚上，亦男没有吹箫，坐在屋子里。桃子来了，说："亦男，怎么不吹箫了？"亦男说了书的事。

桃子圆起黑眼睛说："我偷偷关起门看，怎么有人知道？"

亦男说："别管这些了。上册我已交出去了，你把下册给我，交了吧！"

桃子有些不愿意："我还没看完呢！"

亦男说："还是交了吧。后面的我读过，慢慢给你讲讲。"

桃子叹口气，说："好吧。"

两人又说了会话。要走的时候，亦男到屋角打开个箱子，翻出本小本本，给桃子，说："这是我在家时抄的《红楼梦》的所有诗词曲，放你那，没书看了，读读也好。"桃子把小本本压在胸前说："太好了。"

亦男送桃子回绣楼，取了书，第二天交给阿彪。

天刚黑，闪着几颗星星。亦男又在厅前天井边吹箫，呜呜的箫声轻轻飞出天井，飞上夜空。亦男听见边门"呀"了一声，响过来一阵轻轻的脚步。亦男知道桃子来了。他感觉到桃子静静到他身旁。他闻到她身上淡淡好闻的香气。亦男箫声格外悠扬起来。

亦男吹着箫，听见桃子一声轻轻的叹息。他停了吹箫，脸转过来看桃子。桃子穿一件大红毛衣，眼睛波光闪动，汪汪的，蓄着泪水。亦男手伸到桃子脸颊，被她落下的泪水打湿。

亦男惊讶地问："桃子，怎么啦？"

桃子扑到亦男怀里，幽幽地说："你要走了吗？村里人都说你们城里来的都要走的，已经有知青和下放干部走了。你会走吗？"

亦男抚着桃子的背，说："他们走了，我还在，没有走呀！"

桃子从亦男肩上抬起头，泪汪汪地说："可你最终有一天也会走呀！"

亦男抹着桃子脸上泪说："我说不走，你相信吗？"

桃子只是落泪，没有回答。

亦男笑笑说："我正要告诉你，我打算跟村里学校校长说说，留在这里当老师。校长喜欢我，早就要我到学校上课，一定可以的。"

桃子瞪大泪光闪闪的双眸："真的吗？"

亦男说："真的，我明天就去找校长。"

桃子笑了："太好了！还能天天听你吹箫，还有说话……你吹箫吧！吹吧！"

亦男又吹起箫。呜呜咽咽紫色的箫声，从箫管里出来，在他和桃子脸边转着，慢慢飞向深紫色深邃的夜空。

第二天，亦男到学校找校长。校长很高兴，说村里学校正缺老师，特别是像亦男这样高素质的老师。非常欢迎。校长很快到学区说了亦男的事，学区也同意。校长对亦男说："先代课，以后有机会转正。绣楼的初中班，桃子老师负担太重，你也到上面上些课，分担一点。"亦男很高兴。

亦男便到绣楼上课，没课和下课时，会到桃子温馨的小屋坐坐，同桃子说说话。

一天晚上，亦男在前厅天井边吹箫。桃子悄悄从边门进来，到亦男身边。亦男吹着箫，吹了许久，桃子痴痴听了许久。后来两人进到屋里说话。说了好一会儿，亦男拿了手电送桃子回绣楼。

两人轻轻走出小门，到村巷，又到那片水田旁。冬天的水田，没有闹闹的蛙唱，没有秧苗，只有寂寂的一汪汪水，在星光下镜子般闪闪亮亮。一阵阵冷冷的夜风吹过，亦男在黑暗中牵住桃子冰冷的小手，暖着她。

到舒家大厝大门前，桃子上前推开小门，朝后说了声："小心门槛！"跨了进去。亦男应道："走多少遍了，早知道了。"也抬脚进去，上前牵住桃子的手。两人从照壁前往右拐过，上台阶，从屋边走道到楼梯前，才松开手，一前一后爬上陡陡楼梯，到小厅，从排排桌凳间穿过，走一段悬空走廊，到突突的小屋前。桃子开了门，亦男跟进去。桃子划根火柴，点了煤油灯。小屋亮了，笼在黄柔柔的光里。

亦男和桃子坐在床边。小圆窗吹进来轻轻的风，拨弄得油灯黄黄暖暖的光，在亦男和桃子脸上身上摇荡。两人热热说了好一会话，停下来，相互看着。桃子黑黑眸子深处，荡漾着一波波柔柔的光，把亦男温温网住。亦男伸手将桃子的手握住，放在自己大腿上。

桌上小闹钟嘀嗒嘀嗒响着……亦男说："夜深了，我该走了。"欲起来。桃子一下扑到亦男怀里，幽幽地说："别走，再待会儿……什么时候咱们能一直这样在一起，不分开呀？"亦男抚着桃子热乎乎的身子，闻着她身上淡淡的香味，望着她泪光莹莹的眼睛说："会都在一起，昼夜不分离。会的。"

亦男还是站了起来。桃子到枕头旁拿了把手电，和亦男一块出屋门。

两人轻轻走过窄窄悬空的走廊，穿过小厅，慢慢下楼梯，走一段路，下台阶，从照壁旁拐到大门前。桃子悄悄开了小门，跨出去。亦男跟出去。眼前一片空旷田野，天上闪着繁星。夜风从田野一阵阵吹来，桃子抖了一下，亦男紧紧抱住她，桃子的身子轻轻颤抖着。亦男轻轻说："还冷吗?"桃子应道:"不冷,不冷了。"过了会儿,亦男说:"还是进去吧,别着凉了。"亦男放开桃子,说:"进去,我走了。"桃子还在夜空下,在风中站着。亦男走了,桃子还站着,拿手电照着亦男远了的身影……

学校放寒假,亦男回城里的家去了一趟,因为家中有事,到开学了才回里村。亦男到校长那领了教科书,回到住处。

亦男走进寂寂的房子,开了小屋的门,见门槛里地上躺着册小本子。他捡起来一看,是他借给桃子的抄了《红楼梦》诗词曲的小本子。他翻了翻,有些奇怪:桃子……她为什么把这小本子急急还来?难道她……

亦男到灶间煮饭。吃了饭,天色有些黑,他到屋内墙上取下那管紫色的洞箫,到厅前天井边吹。他想,桃子住的绣楼离这儿不算远,吹了箫,桃子听见,准会如以往一般,从高高绣楼下来,到这悄悄推门进来。亦男吹起了箫。幽幽咽咽的箫声在厅内天井转了转,飞到天上去。

亦男吹着箫,留意着桃子进来"咿呀"的推门声和脚步声……可除了从他箫管吐出的幽幽箫声,什么声响也没有。亦男还是吹,吹,吹到很晚,天边飘来一片乌云,落了雨,他才停了箫声,回到小屋里。

亦男点了油灯,坐在油灯下,屋内静静的,没有往日他和桃子说话的声音,没有桃子身上那股淡淡好闻的香味……他有些不安:"桃子怎么啦?没听见箫声,还是病了?"他突地站起来,想到绣楼上去看看。他走到屋门口,一阵大雨哗地倾泻下来,在他面前拉起一层层厚厚雨幕。他站在雨幕前,雨水冷冷打在他脸上身上。他抹了抹脸,安慰自己:"太迟了,又下大雨,别去了。明天到绣楼上课,便会见到桃子的……"

第二天早早的,亦男到舒家大厝,爬上高高绣楼。学生还没到,静静的。他从小厅桌凳间穿过,走过悬空的窄窄走廊,到小屋前,门紧闭着。大概太早了,桃子还没有起来。亦男在门前犹豫了一阵,刚伸手要敲门,门"呀"一声开了。他急急喊了声:"桃子!"一看,出来的不是桃子,是另一个女的。亦男"哎呀"了一下。那女的说:"你找桃子?"亦男说:"是呀,这屋子桃子住着,怎么?"那女的说:"桃子没来,这学期没来。我是顶替她上课的。"亦男着急地问:"桃子怎么啦?课上得好好的,这学期怎么就？"那女的说："我也不知道，你去问问校长吧。"

亦男急匆匆下楼，脚一歪，差点跌倒。两个学生来上课，叫了他一声，他也没应。他冲出舒家大厝，找到校长。校长说桃子不会来了。听说她就要出嫁，大概是嫁给公社的一个干部。亦男听了，像被雷电击中一般，站着不动。外面上课铃声响了，校长说："亦男老师，还是先去上课吧，学生等着呢。"亦男才拖着身子，走了出去。

中午上课回来，亦男觉得很累，没煮饭吃，便躺到小屋床上。

阿彪来了，进小屋到亦男床边，亦男闭着眼。阿彪拍拍亦男说："为了桃子难过？这事是桃子父母做的主，桃子也没办法。"亦男霍地从床上坐起来，瞪着眼说："我去桃子家，找桃子，找她爸妈。"阿彪一把将他按下，说："你还是歇着吧，别去了，早就板上钉钉了，她明天就出嫁了。你可不能去闹，那男的可是公社干部哪！"阿彪说完走出屋，一路念着："凤凰飞了，飞了。没有凤凰了，没有了。"

第二天早上，亦男昏昏沉沉躺在床上，听到远处隐隐有鞭炮响和唢呐声。他爬起来，走到门外，真有鞭炮响和唢呐声清晰传来。他站在门外，听着那些声响渐渐远去，终于消逝在天空中……亦男想，桃子出嫁远去了，远去了。他还站着，站在早晨明亮的阳光里，流着泪。

二

星期天下午，亦男午睡起来，开门出去，发现村子不大一样：一座座大厝变新变亮了，村路上来往人多了——有赶着咩咩叫羊群的羊客，有赶着嗷嗷叫猪群的猪贩子，有挑着沉甸甸货担的挑夫，有坐轿子抬轿的……川流不息来来去去。亦男走到村边，见溪滩旁泊了好几张竹排，载满货物。有个人在滩上指点着，便有好些人到竹排上，将货物卸到滩上。卸货的穿着古代人的灰色短衫、短袍，有对襟的，有掩襟的。那位指点指挥的人，则穿一件长些的黑袍子。

亦男不觉往自己身上瞧瞧，竟穿的是一件青灰的宽松长袍。他到溪边，往水里一看，头上还戴一块乌黑方巾。完全是古代文人打扮。

亦男跟着挑货的，往村中走去，见村巷旁出现好几家挂着木牌的客栈、货栈，还有飘扬着酒旗的酒店……客栈和酒店门口，人进人出，说说笑笑，喊喊叫叫，好不热闹……

亦男好奇地走去看去，慢慢走近舒家大厝，只见舒家大厝的风火墙蓝湛湛地亮眼，墙两端墀头的彩绘，浓烈而精美地反射着阳光。红漆的大门油光发亮，大门上方横额的红框框内，极醒目地碧蓝着"选魁"二字……突显出新崭崭舒家大厝的气派和风光，与亦男见惯了的陈旧颓败的样子，大不一样。

亦男站在舒家大厝前正看得入迷，那大厝大门"哗"地大开，十几位挑夫担着沉甸甸担子，从里面鱼贯出来，重重踏着地面，往县城方向赶去。亦男好奇地问了问，说挑的是一担担银子，送到县城钱庄救急。原来县城有家钱庄银根紧缩，储户无法兑现银票，在门前大闹，钱庄面临倒闭。舒家老爷本来就是这家钱庄的大储户，听说此事，出手援救，急雇挑夫，从家中银库挑了十几担银子往钱庄解燃眉之急。

亦男看着大门出来的挑夫们担着银子远去，正要走开，从门里出来位黑衣黑帽的家丁，叫亦男进门去，说："老爷叫你。"亦男有些奇怪，说："老爷叫我？"家丁将亦男从头到脚又认真瞧瞧说："对，老爷叫的就是你，快进去。"

亦男便跟家丁进门，拐过照壁，上台阶踏进大厅。

大厅内正中靠壁处，摆着张暗红的案桌。一位穿着紫色锦袍的半老的人，坐在桌旁宽大的红木椅子上，手里弄着串佛珠。他目光炯炯，看去颇为威严。亦男站在厅中，不知为何竟有些怯怯的。他向老爷施了个礼，心中有些忐忑。

舒老爷双眼逼视着亦男，开了口："你，就是李生？"

亦男不知如何回答："我，我……李生？"

老爷说："好呀。承认就是了。那，就是你勾引了我女儿！"

亦男更不知如何回应，想解释，可是舒老爷一句接一句的斥责，让他开不了口。

舒老爷说："看你的样子，斯斯文文，怎么就勾引我女儿，还和她私订终身？你呀，害惨了我女儿。她因你神魂颠倒，茶饭不思，总想着你，要去找你。已被我锁在绣楼，不得踏出一步。你也别想再见到她。老爷念你是个读书人，不追究你，否则早将你送了官府。"

亦男像听故事一般，听得似懂非懂，说："老爷，我，我，这……没……没……"

舒老爷不容亦男辩解："我，我什么？读书人要明事理，敢做敢当。"说着，老爷眼光温和了些，说："我今天问你，你可真喜欢我女儿，要娶她？"

亦男不知怎的，应道："我，我，喜，喜欢……娶……"

舒老爷一下低了声音："好，说明白就好。你与我女儿的事，已是路人皆知，很让我大失颜面。唉！"

舒老爷一下亮起眼睛，盯着亦男说："你若真要娶我女儿，须得有功名。三个月后，你上省城乡试。若考上个举人，便可回来堂堂正正娶我女儿。若考不上，你就死了心。"

乡试……举人……亦男不大明白，正想着。

老爷又发话："上省城山高路远，花费不少。你别为难。知你家中贫穷，但念你一表人才，也为我女儿，老爷我发善心，送你几两银子做盘缠，助你去乡试。"说完，叫了声"香儿"，从里面出来个丫鬟。舒老爷同她说了几句。

那丫鬟进去，一会儿出来，端个盘子，上面放着些银子，到亦男面前。亦男看着盘中银子，想，这老爷也太有钱了，县城钱庄他都伸手救急，收他这一点银子也没啥不可。便从盘子取了银子，收入阔阔袖中，向老爷道了个谢。

亦男还站着，想说点什么，老爷一挥手："话都说清楚了，照着做。你可以回去了。"亦男便退出大厅。

亦男出了大厅，慢慢往外走，有点恍惚如梦。到照壁前，他忽然觉得，既然到这里，何不到早已熟悉的绣楼上去去，瞧瞧舒老爷千金是什么样子的。

　　亦男转身走上台阶，从屋旁走道走到楼梯下，悄悄爬上去，到小厅，没见排排齐整的桌凳，对面墙上也没有黑板。他穿过小厅，沿窄窄悬空走廊走去，见到突突的闺房。他走过去，门关紧紧，上面锁着把黄灿灿的长长铜锁。他贴耳到门上听听，里传来几声叹息，声音有些熟悉。

　　亦男想，怎么才能见到里头的小姐呢？对了，快吃晚饭了，一定会有丫鬟送饭来，开门进去……于是，他躲到角落暗处等待。

　　等了好一会，亦男听见楼梯那响起脚步声。待那人走过来，他悄悄一瞧，来的就是在大厅端银子给他的香儿。香儿端着放着饭碗菜碟的盘子，从他旁边走过。盘子上飘来饭菜的香味，亦男不觉吞了口口水，感到肚子有些饿。香儿到小屋前，放下盘子，掏钥匙开了门，又端起盘子进去。

　　亦男悄悄摸到小屋前，从半开的屋门往里瞧。屋内有些暗，那墙上小圆窗射进来一抹金红的夕阳，照在小姐身上。小姐穿件粉红色长裙，两耳挂着翠绿的耳坠，长发蓬蓬松松地披散在肩上，慵懒懒地倚靠在床边。香儿将盘子搁在桌上，取出饭菜，叫了小姐一声。小姐轻声应了下，却一动未动。

　　亦男瞧着小姐颜面和样子，觉得有些熟，用力瞧瞧，差点叫出来——这不是桃子吗？怎么在这儿？一脸憔悴，清瘦了不少。

　　香儿又叫了小姐两声，见小姐还是一动不动，便上去搀扶。小姐才下床，往门边桌子过来。亦男看得更清楚了，是桃子，桃子！

　　亦男不顾一切，冲了进去，小姐和香儿一下呆住。

　　亦男"桃子"二字还未出口，小姐却惊喜地叫了起来："李生，你来了！"

　　亦男说："什么李生？桃子，我是亦男呀！"

　　"什么亦男？"小姐说，"你就是李生。"

　　香儿也在边上说："呀，李生，刚才你还在老爷那儿，怎么就来了？"

　　小姐激动地走到亦男面前，牵住他的手，落着泪说："李生，你怎么了？什么桃子，我是梅影，等你等得好苦啊……那一日我和香儿去踏青，遇上你。天上下起小雨，你把手帕遮盖我头上……我们躲到大树下，私订了终身。你说你一定要娶我。你不会忘了吧？"梅影小姐说着，到床头取出块手帕，说："李生，这就是你那天盖在我头上的手帕。我带回来，洗了，放在床头。看见它就想起你……"

梅影小姐把带着香气的手帕，交到亦男手里。亦男看了看这块浅蓝色、带格子的手帕，真是他的。可怎么会到梅影小姐那里，他不明白。他把手帕收了起来。

亦男看着梅影小姐，不知该说什么："小姐，梅影小姐，你……你……"

梅影小姐说："李生，你那天答应了我，今天怎么啦？我已是你的了。你给我爹爹说说，娶了我吧？"

亦男一阵感动，有点喜欢上这极像桃子的小姐，心想，我就当她是桃子吧！他想起老爷讲的一番话，便说："我见到你爹了。你爹说，要娶你，我必须去乡试，中了举人才行。"

小姐含泪摇着亦男的手："我不听爹的。不管你中不中举，我都要你，跟着你。我不想等了，带我走吧！"

亦男大为感动，想了想说："小姐，我带你走。现在不行，外面人多。等等，到晚上吧！"

小姐点点头。

亦男对香儿说："香儿，你等下下去，门别锁了，到晚上我和小姐要走。"

香儿说："不行，门不锁，会有家丁来查看。还是锁了，晚上迟些，我还要给小姐送点心，开了门，你们再出去。"

小姐抓住香儿手说："那，你怎么办？"

香儿笑笑说："我和你们一块走，一辈子跟着小姐，伺候小姐呀。"

小姐搂住香儿："香儿，你真好！"

香儿说："小姐，你好些天没好好吃饭。你现在吃点东西，不然晚上没力气逃出去呀。"

小姐说："好，我吃饭，吃饭。"

小姐看了眼亦男："李生，你也来吃呀。"

香儿说："李生也吃，饭不够些。我下去再拿点，就说小姐想开了，胃口大好，要多吃些。"香儿说完，出去，锁了门。

小姐坐下来吃饭，吃了几口，筷子给亦男，让亦男也吃。亦男虽然饿了，不敢多吃，吃了几口，任凭小姐怎么说也不吃了。还好，香儿又拿了几个包子上来，亦男吃了，勉强填饱肚子。香儿看小姐和亦男吃好了，收拾了碗碟，锁门下去。

亦男便和小姐静静待在屋里。

小姐瞧了瞧亦男，到梳妆台前，对着镜子，梳弄起头发来。她轻轻将浓黑如云的头发，掠到头顶，用根丝带扎紧，而后将头发分成几股，每股单独上卷到顶心，再用发簪绾住。头发犹如一朵盛开的牡丹，每股弯曲的卷发，就像牡丹花花瓣。

亦男痴痴看着，在心里赞叹。小姐弄完头发，转过脸轻轻问："好看吗？"亦男眼亮亮应："好看！太好看了！我，我从来……"他还想说他从未见过这样发型，意识不对，截了口。这时外面传来脚步声，两人马上静下来，听那脚步在门前停了停，大概是家丁来查看，见门锁着，走了。

两人不再出声，只相互看着。亦男把小姐看得脸红地低下头。亦男从近近的小姐那，闻到淡淡如桃子身上的香味……亦男越觉得小姐像桃子，心中越多的爱意升了上来……

天黑了，小姐点起蜡烛，到柜子里收拾些衣服和珠宝首饰，用块布包了，搁到桌上。

夜有点深了，四周一片寂静。亦男和小姐在屋里等得有些焦急。外面终于响起了熟悉的脚步声，小姐轻轻说："是香儿。香儿来了！"

香儿开了门进来，把端着的盘子和一个小包包放在桌上，指指那小包包说："我弄了些干粮，带到路上吃。"她又把盘中银耳汤端到小姐面前，说："小姐，请用吧。"小姐说："不用了，赶紧走吧！"香儿说："不急，出去要走许多路。小姐体力不济，还是吃了这碗汤，增添些力气才好。"亦男也劝了劝。小姐便急急吃了银耳汤，把碗一搁，要走。

亦男扶着小姐轻悄出门，香儿提着小姐的包袱和装干粮的小包，跟着。三人走过窄窄走廊，穿过小厅，到楼梯前。香儿抢先下去，四处瞧瞧，才轻声呼唤亦男和小姐下来。香儿还在前面探路，将亦男和小姐带到一个小门前，开了门，让亦男和小姐出去，她才出去，回头轻悄悄关了门。

三人都到了门外，抬头一望，满天星星，前面的山路依稀可辨。一阵夜风吹来，小姐颤抖了下身子，亦男脱下外衣给她披上。亦男扶着小姐往山路走去，香儿走在后面。亦男心急急的，可梅影小姐身子弱，又是上山，走着喘着怎么也走不快。走了好一会儿，还没爬到后门山半山腰。三人停住歇歇，抹着脸上的汗，望着山下黑暗中静静的村子。

忽然听见山下黑沉沉的村中，传来一阵喧响。有人高喊："小姐跑了！小姐跑了！"村子一下亮起来，出现了好些灯笼和火把，聚集着，汇成一条火龙，向山上急速移动。亦男赶紧扶小姐从坐着的石头上起来，说："他们追来了，快走！"三人便往山上赶，可小姐走不快，亦男一急将小姐背起来走。亦男背着小姐往上走，只一会，便累得汗流浃背，气喘吁吁。亦男只好将小姐放下来，歇歇。

他朝下一望，火把和灯笼的长龙赶上来了。他看见那些家丁挥动的刀剑，在火光中闪闪亮亮……亦男急急背起小姐，往山上爬。后面晃动的火光，越来越近，他清晰听见了人群的喊叫和说话。可他已双脚酸软，汗如雨下，不小心踢到石头，跌到地上，小姐也落到坡上。亦男爬起来，和香儿扶起小姐……可这时，火把与灯笼已到眼前，火光映红了他们的脸，耀亮了他们的眼睛。亦男身子一软，迈不开步子，心想，完了，完了……

忽地，旁边林子里冲出个人，端着杆枪，朝拿着灯笼火把，舞着刀剑的人群上方，开了两枪。那些冲上来的人，一阵惊叫，全扑到地上，灯笼和火把也不亮了……

亦男、小姐和香儿，一下惊呆。

那人收起枪，转过脸来，拿把手电照着，说："你们，还不快走！"

亦男听这声音好熟，上前一看，叫了起来："阿彪，怎么是你呀？"阿彪把亦男一看，高兴地说："呀呀，是你呀，亦男。"

阿彪指指那两个女的："她们？"

亦男说："这是舒家的小姐和丫头，我带她们从家里逃出来。"

阿彪手电筒朝小姐和香儿晃了晃，叫起来："舒家小姐？你不是桃子吗？我是阿彪啊！"

小姐冷冷地说："你弄错了，我不是什么桃子，是梅影。"

阿彪嘴里喃喃念着："可，怎么这么像桃子。"

亦男指着阿彪对小姐和香儿说："这是我的朋友，村里的民兵队长。"

"什么民兵队长？"小姐听着一脸茫然。

亦男正要解释，坡下的人从地上起来，亮了灯笼火把，冲了上来。阿彪朝人群"砰砰砰"开了几枪，打倒几个人，其余的再不敢上来。小姐对阿彪说："你手上什么东西，这么厉害，响得吓人。往天上放放，吓吓他们就好了，怎么朝人身上打，打死了这么多舒家的人？"阿彪说："我这叫枪。不打死几个，他们不知道厉害，还会上来。"亦男说："好了，别说了。快走，走。"扶起小姐往山上赶。

有阿彪手电照着，山路看得清楚，走得快多了。走了好一会，不再有人追上来。大家松了口气。阿彪拍拍肩上那杆枪，得意地说："看看，还是这东西厉害，打倒他们几个，再不敢来了吧？"

四个人走到天亮，累了，坐到棵大树下歇歇。四周寂寂的，只有鸟儿叽叽喳喳叫着，晨风一阵阵爽爽吹来。亦男看看小姐说："好了，终于逃出来了。"小姐疲惫的脸上露出了笑意。香儿从小包包里拿出包子，分给大家吃。

阿彪吃了几口包子，突地把包子往地上一扔，霍地站了起来，端枪指向亦男。

亦男一惊："阿彪，你要干什么？"

阿彪冷笑着说："那时桃子差点被你抢走，现在你又有舒家小姐。你还有舒老爷给的银子，小姐包袱里还有珠宝首饰。这些都应该归我。"

亦男从身上掏出银子放在地上，说："这给你。"小姐也打开包袱，拿出珠宝首饰摊放地上，说："这些，也给你。"

阿彪冷冷地说："我还要小姐和香儿。"

亦男说："小姐和香儿不行！"

阿彪眼一瞪："不行也得行，让我的枪说话吧！"他一扣扳机，"砰"

一声，子弹飞向亦男。

亦男身子猛地一震，向后倒去。他好像听见梅影小姐撕心裂肺的喊声："李生！李生……"

三

村子沉寂了。

剩下的几位下放干部和知青走了。又过些日子，土生土长的里村人，也一个一个离开，到城里去了。阿彪是村里人中第一个走的。

高高绣楼上的初中班没了。村里孩子少了，学校不断缩小。老师一个个走了，只剩亦男还在学校待着。

村子空了。

村道无人行走，长出长长狗尾草，在风中摇摆。几只野狗在村道上窜来窜去。亦男在村中走过，只见三两位老人坐在亭头抽水烟。

亦男向舒家大厝走去，大门关着，他从大门中右边掩着的小门进去。里头空寂寂，墙边和墙头长满草，还开着黄黄小花。他从照壁右边拐进去，前厅无人，几只麻雀在地上叫叫跳跳。他从屋旁走道到黑黑楼梯下，咔咔咔，爬上落满灰尘的楼梯。二楼小厅空着，没有齐整的桌凳，不见壁上黑板。他穿过小厅，走上悬空的窄窄走廊，脚下楼板"嘎嘎"响着，要断裂的样子。他到突突小屋前，门关着，"呀"，他推门进去。里头黑寂寂的，没有小桌子，没有床，什么都没有。到处张结着的蜘蛛网，缠了他一头脸。他在空空屋中走着，搅动了地上灰尘，在脚边翻滚。突地，从屋角蹿出两只老鼠，吓了他一跳……

亦男出了舒家大厝，向后门山走去。他爬上山顶。最近他常常到这山上来，俯瞰下面古老的村子。到煮饭的时候了，山下村子上空空寂寂的，一片片黑黑瓦面上，没有几丝袅袅的青蓝炊烟。他看着一座座青墙黑瓦的大厝，已如老人般站立不稳，似乎要轰然纷纷倒下去……

而一座座老朽大厝前面的溪滩上，却出现了几座漂亮的小洋楼，粉红、碧绿、嫩黄……鲜鲜亮亮立在那儿。不时有亮闪闪的小轿车，在楼间

　　来来去去。这些都是城里有钱人在这乡下盖的别墅。亦男想走近瞧瞧这些小洋楼，便下了山，往溪滩走去。

　　他走向一座粉红色的小洋楼，见一辆蓝光炫目的小轿车，从远处"唰唰"驰来，停在楼前。从车里出来时尚的一男一女。男的穿一套蓝条纹西装，打着红条纹领带；女的一头半长飘飞的红栗色头发，穿件半紧身苹果绿短裙，脚踏高跟鞋。亦男看这男女有些眼熟，好像是阿彪和桃子。他赶了上去，可那一男一女进了洋楼。

　　亦男向粉红色小洋楼走去，上几级台阶到大门前，摁了摁门铃。出来位保姆样干干爽爽的中年妇女，亦男报了名字。那妇女进去一下，又出来，说主人请他进去。亦男跟着保姆，走进一个豪华的金色大厅。一个敞着西装、腆着大肚子的男人向他走来。一看，真是阿彪。阿彪热情地伸出胖乎乎的手："呀亦男，好久不见！请坐，请坐。"阿彪让亦男坐在金色沙发上，叫保姆摆上樱桃、蛇果、提子……好些好吃的水果，叫亦男吃，吃。他自己在厅内腆着大肚子走着，喋喋地讲他这些年在城里，如何将建材生意越做越大的光荣业绩。亦男点着头恭敬听着。他很想问问，刚才在外面看去像桃子的女人，却无法插嘴。

　　这时，从厅内弯弯盘旋着的金色楼梯上，"咔咔咔"，婀娜走下一个女人，正是亦男在外面看见的。亦男一瞧，真是桃子的模样。他站了起来，叫了声："桃子！"那女的并无回应，只是向阿彪走去。阿彪马上牵住那女的手，到亦男面前，说："哪有什么桃子呀？你还想着桃子？这是我妻子，叫兰馨。你看，是不是像极了桃子？"阿彪咽了口口水又说："也许是她像桃子，我才让她做我秘书。做得好极了，帮了我大忙。没有她，我生意做不到这样大。"

　　亦男呆呆听着，像听神话一般。

　　阿彪说完，向兰馨介绍了亦男，兰馨如桃子般朝亦男好看地笑了笑。

　　阿彪又热情叫亦男吃水果，自己腆着肚子又在厅里走着，说他在外面做大生意的光荣业绩。那叫兰馨的女人，轻声对阿彪说了几句话，又朝亦男好看地一笑，"咔咔咔"，从盘旋的金色楼梯上楼去……

亦男爬上后门山，在山坡上吹箫。幽幽的箫声在山间缭绕，飞到山下寂寂的村子上空。

亦男看见深蓝的天空，突地亮出一道道刺目的闪电。他停止了吹箫，听见远处隐隐传来隆隆的声响。他用力往前望去，见一道线一般的大水，从天边横捺过来。很快，近了，十几米高的水，浊黄地冲向溪滩，将那些漂亮的小洋楼冲得七零八落，而后冲向古老的村子。一眨眼，"哗啦啦"冲垮吞没了一座座大厝。水还在上涨，向后门山爬上来。亦男赶紧跑上山顶。他站在山顶上，大水还不断向上翻滚。终于在他脚下几米处，停住了。

亦男在孤零零的山头，惊恐地四望，到处都是黄浊淼淼的大水。除了他站着的山头，远处似乎还有几处山顶露出水面，像一座座孤孤的小岛。他发现为了逃命，许多蛇、蝎子和不知名的小动物，爬上这孤岛样的山顶，围在他脚下，却没爬到他身上。

亦男瞧了瞧没被水吞没的山顶，有操场那么大，长满青草，中央挺立着一棵大树，叶子稀稀的，却长满他从来没见过的红艳艳的果子。

亦男再向水面望去，风一阵阵吹着，浊黄的水浪摇着荡着，寂寞地荡向遥远的天边……一片浩茫茫死寂的水世界。

他发现稍远水面，有一个小绿点在漂荡，还听见小羊咩咩的细微叫声。那小绿点慢慢荡了过来——是一个绿衣裙的女人，伏在块大木板上，向他招手。旁边还有一只叫着的灰褐色小羊。那木板上的女人和小羊，终于荡到山顶旁，亦男冲过去。小羊跳上来，那绿衣女人还在招手。亦男小心过去，抓住女人手，用力将她拖上来。

小羊在山顶快活地吃草。那女人头发乱乱盖着脸，疲乏地趴在地上。太阳很烈，晒干了女人水湿的身子。女人撩开乱发抬起脸。亦男一瞧，她不就是几天前在那小别墅大厅，见到的很像桃子的兰馨。亦男叫了她一声兰馨坐起来，看着亦男："你……"亦男说："我是亦男，在小别墅里见过你。阿彪呢？"兰馨低下头："被水冲走了。"这时一条绿色小蛇爬到兰馨脚上，她"哇哇"叫着，站了起来。亦男将她扶到大树下。树下地上也爬满蛇，兰馨吓得跳着脚。亦男抬头看了看大树，有几处粗壮

的枝杈离地面不远，他抱起兰馨，让她上树，坐在枝杈上。而后自己也
上去，坐在她旁边树杈上。树上很干净，没有蛇。偶尔有一条爬上来，
被亦男一脚踹下去。

　　两人在树上看四周的水。看了会儿，兰馨说饿了。亦男摸摸身上，什
么吃的都没有。他抬头看看满树红艳艳诱人的果子，站起来，摘了一个。
兰馨伸过手来。亦男说等等，自己把果子咬了一口，甜甜带些酸，水汁多
多，从嘴角溢出来。亦男说："味道还好。"他又咬了几口，嚼嚼，慢慢吞
下去。兰馨眼亮亮盯着亦男的嘴，吞了吞口水。亦男没睬兰馨，稳稳坐在
树杈上，静静的。过了好一会，亦男摸摸肚子说："好果子，好果子。没
事，肚子没事，可以吃。"便又站了起来，摘了几个递给兰馨，自己也吃。
兰馨像孩子一样，大口吃着，红红的汁水从嘴角流出来，落到衣上。亦男
偷偷地笑。吃了果子，不饿了，两人又静在树上，看四周汪汪的水，风呼
呼吹着。

　　亦男把目光收回来，悄悄地瞧兰馨，自言自语地说："像，太像了！"
兰馨说："我知道你说我像那个桃，桃……"亦男说："桃子。"兰馨说：
"可我不是桃子，是兰馨。"亦男不再作声，也不好意思看兰馨，便看四周
看不尽的茫茫的水。亦男望着水说："这茫茫水世界，大概只有我们两个
人了！"兰馨应道："也许吧！"

　　亦男望着水面，一阵阵风从水上吹来，拂过他脸面。亦男看见水边的
轻波上，摇荡着一个紫红的盒子，慢慢摇荡到山边。亦男说："我下去看
看。"兰馨问："看什么呀？"亦男说："一个盒子，在水里。"亦男下了树，
到水边。那盒子在水边漂浮着，亦男伸长手臂，够不着。他回到树上，折
了条树枝，又到水边，用树枝把那盒子拨弄到跟前，拾了起来。

　　这是一只扁扁的长方形盒子，很精致的样子，漆着紫红的漆。在水里
浸好些时候了，用手一抹，还是光光亮亮的。盒子上漆画着一块歪歪凸凸
的蓝色石头，上面栖停着三只金色的鸟，空中还飞着九只，一共十二只。
盒子盖得紧紧。亦男用手摸来摸去，啪，盖子竟然开了。里面干燥燥的，
躺着本棕红封面的书。上面印着"红楼梦"三个大金字，下方有一个小的
"上"字。亦男小心把书拿出来。书不新，书角有些卷。他越看越眼熟，这

不就是当时借给桃子看，后来又上缴给阿彪的书。亦男再瞧瞧那盒子，空空的，没有下册。

亦男还是很高兴，没想到茫茫水世界，会给他送还来半部《红楼梦》。

亦男举起书，朝兰馨高叫："一本书，一本好书！"

他回到树上，将书给兰馨看。兰馨把书捧在手里，翻着看着，眼睛亮了起来，喃喃地说："呀，这书好像在哪看过！"她兴致勃勃翻着，翻到第五回《红楼梦》十二支曲的地方，停住，注视着那曲《枉凝眉》，轻轻念着："一个是阆苑仙葩，一个是美玉无瑕……"亦男不看书，接着背诵起来："若说没有奇缘，今生偏又遇着他；若说有奇缘，如何心事终虚化……"兰馨也不看书，看着亦男的眼睛背诵："一个枉自嗟呀，一个空劳牵挂……想眼中能有多少泪珠儿，怎禁得秋流到冬，春流到夏！"

亦男欣喜地对兰馨说："你读过这书，还会背？"

兰馨点点头："读过，很熟很熟。"

亦男急切问："在哪读过？"

兰馨沉思着说："像在一个村子里，高高楼上，有一个圆圆的窗……"

亦男越发高兴起来，从身上掏出那根紫黑色的洞箫。兰馨两眼盯着洞箫，亦男吹了起来。箫声悠悠地在两人脸边转了转，在树上转了转，慢慢飘到水上，飞到空中……

兰馨听着，眼眶里涌满晶亮的泪水。

亦男停止了吹箫，轻轻说："这箫声熟悉吗？"

兰馨点点头，幽幽地说："很久以前听过，像在一个天井边，还有一轮圆圆的月亮。"

亦男说："记得这曲子的名字吗？"

兰馨想了想，说："叫《紫……紫云飞》。"

亦男叫了声："桃子！"

兰馨应了声。

亦男抓住兰馨手摇着："你就是桃子，我找了许多年的桃子！"

兰馨痴痴地说："我真是桃子吗？"

亦男把兰馨拥抱在怀里："你就是桃子。"

兰馨眼泪"哗"地流下来，说："我真是桃子呀！那些桃子的事，我好像都想起来了。"

亦男用手抹着兰馨脸上的泪水，说："你真是桃子，那时候你真是桃子。现在你再也不会离开我了。"

兰馨轻轻应道："不离开了，不会离开了。"

亦男突地想起什么，从口袋掏出那块浅蓝色格子的手帕，叫兰馨看："认得这手帕吗？"

兰馨拿过手帕，反复瞧着，说："很熟很熟，可是……"

亦男抢过手帕，盖到兰馨头上："想起来了吧？"

兰馨摸着头上手帕："呀，你是李生！"

亦男笑笑："我不知道我是不是李生。手帕可是我的，你那时说这手帕盖在你头上，我便成了李生。你那时叫——"

"梅影。"兰馨应道。

"对，你那时叫梅影，是舒家老爷的千金。"亦男说。

兰馨沉思一阵，对亦男说："我是桃子，是梅影，又是兰馨。那，你该如何叫唤我？"

亦男说："还是叫你兰馨。至于桃子和梅影，你心里知道就行了。"

亦男便和兰馨在树上依偎着，读那半部《红楼梦》。有时看看四周的水。饿了渴了，吃树上的果子。

水渐渐退去，露出广阔的地面来。地上盖着湿漉漉的淤泥，慢慢干了。山顶上的蛇和许多小动物都下了山，到广阔的天地里去了。

淤泥盖着的地面，长出了草，成了一片片草地；有的地方又长出了树，成了一片片森林。

亦男和兰馨也从山顶树上下了山，小羊跟着。他们在树上待久了，走到平地上，身子有些弯了，路也走不好。走着走着，身子直了，步子也迈得顺畅了。他们折了些树枝，采些干草，搭了个草棚，住进去。

森林的树上长满各种果子，亦男和兰馨采果子吃。近处采没了，到远处采。

森林和草地上动物多了起来。亦男将藤条绑在竹片两头，做了张弓；用身上带的小刀，削尖了一根根竹条做箭。他带着弓箭去打猎，把猎物带回来。在草棚旁，他和兰馨，用削尖的小木棍钻木取了火苗，烧成一堆，把打回来的猎物烤着吃。

那只小羊白天在外面吃草，天黑回到草棚里睡觉。小羊很快长成只大母羊，咩咩叫着在草棚里外走来跳去，很烦躁的样子。一天早晨跑得远远的，到天黑也没回来。亦男和兰馨到森林和草地去找，没找着。亦男有些埋怨地对兰馨说："羊大了，早该杀了，就舍不得。现在呢，没了。"

羊没了，亦男每天还是出去打猎，兰馨去采摘果子。过了些日子的一个傍晚，母羊回来了，带回四只活蹦乱跳的小羊和一只健壮的野公羊。亦男和兰馨喜出望外。第二天，亦男和兰馨在草棚旁，用树枝围了个羊圈。白天羊儿去外面吃草，晚上回来，就睡在羊圈里。后来，母羊又生了四只小羊，长大的小羊又生小羊……羊越来越多。兰馨不再去采摘果子，去放羊。羊更多了，亦男也和兰馨一块放羊。

大羊小羊在草地吃草，亦男和兰馨坐在山坡上，望望蓝天，望望远山。风轻轻吹着，天上白云飘飘。亦男"呜呜呜"吹吹紫黑的洞箫，而后又拿出那半部《红楼梦》读，兰馨也凑上来。又读了好几遍，书页边角都有些残破了，还读。总会有些新的感动，还会联想过去的日子……兰馨说："可惜了，只有这半部，那半部也回来多好。"亦男望望天上悠悠飘过的白云，说："那半部你还没读完，大概早没有了！"

亦男和兰馨生了好些儿女。男的叫一男、二男、三男……女的叫一女、二女、三女……儿女渐渐长大。一男成了健壮小伙，一女成了漂亮的姑娘。兄妹时常到远的森林草地走走，希望找到相配的男人女人，总没找到。这一天，兄妹俩跟父母说了说，往更远的地方去，夜里也没回来。亦男和兰馨丢下羊群，去找他们。找了几天，也没找着。他们以为一男一女被野兽吃了，难过了好些天……

一天，一男和一女回来了，还各自带回一女一男，把亦男和兰馨乐坏了。他们上上下下打量，兄妹俩带回的漂亮女孩和健壮男孩，怎么也瞧不够。他们原以为那场大水后，这世界除了他们一家，没人了，想不到还能找到这么好的女孩男孩。一男说，他们兄妹俩翻了一座又一座高山，走过一片又一片草地，才找到他们心仪的女孩男孩。

一男对亦男和兰馨说："爸爸妈妈，还有贵客呢！"说着往草棚外一指——进来一男一女，两位满脸带笑的中年人，男的手里捧着个布包着像盒子的东西。亦男和兰馨一看，惊呆了："怎么是阿彪和香儿？"一男介绍说，他们就是女孩男孩的父母。亦男、兰馨和阿彪、香儿对看着，都说不出话来。

还是没了大肚子、变瘦了的阿彪，叫了兰馨一声，说："你，怎么？"兰馨指着亦男说："是亦男救了我。别叫我兰馨，我是亦男的桃子。"亦男说："兰馨太像桃子了。"兰馨说："我不单单像桃子，心里就是桃子。"兰馨说完不理阿彪，弄得他有些尴尬。

香儿却早按捺不住，上前对兰馨叫了声："小姐！"兰馨牵住香儿手说："别叫小姐，我不是梅影。那一切都过去了，就叫我姐姐好了。"香儿便亲热地叫了声："姐姐！"把大家都逗乐了。

亦男问了阿彪。阿彪说了他的事：被大水冲得远远，抱住根木头，漂到一座山下，被在山上待了很久很久的香儿救了，结为夫妻，生了儿女……没想到，因为儿女，又见到你们……

说了许多话，便说到双方儿女的婚事。亦男微微皱起眉头：这儿女找的配对，怎么偏偏是阿彪的儿女？他扮李生时，阿彪可是朝他开了枪……亦男把兰馨叫到旁边，讲了自己的不快，兰馨劝了劝他。亦男还是愤愤地对阿彪说了他朝他开枪的事。阿彪跺着脚说："这都是哪辈子的事呀，早过去了。你还记着？我那时没想打死你，只是打中你肩下一点。你现在不是还好好的！也罢，都是我那时鬼迷心窍，该死，对不起你！可是咱不能为那几辈子的事，耽误了儿女们的大事。看看这世界，你儿女不找我家儿女，去哪找人呀？"

一番话，说得亦男没了声音。

阿彪突地拍拍脑袋，对亦男说："你看，光顾着说话，把手里礼物都忘了。"说着，把手中布包着的盒子交给亦男。

亦男困惑地问："这是什么呀？"

阿彪笑笑说："你打开看看。"

亦男将裹着的布打开，是一个紫红色的扁盒子，上面漆画着块歪歪的蓝色石头，石上栖着三只金色的鸟，天上飞着九只，共十二只，和他在水边捡到的盒子一模一样。一阵惊喜涌上他心头。他颤抖着手打开盒子盖，里面静静躺着本棕红皮面的书，上面烫金着"红楼梦"三个大字，下面有个小的"下"字。他从盒子中轻轻取出书，捧着，翻了翻，正是自己当年上交给阿彪的《红楼梦》下册。这么多年了，它终于又回到他手中。他叫了兰馨一声，说："《红楼梦》下册回来了！"兰馨喜喜看了那书一眼，到里面拿出另一个盒子，打开，取出《红楼梦》上册，捧到亦男面前，叠放到下册上面。亦男捧着两本《红楼梦》，双眼放着光说："总算都到一块了。齐了，全了。真没想到呀！"

阿彪乐呵呵地说："原来想上门到亲家那，没礼物，便拿这精美的盒子和里面的书当礼物。没想到亲家是亦男和兰馨，这礼物便太合适了。"

亦男说他这本《红楼梦》上册，是从水边捡的，便问阿彪："这书到底怎么回事？那时被你收缴了，你放在哪里？怎么两本书分开了，你只有下册，也用个盒子装着？"

阿彪说："这两本书那年收上来，放在民兵队部，锁在放子弹的柜子里。后来不知怎么，就没了。这盒子里的下册，是我和香儿从水边捡的。那天从水上捡到这精美的盒子，以为里面藏着珍宝。打开一看，是《红楼梦》下册，有些熟悉。可我没文化，不懂看，想扔掉。还是香儿喜欢，说这世界什么都没了，难得从水里漂来这么个东西，留了下来。想不到，想不到……"

兰馨指着亦男捧着的书，对他说："你看看，书齐了，全了，是老天爷给咱们个好兆头。咱们儿女的事……"

亦男抬起脸："咱们儿女的事，天上一对，地上一双。也齐了，成全他们了。"

亦男、兰馨和阿彪、香儿，成了亲家。阿彪和香儿全家也搬了过来，搭草棚住下来。

阿彪带来几十粒玉米种子和一把锄头。亦男和阿彪找了块荒地，锄去杂草，翻开土壤。他们挖呀挖呀，挖出一个木工的工具箱，打开一看：锯子、铇子、锤子、斧子……什么工具都有，就是生了锈。他们拿到水边石上，将生锈的工具磨得光光亮亮，新的一样……

亦男和阿彪挖出一片地，把玉米粒埋下去。过些日子，长出翠绿的苗。两家人精心侍弄：浇水、锄草、下肥。玉米长大了，碧绿一片，一张张阔阔叶片在风中"哗哗"地唱。很快结了一条条玉米棒棒，收获了上百棒玉米。两人带儿子们又挖了几块地，埋入收获的玉米粒，精心侍弄，又获得更多的玉米……

亦男和阿彪带儿子们，上山砍了些树，剥了皮，晒干，扛回来，在山脚下原先村子的地方，搭盖了两座宽大的木头房子。两家人搬进去。

后来，从远方又来了好些人，在亦男和阿彪房子旁盖房子，到荒地上开荒，种玉米，种稻子……

一个新的里村出现了。

亦男和兰馨在村子里，活了很久很久，有了许多后代。

妻

変

　　方谭又走进这条叫南弯巷的老巷子。他是听说这一带要拆才来的。老巷子深幽幽。深秋的风飕飕从巷间穿过，带来几丝冷意。方谭不觉缩了缩脖子。他在青蓝蓝的老墙边走着，目光沉郁地扫过老墙上苍绿的苔藓，几根高处墙缝间的衰草在他头上摇曳。他抬起头望见那扇熟悉的四方小窗，那上面已织满了原先没有的蛛网。他知道，再不会有一个女人和男人的琴声歌声，从里面溢出，飘扬在长长深巷，飞进他的耳朵……

　　他走过小窗，到两扇老旧木门前。门半开着，他"呀"地推了进去。里面空寂寂的，地上的十多只花盆长满杂草。他低下头，才辨认出蜷缩在杂草间衰败的兰花和牡丹。而靠小楼边那两棵从土中冒出的梧桐，还粗壮挺立着，却在秋凉里落光了叶子。方谭"嚓嚓嚓"踏在落叶上，凝望那两层小楼。苍黄的夕阳从西边弱弱照过来，清冷地将并排挺向空中的梧桐身影，投射到斜斜木梯和小楼走廊上……

一

　　那是一个星期天的下午，方谭第一次走进这条老巷子。那些日子，他喜欢在老城区走走，打发打发时光。他走进的这条叫南弯巷的老巷子，其实一点不弯，直直深幽地向前伸去。他越走越深，感觉到一阵阵暗暗的凉阴，和一片寂寂的宁静……

　　他正陶醉在老巷长悠悠的宁静中，却听见几声脆亮如珠的月琴声，从巷间滚出来。他向琴声走去，看见青蓝蓝高墙上一个四方小窗。如珠琴声就从那小窗口，一粒粒、一串串滚出来。琴声的滚动中，响起了一个女人温婉深情的唱——可爱的一朵玫瑰花，赛地玛利亚……听下去，又多了婉转的二胡和一个男人宽厚深沉的声音。这些年，已很少听见哪家中，有这般真切自然极有情趣的弹奏歌唱。方谭不觉停了步子，伫立青蓝蓝高墙的窗下，聆听一首首如清泉般涌流而来的歌声。

　　听着，他有了想见见这弹奏唱歌的男女的念头。他往前瞧瞧，见到两扇油漆脱落的大门，半开着，便过去，推门进去。他走进一个院子，地上摆着十多盆兰花和牡丹，正开着，送来一阵阵幽香。他抬头望见传来琴声歌声的两层小楼。楼上有一条长长走廊，一道木楼梯从走廊斜斜伸下来。走廊外，在风中摇荡着一片浓浓绿荫，绿荫下挺立着两棵梧桐。方谭走到绿荫下，发现这两棵梧桐上面有些分开，下面却挤在一块，齐齐挨着从土里冒出来，升上天。

　　琴声歌声还响着。方谭在树下往上望望，很想踏着斜斜木梯，走进传来琴声歌声的地方……他正犹豫着，二胡和浑厚男声歇了。他听见踩着木走廊的脚步声，继而看见一个中年男人，从木楼梯"咔咔"走下来。方谭一鼓气走出浓绿的树影，木楼梯上男人叫了一声，方谭在梧桐树旁站住了。

　　那男人向方谭走来。他穿一件立领中式短袖衫，头上有不少白发。方谭向那男人迈了几步。那男人说："你？"方谭含笑说："我，听歌听琴呀！"那男人说："听歌听琴？"方谭说："对呀，现在很少人家这般弹奏唱歌了，所以……"男人笑了："随意弹奏唱唱，让你……来，上来，到楼上听。"方谭便跟那男人踏上斜斜木梯，穿过走廊，走向一间小厅。

　　厅内琴声和女声的唱，近近飘向方谭。方谭走进小厅，见那扇小窗下坐着位颀长女子，穿着件合身的湖蓝短袖旗袍，抱着把圆圆月琴，正低眉弹唱，见方谭进来，脸色微微一红，停了声音，优雅站起，轻轻点头，又轻轻落座窗下。

　　那男人爽快地介绍那女的是他妻子，叫童瞳，又介绍自己："我姓卫，童瞳叫我卫哥哥，大家叫我老卫。"方谭赶忙也介绍自己，叫方谭。童瞳听了，扑地笑了："荒唐，真荒唐！这名？"老卫看了她一眼，轻轻对方谭说："我这老婆外面去得少，没见过世面，不会说话，别介意。"方谭一笑，解释道："不是真荒唐的荒唐，是方向的方，《天方夜谭》的谭。"

来去几句话，拘谨生疏的气氛松了许多。方谭有点激动地说他在下面，听他们弹奏唱歌，听了许久……老卫和童瞳被打动，相互看看，脸上放着光。老卫说几十年了，他们夫妻俩常这样弹弹拉拉唱唱，自得其乐。想不到会……说着搬张椅子请方谭坐。

接着，老卫和童瞳相互一望，又弹奏着唱起来。

两人和谐的琴声歌声，美美地在方谭耳边转，在小厅转，慢慢从窗、门飞出去……唱的都是中外名歌。方谭听得极舒心，微微闭上眼。他在琴声歌声中感到一种温馨，一种男女和美的温馨。他想象从窗和门飞出去的琴声歌声，栖停在走廊外那梧桐如云的绿叶上，风一吹，飘落地上，落满庭院，和花的馨香混在一起，四处荡漾……

两人弹唱完，一片余音袅袅的沉寂。

而后是方谭由衷的赞叹。于是方谭便和老卫极投机地说话，童瞳睁大一双大眼听着。方谭近近瞧童瞳眼睛，已是中年了还如此清亮，眼白还浅蓝蓝，像沉睡的湖水一般。童瞳听着，不时插进来说几句，问几句。方谭便认真回应。老卫却轻轻笑着对方谭说："她天真，瞎问问，你别那么认真。"童瞳便孩子似的嗔道："不许这么说！"老卫便不再说她，继续和方谭聊，童瞳便静静地听。

过了会儿，童瞳优雅站起，对老卫，也对方谭说她回书房去，便轻轻婷婷地走出小厅。

方谭还和老卫说话。说了阵，方谭问老卫："童瞳回书房干吗？"老卫说："还不是关起门，看看书，写写画画。"方谭说："可以去瞧瞧吗？"老卫应："可以呀。"两人便起身往童瞳书房去。

老卫轻轻推开书房门。方谭随老卫进去，眼前是一间不大的屋子，三面摆着书柜，中间一张大桌子。童瞳俯在桌上作画，见他们，转了下脸，又沉下去。方谭在旁边看。童瞳轻轻几笔，画完了，直起身子，笑着让方谭瞧——

童瞳画的是兰花，潺潺水边的一丛兰花。细细瞧去：兰花卧藏在淡淡软软叶片间，寂寂开着，像睡着没醒来的小鸟，翅膀样的黄色花瓣，松松地半盖半摊着。整个画面弥漫着一股神秘而静谧的气息……

方谭看完画，抬头望着童瞳湖水一般宁静的眼眸，点头说："这画呀，有点特别！"童瞳听着有些高兴，从柜中拿出好些画，一张张摊开让方谭看。老卫在边上对方谭说："这童瞳，把画都藏着，不给人看，也不给我看，今天却都给你看，真怪。你是她知音呀！"

方谭一张张看画，大都是兰花，有的在山涧边，有的在怪石旁……各种各样的兰花都静静的，像睡着了。有几幅牡丹，叶子软软，也平静着，都没开，只有淡淡瘦小的花苞，仿佛也都在梦乡里没醒来。方谭翻着看着，画中的宁静气息一丝丝一缕缕，从画中弥漫出来，悠悠地浸染在空气中，弄得他有点昏昏的，打了个呵欠……

方谭看完画，慢慢抬起脸，对老卫缓缓说："这是我见过的最特别、最有个性的画，只是太静了，静得……"老卫说："你能看出一个'静'字，太难得了。童瞳就是静，足不出户，天天在屋里写字作画，弹琴唱歌……生活在自己的世界里。好，我不说了，到点了，我得去厨房弄晚饭。"方谭问："那，童瞳？"老卫说："让她画，画，厨房那点事，不用她操心。"老卫说着下楼去。

过了些时候，老卫从下面上来，叫童瞳吃饭，也让方谭留下吃饭。方谭和老卫离开书房。童瞳说她要换件衣服，叫他们等等。西下的太阳照了过来，被浓密梧桐叶遮住。方谭和老卫在走廊上梧桐叶摇曳的树影里说话。

两人聊得正起劲，听见走廊那头响起脚步声。方谭转头一看，走来一个民国女生打扮的女人，上穿七分袖立领白衫，下着一条黑色裙子，踏一双黑皮鞋，抬头挺挺走过来。黑裙子在风中摆动着，摇荡着。方谭仔细一瞧，轻声叫了起来："童瞳！"老卫笑着说："她就爱出花样，自己躲在屋里缝制各式衣服，只在家里穿穿，自己看，给我看。没想到今天也在你面前展露一番。"老卫还指指自己，说他身上的衣服，和童瞳起先穿的旗袍，也是童瞳做的。说着，童瞳像台上的模特一般走了过来，到他俩面前，停住，轻轻地转身走回去，慢慢消失在走廊深处。

　　方谭又和老卫说话，还没见童瞳出来，便走下木梯。才踏几步，方谭朝走廊那头指指："来了，童瞳来了！"

　　此时的童瞳是另一种打扮，穿一件绛紫色长裙，水绿丝绸在腰间轻盈一系，肩上披块白色轻纱，头发挽成一个高髻……在夕阳的绚烂和梧桐飘摇的树影里，童瞳如古代美女轻风一般飘过来，到两人面前，又轻云一样飘扬过去……长裙和披着的轻纱拂动着，梦幻一般。

　　方谭在木梯上看得发呆，好半天才发出话音："呀，这童瞳！"

　　老卫说："她就会在家里玩花样，都是我宠坏的。"

二

　　那天，方谭带着对童瞳极特别的印象离开老卫家。后来，方谭在菜市场或街上遇到老卫，老卫总是没说几句话，便匆匆回去。

　　一天晚上，方谭在一家远近闻名的扁肉店吃扁肉，天下着雨。方谭看见老卫拿着个大杯子进来，买了一杯扁肉。在角落吃完扁肉的方谭出来叫住他，两人说了几句。老卫说："这扁肉是童瞳要吃的，她就喜欢这家的扁肉。我得赶紧回去，时间长了，扁肉糊了就不好吃了。"方谭问："怎么不用店里的塑料袋装？那样好拿。"老卫说："热乎乎的扁肉，装塑料袋不卫生，吃了不好，还是直接装杯子好呀！"

　　这时，雨大了起来，在门外织起密密雨帘。老卫一手撑伞，一手拿着杯子，急急走进大雨里。方谭看着老卫消失在雨中的背影，心里涌出许多感慨……

　　方谭后来从别人那听说了些老卫和童瞳的事。

　　那时年轻的老卫和童瞳，都从城里到了乡下，两人并不相识。老卫参加了公社的文艺宣传队。队里还缺人，老卫到几个知青点找人。一天晚上，老卫在一个知青点女生宿舍外，听见琴声歌声，走进去，见到童瞳……老卫把童瞳介绍进宣传队。排练结束后，宣传队到乡下演出，要走崎岖的长长山路。童瞳身体弱，走着走着就落在后头。老卫便去陪她，帮她背东西。到演出点，老卫到当地人家弄些热水，给童瞳擦身洗脚。有一次，宣传队在山村祠堂戏台演出后，男女队员分开，到戏台两边睡觉。老卫将铺盖放到童瞳旁边……童瞳边上女队员哄了起来，向队长告状。队长把老卫劝过来。老卫很不高兴，说他并没有什么坏念头，就想待在童瞳身边，怕她半夜上厕所不敢去，要陪她去。大家听了笑个不停。

老卫不久招工回城，童瞳一时回不来。老卫很着急，想尽办法，帮她弄了个病退，才将她调回城里。两人已分不开，打算结婚。童瞳早早没了父母，是叔叔带大的，老卫去找童瞳叔叔，说了要和童瞳结婚的事。

童瞳叔叔沉默了好一会儿，盯着老卫的眼睛沉沉地问："你了解童瞳吗？"

老卫应："相处了这么些日子，了解一些吧。"

童瞳叔叔慢慢一句句地说："你可能还是不太了解童瞳呀！她不是一般的女孩。她从小就喜欢躲在屋子里，很少出去。虽然后来下乡去了几年，性情没变多少。童瞳太单纯了，不懂外面的世界，不大会做家务，生活能力差。她生活在自己的世界里。你如果和她结婚，要谅解她，宽容她，一辈子照顾她，别弄碎了她的世界。你可不能只看童瞳会弹弹唱唱，有些才艺，人也好看，一时冲动。你可要想好！"

老卫听了童瞳叔叔一番话，也沉默一会，抬起头，看着童瞳叔叔眼睛说："我，想好了！我不单单喜欢童瞳的容貌和才艺，更喜欢她这个人，喜欢她的单纯。我比她大五岁，我会呵护好她，照顾她，照顾她一辈子。你放心吧，我会让她按自己的愿望生活一辈子，决不弄碎她的世界……"

童瞳叔叔答应了老卫，老卫和童瞳结婚了。

为了让童瞳生活得舒心，不受外界干扰，老卫没让她出去做事。他自己在工作之外，又做了些老鼠工，收入也够养活两人。后来，老卫瞅准机会，辞职做了些生意，赚了些钱便收手，在老城区南弯巷，买了这处幽静的老房子，和童瞳静静地住了下来……

三

又一个星期日，方谭到南弯巷老卫家。

老卫在楼下厨房忙着，说童瞳在上面书房。方谭便踏木梯走进楼上书房。童瞳在那张大桌子前作画，见方谭打了声招呼，又埋头去画。方谭在旁边打量童瞳，觉得她有些变化，声音细了些，人也年轻了点，原先头上几丝白发不见了，看去一片乌黑。再瞧她的画，不画兰花了，画红红牡丹。笔触不再淡淡雅雅，浓重了不少。画出的牡丹似乎有些睡醒，不是紧紧含苞，口张开了不少，仿佛就要吐露出芬芳来……童瞳还给方谭看了她这些天的画，全是牡丹。细细瞧去，画中牡丹虽还含着苞，但苞蕾一幅比一幅浓艳，口慢慢越张越大，接近开放的样子……

方谭对童瞳说："你的画好像变了些。"

童瞳点着头，轻轻一笑，变得有些活泼的目光亮亮地闪了闪。

老卫在下面忙完上来。方谭拉着老卫到走廊悄悄说："老卫，你不觉得童瞳有些变化？变得年轻些，声音也细了。"

老卫摇摇头："不觉得，她就这样子，比我年轻。"

方谭又说："她不画兰花了，画牡丹，画得也不太一样。"

老卫笑笑："她爱怎么画，就怎么画，我从来不过问，只要她高兴。"

方谭说："可我觉得……"

老卫淡淡地说："没什么，一切都那样。几十年都那样，都那样。"

方谭离开老卫家去了外地，去了几个月。他刚回到家，接到老卫电话："你能来一下吗？"声音有些急迫。方谭问："怎么啦？"老卫说："童瞳，童瞳她……唉，你来了就知道了！"

方谭赶往南弯巷老卫家，上木梯到走廊，老卫迎了上来。老卫把方谭拉到小厅门口。方谭问："童瞳怎么啦？"老卫往厅内一指："你看看……"方谭跨进小厅，目光一巡，见一个六七岁小女孩坐在电视机前看动画片，彩光在她脸上跳跳闪闪。她入神看着，手中握一把爆米花，一粒一粒往嘴里扔，不时发出"咯咯咯"的笑。方谭瞧了会儿，才认出来，叫了声："童瞳！"童瞳头转一下，又扭过去，聚精会神看动画片，不时发出"咯咯咯"的笑。

方谭问："怎么会这样？"

老卫苦笑一下说："从你上次来了后，我注意她，真的在变，一天天地变，就变成这样。"

童瞳叔叔来了，是老卫叫来的。童瞳叔叔走进来，童瞳刚好看过去，站起来，"叔叔叔叔"叫着，扑上去，抱住他的腿。童瞳叔叔一下呆住："这，这是……"

老卫说："这是童瞳啊！"

童瞳叔叔口中念着："这，怎么可能？怎么可能？"

他低头细细瞧了瞧，真是童瞳。他疼爱地抚摸着童瞳的头："童瞳，你怎么啦？"

童瞳歪着脑袋笑嘻嘻地说："叔叔，我这样不好吗？我觉得顶好呀！"

童瞳说完又到电视机前，看动画片，吃爆米花，不时发出"咯咯咯"的笑。

童瞳叔叔跌坐到沙发上，沉默了好一会对老卫说："唉，我明白了，明白了。都是你呀，这些年太宠爱童瞳，把她宠成这样。现在童瞳这样了，你可不能嫌弃她，要更好照顾她呀！"

老卫说："我，我明白。我会尽力去做。不管她怎样，都会照顾好她，除非……"

童瞳叔叔摆摆手："别说了，我相信你，拜托你了。"

说完，童瞳叔叔起身看看童瞳，叹口气，走了。

方谭和老卫在厅内看着童瞳。童瞳还在吃爆米花，看动画片。四周静静的，只有动画片的声响，和童瞳不时发出的"咯咯咯"笑声。沉默了许久，老卫站起来对方谭说："我要带童瞳去买衣服，她原来的衣服裙子都不能穿了，她现在穿的是邻居那借来的儿童的衣裙。"方谭说："童瞳不是会缝制衣服吗？"老卫说："你糊涂呀，她现在这样子，还怎么缝制衣服？缝纫机都弄不了。你和我一起去，参谋参谋。"

老卫带着童瞳，和方谭走出巷子，来到街上。

天气真好，阳光到处朗朗照着，小鸟在天上叫着飞来飞去。童瞳心情似乎也不错，她哼着歌，一跳一跳地走着，眼睛贪婪地四处看，总看不够的样子。方谭发现童瞳目光变了，变得像撒了一地的阳光一样活脱爽亮。

老卫脸却收紧着，他悄悄对方谭说："我带着童瞳遇到熟人，该怎么说呀？"方谭笑笑："就说……别愁，到时候再说吧！"

可巧，就遇见熟人了，是老卫过去单位的同事。老卫装没看见，头扭过去；可那人却早瞧见老卫，叫了声。老卫不得不转头应了一下，牵着童瞳停了下来。

那人热情地问："去哪里呀？"

老卫应："随便走走。"

那人指着童瞳问："呀，这是谁的小女孩？没见过。"

童瞳张了张口："我……"老卫马上掩住她嘴，说："她，她呀……"

"哦，是你孙女吧！啧啧，长得真漂亮，太像你老婆啰。"那熟人说。

老卫便"哎哎"应着，直到那人走了。

老卫松了口气，带童瞳往前走。童瞳东张西望走着，看见边上小孩吃棒棒糖，嚷着也要吃。老卫说："这不好吧！路上吃棒棒糖，多不雅观。"

童瞳应："别的小孩能吃，我也要吃。我现在是小孩的样子，吃棒棒糖没什么不雅观，我就要吃。"说着，就站在路上不走。

老卫软了下来："好，好，给你买。等下好吗？买多多的，给你慢慢吃。"

童瞳听了，才又往前走。

逛来逛去，进了家大的童装店，服务员笑吟吟迎上来。童瞳蹦蹦跳跳进去，东看西瞧，高兴得"呀呀"叫着。她看上了件穿在塑料模特身上的格子背带裙，服务员马上取给她。她穿上格子背带裙，到大镜子前，左顾右看，又在店内走走。服务员跟在后面，翘着拇指称赞："好看！好看！比穿在模特身上还好看！"进店顾客的目光也被吸引，轻轻地问："哟，是好看。这是谁家小女孩呀……"

童瞳在众多目光中，又挑选了件黄底红花的连衣裙，穿上身，到大镜子前照照，在店内走来走去，走到门口。明亮的阳光从外面射进来，照在她身上。她身上连衣裙的朵朵红花闪闪亮亮，像真的开放一样。她美丽的小脸，在阳光中的裙子映衬下，也灿烂得像花一般。门口来往的行人都停住脚步，把热热目光聚焦她身上，议论着："呀呀，这哪来的小模特，裙子穿得太有样子了……"

　　老卫进了店，看童瞳自己去挑选衣裙，便坐到沙发上静静地瞧。见此热闹情景，有些坐不住，起来走到童瞳身边，原先微皱的眉头松开了，暗暗的笑意爬上脸庞。

　　童瞳又穿了几件衣裙，在店内门边走来走去，更是吸引了众多目光。有些小女孩便拉着家长，要买衣裙，指着要买童瞳试穿的裙子。一时场面变得热闹又红火。店老板高兴地从后面跑出来，和服务员一起，拿衣裳，收钱……忙得不亦乐乎，喜得合不拢嘴。

　　童瞳还在店内模特一般试穿着衣裙，走来走去。老卫轻轻对她说："童瞳，差不多了。挑两件，买了，回去。"

　　童瞳瞪大眼，说："两件？我最少要三件——格子背带裙、红花连衣裙和粉红金边短裙。"

　　老卫说："就两件吧！以后再买。不知道你身材还会不会变呀！"

　　童瞳生气地应："我就这样了，一百年也不会变。要买，就买三件。"

　　老卫说：　"童瞳，别这样，先买两件。出去给你买棒棒糖，买多多的。"

　　童瞳"哇"地哭了起来，蹲到地上："就要三件！就要三件！"

　　店里女老板上来劝了劝，对老卫说："也真是，你这做爷爷的，给孙女多买一件都不行。你都看见了，这小女孩穿这些裙子多好看呀！"

　　边上的人也七嘴八舌地说："是呀，这当爷爷的也真抠，多一件也花不了多少钱呀……"

　　方谭一看这情景，上去拉了拉老卫衣角，轻声说："算了，算了，就依童瞳吧！你看这样子，多不好……"

　　老卫听着，尴尬地笑了笑，对童瞳说："好吧好吧，就依你，三件，三件。"把童瞳拉了起来。

　　老卫付了钱。童瞳穿着新买的红花黄底连衣裙，率先走出店铺，蹦跳着闪亮在阳光下。老卫和方谭跟在后面。童瞳又要老卫买了一大把棒棒糖。她拿了一支，舔着吃着，高高兴兴在街边走着。

四

因为童瞳，方谭便常到老卫家。

方谭又到老卫家，见童瞳不在，问老卫："童瞳呢？"老卫应："出去了。现在在家待不住，到外面和邻居小孩玩了。"方谭便和老卫说话。说了会儿，方谭起身打算回去，听见楼梯响——童瞳回来了。

童瞳穿着那件好看的格子背带裙，可脸上都是尘土。老卫上去摸摸她脏兮兮的小脸，心疼地问："怎么啦？摔倒了？"

童瞳应："我才不会摔倒，打架了，和邻居那个叫菁菁的女孩打架。"

老卫惊讶地"啊"了声，正要详细问问，楼梯和走廊传来一阵响响的脚步声——菁菁父亲带着菁菁，气呼呼闯了进来。

老卫迎上去。菁菁父亲指着菁菁的脸说："你看看，看看，童瞳打了我女儿，抓破了她的脸，这怎么了得？"

老卫瞧了瞧菁菁的脸，上面果然有一道红红的抓痕。老卫转身问童瞳："你怎么抓人家脸呀？"

童瞳却气鼓鼓地说："你问问她，我干吗抓她？我和大家玩捉迷藏，她们躲，我来找，我一下子就把她们一个个找出来。菁菁不服气，说我偷看，我根本没偷看。她们那智商？我一下子就能猜到她们藏在哪里。我争辩了几句。菁青骂我是怪物，装嫩，是老小孩。我受不了，就……"

老卫听了童瞳说的，心里也有些气，对菁菁说："你怎么可以说童瞳怪物、老小孩？多难听呀！"

菁菁父亲说："你这童瞳，就是……"

老卫有些愤怒，握起拳头："你说，就是什么？说清楚！"

菁菁父亲软了下来："哦，哦，我是说……就是菁菁说了什么，童瞳也不该抓她的脸。女孩子脸多金贵呀！"

老卫声音小了："你说得也是。"便俯下去细瞧菁菁脸——那划痕不太深，抹些药，大概过些日子便看不见了。老卫抬起脸问菁菁父亲："那，你看怎么办？"

　　菁菁父亲说："赔呀！"

　　老卫想了想，说："好吧。"到屋里拿了一沓钞票给菁菁父亲。

　　菁菁父亲带着菁菁走了。

　　老卫去卫生间拿了毛巾，给童瞳擦脸，说："童瞳，以后可不能这样，抓破人家脸。"童瞳委屈地说："是她先骂我怪物、老小孩。"

　　老卫说："可你这么一抓，谁还敢跟你玩。你还是像过去一样，待在家里别出去了好吗？"

　　童瞳不答应，说："不，我就要出去。我现在不是过去，我是小孩，在家里待不住。"

　　老卫耐心地劝："那，她们不和你玩，叫你怪物，叫你老小孩怎么办？"

　　童瞳不说话了。过了会儿，她眼睛闪了闪说："有办法了，我怎么会弄不过这些小孩。把你给我买的棒棒糖都给我，还有家里的巧克力。我拿出去，分给她们。她们吃了，甜了嘴，就不会叫我怪物、老小孩。就会跟我玩，听我的。"

　　老卫一下笑了出来，这变小了的童瞳不一样了，有了以前没有的鬼主意，便把买了的棒棒糖全捧出来，加上巧克力，装进塑料袋。童瞳自己先拿了根棒棒糖，剥掉糖纸，吃着，拎着装满糖的塑料袋，出去了。

　　童瞳出去后，方谭也离开老卫家。他后来听老卫说，童瞳用棒棒糖和巧克力，把邻居女孩们制服了，大家都听她的。她成了女孩们的头头，天天出各种点子，带女孩们在外面疯玩。

五

　　一天，老卫带童瞳到附近街上走走，看见一座楼前挂着块"春笋少儿美术班"的牌牌。大概是下课了，牌牌边上门里，刚好有一群孩子背着画夹闹嚷嚷出来。童瞳站住了，眼睁大大地痴痴看着。老卫叫"走呀走呀"。她还杵在那一动不动，对老卫说她要上美术班，说她小时候没条件向老师学习，只是自己瞎画，现在想正正经经去学习学习。老卫说："你虽然样子小，可毕竟岁数不小了，怎么行呢？"童瞳说："我样子像小孩就行了，谁也不会查问我的年龄。你带我报名，就说我是你的小孙女不就行了吗！"

经不住童瞳软磨硬缠，老卫带童瞳到美术班报了名。每星期去三个晚上、半个白天。过了些日子，童瞳说："卫哥哥，不用你总送我接我。离家不太远，我自己行。别看我身子小，可我脑子好，有大人的智力，我行。"可老卫还是不放心，还是去送去接。

童瞳每次去美术班都高高兴兴，学了出来更是笑容满面。她对老卫说，她喜欢在那里学习，她很珍惜这小时候没有的机会。她喜滋滋告诉老卫，老师表扬她，说她画得好，比大家都画得好。

老卫说："你早就画了，画了那么多年，当然比那些刚学的小孩画得好些，这是老师鼓励你。"

童瞳听了有些不高兴，噘起嘴巴，说："不是这样的。老师说我画得有特点，与大家不一样，有点点像凡·高。凡·高你知道吗？老师说，便是大人也不一定能画得像我那样，有个性。"

老卫有些不大相信，还是说："行，老师说你好，就好。"

童瞳还是有些不大高兴，说："卫哥哥，你好像不太相信我。你以前就不大会欣赏我的画，只是让我关起门画，画……"

老卫一下无话可应，心想，这童瞳人变小了，怎么有了这些想法，跟以前不一样了。

学习了一段日子，童瞳告诉老卫，美术班要办个画展，还要开个总结表彰会，请家长参加。童瞳说她那幅叫《怒放》的画评了个一等奖。说老师交代老卫一定要去看画展，参加表彰会。

美术班画展和开表彰会那天，方谭刚好到老卫家，听说童瞳参加美术班，画作获奖，很为童瞳高兴，也想去看看画展，便和老卫、童瞳一块去。

三人来到美术班临时布展的教室门口，好些家长也带孩子陆陆续续地来了。表彰会还早，大家便去看画展。

童瞳笑呵呵带老卫和方谭走进教室，门边墙上，一幅盛开着一丛丛红牡丹的大大的画，扑眼而来。童瞳指着说这就是她的画。方谭和老卫一下就被这幅笔触狂野、色彩浓烈的画面惊住。走近瞧，画中一朵朵牡丹，烈烈开着，像一张张绽放的笑脸；一重重张开的花瓣，像层层叠叠红艳艳的嘴唇，里面似乎响出一串串爽朗的笑。退远看，那画中一朵比一朵肥硕而妖艳的牡丹，挤挤挨挨，占天略地，赤红一片，如烈火一般，像要从画幅中喷炸出来……那牡丹花旁，写着"怒放"两字，署着童瞳名字，还有加括号的"六岁"。

许多人都被这画吸引，被这艳丽如霞、浓烈似火的画面镇住，围着看着，啧啧称赞，挪不开步子。大家纷纷议论，都不敢相信一个六岁的小女孩，能画出如此摄人心魄的画。

"嗡嗡嗡"，从窗外飞进一队蜜蜂，到画前，触触碰碰，飞走。又有一队蜜蜂飞到画前……没想到，蜜蜂也被这画中牡丹吸引，太惊人了。大家"呵呵"笑着说，这画让蜜蜂也上了当！

老卫却悄悄对方谭说："童瞳这些日子吃棒棒糖，常常粘到手上，怕是画画时又粘到画上，才引来蜜蜂……"

方谭听了心里暗暗地笑，可他真没想到童瞳会画出这样的画，那用笔和气度跟原先在家画画大不一样。没想到变成儿童模样的童瞳，内心有这么大的能量，或许以前就有，只是藏隐着，没有爆发出来……他低头看了看童瞳。童瞳笑了笑，亮亮的眸子里，跳闪着如画中一般的烈烈光焰。

老师来了，大家在四面挂着画的教室中间，坐下来。老师讲了美术班的情况，特别提到童瞳，说她进来学习时间不长，却进步最快。说她那幅《怒放》，打算送到全国少儿美术展参展。老师说他有信心，《怒放》一定能获得全国大奖。大家听着，一遍遍把热热羡慕的目光，投向童瞳和老卫。老卫坐着看似不动声色，心里却乐乐着。他嘴角动了动，控制着不让笑意展露出来。最后是颁奖。童瞳去领了奖状，满脸像画中的牡丹那般烈烈地笑着……

颁奖结束，老师过来和老卫握手，热乎乎地说话，带老卫去看童瞳那幅《怒放》。大家也跟在后面，围着看着，叽叽喳喳议论个不停……

突地，呼啦啦进来一群孩子，闹喳喳看画展。他们在教室里走来看去，在《怒放》前停住。其中一个南弯巷的男孩，细细看着画，叫了起来："呀，是童瞳画的。童瞳怎么来这儿画画？她又不是小孩，怎么写上'六岁'？骗人！骗人！"

大家一下轰起来，把疑惑的目光投向老师，和她边上的童瞳、老卫。有位认为自己女儿画得好，却没评上奖的家长，上去质问老师。老师有点不知所措，看看童瞳，又看看老卫，说："这是怎么回事？那小男孩说的……"

老卫顿时感到浑身发热，满面通红地低下头，轻轻对老师说："老师，童瞳，童瞳她真不是小孩，也不是我孙女，是我妻子。前不久她变小了，变成这样子。我本来不想瞒骗大家，是变成小孩的童瞳，太想进美术班学习，所以，所以……"

老师"啊"了声，嘴张大大合不起来。大家也都把目光聚焦到童瞳身上，像看怪物一样盯着她……

教室里一片宁静。

还是老卫打破了这尴尬的宁静，向老师和所有人鞠了一躬，诚挚地说："我们，对不起老师，对不起大家。我们错了，请大家原谅。"说着从童瞳那拿过奖状，交到老师手里，牵着童瞳走出教室。

教室里的人好一阵才明白过来，像成群的蜜蜂，"嗡嗡嗡"地议论起来。

六

童瞳上美术班的事搞砸之后，老卫便不大带她出去。可是童瞳在家里待不住，非要出去玩。老卫想了想，便带她到远些的地方去。老卫有点心虚，怕带童瞳出去，又弄出什么事来，叫方谭一块去。

三人乘车到一个小山村。山村很宁静，几乎被人遗忘。三人在一座座空空的房子里钻来钻去，又走到村巷上，没见到一个人，只看见鸟雀飞来飞去。变得喜欢热闹的童瞳嘟着嘴，满脸不高兴。三人往村外走，听见哗啦啦流水声，再过去，见到一条亮晶晶闪着波光的清清溪流。

到溪边，见到一群人。奇怪，村里不是没人了，这溪边哪来这么多人？上前一看，哈，是拍电视剧的。三人兴奋地过去观看。童瞳特高兴，泥鳅一样，悄悄溜到摄像机旁近近地瞧。

拍的是电视剧《溪畔往事》。正在拍一场悲情戏。那个叫盼盼的小女孩，在水边见母亲被恶霸打死，悲伤不已……可拍得不顺。演盼盼的小演员不知为何，总进不了戏，悲伤不起来……导演很不满意，一再重拍，还是不行。那小演员就木木的，悲不起来，流不出一滴眼泪。导演很恼火，又一次叫停，焦急地抓着头，不去看那小演员。

导演不经意往旁边一瞧——不知哪里冒出个清秀的小女孩，却像进了戏还没出来，悲戚戚地流着泪，用手不停地擦拭……

那小女孩就是童瞳。

导演心中一亮，何不叫这小女孩试试。他走过去，对童瞳说了一番。童瞳高兴地揩干眼泪，频频点头。导演让童瞳走到溪边……试拍开始……童瞳看到演员扮演的盼盼母亲被坏人打死，躺在水边，一下子扑上去，推着摇着，撕裂嗓子哭喊着："娘呀，娘呀，你怎么啦？你不能死，你不能丢下我。你睁眼看看，我是盼盼呀！我是盼盼呀……"一下子，眼泪从童瞳眼中"哗哗"流下来，流个不停……演得逼真极了。弄得边上人和导演都要落泪……

方谭和老卫在边上瞧着，被童瞳的表演惊住。方谭口里念着："呀呀，这童瞳！"老卫说："几十年在一起，真没想到童瞳还有这样的表演才能……"

导演叫了声停，试拍结束。童瞳抹着眼泪到老卫身边，抬起亮汪汪的眼说："卫哥哥，我会演戏！我会演戏！"老卫抚着童瞳脸说："嘿，你真会演！高兴吧？"童瞳应："高兴！"

那边导演和边上人商量了下，走过来，对老卫说，他们剧组想让童瞳来演盼盼，征求老卫意见。旁边的童瞳听了，脸一下亮得像花开一样。她拉了拉老卫衣角。老卫感觉有些突然，低头瞧瞧童瞳，想了想，抬起头来朝导演摇了摇头。导演说："这孩子有表演天赋。多好的机会，你这当爷爷的，怎么？"老卫说："她不合适，太小了，我不放心。"

童瞳不高兴地又扯扯老卫衣角。老卫低下头轻轻对童瞳说："人家要小演员，你多大了？又去，被人发现，又要出洋相。再说，我也不放心，拍片很辛苦的。好了，你也玩够了，我们回去吧。"说着，拉着童瞳离开流水潺潺的溪边。

回家路上，童瞳没吵没闹，闭着嘴，不说一句话。方谭奇怪怎么会这般平静，心里反倒有些不安。

童瞳跟老卫回到家中，无声地坐在厅里。老卫去楼下厨房忙了一阵上来，叫童瞳去吃饭，童瞳不吭声也不动。老卫拉了拉她小手，童瞳手一甩，放声大哭。老卫对童瞳说："童瞳，你怎么啦？"

童瞳火山一般爆发出来，跺着脚，喊叫着："都是你卫哥哥，过去几十年，你总让我待在家里，不叫我出去。要不然，我早就……现在难得有这样一个机会，也不让我去，不让我演。人家导演说我有表演天赋，你也不让，还要我待在家里，浪费了我的才能……都是你！都是你！"

老卫听着童瞳突兀的埋怨，像一下被从头浇了一盆冷水，惊惶地呆呆站着，半天才缓过神来，转头对方谭说："你看看，这童瞳怎么啦？疯啦？说这样的话。几十年我对她的好，都……她怎么这样？这是怎么回事呀？"

方谭有些看不下去，上前对童瞳说："童瞳，别哭别闹了。卫哥哥也是为你好，怕你辛苦，怕你……别哭了。你有才能，会有机会的……"

童瞳听着方谭一遍遍的劝，不再喊叫，却还哭着念着："还有什么机会呀，眼前这机会都没了！"

方谭又劝："会有的。你别急，让你卫哥哥好好再想想，想想……出去一天，也累了饿了，先去吃饭！"方谭说着，牵起童瞳小手，跟着老卫往楼下走去。

方谭将童瞳带到厨房，便走了。

方谭回到家，一直想着童瞳哭闹时说的话，觉得他以前看到的没变前的童瞳，仿佛是一个虚影……童瞳到底心里是怎样的，他有些搞不清。他便很牵挂老卫和童瞳，一夜没睡好。

第二天中午，方谭接到老卫电话，说童瞳不见了。方谭马上赶到老卫家，老卫说他都要急疯了。说童瞳早上说去找邻居小孩玩，一去就没有回来。他附近都找遍了，没有。方谭安慰老卫："别急，别急。你说附近都没有？让我想想，想想……对了，童瞳可能去那小山村找导演拍戏了。"
老卫说："对呀，我怎么就没想到。可是，童瞳像个小孩子，怎么会找到
那地方呀？"方谭说："你别忘了，童瞳身子像小孩，情绪像小孩，智商却
是成年人，行动能力还是有的。走，我们赶快去。"

方谭和老卫离开南弯巷，叫了辆小车赶往小山村。

方谭和老卫到小山村时，太阳已西斜，照得潺潺溪水一片金黄。风一
吹，溪水像无数金片片在闪烁。摄制组还在溪边拍戏，方谭和老卫没见到
童瞳。两人一下急出一身大汗，分开在溪滩四处搜寻。

终于在一棵大榕树下，看见童瞳。童瞳孤单单坐在榕树突突的树根
上，落泪。老卫赶紧冲过去，抱住童瞳："童瞳，总算找到你了！你怎么
啦？谁欺负你，是导演？"

童瞳顿时放声大哭："他们不要我演，说我自己跑来，没有大人允许，
不行。"

老卫说："我不是来了，答应你当小演员，演盼盼。可是，你看去小，
实际并不小。我们应该，让导演把你看作是我的小孙女好吗？"

童瞳停止了哭，点点头。

老卫带童瞳到导演那。导演很高兴，停下手中活对老卫说："答应了
吧！哈哈，让童瞳演盼盼，发挥她的才能。要不，多可惜呀！我就知道你
这当爷爷的开明，会答应的。来。"导演拿出一份早已准备好的合同。老
卫看了看，签了。导演手一挥，大声说："好，现在就拍昨天那场戏，夕
阳就要落下，情景刚好。让童瞳简单化个妆。这孩子，就这样子也好
看……"

接下来的日子，老卫买了辆摩托，每天天蒙蒙亮就起来，早早送童瞳
到小山村拍戏；下午又赶去，把她接回家。

七

老卫病了。那天早上老卫送童瞳到摄制组，回来觉得浑身难受，上医
院看病，医生要他马上住院。老卫不敢告诉童瞳，却打电话告诉方谭。方

谭便去了医院。老卫心里牵挂童瞳，到下午对方谭说，他本该去接童瞳，去不了了，让方谭帮他去接。童瞳在外过夜他不放心。老卫还要方谭不要对童瞳说他病了。方谭答应了，骑上老卫的摩托赶往山村。

方谭到那溪畔，太阳已落山，天色有些苍茫，晚风呼呼吹着。摄制组最后一场戏拍完了，正收拾东西。方谭看见童瞳还站在漾着轻雾的水边，仿佛还在戏里。他走过去，遇见导演。导演指指童瞳，竖起大拇指，说童瞳演得真棒，太有表演天赋了。方谭勉强笑笑，急急向童瞳走去。童瞳见到方谭有些诧异，问："卫哥哥呢？怎么没来？我想他了。"方谭说："他有事来不了，让我来接你。"童瞳有些失望地"哦"了声，坐到方谭摩托后面。

路上，童瞳沉默一阵高兴起来，叽叽喳喳说拍戏的事。方谭听着，"嗯嗯"几声，没有说话。童瞳有些奇怪，说："大哥哥，你今天怎么啦？不大高兴的样子。"方谭赶紧装作高兴地应："没有，没有啊。"童瞳便也不说话。

到家了，童瞳抢先进去，"咔咔咔"踏上木梯，穿过走廊，冲进小厅，欢欢高叫："卫哥哥，导演夸奖我，说我今天的戏拍得特别好，特别好！"可是没人应。童瞳在厅里转转，出来，踏过走廊，到一间间房看看，又急急下到楼下厨房喊着，还是没人应。

她一回头，瞪大困惑的眼，对紧跟着她的方谭叫道："卫哥哥呢？"

方谭不敢看童瞳，轻轻应道："他有事，没空回来。"

童瞳不相信："不会的，卫哥哥不会的。我回来，他一定会赶回来，一定会在家里。除非……大哥哥，你告诉我，到底怎么啦？他在哪里呀？"

方谭看着童瞳闪着泪光的眼睛，沉沉地说："他病了，在医院里。"

童瞳木木地呆了一阵，晶莹泪水瀑布般从双眼"哗"地流下来，落到衣上，湿了衣服，又扑嗒嗒落到地上。

方谭有些慌乱，上前安慰。

童瞳哭泣一阵，抬起红红眼睛，说："大哥哥，他在哪个医院？带我去！"

方谭说："你卫哥哥不要你去。"

童瞳跺着脚嘶叫："我要去，要去。你不带我去，我自己去，一家一家地找……"

方谭只好带童瞳去医院。

到病房门口，童瞳看见老卫躺在雪白的床上，萎黄的脸像一片干枯的叶子，一只手连着一根管子——在挂瓶。童瞳扑上去，放声大哭："卫哥哥，你怎么啦？你都是为了童瞳累病的……我哪也不去了，不去了，就留在你身边……"

老卫轻轻笑着，抚着童瞳的头说："没什么，是小病。是我自己不争气，跟你没关系，没关系……"

童瞳哭了一会，坐到老卫床边，泪盈盈看着老卫。输液的管子有些不通，童瞳要去弄弄。方谭叫她别弄，她一定要弄，可够不着，便搬了张凳子，爬上去弄，去捏。正好护士进来，叫着："哪来的小孩，别弄管子，下来下来。"把童瞳从凳子上抱下来……

夜深了，方谭和老卫叫童瞳回去睡觉。童瞳不走，还是陪着，后来便伏在老卫床边睡着了。

护士又进来，说："这孩子怎么还没走呀？"老卫说："怎么叫她也不走，没办法。"护士说："是你的孙女吧。这么小就这么孝顺，真难得。"老卫嘿嘿苦笑一下。

八

过了几天，方谭到菜市场买菜。他在那片鱼摊前走来走去，听见一个熟悉的小孩的愤怒说话声："老板，我走出去想了想，我买这鱼怎么和别人不一个价，多拿了两元，你把多收的还给我。"方谭头探过去一看，说话的是童瞳，她竟然也来买菜，还和人吵起来。他赶紧过去，叫了一声。童瞳一回头，高兴地说："是大哥哥，你来看看，我买同样的鱼，比前面买的贵两元。你说合理不合理？他是不是看我像小孩，欺负我！"方谭说："别急别急，让我问问。"那老板开始还抵赖，后来不得不承认，红着脸，把钱还给童瞳。童瞳很高兴，对方谭说："大哥哥，我不一定在乎这两元钱。我在乎他看我人小，对我不公平，欺负我。"

　　两人热乎乎说着话离开鱼摊，却听见那老板在他们身后酸溜溜地唠叨："家里都没人啦，让小女孩来买菜。真奇怪！"

　　方谭和童瞳走出菜市场。方谭问童瞳："童瞳，你今天怎么来买鱼？"

　　童瞳抬起脸，亮着眼说："听说鱼汤补身子，我想给卫哥哥做个鱼汤，让他补补。过去都是卫哥哥照顾我，今后我要给卫哥哥买菜做饭，照顾卫哥哥。"

　　方谭问："你会煮鱼汤吗？"

　　童瞳低下头："不会，你教教我吧？"

　　方谭说："童瞳，你不一样了。好吧，我教你煮鱼汤。"

　　方谭和童瞳走回南弯巷童瞳家厨房。方谭说："今天我先做，你学着。"童瞳说："不用，我动手，你在边上教，这样我学得快。"

　　童瞳马上动手，将塑料袋里的活鲫鱼，倒到灶台切菜的砧板上。鱼在砧板上蹦着，童瞳按不住。方谭说："快，用刀板拍它的脑袋，拍晕它。"可变成儿童的童瞳太矮小，灶台显得有些高，童瞳手抬高高吃力地拍鱼头，没拍着，鱼一蹦跳到地上。童瞳弯下腰抓鱼，好不容易抓到砧板上，沮丧地对方谭说："大哥哥，我太矮小了，没力气，你来。"方谭拿起厨刀，两下拍晕了鱼，鱼不再动弹了。

　　童瞳从方谭那接过厨刀，要刮鱼鳞。方谭说："还是我来吧。"童瞳不让，说："我必须学，就是现在人变小，不好做事了。"说着，手抬起来，极不熟练地给鱼刮鳞。顿时鱼鳞四飞，跳黏到她脸上和脖子里。她不管不顾，还是"嚓嚓嚓"奋力刮鳞。

　　童瞳吃力地刮好鱼鳞，破开鱼肚，洗干净，切好，抬起脸对方谭说："大哥哥，下面怎么煮，你说。"方谭教她，先把锅烧热，放点油。油热了，方谭叫童瞳把鱼放进去。童瞳看着热乎乎的油锅，有些害怕，迟疑一下。油锅更热了，冒起烟。方谭在边上说："快，鱼放进去！"童瞳慌慌张张把鱼扔进去。她太矮小，脸离锅近，锅里油"嗞"一声炸开，溅到她脸上、手上，烫得她"哇哇"直叫："烫死啦！烫死啦！"方谭马上接手，用锅铲翻鱼煎鱼。鱼块煎黄了，加上水和葱、姜，用大火烧开，再调小火慢慢煮。

童瞳在旁边认真看着，心里记着，对方谭说："大哥哥，我真笨，都不会做，尽出洋相。现在人变小了，更做不好了。"

方谭安慰说："别难过，你已经做得很好了。你现在人变小了，有些事做不来，就别做了。"

童瞳抬起头，说："不，我要做，为卫哥哥做。做许多有营养的，让他吃了早些好起来。"

方谭瞧了瞧童瞳的脸和手，心疼地说："还痛吗？都起泡了。屋里有药膏吗？去拿来涂涂。"

童瞳摇摇头："不大疼了，没关系。"

鱼汤烧好了，溢出阵阵香。打开锅盖，鱼汤一片乳白。尝一口，味道好极了。方谭将鱼汤舀到当时老卫给童瞳买扁肉的大杯子里，装得满满，套上塑料袋。方谭对童瞳说："你别去了，我把这鱼汤送进去，就说是你烧的。"童瞳不让，说医院不太远，她一定要自己把鱼汤送给卫哥哥。

童瞳拎起塑料袋套的大杯子，走出家门，方谭悄悄跟在后面。方谭看着童瞳有些吃力地拎着大杯子鱼汤，不时左右手换着，往巷子外走去，想起了那个雨夜，老卫冒雨给童瞳买扁肉走进雨中的情景，一时禁不住浮想连连……他怕童瞳拎着大杯子鱼汤走不好，一直悄悄跟着，目送童瞳进了医院，才走开。

九

接下来的日子，童瞳都在医院陪伴老卫，方谭也常常到医院看望。

一天，电视剧《溪畔往事》的导演走了进来，后面跟着个剧组的人，拎着一大袋水果。导演的到来让大家吃了一惊，老卫有些慌乱地要从床上起来，被热情的导演轻轻按下去。导演带着笑意对老卫说："听说你病了，童瞳在照顾陪伴你，特地前来看望看望。"老卫听了有些感动，便和导演热热聊起来。

导演瞧瞧站在旁边的童瞳，问老卫："你，你的妻子呢？你，没有妻子吗？"

老卫含笑摇摇头。

导演说："怎么让小孙女童瞳陪着你？"

老卫低下头，而后抬起来，轻轻对导演说："童瞳不是我孙女。"

导演诧异地问："那，她？"

老卫在导演耳边说："告诉你吧，童瞳是我妻子。"

导演不相信："这怎么可能？她那么小，还是孩子。"

老卫说："她是前不久才变成这样的。"

导演更加摇着头："不可能，不可能！"

老卫静静地说："就是这样的，这算我们之间的秘密。你别告诉别人，包括剧组的。"

导演看看童瞳，瞧瞧老卫，半天才缓过神来，小声对老卫说："哦，跟你商量件事。你能让你的孙女，哦，你妻子童瞳回剧组两天吗？盼盼的戏只剩两场，让她拍完好吗？"

老卫疑惑地问："导演，你现在知道了童瞳不是小孩子，只是外表像孩子，还能让她演盼盼吗？"

导演说："为什么不能呢！她那么像孩子，你不说谁能看得出她的年龄……哎，难怪她演得那么好，她是有那么多的生活经历和体验的成年人。再说，就是别人知道她年龄，她也可以做特别的演员，专演孩子呀。这种演员过去电影电视剧里都有过，一点问题没有。"

老卫听了说："那，我就放心了，让童瞳去吧。"

童瞳却在一旁说："不去，不去，我要陪护卫哥哥。"

老卫便劝童瞳："人家大导演亲自来请，就两场戏，完了就回来，还是去吧！"

童瞳点点头。

童瞳去了两天，又回到老卫身边。童瞳说导演对她的表演很满意，希望她在他的下一部电视剧里，再扮演个角色。童瞳拒绝了，说她无论如何都要回到老卫身边，天天和老卫在一起，永远不分离。

十

　　医生说老卫身体不好，贫血，需要输些血，让身体好起来，有利于治疗；又说，院内血库缺少血，只够动手术的病人用。方谭和童瞳问："那怎么办？"医生说："现在没有卖血的，只能让病人家属自己去献血，什么血型都可以，用来换取血库内与老卫同血型的血，给他用。"方谭听了说他去献血，童瞳也要去。方谭不要童瞳去，童瞳还是跟去了。

　　到献血地方，方谭捋起袖子，对工作人员说他要为病人老卫献血。工作人员将方谭打量一番，说："你，献血？多少岁了？"方谭应："五十三岁。"工作人员说："你才五十三！不像吧？把身份证给我看看。"方谭慢慢从身上掏出身份证递过去。工作人员一看，笑了："你看看，按出生年月，你都六十一了，不行。"方谭拍拍胸脯说："我身体好，超几岁没关系吧？"工作人员说："不行，这是规定，献血的不能超过五十五岁。"

　　方谭拉下袖子，无奈地正要往回走，童瞳站了出来，伸出细细嫩嫩胳膊，对工作人员说："他年纪大不行，抽我的。"工作人员一看，哈哈大笑："哪来的小孩子，也要献血！"童瞳着急地说："我身体好呀，抽一点总可以吧？"工作人员说："你太小了，一滴也不行。回去，好好吃饭，长大了再来。"

　　童瞳和方谭只好离开献血的地方，却听见后面那工作人员对人说："真有意思，今天哪来的这么奇葩的一老一小，也要献血……"

　　童瞳和方谭满面愁容地走回病房走廊。童瞳越走越慢，停了下来，站在那儿，发呆地望着地面。方谭回头，走过去问："童瞳，怎么啦？"

　　童瞳慢慢抬起头，望着方谭说："大哥哥，都怨我，变得这么小，献血不行，做什么都做不好，要是……"

　　童瞳说着又低下头，而后抬起来，望着方谭眼睛郑重地说："大哥哥，我想告诉你件事。"

　　方谭盯住童瞳眼睛问："什么事？"

　　童瞳慢慢地说："大哥哥，你肯定不知道，我变小，是我自己想变小的。我是想要卫哥哥更宠爱我，更容忍我。还有，我变小，也是想改变一种心情和活法……所以，我就希望自己变小。只是心里想想，不知怎的，真的变了……开始我还很高兴……现在，我后悔了。卫哥哥病了，我却什么也做不好，照顾不好他，血也不能献。我真后悔！你说，我该怎么办？"

方谭听了，大吃一惊，瞪圆双眼，看着童瞳说："你，你怎么可以……"

童瞳说："我知道，我错了，错了！"说着低下头，眼泪"哗啦啦"流个不停，滴到衣上，落到地上……

方谭看着，再也说不出话，深深叹了口气。

方谭有事在家待了几天，又到医院看老卫。

他走进病房，见老卫脸色红润了些，和他说几句话，看看四周，不见童瞳，问："童瞳呢？不会又去拍电视剧吧？"老卫笑笑："没去，刚刚还在这儿，可能去外面晒台洗衣服了吧。"方谭说："好呀，又有些变化了。"说着往晒台走去。

方谭走到晒台。晒台铺着一地阳光，暖烘烘的。方谭左看右看，不见小小的童瞳，却见一个身材颀长的中年女人，在阳光下晒衣服的背影。那女人听见脚步声，转过脸来。方谭一看，好熟悉的一张脸，可是……方谭正发愣，那女人热乎乎叫了声："大哥哥来了！"

方谭想起来，这不就是当初到老卫家见到的童瞳……

童瞳灿烂笑着说："大哥哥，有些不认得了吧。大概是老天同情我，我从小女孩变回来了。你看看，我现在这样子多好呀！"

方谭应道："好，好！"

童瞳又说："我已献了血。你刚才一定看见了，卫哥哥脸色好看多了。"

方谭又应道："对，好多了，好多了。"仿佛还没从梦中醒来，在那发愣。

十一

老卫在医院又住了些日子，回家了。

一切仿佛回到从前，老卫和童瞳和和美美地过日子。方谭不时到他们家坐坐聊聊，听他们唱歌弹琴。

方谭几次想把童瞳那时在病房走廊说的那番话告诉老卫。想了想，还是没说，把它深深埋在心里。

十二

几年后，老卫旧病复发，去世了。

方谭又走进南弯巷，巷子深幽幽的。方谭听见伴着琴声的歌唱，从青蓝蓝高墙那四方小窗传出来——可爱的一朵玫瑰花，塞地玛利亚……

他站了会儿，走进油漆脱落的大门，轻轻从木梯踏到楼上，穿过走廊，到小厅前。他看见了童瞳，童瞳优雅地坐在窗下弹着唱着……走廊边那两棵梧桐的绿叶也在风中沙沙唱着……童瞳一下老了，满头白发，满脸皱纹。歌声却没变，还是那般温婉而深情，可听去却有些凄凉……

方谭站了会儿，默默离开。

十三

三年后的清明节，方谭到老卫和童瞳的墓地去。他在他们青青的墓前，摆上一束鲜花，低下头……

当他抬起头，看见两只黑黑红红的大蝴蝶，在他眼前翩翩起舞，舞着舞着，舞向高处湛蓝湛蓝的天空。

方谭想，这也许是老卫和童瞳化成的蝴蝶吧！

后 记

  大概是从《栗色马》开始，便马一样收不住蹄子，十年来胡思乱想着写些叫小说的超现实的东西，现选取其中的十一篇汇成这个集子。这些东西虽魔幻荒诞胡思乱想，但脚还是能落在地上；也有曲曲折折的故事，不会难读。希望读者喜欢。

  同时，感谢我少年时的同学、评论家邱景华，繁忙中为集子写了序言，并帮助修改。

  也感谢文友、散文家郑飞雪，这些年为我看稿，提建议。

  更要感谢我的妻子陈小红，对我文学创作的理解和支持，为我营造了好的生活环境，让我潜心写作。

作者
二〇二一年十一月二十日